每本书辑音一度传奇。

—————— 次王书房

黑暗之路

[美]梅尔·奥登 著
苏恺 译

新 星 出 版 社　NEW STAR PRESS

"这是恶魔干的！"帕拉特咆哮道，"恶魔知道我们在这里！"

就在此时，一个令人毛骨悚然的身影从水下升起。这东西立起来有两米多高，粗看像一具老鼠的骨架，只不过其壮硕程度更接近一头猿猴，森白而蜷曲的双腿即使在浑水中也依旧清晰可见。这白骨怪物拥有足足四条臂膀，每条都比它的腿还长。当它攥紧拳头的时候，便会露出由鼠牙和肋骨组成的尖角，那些晨星一般密集的锐利骨刺几乎是为砍伐与刺击而生，可以轻松满足它所有的杀戮欲望。几片不大的骨头组成了这恶魔的脸孔，其中有些骨头生满了锯齿。

"这是白骨傀儡！"塔拉米斯喊道，"你们的武器干不掉它！"

白骨傀儡的嘴巴由紧密交织的碎裂骨头构成，看上去颇为灵活。它咧嘴一笑，然后发出了一声刺耳的号叫，那声音听上去就像午夜掠过墓地的寒风。

"去死吧，你们这些白痴。"

第一章

达里克·朗一边划着船桨，一边警觉地扫视着远处夜幕笼罩下的陡峭悬崖，任何人在那上面都可以轻松俯瞰到迪勒河的大片水域，希望能够避开那些追击他们的海盗的视野。当然，他很清楚，在首轮攻击之后，他们就已经暴露。海盗对威斯特玛海军战士可并不宽宏大量，尤其在威斯特玛国王已经颁布法令追捕海盗的情况下。真要落到海盗手里，他们的下场可想而知。

小艇在平缓的水流中安静前行，船头干净利索地分开水面，水花甚至都没有溅上低矮的船身。悬崖上的哨兵若是发现这艘船的存在，恐怕立刻就会发出警报，接下来迎接他们的就是狂风暴雨一般的攻击。达里克确信若是发生这种情况，他们谁也没法活着回到等候在威斯特玛湾外的母舰——寂寞之星号上。托利夫船长，这艘船的主人，曾经是威斯特玛国王麾下最机警的海军指挥官。黎明到来之时，如果达里克和他的小队没有返回的话，船长肯定会就此扬帆远遁。

达里克探身向前，轻轻地把船桨从水里抽出来，然后低声说道："放轻松，小伙子们，停好船我们就动手。在那些该死的海盗发现我们之前，我们会把一切都搞定。"

"如果我们走运的话。"达里克身旁的马特·胡·林小声道。

"我会走运的，"达里克回道，"我运气一向很好，而且我看你的运气一直也不差。"

"你从来不是个听天由命的人。"马特说道。

"绝对不是。"达里克点点头，但他随即意识到在如此危险的境况下，自己这种态度显得过于自负，于是又说道，"可我也没有忘掉，我的朋友运气一直也都很好。"

"这就是你把我拖进这场小冒险的原因？"

"嗯，"达里克回答道，"上次我救了你，我盘算着你可是欠了我一个人情的。"

马特在黑暗中咧嘴笑了，那一口白牙在他黝黑的脸庞上分外显眼。他像达里克一样穿着墨黑的衣服，几乎与夜色融为一体。不过达里克有着一头火红的头发和古铜色的皮肤，而马特则是黑发和深棕肤色。

"噢，但你今晚注定得碰运气了，对吧我的朋友？"马特问道。

"雾还没散。"达里克没有理会他，而是望向河面上那如同巨浪般滚滚而来的银灰色浓雾。在气流和水流的共同作用下，雾气正慢慢飘向外海，但是在雾气的映衬下，路途显得更加遥远了。"但愿天气比你的运气更靠得住吧。"

"如果你们打算继续唠叨不休，"嗓音粗哑的老马尔德林低声训斥道，"最好祈祷那些该死的守卫都睡着了。要是那些家伙听到你们的动静，可能会设下陷阱伏击我们。记好了，人声在水面上可比陆地上传得远。"

"嗯，"达里克表示赞同，"而且我还知道，声音不可能传到悬崖上面去。它离我们十几米高呢。"

"海斯法的乡下蠢货！"马尔德林不禁低吼，"天知道为什么会派你们这些乳臭未干的菜鸟来执行这任务！要不是老船长托利夫求我带着你们，他怎么可能对你们这些天的行动放心。"

"大副马尔德林，现在都是你说了算了。"达里克反驳道，"但没人可怜巴巴地求你。"

船上的另外两个家伙也在拿老大副打趣。尽管马尔德林因其勇猛在水军中极有声望，但在这些年轻人眼里，他不过是个婆婆妈妈，喜欢自寻烦恼的老头儿。

马尔德林身材矮小，肩膀却很是宽阔。大副颔下的花白胡子修剪得很短，头顶寸草不生，两侧的头发倒是很浓密，被他扎成了辫子。河面的水汽浸湿了他暗色的衬衫，附在他油腻的马裤上，闪耀着晦暗不明的光。

达里克和小艇上其他人的装束基本上一致。所有人都把武器裹在了备用的帆布之中，以免其反射月光暴露众人的行踪，或者被河水溅湿生锈。迪勒河是淡水河，不像威斯特玛湾的海水那样充满腐蚀性，但是他们在皇家海军的训练中形成的习惯已成自然。

"傲慢的狗崽子。"马尔德林有些气恼地嘟囔着。

"是，马尔德林，我知道你是为我好，虽然你整天都在指责我。"达里克说道，"如果你现在觉得这旅途让你万分纠结，不妨想想当初我要是狠狠心把你丢在寂寞之星号上，你会是什么样子。告诉你吧，伙计，我可不想让你一整夜都坐立难安、搓手扼腕地唏嘘担忧，真的。我让你免遭那种痛苦，而你就这样报答我？"

"这事儿不会像你们以为的那么容易。"马尔德林辩解道。

"有什么好担心的？马尔德林，是因为那一小撮海盗吗？"达里克拿起船桨，看了看船员们整齐划一的动作，又将船桨放回水中继续摇了起来。小艇在河面破浪前行，势如飞矢。他们已经发现了几百米外有闪动的篝火,那里应该是第一个岗哨。看起来,他们要找的港口应该就在前方不远处了。

"这些不是普通的海盗。"马尔德林回答道。

"肯定不是,"达里克应道,"这次我得同意你的看法。这些确实不是普通的海盗,而是托利夫船长派我们来抓捕的海盗。毕竟军令如山,别以为随便找些海盗我就满足了。"

"我也不会,"马特插口道,"对付海盗,我一直有自己的一套。"

其他的几个人纷纷附和,相视而笑。

达里克注意到,没有人提起被海盗绑架的男孩。早前突袭时他们没有发现那个男孩,所有人都相信他被抓起来是为了勒索赎金。在深入海盗的大本营之前,他们需要适当发泄自己的情绪,但想到这个男孩还是让人瞬间清醒。

马尔德林只是摇了摇头,将注意力转向了自己的船桨。"以圣光之名发誓,达里克·朗,你真是个讨厌的家伙。但如果托利夫的船上只有一个人可以完成这项任务,我觉得一定是你。"

"我真该向你脱帽致敬,马尔德林。"达里克被感动了,"如果我戴着帽子的话,一定会这么做的。"

"你只要把脑袋带上就行了。"马尔德林低声吼道。

"的确,"达里克说,"我也这么觉得。"他换了个姿势握着自己的船桨。"继续前进,小子们,现在水流平缓,雾气也掩护着我们。"他凝视着群山,狂野的内心正渴望着即将到来的战斗。

海盗不会平白释放那男孩;而代表威斯特玛国王的托利夫船长则要求让对方付出血的代价。

* * *

"该死的雾。"瑞森恶狠狠地诅咒了一句。

海盗船长粗鲁地将陷入沉思的拜耶德·邱力克拉回现实。年迈的祭司眨了眨眼睛,似乎终于摆脱了令他极度疲倦的冥想,就着房间内火炬的光芒扫了一眼这个魁梧的男人,问道:"怎么了,瑞森船长?"

瑞森如山一般伫立在这座建筑的阳台上,抚着栏杆望向断壁残垣随处可见的港口小城,其间还能看到几根倔强挺立着的大理石圆柱。他们已经在这里驻扎了好几个月了。他心不在焉地捋了捋自己的山羊胡子,他的下巴宽大,嘴角有一道令人触目惊心的伤疤,令他看起来分外冷酷。

"在这该死的大雾中很难看清楚这条河。"惨淡的月光映照在瑞森深绿色的黑色锁甲上,反射出微弱的光芒。他在锁甲外面套了一件深绿色罩衫,黑色马裤则妥帖地收进了绳边的靴子里。船长任何时候都衣冠楚楚,无论在凌晨还是在深夜——邱力克不清楚这位海盗头子是怎么定义现在这个时间段的。"我还是觉得,我们上一桩生意干得不够干净利索。"瑞森补充道。

"在大雾下的河里航行还是很危险的。"邱力克回应道。

"对你来说可能是这样,但对一个常年在要命的海上讨生活的人来说,"瑞森反驳道,"下面这条河算是风平浪静了。"他捋了捋自己的胡子,再次望向海上,然后点点头。"如果换成我的话,我会觉得今天晚上是偷袭我们的好机会。"

"你真是个迷信的家伙。"邱力克将双臂抱在胸前,忍不住轻蔑地说道。和瑞森全然不同,老祭司看上去干瘦而憔悴。这个夜晚意想不到的寒冷昭示着冬季即将来临,而他还完全没有做好准备。更何况他已经不像船长那样年轻,不可能仅仅依靠体格就能熬过严冬。风,这时他注意到,飕飕的冷风正在穿过自己黑红色的长袍。

瑞森回头瞟了一眼邱力克，表情不大友善，看上去正准备进行反驳。

"别想争辩了，"邱力克斩钉截铁道，"我在你身上看到了这种倾向。相信我，我不会责怪你。不过我宁可选择相信事实，它比迷信更令我觉得踏实。"

瑞森皱起了眉，脸庞看上去有些扭曲。他了解邱力克的侍僧们曾经的行径，尤其是那帮家伙在这座废弃海港城市低洼处的遗迹中的所作所为。众所周知，他对此极度反感，也对他们毫无信任可言。这片地方远离威斯特玛的北部地区，也远离国王的管辖范围。邱力克本以为海盗船长会喜欢这个荒僻的地方。可是这位祭司忘记了，海盗们走到世界上任何一个文明设施完备的港口，都会肆无忌惮地寻欢作乐。他们的金钱来得快，去得更快。那些地方不知道他们是谁，更不在乎他们是什么人。而在如今扎营的鬼地方，海盗们既不能纵情酗酒，更不可能左搂右抱享受人间至乐。

"你的卫兵没有发出过任何警报，"邱力克继续说道，"我想应该万事无虞。"

"他们各处都查过了，"瑞森表示同意，"不过今天下午我们顺流而下时，我看到了另一艘船的船帆。"

"你应该做进一步调查。"

"我调查了。"瑞森皱起了眉头，"我查了，但是什么也没有找到。"

"看，对吧。没有什么可担心的。"

瑞森向邱力克投去意味深长的一瞥。"我现在更担心你还没有支付给我的那些黄金。"

"担心我？完全没必要。"

尽管心情极其糟糕，但瑞森还是露出了一丝微笑。"对一个萨卡兰姆教派的祭司来说，言谈得体是基本的要求，不过你的说话方式可不怎么友善。"

"我只追求最终结果。"

瑞森抱臂环胸，倚向阳台，轻声地笑了起来。"你真让我迷惑，邱力克。几个月前我们刚认识那阵儿，你告诉我你想干什么的时候，我还以为你是个疯子。"

"这座城市下面埋着一座旧城，关于它的传说并不算疯狂。"邱力克说道。事实上，他是从杜马尔·鲁纳什那些几乎湮没在故纸堆的神圣笔记里发现了这些，这位维兹杰雷法师在数千年前曾经目睹了杰雷·哈拉什的死亡。所有的一切，驱使着邱力克来到这里。

数千年前，当杰雷·哈拉什还是一名年少的维兹杰雷侍僧时，无意中发现了控制死灵的力量。这个年轻的男孩声称自己通过一场梦境获得了无上的力量，他无疑完全掌握了这种力量，并依靠它书写了自己的传奇。男孩完善了施法的技巧，让这种法术可以完全榨干死灵的力量，使掌握它的人变得空前强大。得益于这种新的知识，维兹杰雷——数千年前世上的三大部族之一——开始以"灵魂部族"的称号闻名于世。

杜马尔·鲁纳什曾是一名历史学家，也是在杰雷·哈拉什试图彻底控制灵魂世界的尝试中幸存下来的人之一。那年轻人为了全力将能量注入自己所编写的咒语中而陷入恍惚时，一个未知的灵魂控制了他的身体，开始了疯狂的杀戮。后来，维兹杰雷部族才了解到真相，那些灵魂其实是他无意中从烈焰地狱释放出来的恶魔。

作为一个时代的记录者和维兹杰雷的预言者，杜马尔·鲁纳什却几乎被人们遗忘了，不过邱力克却通过他笔记里的那些文字，穿过一条恐怖和扭曲的道路，最终发现了迪勒河畔这座废弃的城市。

"不，"瑞森说道，"满地都是那种传说。我自己也试过去验证过某些传言，但最后发现没有一个是真的。"

"你能到这里来，的确让我很惊奇。"邱力克回答道。这是他们几个月来一直回避的话题，令他吃惊的是现在二人终于能敞开来谈这件事——虽然并未深谈。上周瑞森和他手下的海盗并未回城，无论他们是在四处劫掠还是在做别的什么，从已经发现的蛛丝马迹来看，邱力克知道他们已经开始接近这所死亡的城市里最重要的秘密。

"毕竟你要给我金子，"瑞森承认道，"这就是我来这儿的原因。我重新回到这里以后，发现你的人居然有了点长进。"

邱力克心中喜忧参半。祭司很高兴自己的目标终于被海盗船长承认，却也忧心忡忡地发现，瑞森已经开始觊觎那批可能会出现的财宝。海盗船长那种无知的狂热可能会让他和他的手下毁掉邱力克和侍僧们所做出的一切努力。

"你觉得什么时候能找到你想要的东西？"瑞森询问。

"很快。"邱力克回答道。

海盗头子耸了耸肩说："它给了我一些灵感。如果我们今天跟着……"

"如果你今天跟着的话，"邱力克突然打断了他，"那你会铸成大错。"

瑞森给了邱力克一个残忍的微笑，反问道："会吗？"

"威斯特玛海军一直都在悬赏捉拿你，"邱力克陈述着事实，"罪名是反抗国王。他们要是抓到你，肯定会把你吊到第二层的绞刑架上，看着你在上面挣扎到死。"

"就像对付寻常的小贼？"瑞森皱起了眉头。"呃，可能我会像一根快要朽烂的帆桁一样在绞刑架上晃来晃去，不过你觉得国王会如何对待你这个萨卡兰姆教派的叛徒？你居然胆敢向海盗泄密国王航船的信息，告诉海盗哪艘船上载着黄金，甚至告诉海盗它会从威斯特玛港穿越茫茫大海。"

瑞森的话刺痛了邱力克。当年，大天使亚瑞斯引导一名叫作阿卡拉特的苦行者建立了信奉光明的萨卡兰姆教派。在一段时间内，萨卡兰姆教派的确一心向善，但随着时间的推移和战争的爆发，它发生了变化。只有寥寥几名萨卡兰姆教派的核心人员知道它已经被恶魔腐蚀并堕入黑暗，恶魔极有可能隐在背后掌控了整个教派。萨卡兰姆教派也渗透到了威斯特玛和崔斯特姆，在王权背后形成了自己的势力。邱力克不仅出卖运送财宝的船只，也曾协助海盗们盗取萨卡兰姆教派的财物。要知道，教会的祭司们可比国王更擅长复仇的艺术。

邱力克有那么一瞬无比厌恶面这个高大的男人。他信步向阳台踱去，努力让自己暖和起来，以抵御夜晚的寒冷。*我知道它迟早都会来的。*他告诉自己。*这是可以预料的。*他故意长吁了一口气，这让瑞森误以为他已经有了更好的办法来对付自己。在漫长的祭司生涯中，邱力克发现男人们在沉醉于别人对自己智力和力量的溢美时，常常会犯下更严重的错误。

邱力克知道何谓真正的力量，这是他来到陶鲁克港找寻长埋地下的兰塞姆城的原因。这座城市毁于绵延数百年的原罪之战——那数个世纪中，混乱与光明之争悄然无声但激烈无匹。那场战争起于东方，终于东方，当时威斯特玛甚至还未形成城邦，更不用说拥有什么影响力。许多城镇在那时被深埋地底，但在那之前大部分都已被洗劫一空。幸运的是，兰塞姆在原罪之战中早早避开了世人的视线。普通民众对于这场战争几乎毫无了解，只知道战争曾经发生过——尽管这是恶魔与天使在背后操纵的战争，他们对兰塞姆一无所知也就毫不奇怪了。这座港口城市成了一个谜团，湮没在历史的尘埃中。不过有些东方来的法师藏身此处继续自己的研究，并留下了另外一些秘密。杜马尔·鲁纳什的笔记是邱力克找寻兰塞姆的唯一参考,但是这本笔记里充斥了无数半真半假的信息和精心编造的谎言,从中发现真相是一个极其艰难的任务。

"船长,你想知道什么?"邱力克问道。

"你到底在这儿找什么?"瑞森毫不犹豫地抛出了问题。

"你的意思是,黄金和珠宝?"邱力克反问道。

"我只会想到这些东西,"瑞森说,"我这辈子都在追寻它们。"

邱力克惊讶于他的眼光居然如此狭窄,禁不住摇了摇头。财富才能给人带来多少希望?可是力量——力量才是这位祭司真正想要得到的。

"什么?"瑞森立刻辩解道,"你已经超脱到对黄金珠宝完全不在意了吗?一个男人出卖了国王的金库,居然还对黄金毫无兴趣,你的脑子真是有些奇怪。"

"物理的力量是短暂的,"邱力克毫不客气地说道,"也是极其有限的,而且常常在你不知情的时候就消失了。"

"我肯定留着后手,以备不时之需。"

邱力克凝视着繁星密布的天空。"瑞森船长,对于天上诸神来说,人类的一切努力都是无用且可笑的。我们是造物者失败的作品,虽然在创世之初曾经无所不能,但这种力量很快就被封印了。"

"我们讨论的不是你要寻找的黄金珠宝吗?"瑞森的声音听起来有些不耐烦。

"那里会有一些财宝,"邱力克解释道,"但这并不是我们来这里的全部原因。"他转过身来,再次凝视着海盗船长。"我循着力量的踪迹来到这里,瑞森船长。我背叛了威斯特玛的国王和整个萨卡兰姆教派,最后只是为了获得你这些船只的使用权。"

"力量?"瑞森难以置信地摇了摇头,"给我三尺长剑,我给你演示一下什么叫作力量。"

邱力克愤怒地指着海盗船长，一股闪着微光的能量从祭司手中直射而出，如钢条般勒住了瑞森的喉咙，令他几近窒息。几乎转瞬之间，这魁梧的男人便倒在了邱力克脚下。没有祭司能够掌握如此强大的力量，现在是该让海盗船长知道了，他并不仅仅是个祭司。从前不是，以后也不是。

* * *

"到岸了！"坐在小艇前端的一名船员欢呼了起来。不过他已经尽量压低了声音，因此并没有传得很远。

"把船停下来，小子们。"达里克一边下令，一边将自己的桨从河水里抽出来。他站起身来，望向眼前绵延的群山，感觉到自己的脉搏开始加速，太阳穴也突突地跳个不停。

水手们立刻将所有船桨收起，放在小艇中央。

"船尾！"达里克盯着不远处闪动着的不知是来自灯笼还是篝火的光晕，低声叫道。

"在，头儿。"法兰从船尾回应道。

水手们不再划桨，小艇微微上浮，笨拙地停在了水面。

"我们要上岸，"达里克命令道，"让我们看看这些该死的海盗是怎么偷走国王的金子的。如果你愿意的话，把我们送到一个适合靠岸的地方。"

"遵命，头儿。"法兰用舵桨调整了小船的角度，令它向左岸靠去。

小艇在水中缓缓地行进，达里克知道他们离失败只有一步之遥。当务之急是先找到一个安全的地方靠岸，然后再去完成托利夫船长交代的任务。

"就这里!"马尔德林指着左边的河岸喊道。尽管有些上了年纪,但大副是寂寞之星号上视力最敏锐的,在夜晚也比别人看得清楚。

达里克透过浓雾凝视着崎岖的河岸,岸势犬牙差互,就像曾经有一柄巨大的斧头劈过鹰嘴山,然后从悬崖中间现出来一块粗短的礁石。

"这是我这辈子见过最荒凉的泊位。"达里克揶揄道。

"如果你是山羊的话,这里就不算什么。"马特说。

"一只被摔得头破血流的山羊不会对这里有兴趣。"达里克用目光丈量着他们将要攀爬的陡坡。

马尔德林斜睨着悬崖,说道:"如果我们要走这条路,一多半都得靠爬才能上去。"

"头儿,"法兰的声音从船尾传了过来,"你想让我做什么?"

"把船停在岸边,法兰,"达里克笑了起来说,"我们得冒这个险,像这种几乎没法儿走的路,海盗不可能对它有什么防范。就这里吧,今天晚上看看我们的运气到底怎样。"

法兰极其娴熟地将小艇停到了岸边。

"托马斯,"达里克下达了命令,"我们就在这里下锚,赶紧!"

那名水手从小艇中间吃力地搬起石锚,在船舷一侧端稳,然后竭尽全力将它掷向岸边。沉重的石锚只飞出很近的距离,便"啪"的一声重重落在浅水区。随后,他将河底的石锚向小艇的方向拖了拖。

"它卡在了石头下面。"托马斯猛拉了一下绳子,低声说出了自己的结论。"不是泥。"

"但愿你能卡住个结实的玩意儿。"达里克回答道。想到不知前方还有多少危险等着他们,他在小艇上越来越坐立不安。他只求能尽快深入腹地,然后尽快全身而退,赶紧回到寂寞之星号上。

"我们快要到河边了。"马尔德林说道,与此同时,他们又往前漂了几米。

"那么,我们可以先去游个泳再开始这一晚的活动吗?"马特插嘴道。

"这水能冻死人。"马尔德林恼火地说道。

"也许海盗们不会让你有老态龙钟的那天,"马特嘲笑道,"相信我们去拜访他们时,这帮海盗不会放弃他们的战利品。"

达里克感觉胃里面一阵酸疼。海盗们劫持的人质是托利夫船长派达里克和其他水手悄悄逆流而上,而不是让寂寞之星号招摇而来大举征伐的最大原因。

一般情况下,海盗劫掠威斯特玛国王的船只后,不会留下任何活口。但这一次,一个来自鲁·高因的丝绸商人从海盗手上保住了小命,他被丢在一根破碎的木梁上,一直漂浮到被人救起。幸存的商人奉命转告国王,皇室成员中的一名子侄被绑架了。达里克知道,接下来的程序肯定是索要赎金。

这是海盗们第一次尝试与威斯特玛接触。毕竟国王的商船在几个月内接连被洗劫,却没有一个人知道海盗如何获得了这些运输黄金的船只信息。他们只放过了一个鲁·高因的商人,这表明他们不希望任何威斯特玛的俘虏逃出他们的手心,以避免有人认出他们来。

船锚刮擦着河床的石头,最后终于勉强稳定下来,在河水的轰鸣中,几乎没传出多大声音。石锚彻底固定住之后,绳子猛地在托马斯手中绷紧了。水手用长满老茧的手掌紧紧抓住绳子。

小艇停了下来,但仍然在水面颠簸。

达里克扫了一眼两米开外的河岸。"好吧,我们会搞定这个问题，小子们。"他瞥了瞥托马斯问道,"水有多深?"

托马斯检视了一下紧绷在小艇和石锚之间的绳子后答道:"两米六。"

达里克打量着岸边。"河水大概会从悬崖处直坠而下。"

"幸亏我们没有穿铠甲,"马特说,"虽然我是真想有一件贴身的链甲好在接下来的战斗中保护自己。"

"你要那样做的话,估计等会儿就会像被闪电劈成焦炭的癞蛤蟆一样沉到水底,"达里克回答道,"接下来不一定会有战斗。也许我们可以神不知鬼不觉地潜入海盗船救出那个年轻人,不引起任何骚动。"

"是啊,"马尔德林嘟哝道,"你们要真能这么做,那还真是难得。"

尽管心底依旧隐含忧虑,达里克依旧咧开嘴笑了起来。"为什么呢,马尔德林,我几乎觉得你是在挑衅我。"

"随你的便,"大副咆哮道,"我的建议都是在为了你们考虑,你们却几乎从不接受我的好意,更别提回馈了。你们应该都知道,这帮家伙跟死人达成了契约,可能还不止这些。"

大副的话立刻令达里克清醒了许多,提醒他尽管夜色可以掩护他们的行动,但这并非万无一失。有些海盗船长会使用魔法。

"我们在这里跟踪的是海盗,"马特接着说道,"仅仅是海盗而已。他们会流血,会被杀死。"

"是啊,"马尔德林的话让达里克喉咙干涩,"他们只是普通人。"

然而不过几个月前,船员们在巡逻时就遭遇过整整一船行尸走肉。那场战斗极其残酷而令人胆寒,他们付出了好几条生命的代价,才将这艘船和上面所有的僵尸埋葬到了海底。

年轻的指挥者扫了一眼托马斯问道:"我们停稳了?"

托马斯拉了拉锚绳点头答道:"就我所知,没错。"

达里克咧嘴笑了笑。"托马斯,我希望我们能有船回去。托利夫船长向来对他的大小船只看得像宝贝一样,我们上岸后,你把船系紧。"

"明白。我一定会照做。"

达里克从舱底的包裹中抓出他的弯刀,小心地站起来,保持着小艇的平衡。他最后看了一眼悬崖的顶部。他们发现的最后一个岗哨离这里有一百米远。燃烧的营火在厚重的迷雾中依稀可辨。他扫了一眼远处的火光,远处船上索具拍击桅杆发出的叮叮当当声传入了他的耳朵。

"虽然看上去我们得做一场没价值的牺牲,小子们,"达里克说道,"我们必须跳入冰冷的河水。"他注意到马特已经握紧了自己的长剑,而马尔德林则抽出了战锤。

"您先请。"马特用空余的手指向河水。

达里克没有再说什么,径直走向小船的另一边,一跃入水。冰冷的河水瞬间淹没了他,他只能暂时屏住呼吸,一鼓作气向河岸边游去。

第二章

瑞森蜷曲着身体,不停地扭动着试图摆脱邱力克的咒语,可是双手却被无形的力量牢牢禁锢,没有一分一毫反抗的余地。瑞森的脸上满是惊讶和恐惧,终于意识到,自己曾经不屑一顾的老迈祭司并非看上去那样不堪一击。海盗头子大张着嘴巴,拼命想要说什么,但最后半个字也没吐出来。邱力克做了个手势,瑞森的身体立刻悬到了空中,随即向着阳台外飘浮而去。在他身下三十多米的地面上,到处是破碎的岩石和陶鲁克港的断壁残垣。

极度的恐惧让海盗船长一时间居然忘记了继续挣扎。

"正是这种力量引导我来到陶鲁克港口。"邱力克继续施法,似乎正陶醉于施法带来的邪恶快感之中。"寻找被深埋地下的兰塞姆。你从未见识过这种力量,它不会对你有任何好处也无法为你所用。容纳这种力量的肉身必须是圣洁的,而我,注定就是这力量的宿主。这是你永远都做不到的。"祭司张开了手。

瑞森的身体飘回那个可以俯瞰河流和这座废弃之城的阳台里,然后重重地跌在砖石地板上,他感觉自己几乎窒息了,但还是拼命吸着每一口气。海盗船长挣扎着坐起来,不停喘息着,左手抚着自已瘀青的喉咙，右手则试图摸索那把重剑。

"如果你能握住那把剑，"邱力克声明道，"那我是该从你的船上另外提拔一个船长了，也许我会选你的大副。或者干脆复活你的尸体，尽管我怀疑你的手下还是倾向于上一个选择。不过呢，坦率地讲，我根本不在乎他们怎么想。"

瑞森停住了手，死死盯着祭司。"你需要我。"他哑着嗓子说道。"没错，"邱力克点了点头，"这就是你得以跟我工作这么久的原因，否则你怎么能活到今天。这可不是件愉快的事情，也没什么公平可言。"他走近那个背靠栏杆坐着的大块头。

大块紫色的瘀青在瑞森的脖子上显现出来。

"你就是个工具，瑞森船长，"邱力克说道，"仅此而已。"

魁梧的船长抬头怒视着对方，但什么也没有讲。即便是吞咽，现在对他来说也是件艰难而痛苦的事情。

"但对我现在做的事情来说，你的确是件重要的工具。"邱力克又做了一个手势。

看到祭司的手在空中划出神秘的符文，瑞森情不自禁地向后缩去。紧接着，他惊讶得睁大了眼睛。

邱力克理解他的反应，他绝对没有想到自己的痛苦会开始缓解。祭司懂得治疗术，但这些天来，他更习惯于施放伤人于无形的咒语。"站起来，瑞森船长。你可能带来些小尾巴，但大雾掩盖了他们的行踪，我希望你去处理一下。"

瑞森谨慎地站了起来。

"我们达成共识了吗？"凝视着瑞森的双眼时，邱力克知道对方已经彻底与他为敌了。真遗憾，他本来还想让这海盗船长多活一阵子呢。

大部分威斯特玛海军把艾瑞巴·瑞森叫作"血水船长"。他劫掠的船上极少会留下活口，大部分人都被沉入了海底，最近的威斯特玛湾更是多了无数冤魂。

"是啊。"瑞森咆哮道，不过由于他的嗓音过于嘶哑，听起来并没有多少威慑力。"我马上去做。"

"很好。"邱力克点了点头，望向陶鲁克港口那些残破不堪的建筑，做出一副对瑞森离开与否毫不关注的样子，对瑞森拖长的脚步声无动于衷，虽然他很明白那代表着海盗头子迟疑过是否要在背后给自己一剑。

邱力克听到金属轻轻擦过皮革的声音，但这一次他知道，剑刃终究还是归还到了剑鞘里。

邱力克依然站在阳台上，他的双膝紧紧并在一起，这样就不至于因为寒冷而颤抖不止，或者因为法力耗尽而显得疲惫不堪。如果刚才继续施法的话，他可能现在已经昏倒在地，只能完全听任瑞森摆布。

圣光啊，消逝的时间去了哪里？我的力量又去了哪里？邱力克呆呆地凝望着远方，耀眼的群星已经点亮漆黑的夜空。此刻，他感觉自己是如此老迈而虚弱，甚至双手都已经丧失了知觉。大多数时候，这双手还能听他的使唤，可有时候他却完全无能为力。当祭司感觉无法使用双手的时候，他往往会将它们缩在袍子里，并远离其他人。无力的时刻总会过去，但那种时刻越来越长。

如果是在威斯特玛，他日渐虚弱的情况很快就会被年轻的祭司发现，然后被举报到大祭司那里。然后他会很快被逐出教堂，丢在一家收容所里静待死亡，那里所有的病人都已经只剩下最后一口气。邱力克知道，寿终正寝这种幸福的事情，肯定不会发生在他们身上。

陶鲁克的港口，还有掩埋在下面的兰塞姆，都是他从那些神圣的文本中发现的信息——邱力克认为它们可以助他实现自我救赎。

从他过去几年与那些黑暗势力结盟的结果来看,一切都在朝着预期的方向发展。

他将目光从星空转向被浓雾笼罩的河流。性格绵软的白色人种分布在近海地区支离破碎的土地上,而遥远的北方,则聚集着令他们头疼的野蛮人部落。不过这里远离危机重重的威斯特玛和崔斯特姆,他们是安全的。

邱力克想,如果瑞森最近这次去威斯特玛劫掠国王的运金船时,没有带回来这个活口的话,至少他们会比现在安全得多。他遥望脚下的浓雾,海盗船高大的桅杆在银灰色的雾团之中显得分外醒目。

远处船上的灯笼散发着昏黄不定的光芒,看上去犹如萤火虫一般。他听到那些海盗用沙哑的嗓音漫不经心地呼喝着彼此的名字,这些男人粗野的做派与邱力克多年来精挑细选的那些训练有素的侍僧截然不同。他们聊着女人和为女人花掉拿命拼来的金币,却没有一个人意识到埋藏在城市下的巨大力量。

只有瑞森对他们搜寻的东西愈来愈好奇,其他海盗都满足于一直能拿到的金币。

邱力克一边诅咒自己麻痹的双手,一边感受着向东吹往鹰嘴山的冷风。如果他还年轻,如果他能早一点发现这神圣的维兹杰雷经文,那该有多好啊……

"主人。"

"怎么了,努拉特?"

"请原谅我打扰您的宁静,邱力克大师。"努拉特向他躬身行礼道。这是个二十出头的年轻人,有着乌黑的头发和深色的眼睛。他的长袍上沾满了尘土和污垢,原本光洁的脸上到处是伤痕,一条胳膊也挂了彩。这些都是因为前几天挖掘过程中的一场意外,在那场意外中,两名侍僧不幸失去了生命。

邱力克点了点头道："你应该知道，除非是特别重要的事情，否则不能打扰我。"

"是的。阿尔萨林修士让我来接您。"

邱力克的心脏突然在干瘪的胸膛中加速跳动，但他仍维持着表面的平静。所有追随者都对他充满畏惧，尤其对他的力量满怀恐惧，但是他们仍然渴望得到他当初承诺的赠予。说实话，他很乐于看到现在的样子。

祭司保持着沉默，没有追问努拉特。

努拉特接着说道："阿尔萨林认为我们已经到达了最后一道大门。"

"阿尔萨林停下来了吗？"邱力克问道。

"当然了，主人。一切都在您的命令之下进行，封印没有打破。"但努拉特欲言又止地皱起了眉。

"到底出什么事了？"

努拉特迟疑了片刻。海盗们吵吵嚷嚷的声音，船上绳索拉动时的铿锵声，操作桁端和桅杆的吱嘎声从下面传来，他们从未有一刻消停过。

"阿尔萨林说他听到门那边有声音。"努拉特眼神游移地说。

"声音？"邱力克重复了一遍，感觉自己更加激动了。肾上腺素的骤然激增令他的手抖得更厉害了。"什么声音？"

"恶魔的声音。"

邱力克盯着年轻的侍僧。"你还指望会是其他种族吗？"

"我不知道，主人。"

"黑暗之路可不是那些懦夫能发现的。"事实上，它的存在，是邱力克从神圣的维兹杰雷经文中推断出来的，此条道路完全由人类的骸骨铺就，那些可怜的男女当初则在看似并未受到原罪之战影响的村落里繁衍生息。在人口增长到足以满足恶魔的需求之前,他们对自己的下场根本一无所知。

"这些声音是怎么说的?"

努拉特摇了摇头答道:"我说不好,主人。我理解不了它们的语言。"

"阿尔萨林呢?"

"如果他能理解,主人,他也没有告诉我,他只命令我来接你。"

"那座最后的大门长什么样子?"邱力克问道。

"正像你告诉我们的那样,主人,大而可怕。"努拉特睁大了眼睛,"我从没见过这样的东西。"

恐怕这几百年里也没有别人看到过吧。邱力克想道。"拿一个新火炬,努拉特。我们去看看阿尔萨林修士发现了什么。"但愿那些经文都是正确的。否则,从那门后面释放出的恶魔会把我们全部干掉。

* * *

达里克·朗隐藏在迷雾下的悬崖边,用一侧的手脚钩在崖壁的石缝间,然后伸出另外一只手去摸索新的着力点。他感觉着绑在腰间的绳子,绳索一端系在了船上,另一端钉在距离悬崖下方一米高的地方,然后给身后的同伴留下了一截绳子。如果不幸失手,绳子可以保证他不至于摔死到二十米下的河里,当然,前提是绳子一切正常。如果出现什么意外,他极有可能将他上下的两个人一齐拽下悬崖。雾气是如此浓重,他现在已经看不到那只小船。

我应该把卡隆带在身边。达里克一边用手指紧紧抠住石头,一边想道。这块石头看起来很厚实,足以支撑他的体重。可卡隆只是个孩子,不会上战场。在寂寞之星号上,卡隆是操纵绳索的大师,即便没有眺望任务,他也经常待在桅杆上。这男孩对高空有着天生的嗜好。

达里克休息了一会儿,感觉后背和脖子上的肌肉依旧在颤抖。他深深地吸了一口气,嗅到了潮湿的岩石和坚硬的泥土的气味。在达里克看来,这味道就像是一座刚刚重见天日的墓穴。早就被河水浸湿的衣服给他带来了阵阵寒意,但他仍然出了一身汗。这让他有些讶异。

"你没打算在那儿安营扎寨,对吧?"马特冲着他喊道。他的声音听起来依然温和,可是如果了解他的话,就能从中听出一丝紧张。

"没什么,这里风景很好。"达里克有点想笑,他俩表现得仿佛此行纯粹是为了好玩,而不是要完成什么正经事。不过他们俩向来都是这么做的。

马特和达里克如今都是二十三岁,达里克大七个月,两人从小一起在海斯法长大。他们常常跟山区的原住民混在一起,也曾经在码头上装货卸货。当北方的野蛮人部落一路烧杀抢掠到这里的时候,他们学会了以暴制暴。两个人十五岁的时候去了威斯特玛,并且宣誓效忠于国王的海军。这样一来,达里克总算逃离了父亲的控制,可是马特却为此抛弃了和睦的家庭与远大的前程。如果达里克没有离开家乡的话,马特可能永远都不会离开。有时候,达里克会对此感觉愧疚。尤其每次马特接到从家乡来的信件,流露出对家人的思念时。

达里克将心思收了回来,目光越过破碎的土地,望向两百米外的港口。海盗在半道的悬崖边上安扎了另外一个岗哨,哨兵升起了一堆小小的营火,而他在河面上根本看不到这些。

在更远的地方,他看到城市废墟前面的盘状天然港口中停泊着三艘桅杆高耸的柯克船,这是一种圆形船舶,它们看上去是为了在河流与近海航行而设计的，并不适于驶入深海。在托利夫船长的地图上，这座城市名为陶鲁克港，不过人们对它几乎一无所知，因为这地方已经废弃太久了。

船上可以看到移动的灯笼和火把，达里克留意到城市里也有飘忽不定的灯光，他可以确定那些都是海盗。不过海盗们为何如此勤奋早起，就不是他所关心的问题了。凝结的雾气让人很难看清远处，可达里克还是尽量努力向前望去。

这艘小船上包括达里克一共十五个人，他估计对方的人数至少是己方的八倍。长期缠斗是不明智的，不过他们可以设法将国王的侄子救出来，然后让海盗付出几艘船的代价。达里克曾经自愿加入过同样的团队，并且活到了现在。

到此为止吧，恶棍们。达里克冷酷地自语道。

兴奋和忧虑交相在他心底涌现。他紧紧地贴在崖壁上，抬起一只脚，继续向上攀登而去。悬崖的顶部离他只有三米了。一旦到达那里，他就可以重新脚踏实地，快步奔向城市的废墟和那隐蔽的港口。他的手指和脚趾都因为长时间的攀爬而疼痛不已，但他将这些痛楚抛在了脑后，继续向上爬去。

达里克终于到达崖顶时，费了很大力气才抑制住胜利的呼喊。他转过身来回头看了看马特，握紧了拳头。

即使距离这么远，达里克还是看到了马特脸上的恐惧。"当心！"

他下意识地向后仰去，余光看到一把闪着寒光的武器正向自己扫来。他低下头，同时用尽全身力气向旁边荡去，两只手紧紧攀住了悬崖的另一侧。

长剑狠狠地砍在了他刚才所抓的石头上，溅出了一连串火花，而他的身体则随着惯性重重撞在石壁上。

"我告诉过你了,刚才我看到有人在这里。"一个男人边说边把长剑收回来,沿着悬崖边缘小心地巡行着。他的钉靴在石头上发出刺耳的刮擦声。

"是啊。"第二个家伙表示同意,加入了追击达里克的行列。

达里克紧紧地抓住悬崖的边缘,靴子反复在石头上试探,想要找到一个合适的支点好爬上去。谢天谢地,受制于地形,海盗暂时也没想好如何对付他。他拼命挣扎着,靴底不停地摩擦着石头,却总是在打滑。

"砍掉他的指头,隆!"后面那个人催促道。这是一个身材矮小、獐头鼠目的家伙,他的啤酒肚上绷着一件破旧的衬衣,眼中闪烁着狂热的光芒。"砍掉他的指头,让他掉下去砸落他的同伙。趁着他们一团糟的时候,我们可以赶到篝火那里,警告瑞森船长有敌人来了!"

达里克想起了这个名字。他在威斯特玛海军那里听说过瑞森。事实上,托利夫船长在船长的季度会议上曾经暗示,瑞森可能是这一系列海盗袭击的主使者。得到这个消息是件好事,可是活着把消息送出去就没那么容易了。

"退后,奥菲克,"那个叫隆的海盗咆哮起来,"你就像只苍蝇在我身边嗡嗡嗡嗡个没完没了,信不信我一剑刺你个窟窿!"

"隆,你给我滚开,让我来对付他。"小个子男人被赤裸裸的挑衅激怒了,声调明显高了起来。

"去你的!"隆诅咒道,"让开!"

奥菲克犹如一只冲入鸡圈的狐狸,灵活地躲开同伴伸出的手臂,用一把长刀砍向达里克的右方。接着,他大笑了起来。"我砍到他了,隆!好好看着吧,我打赌他掉下去的时候会一路尖叫!"

达里克感觉自己的肾上腺素正在飙升,他尽可能地控制着身体的平衡，竭尽全力去躲避奥菲克这一击。尽管如此，海盗还是划破了他左手小指的指关节。疼痛向达里克的手臂蔓延，不过他更害怕的是溅出的血液会令自己的手打滑。

"该死的！"奥菲克咒骂着，再次在石头上擦出一串火花。"别动！再让我砍一下就好！"

隆步履蹒跚地从小个子男人后面走过来，提醒道："当心，奥菲克！下面的人有弓箭！"这个大块头的海盗举起一只袖子，小个子看到有一支箭没羽而入，牢牢地钉在上面。

奥菲克一惊，意识到自己随时有可能中箭，便后退了一步，随即抬起靴子重重踢向达里克的头部。

达里克用一只满是鲜血的手抓住了这个小个子的腿，向旁边一侧，他可不想为之失去自己的右手。他用手指紧紧揪住海盗的马裤，裤腿虽然塞在了钉靴里，但仍然有足够的空余令他抓牢。达里克用另一只手在悬崖上保持着平衡，然后用力向下一拉。

"该死的！隆，抓住我，把我从悬崖边拽过去！"奥菲克竭尽全力把手伸向同伴，对方紧紧抓住了他的手。与此同时，另外一支利箭从下面射上来，在他们身旁的悬崖上发出刺耳的撞击声，吓得他们俩赶紧向后躲去。

达里克知道这是最好的机会了，他趁着局势混乱，迅速一摆，拼命伸出一只脚去，希望能探到悬崖的边缘，否则，他只有掉下去的份了。绳子还系在腰间，这东西也许会救他一命，但是马特和其他人很可能在混战中忘了这件事情。

达里克弓起身子，竭尽全力向前一荡，撞在了悬崖之上。他感觉到自己的身体正在往下滑落，绝望地伸出一只胳膊，祈祷着自己能抓到什么。在这千钧一发之时，他终于勉强钩住了悬崖的边缘，然后终于爬了上去，气喘吁吁地趴在崖边。

第三章

拜耶德·邱力克跟随努拉特穿过陶鲁克港的羊肠小道，进入了曾经瘟疫横生的兰塞姆。那座城市被深深地埋藏在岩层下，远处的港口似乎已遥不可及，但老祭司之前在雾气中沾染的寒意仍未散去。他在温暖的房间里勉强可以压制住那些痛楚，可穿过重重隧道的时候，苦痛变本加厉地回到了他身上。

努拉特举着一根浸油的火把，隧道很是狭矮，翻腾的火焰在上壁的花岗岩表面留下了一道道焦痕。这位侍僧显然十分焦虑，他不停地左顾右盼，脑袋仿佛变成一个快速晃动的钟摆。

邱力克没有理会侍从的担忧。几个月前，发掘工作正式开始之后，陶鲁克港便深受鼠患之扰。瑞森船长曾经怀疑这些老鼠来自野蛮人的营地。那帮家伙本来定居在冰天雪地的北方，但若是遇上严冬——譬如上个冬天，野蛮人便会往南方更温暖的地方迁徙。

不过到达陶鲁克港之后，鼠群有了其他的食物来源。直到挖掘工作开始时，邱力克才意识到这一可怕的事实。

原罪之战期间，当法兰建造了一道强力的门户，让卡巴拉克斯回到人世间时，陶鲁克港被施与重重咒语。咒语保护了这座港口，也令它远远避开了东方战火的威胁。或者在那时，陶鲁克港被称作兰塞姆。邱力克并未找到哪座城市曾被恶魔奴役的实证。

施放在那城市中的咒语曾经令亡者再度站起，令它们拥有生命的行迹并听命于复活它们的恶魔。大多数法师对死灵法术并不陌生，但极少有人会染指这些东西。大部分人都深信，死灵法术会让施术者与恶魔——比如被称为三大魔神的迪亚波罗、巴尔或墨菲斯托——产生联系。然而，来自东方丛林中拉斯玛教派的死灵法师们一直在为高阶天堂和烈焰地狱之间的平衡而战。他们是心灵纯净的战士，尽管多数平民对他们既憎又怕。

第一批挖掘者在陶鲁克港的底部发现了不死生物，它们就潜伏在这座城市下面的废墟中。邱力克猜测，无论当时摧毁兰塞姆的恶魔是谁，它的施法都是草率的，或者说有些过于匆忙。兰塞姆惨遭入侵，被烧毁的建筑和被屠戮的人民留下了无声的证词，所有的人都被杀害了。但在那之后，一个拥有强大法力的人进入了城市，令所有横死的人变成了行尸走肉。

一批又一批的僵尸从那些新鲜的尸体堆中立起，甚至墓地里的骷髅也从它们的土冢里爬了出来。但并非所有冤魂都及时恢复了生气，追随召唤它们的大师而去。邱力克曾一度设想，或许其他亡者要花上几年甚至几十年的时间才能重新站起来吧。

但那些亡者已经复活了，它们的躯体以某种方式定格在将死未死的状态。它们的肢体早已枯萎，筋肉也一条条风干，只是未曾被埋入土中罢了。当那些老鼠大举进入陶鲁克港的时候，它们从港口的裂缝和罅隙里一直往下爬，直到钻入埋藏下方的城市。从那天起，老鼠开始得其所哉，大肆繁衍。

当然，它们面对的猎物是截然不同的，一种是哪怕被咬断一条腿都能继续战斗的僵尸，另外一种则是有血有肉，受伤会倒下、重伤会死去的活人，很显然，老鼠选择了持续追踪这支挖掘队伍。有一段时间，挖掘团队的减员率十分惊人。在漫长的几个月里，老鼠证明了自己是极其坚韧且足智多谋的敌人。

瑞森船长这段时间一直忙着袭击威斯特玛的船只，然后用邱力克分给他的黄金购买奴隶。而祭司则花费了更多金币招募雇佣兵，以保证那些奴隶乖乖听从安排。

"小心，大师。"努拉特一边说一边举起了火把，光亮映出了前方巨大的黑洞。"这里有个深坑。"

"我上次来这里的时候，那儿就有个无底洞。"邱力克厉声说道。

"当然，大师。因为您已经很久没来这里了，我怕您已经忘记此处的细节。"

邱力克尽量让自己的声音听起来冷漠而强硬。"我没忘记。"

努拉特的脸色突然间变得煞白，他避开祭司的视线答道："您当然没有，大师。我只是——"

"安静，努拉特，你的声音在这些洞穴中不停回响，让我厌烦。"邱力克继续前行，眼看着一群红眼睛的老鼠突然从他们左边的碎石堆中蹿出来，将努拉特吓得连连后退。

这些老鼠大约一臂长，除了光秃秃的尾巴，浑身覆盖着光滑的黑色皮毛。它们争相从巨石上跑过，扭打着争夺观察这两名不速之客的最佳地点。它们吱吱喳喳地尖叫不停，这种令人不安的噪声反复在洞穴中回荡。碎石堆和残垣断壁间散落着一堆堆陈旧的骸骨，间或也有几根看上去成色比较新。

努拉特停了下来，颤抖着将火把伸向鼠群提议道："大师，或许我们该回去了吧。我好几个星期没见过这么多老鼠了，它们的数量足够把我们弄死。"

"保持冷静，"邱力克命令道，"把你的火炬给我。"他已经对努拉特不时发表的诸如凶兆降临之类的胡言乱语忍无可忍。

努拉特犹豫了一会儿才把火炬递给邱力克，好像担心对方会把他留在黑暗里，留在聒噪的鼠群之中。

邱力克抓过火把，紧紧攥在自己手中。他低声诵念了几句咒语，然后对着火把吹了口气。他的呼吸穿过火把，迅速变成一股火浪在成堆的石头和瓦砾上爆炸开来，那耀眼的场面犹如铁匠打翻了自己的熔炉。

努拉特大叫一声扑倒在地，捂着脸避开酷热，试图将火把从邱力克手中夺过来。火舌舔到了祭司长袍的下摆。

祭司一把将自己的长袍扯下来，接着怒吼道："努拉特，你这该死的白痴！你差点儿把我点着！"

"对不起，大师。"努拉呜咽着把火把抽了回去。他的动作过于迅速，险些让火焰在劲风中熄灭。火把被放置在石头地面上，一摊闪闪发光的油渍在地上燃烧。

邱力克本想声色俱厉地斥责这个侍从一番，但一阵虚弱感突然袭来，让他踉跄了几步，几乎无法稳住身形。他闭上眼睛，不去想这突如其来的眩晕感。之前对付瑞森时施放的咒语过于强大，几乎耗尽了他所有的精力。

"大师！"努拉特喊道。

"闭嘴！"邱力克厉声喝道，声音粗哑得令他自己都感到惊讶。房间里弥漫着焦肉的恶臭，让他的胃部一阵翻涌。

"遵命，大师。"

邱力克强迫自己深吸了一口气，将所有精力集中于一点。他的手因为疼痛而剧烈颤抖，仿佛每根指头都已经被折断。他的身体已经无法承受这强大的力量。为什么那个人会从万丈光芒中幻化出来，允许他运用预言中的力量，难道只是为了剥夺他的血肉之躯，斩断他与这个世界的联结？差不多二十年前，正是这个疑问让他渐渐背离萨卡兰姆教会的教义。从那时起，他转而追寻恶魔的存在。至少，它们赋予了他某种不朽的力量，而他只要尽力活着就好了。

虚弱感渐渐退去后，邱力克睁开了眼睛。

努拉特正蹲在他身边。

这侍从在尽量让自己不显眼，以避免被任何幸存的老鼠当作首要的复仇目标。这么想着，祭司扫视了一眼洞穴。

魔法的火焰席卷了整个地下空间。烟熏火燎的老鼠尸体散落在废墟各处，它们烧焦的皮肉从骨头上散落下来，空气中弥漫着可怕的恶臭。只有几只幸存者发出了微弱的声音，但它们看上去绝不愿意从藏身之处爬出来。

"站起来，努拉特。"邱力克命令道。

"遵命，大师。我只是想万一您摔倒了的话，我可以扶住您。"

"我不可能摔倒！"

他们继续往前走的时候，邱力克扫了一眼小径的另一边，然后望向左边的深渊。发掘者们已然细致地勘查过，但至今仍未探到深渊的底部，但无论多深，它总该有个尽头。这些发掘者现在把它当成了乱葬坑，无论是劳苦致死的奴隶还是其他尸体，又或从废墟中发现的残骸，通通被他们丢到了这里面。

尽管邱力克已经好几个星期没有深入陶鲁克港地下这蜿蜒崎岖的隧道，但他始终对整个挖掘进度保持着足够的了解。每天他都要仔细检查船员们送到地面上来的各种物品，小心翼翼地在日记里记下那些相对重要和有趣的东西。等他回到威斯特玛的时候，这些在挖掘现场记录的信息足以折换数千金币。如果金钱能够补偿他失去的权力和生命力，他早就接受了。但金钱并不能取代这些，只有获得最强大的魔法，才能让他觉得不枉辛苦这一场。

也只有恶魔会如此慷慨，会给予他这种力量。

他们所走的这条小径一直在往下延伸，直至山腰深处，邱力克觉得他们可能已经到了迪勒河水位的下方。他们历经的区域越来越寒冷，而石墙上的水珠则进一步证明了这猜测。

几分钟后，通过兰塞姆的废墟进入最新的隧道群之后，挖掘队的火把和营火发出的强光让邱力克一阵目眩。这支团队明确划分了班组，每组人工作十六个小时，各班组之间有八小时的重叠时间，以清理从新发掘的隧道中挖出的废弃物。他们每天休息八个小时，因为邱力克发现，这些人一旦连续保持每天十六个小时以上的工作强度，他们的健康状况很快就会因严重缺乏睡眠而变得一团糟。

在邱力克仁慈的工作制度和针对老鼠与亡灵设置的防护措施下，苦役们的死亡率已经大大下降，但伤亡仍然存在，他们依然会因工作环境过于恶劣而殒命。邱力克如今唯一的遗憾是，瑞森船长花了太多时间才找到接替者。

邱力克穿过了苦役们用于睡眠的一条隧道，在努拉特的引导下，在隧道入口三分之一处堆积的废弃物旁转入了一条新的通道。年迈的祭司对这通道中的混乱景象毫不在意，他的眼睛牢牢盯在了那扇厚重的灰绿色大门上。

苦役们爬上六米多高的梯子，在这扇巨门旁边辛勤地劳作，锤子和凿子敲击石头的声音反复在隧道和密室内回荡。其他人则把废弃物铲进手推车里，然后把它们推到隧道前面的垃圾站。

火炬的强光在巨门前闪烁着，将镌刻其上的符文照得清晰无比。这个符号由六个逐层嵌套的椭圆组成，一条扭曲的线条穿过了它们。这线条一部分压在椭圆上面，另一部分则消失在圆环之下。

邱力克紧盯着大门，低声吟诵："卡巴拉克斯，光之放逐者。"

*　*　*

"干掉他！干掉他！他马上要爬到我们这里来了！"奥菲克尖声叫道。

达里克抬头看了一眼，那小个子海盗正向崖边扑来，他可不愿意就这样殒命在对方的刀口之下。海盗的速度很快，靴子甚至在石壁上擦出了一溜火星。

"这该死的浑蛋差点儿杀了我，隆！"奥菲克胡乱挥舞着刀子叫道，"你退后，我要一刀把他砍成两段。看好了！"

时间只够达里克勉强爬起。起身时，他受伤的左手因黏腻的鲜血打了一下滑，但是他的手指抠住了突出的岩架，终于还是站了起来。

奥菲克的双刀从右往左斜劈，在距离达里克眼睛只有几厘米的地方划了过去。瘦小的海盗反手又是一刀，达里克不得不又退了一步。在这狭窄的崖边走错一步都是致命的，达里克知道自己已经无路可退，于是预判对方下次进攻的路线，向前迈了一步。

与海盗错身而过时，达里克从左靴中抽出了那把弯刀，它差点儿从他满是血污的手掌中滑落。然而，当奥菲克转过身时，他已经紧紧握住了这把武器。达里克知道此时无须心慈手软，毫不犹豫地砍向对方的小腿。皮革在长刀的热切一吻下如黄油般裂开了，刀刃割断了海盗的腿筋。

一瘸一拐的奥菲克失去了平衡，他一边咒骂一边大声呼救，同时尽量把长刀横在自己面前，试图给敌人最后一丝威慑。

达里克一跃而起，打偏了奥菲克的长刀，同时侧肩撞在了海盗的腹部。奥菲克根本无法抵挡达里克的冲劲，更何况对方要比他重很多，他身不由己地飞了起来，看起来就像纵身跳下了悬崖。海盗厉声尖叫，手臂狂舞，越过令人头晕目眩的瀑布坠入河中。中途，他甚至差点儿撞上马特和其他水手，不过他们都看到了悬崖上发生的一切，提前把身子贴在了岩壁上。

达里克就势跪倒在地，先是试图抓住崖壁，随后又紧紧抓住用余光瞥见的从下一层悬崖伸出的粗大树根，才终于遏住了自己前冲的力道。当他终于得闲看向下方时，立刻被眼前的事情震惊了。

奥菲克虽然跌入了河中，但河水明显不够深。身材矮小的海盗一头扎进浅滩，直接撞上了底部的岩石。令人作呕的头骨破裂声在悬崖上空久久地回荡着。

"达里克！"马特大喊了一声。

达里克意识到自己尚未脱离危险，急忙转向另一个海盗，甚至怀疑那家伙现在已经在对自己下手了。但事实上，隆已经转头向一条山路跑去。越过那段山脊，应该很快就会到达海盗的据点。他如风一般向前狂奔，沉重的脚步声在山石间回响。

"他要去点火报警，"马特警告道，"如果他这么干，那些海盗就会把我们包围。国王的侄子肯定会没命，我们自己也别想逃掉。"

达里克这才反应过来，咒骂着追了上去。冲出去两步后，他才想起绳子还在自己腰间绑着，便立刻衔住长刀，用灵巧的手指解开了绳结。他就像个训练有素的水手在面对突如其来的狂风骤雨，沉着冷静地转过身来，把绳子绕在树根上，紧盯着逃亡的海盗，而此时对方已经逃向山岩的一边。烽火到底离这里有多远呢？

隆不过向前跑了三步，达里克已经将绳子固定好了。他狠狠拽了拽绳子，感觉它已经足够结实，便得意地向下面喊了一句："绳子系好了。"然后，他纵身扑向逃跑的海盗。

* * *

"起来穿好衣服。"瑞森船长看都不看躺在他身边的女人,直接命令道。

这个女人早就从过去的教训中吸取了经验,她没有说一句话,径直从床上爬起来,赤身穿过房间,走到她早前放衣服的柜子前。

瑞森的目光追随着女人,他对她毫无感觉,事实上,他甚至有些厌弃她,因为她再次揭露了他无力控制自己欲望的事实。他现在浑身都是汗水,也分不清它到底来自谁,因为壁炉里的火焰太旺了,房间的温度实在有些高。陶鲁克港中只剩下几栋可以居住的房屋,这家旅馆就是其中之一。海盗们已经搬了进来,储存食物、装备和抢来的货物。

这个女人很年轻,在海盗之中艰难求生并未对她的容貌造成太大的伤害。她大腿后侧有还未痊愈的伤口,这是瑞森最近一次用马鞭惩罚她的证据。

即便是现在,有条不紊地精心打扮时,她依旧展示着自己的躯体,仿佛在向瑞森诉说自己的魅力和权利。他渴望她的身体,即使他并不在乎她的心,而她对这一点非常清楚。

她的行为令瑞森有些挫败。然而他没有让她当场毙命,也没有让别的海盗染指她,而是为了他的私欲把她留了下来。如果弄死她的话,从他们袭击的船上带走的女人可没有一个能让他满足的。

"你是觉得自己依旧高高在上吗,女人?"瑞森问道。

"没有。"

"那你就是想让我难堪了?"

"没有。"她平静地回答。

她的无动于衷让瑞森一时间几乎无法控制自己的愤怒。他脖子上的瘀伤依旧让他头晕目眩,在邱力克手中遭受的羞辱也令他完全无法释怀。

船长又想起了老祭司在废墟里那破败的房间中对他出手的场景，或许祭司这么做只是为了证明自己并未衰老。不过在瑞森眼里，他不过是个颤颤巍巍的老蠢货罢了。海盗船长伸手去拿床头柜上的长颈酒瓶，他和手下从袭击的船只中拿走的并不仅限于黄金和白银。

瑞森拔出瓶子的软木塞，灌了一大口葡萄酒。酒精灼痛了他的喉咙，让他差点儿窒息，但他还是将那暗红色的液体咽了下去。船长用手背擦了擦嘴，看了看那个女人。

她站在衣柜旁，简单更换了衣着，但脚上没有鞋子。第一次被瑞森殴打后她就明白，未经他的允许不能离开。当然，她也不会这样要求。

瑞森把软木塞按回酒瓶里，开口道："我从来没有问过你的名字，女人。"

她微抬下颌，看向瑞森，两个人对视了一会儿，她的眼神又移开了。"你想知道我的名字吗？"

瑞森咧嘴一笑说："如果我想让你有名字，那我就给你取一个。"

不期而至的愤怒和尴尬让那个女人涨红了脸，整个人几乎失去了控制。她极力压抑自己的情绪，只觉得咽喉深处的脉搏如炸雷一般轰鸣着。

瑞森抓住自己身上的毯子擦了擦脸，从床上爬了起来。他本想多喝些酒然后睡个好觉，但现在看来是没戏了。

"你是不是在威斯特玛很有地位，女人？"瑞森一边问，一边拉起自己的马裤。出于习惯，他的剑和匕首都会放在触手可及的地方，不过女人从来没有盯着它们看过。她知道这是她无法拒绝的诱惑。

"我不是从威斯特玛来的。"女人回答。

瑞森穿上了衬衫。他之前把其他的衣服放在了船上，还洗了个热水澡。船上的侍者知道,要时刻为船长准备好热水。"那你是哪儿的人?"

"埃拉诺克。"

"鲁·高因?我认出你的口音了。"

"鲁·高因的北部。我父亲和鲁·高因的商人做生意。"

"什么样的生意呢?"

"他是个玻璃吹制者,他造的玻璃器皿是这个世界上最好的。"她的声音有些哽咽。

瑞森冷冷地盯着她,他意识到了自己情绪的来源,忍不住开始转动匕首,继续问道:"你父亲现在在哪儿?"

她的嘴唇颤抖着回答:"你的海盗杀了他,丝毫没有手软。"

"可能他反抗了吧。虽然我不主张他们滥杀无辜,但这帮家伙好像不怎么听话。"瑞森用手指拨弄着自己凌乱的头发。

"我的父亲是个年迈的老人,"女人说,"他不可能和任何人动手。父亲有善良温和的灵魂,他不应该被谋杀。"

"谋杀?"瑞森重复着这个词。他疾行两步,拉开了他们之间的距离。"我们是海盗,女人,不是杀人不偿命的凶手,你要用文明的语言来谈这桩事情。"

她没有再看他一眼。泪水从她的眼中溢出,流到她伤痕累累的脸上。

瑞森倾身过来,用手背摩挲着她的脸颊,在她耳边低语道:"你跟我说话最好斯文一点,否则我就把你的舌头从这好看的脑袋上切下来,再让我的海盗们好好跟你玩玩儿。"

她猛地转向他,眼中闪烁着异样的光芒,仿佛映射着壁炉中的火焰。

瑞森并未等到她的回答,便决定继续嘲弄她。"你父亲死得好看吗？我已经不记得了。他反击了吗，还是仅仅像个老太婆一样尖叫着死去了？"

"你该死！"那女人愤怒地吼道。她转过身来，握紧右拳向他挥去。

瑞森不动声色地伸出一只手抓住了女人的拳头，她踉跄着后退了两步，又伸出脚踢向他的胯部。海盗船长侧了侧身子，这一脚踢在了他大腿上。然后他转过身来，反手一掌甩在她脸上。

女人挨了一记重击，跌跌撞撞地穿过房间，重重地撞在墙上。她被撞得头晕眼花，两只眼睛无神地上翻，良久，她终于支撑不住，双腿叉开跌坐在地。

瑞森轻吮着她的牙齿在自己手背硌出的伤口。疼痛令他感觉浑身充满了活力，她的无助让他享受到了掌控局面的快感。尽管那个女人不知道他的脖子还在持续抽痛，但他的耻辱现在已经被她分担了。

"我要杀了你！"女人用沙哑的嗓音嘶吼道，"我发誓，如果你不杀我，我总会想办法杀了你！"她用手擦了擦流血的嘴，指间殷红一片。

瑞森咧嘴一笑，回应道："见鬼，我可能犯傻了，但你这野丫头很有意思。你说话的口气就像看透了我的内心。"他低头看着她。"明白吗？换了别人，可能会觉得你只是说说而已。满嘴胡言乱语是可以让自己开心起来，让自己显得更勇敢一点的。但我看着你的眼睛，就知道你说的是实话。"

"只要我还活着，"女人咬牙切齿地说道，"你的余生都要注意自己的身后。因为只要找到你，我就会杀了你。"

瑞森仍然咧嘴笑着，现在他感觉好多了，不过有些讶异自己是用这种方式平稳了情绪。最后他点了点头回答："我知道你会的，女人。如果我是一个像某个老不死的祭司一样过度自信、大言不惭的家伙，我可能会犯这样的错误，继续羞辱你，让你继续活着。不过大多数人可能会被你吓一跳，然后就把这事儿抛在脑后。"

仿佛是公然的反抗，那女人强撑着站了起来。

"但是你和我，女人，"瑞森继续说，"我们都是与众不同的。人们总觉得我们一无是处，我们说什么都是夸夸其谈。他们不明白，一旦我们开始憎恨他们，会用尽心机等着把他们拖入地狱，我们只是在等待他们暴露弱点。"他停顿了一下，接着说道："就像你落在我手中，受尽了我的种种侮辱，但你依然坚强，一直等机会干掉我。"

她站在那里面对着他，鲜血染红了她的下巴。

瑞森又对她笑了笑，这次的笑容热情而真诚。"我要谢谢你，谢谢你帮我调整好航向和风帆，让我意识到自己必须遵循正确的道路才能达成目的。不管那个所谓拜耶德·邱力克大师拿多少蝇头小利来引诱我，我都不是猎犬，不会在他的手中追逐骨头，遭受屈辱和虐待。"

他走到她身边。

这一次，她没有退缩。她死死盯着他，仿佛完全看穿了他。

"谢谢你，女人。"瑞森弯下腰，打算亲吻她的嘴唇。

那女人以她从未表现出来的速度和决心，迎向海盗船长的喉咙，朝他的颈静脉咬去。

第四章

达里克踩在岩石上，下面雾蒙蒙的河水令他一阵眩晕。月光亲吻着海面，留下粼粼的波光。他感觉到自己的呼吸变得越发急促且沉重。达里克知道马特和其他水手正在向上攀爬，想到这个，他的心情明显轻松了很多。要面对未知的黑暗，也许还会落入在悬崖边扎营的小群海盗之手，并不是乐观的前景。

他握着匕首，弯刀已被收回到身畔的刀鞘里，沉重的弯刀时常撞到他的大腿。他用手臂护着脸，尽量不让杉树的枝条扫到眼睛。但还是总有枝丫打到他脸上，留下不轻不重的伤痕。

那个大块头海盗沿着一条狩猎小径穿过了矮针叶树林，他的速度很快，倏忽间便穿过一堵杂草丛生的灌木，消失了踪迹。

达里克竭尽全力向前追去，但漫长而艰难的攀登让他渐渐呼吸困难，继而开始眼前发黑。

达里克知道，如果海盗们发现了他们，他和他的战士们几乎没有机会回到停泊在威斯特玛湾的寂寞之星号上。他们或许会被当场处决，也许那个被俘虏的小男孩会和他们一同共赴死路。

达里克来到了海盗消失的灌木丛，准备继续追赶。他几乎在黑暗的森林中迷失了方向，一时间不知该往何方走。他不由自主地抬头看了一眼，但浓密的树冠挡住了星空，所以他依旧无法做出判断。达里克只能依靠自己的听觉去追踪那个大块头，然后穿过灌木丛继续向前奔跑。

突然间，黑暗中有什么东西破空而至。借助周围的微光，达里克看到了一群可怖的生物，它们拥有巨大的皮质翅膀、闪闪发亮的黑眼睛和夺目的白色牙齿。一定是刚才海盗的闯入激怒了它们，现在至少有十几只蝙蝠向他扑了过来。它们发出震耳欲聋的粗厉尖叫，利齿瞬间在他身上留下了一道道灼痛的红痕。

达里克挥动匕首奋力还击，但并未停下脚步。这种可怕的蝙蝠以善于集体捕猎著称，时常追踪小型猎物。虽然达里克未曾亲眼见过，但他听说这种成群的掠食者甚至能击倒成年的男人，转眼间将其化为白骨。

那个海盗应该就在前方不远处了，蝙蝠看似一时追不上来，但此时达里克却被一棵倒下的树绊倒在地。他打了个滚，并未松开手中的匕首，弯刀则狠狠地砸在了他的臀部。他毫不在意地站了起来，警觉地确认自己的猎物是否改变了逃亡的方向。

达里克再次奔跑在森林中，此时他只觉自己的喉咙仿佛在被灼烧，心脏在胸膛里颤颤巍巍地跳动着，耳朵里充血的嗡嗡声让他的听觉也变得迟钝起来。他用空着的手抓住一棵树，在树皮从树干上被扯落时，他猛地转过身来。

那个大块头海盗现在也不好过。他的呼吸声早就变得粗糙嘶哑，完全没有规律和节奏。

达里克知道，只要还有时间，他就能把那家伙打倒在地。但他快没时间了。现在他已经能透过树枝，看到营火闪烁着的黄色光芒。

那个海盗突然从森林中冲了出来，直直向营火处奔去。

这会不会是个陷阱？达里克现在无法确定。或者他仅仅是出于绝望？比起被我追上，或者这海盗更害怕面对瑞森船长的雷霆之怒。即便是威斯特玛的军官，在执行军纪时也无比严酷。达里克在战斗中拼杀多年，留下了累累伤痕。行伍生涯中，军官们所给予的惩罚倒是从未超过他的忍受极限，但总有一天，那些家伙会后悔曾经如此对他。

达里克知道自己毫无选择，必须要阻止这海盗点燃烽火，他毫不犹豫地从森林里冲了过去，虽然这注定要耗尽他最后一点体力。如果这海盗还有其他幸存的同伙，那他就只能苦战至死了。但他依然拼命向前冲去，几乎无法维持自己的步伐，全凭一股狠劲。

营火设在一个低矮海岬的低洼处，飘忽不定的火焰在那处洼地投下了轮廓模糊的阴影。不远处稍高的地方，三根树枝插在地上形成一个简陋的支架，架着一口装满沥青混合物的小锅。

达里克知道，河边的下一个哨所可以清晰地看到这里的烽火信号。一旦海盗点燃了沥青混合物，他就真的无能为力了。

大块头海盗气喘吁吁地冲到营火前，弯下腰抓起旁边的火把，一把将它塞到火焰里。火把涂满被鲸油浸透的沥青，一被点燃，即刻发出蓝黄相间的亮光。海盗一手举着火把疾步走向那个小锅，轻松爬了上去。

达里克竭尽全力扑向海盗，他只希望自己还有足够的力量和速度跑完这段距离。他用肩膀撞在了海盗的膝弯处，但自己的脸却撞在了花岗岩的山坡上。头晕眼花中，达里克感觉海盗从自己身上掉了下去，两个人都滑下陡峭的斜坡，滑过了破碎的岩石表面。

海盗率先清醒过来，一跃而起拔出了剑。在营火的照耀下，他脸上的恐惧和愤怒清晰可辨。他双手握住武器，径直冲向达里克。

达里克及时滚到一边避开了剑锋，他几乎不敢相信，这剑居然没有击中自己。他不敢迟疑，翻身跪地，随即抽出弯刀纵身而起，一只手握住匕首，另一只手持着弯刀，与体形几乎比他大一倍的海盗对峙着。

* * *

当那女人恶狠狠地咬住他的脖子时，某种新的痛苦突然从瑞森心中爆发出来。他感觉到热血正从他的颈中喷涌而出，恐慌也从他的心底涌了出来，冲击着他的头骨，如同吟游诗人口中那些刚被俘获的猛虎，咆哮着冲击牢笼。在这可怕的一刻，他还以为自己被吸血鬼袭击了。瑞森怀疑这女人已经将灵魂出卖给了什么不死生物，这些该死的东西肯定是拜耶德·邱力克从这两座城市的废墟中找到的。

瑞森拼命控制住了从脊背向上蔓延的冷冰冰的恐惧感，试图向后躲去。吸血鬼不可能存在！他告诉自己。我从来没见过这东西。

女人觉察到他的动作，于是拼命用头撞击他的下巴，她用胳膊紧紧箍住他，像吸血水蛭一样完全缠住他。她的唇齿不停地寻找着新的目标，试图撕碎他的每一寸血肉。

瑞森痛苦地尖叫着，尽管他一直希望她有所作为，但她的举动依旧令他震惊不已。那把藏在隐蔽的鞘中的小刀悄悄滑入他的手掌，他捏住刀柄，转手把刀插进了那个女人的腹部。

她张开嘴巴发出一声急促的喘息，那气息绵软无力地拂过他的脸庞。她松开了他的脖子，双手抓住他的前臂，试图将他和那柄深深插在自己身体里的短刀一并推开。但最终，她不甘心地摇了摇头，颓然向后倒去。

瑞森抓住她的后脑勺，手指插进她的发间，前行两步将女人困在墙角，不给她任何再次溜走的可能。女人抬头看着他将匕首对准了她的心脏，惊怒得睁大了眼睛。

"浑蛋！"她喘息着嘶声说道。大股的鲜血随着这句满含恨意的话从她唇边涌了出来，犹如一朵盛放的玫瑰。

瑞森抓着她，眼看着活力与灵性在她眼中慢慢消失，这都是拜他所赐。随后，感觉到顺着他的脖颈淌下的鲜血时，恐惧又一次涌上他的心头。海盗船长很担心她成功咬穿了自己的颈静脉，这意味着他会在几分钟内因失血过多而死，而且根本无可挽救。陶鲁克港的海盗船上没有治疗者，所有的牧师要么被囚禁在苦牢之中，要么忙着在港口下面的墓穴中不停挖掘。即便把他们全部集合起来，也没人知道其中有谁精于治疗之术。

不久之后，这女人终于咽下了最后一口气，她的躯体沉重地倒在了海盗船长的手臂之中。

瑞森生性多疑，此时依然紧紧抓住女人和自己手中的短刃。她极有可能是在诈死——即便这把十厘米长的利刃已经刺透了她。这种事情他做了不止一次了，而且之前成功地干掉了两个对手。

片刻后，瑞森确定这女人已经死透了。她的双唇仍然张开着，被凝结的血液染得殷红。她的眼睛呆滞而毫无生气地盯着海盗船长，脸上没有任何表情。

"该死的，你这女人，"瑞森满怀悔意地低声说道，"如果我早知道你有这么火辣，我们在一起会过得更劲爆。"他深深吸了口气，空气中依然弥漫着馥郁的香水味，这是他最近一次劫掠的战利品，每次上床前他都会要求女人用上一点。鲜血的味道混杂其中。两种气味都令人陶醉。

房门突然打开了。

瑞森立刻做了最坏的打算，他转过身子将尸体横在自己和门口之间，并将短刀从那死去的女人身上抽出来，举在面前。

一个头发花白的家伙双手持着十字弩进入了房间，壁炉明亮的火光让他眯起了眼睛。"船长？瑞森船长？"他用十字弩瞄准了这两具身体。

"把你那该死的玩意儿从我这里挪开，佩蒂特！"瑞森咆哮道，"你什么时候端稳过你那破弩！"

水手卸下了弩箭，把金属包裹的弩架斜靠在臀部上，然后伸手摘下三角帽，致歉道："请船长原谅，我还以为你在这儿遇到了大麻烦呢。我是说，我听到了好几声尖叫。我不知道你和这小荡妇玩儿完之后还在这里。"

"这的确是享受。"瑞森强作镇静地说道，因为他还想知道脖子上的伤口到底有多严重。"不过爽的并不止我自己。"他放开了死去的女人，她扑通一声倒在他的脚边。

作为纵横大洋与威斯特玛湾的海盗们最穷凶极恶的船长，瑞森需要时时维护自己的形象。如果他的船员察觉到了他的虚弱，很可能就有人会趁机发难。当年他船长的位置就是这么得来的，前一任船长死在了他的手里。

佩蒂特咧嘴一笑，朝房间角落那个满是凹痕的青铜痰盂吐了口唾沫。他用手背擦了擦嘴，然后说："看来那妞你是彻底玩儿腻了，要我再带一个上来吗？"

"不用了。"瑞森强行克制住满心的恐惧与好奇，在那女人的衣服上擦了擦带血的小刀，然后穿过房间走到镜子前。镜身上有好几道裂缝，银粉的衬垫已经磨坏了，在镜面留下数个黑斑。"但是她确实让我想起了一件事，佩蒂特。"

"什么事情，船长？"

"那个该死的祭司，邱力克，一直把我们当奴才使来唤去。"瑞森凝视着镜子,仔细打量着脖子上的伤口,甚至用手指戳了戳它的边缘。感谢圣光,他并未流血过多,伤口似乎已经不再出血了。

咬痕之间的皮肉高高肿了起来,而且已经开始发紫了。伤口处的皮肤被咬得支离破碎,甚至连肉都被咬碎了。瑞森知道那里肯定得留下疤痕,这让他心痛不已,因为他向来对自己的外表很是自信。大多数人都说他是一个英俊的男人,而且他也一直小心翼翼地保持着自己的形象。不过这次意外倒是给了他香艳且合理的借口,可以给人解释脖子上的伤疤是如何发生的。

"是啊,"佩蒂特哼了一声,"这帮祭司整天装神弄鬼的,真以为自己不是血肉之躯了。而且他们一个个势利得不行,哪像你我这样坦坦荡荡。我在守夜的时候,不止一次想追上一个祭司把他开膛破肚,然后扔到荒郊野外,看他那帮同伙能不能找到他。估计到了那时候,他们就该对我们另眼相看了。"

瑞森很满足于自己的生命没有危险,除非那个女人身上携带着某种不为人知的疾病,那就另当别论了。他从口袋里掏出一方头巾,把它绑在脖子上,颔首道:"这主意不错,佩蒂特。"

"谢谢你,船长。有些事儿我考虑了不止一天了,比如,为什么我们要待在这个荒无人烟的城市,这里到处都是关于魔鬼之类的故事,不过话说回来,它倒的确适合妖魔鬼怪居住。还有,为什么我们非得找出谁是真正的信徒,邱力克那老家伙,他那帮该死的手下是不是信徒,跟我们有什么关系?"他咧嘴一笑,露出口中仅有的几颗污黄的牙齿。

"有些人可能也会担心。"瑞森在镜子里打量着他脖子上的头巾。事实上,他围上这方头巾并不难看。等过段时间伤口愈合了,他少不了要向别人吹嘘一番,颈上这块伤疤如何来自他劫掠的一个女人,这个库拉斯特的公主,她既疯狂又充满了激情。船长本来只是想向她的国王父亲勒索点赎金,但终于还是忍不住夺去了她的贞节,将她变成了自己的情人。在得到一笔惊人的赎金之后,他最后背信弃义杀死了这女人。

"好吧,船长,我们可以告诉那些人事情的真相。"

"佩蒂特,秘密最好由一个人来保管。即便是我们两个分享,也是不安全的。你居然要告诉全体船员?"瑞森摇了摇头,强忍颈上的剧痛,尽量不让自己因之瑟缩。"那太愚蠢了。"

佩蒂特皱起了眉头反驳道:"可是,我们总得做点儿什么。祭司们在底下的迷宫里发现了一扇门。按这帮祭司从前的德行,他们不可能让我们看到门后面到底有什么。"

"一扇门?"瑞森疑惑地转向了他的二号人物,"什么门?"

* * *

从攻击手法来看,达里克觉得这个叫作隆的大块头海盗对于剑术应该不甚精通。他双手举着那把巨剑砍向达里克的脑袋时,就像要劈开一个熟透的西瓜。

达里克举起了弯刀,他知道自己的武器与对方过于悬殊,很有可能在交锋那一刻就被斩断,但他现在别无选择,只得硬着头皮迎上那如雷霆一般劈下的巨剑。达里克不奢望能完全格挡这重重一击,但最后的确将它挡向了一旁。他预计海盗极有可能突然变招,于是就势向旁边闪了一步。只是他没能全身而退,剑身重重地砸在他的头骨上,差点儿把他打晕,他感觉整个世界都开始旋转起来。

达里克拼命保持着清醒,同时在本能的驱使和娴熟技艺的引导下,成功地用自己的弯刀钩住了对手的巨剑。他感觉视觉和听觉都在逐渐消失,就像寂寞之星号在海中遇到风暴的时候,哪怕只是顺着惊涛骇浪随波逐流，他都会觉得整个世界陷入了天旋地转之中。

隆稍微稳了稳身形，用力将巨剑压向达里克，但没有取得多大进展。

在战斗中，达里克从来不吝于最野蛮和黑暗的手段，他敏捷地向前迈了一步，用头重重撞在海盗脸上。

隆呻吟着跌跌撞撞地向后退去。

达里克丝毫没有心慈手软，立刻向前逼去。很显然，海盗为了活下去已经使出浑身解数，他在崎岖不平的地上跌跌撞撞地向前冲去，试着爬上后面那道斜坡。仅仅片刻之间，他已经逃出了很远。

达里克听到海盗的靴子在松软的泥土里踩踏的声音，这声音听起来似乎很远，但很快那家伙便哀号着从上面摔了下来，最后双手紧紧抱住了自己的脑袋。达里克迅速冲了上去，将海盗的剑狠狠打落，那把巨剑在空中旋转着掉落在十多米外浓密的灌木丛中。

隆举起了双手喊道："我投降！我投降！饶了我吧！"

但是，达里克方才几乎被那把剑击昏，他现在根本不知怜悯为何物。他想起了威斯特玛那些被海盗洗劫后的船只和满目疮痍中遇难者横七竖八的尸骸。但这些画面没能在他脑中持续很久，因为他那伤痕累累的心灵回到了更久远的过去，回忆起了小时候被父亲暴打的场面。他父亲身材粗壮，曾经是个屠夫，双手长满了老茧，浑身都是力气，随便一巴掌抽在达里克颧骨上，就能打得他皮开肉绽。

多年来，达里克一直无法理解父亲对自己的愤怒；他一直觉得自己做错了什么，没有尽到一个儿子的责任。直到长大之后，他才明白两人的关系出了什么问题。

"饶命啊！"海盗还在苦苦哀求。

但达里克听到的却是自己父亲的声音，他正在不停地咒骂，威胁要把儿子弄死，或者像杀猪一样把儿子的血放干。达里克抽出了他的弯刀一挥而下，想把海盗的头砍下来。

突然间，一把剑伸了出来，挡开了达里克的攻击，让刀刃在距离海盗脑袋只有十来厘米远的地方扎进了土里，而这家伙正吓得抱着自己的脑袋瑟瑟发抖。"别这样。"有人说道。

达里克仍沉浸在被父亲毒打的悲惨记忆中，现在和过去交叠在一起，实在难以分辨，他转身又举起剑来。令人难以置信的是，他还没来得及挥击，就有人抓住了他的胳膊，及时阻止了这一击。

"达里克，是我。是我，达里克，我是马特。"马特的声音因激动而变得粗哑，但声音依然压得极低，如同耳语。"是我，该死的，住手吧，我们需要这个人活着。"

达里克感觉自己的头痛得厉害，海盗的击打让他的视力一直模糊不清，他眯起眼睛，试图集中注意力。当他渐渐回到现实中来的时候，那些旧日的记忆被迫消散了。

"他不是你的父亲，达里克。"马特说道。

达里克把注意力集中在他的朋友身上，失落感涌上心头，而他整个人虚弱得开始发抖。"我知道。我都知道。"但他知道他不知道，真的不知道。海盗的一击几乎使他失去了知觉。他深吸了一口气，挣扎着继续让自己清醒过来。

"我们需要他活着，"马特说，"这关乎国王侄子的性命。这家伙有我们需要的信息。"

"我知道。"达里克看着马特，"放开我吧。"

马特紧紧盯着他的眼睛，但一直没有松开他那只握刀的手臂。"你确定吗？"

达里克越过他朋友的肩膀，看到了岸上的其他水手。似乎只有老马尔德林未对达里克的嗜血行为感到惊讶。大部分船员都不知道，达里克有时候会因为某种黑暗的怒火而失控。但今晚之前，这种情况已经很久没有发生了。

"我确定。"达里克说。

马特松开了他安抚道:"那些时日已经过去了,你不要再念念不忘。你父亲没有从海斯法跟着我们出来。几年前我们就把他留在了那里。我们把他留在那儿了,我说,你摆脱他了。"

达里克点点头把弯刀插进鞘里,转过身凝视着地平线,他意识到马特仍在盯着自己。事实上,在他说自己一切都好时,他的朋友甚至都不相信他,这让他很生气。

他似乎听到父亲的讥笑声在耳边回响,那笑声直指他的无助与无用。尽管他逃得如此之远,甚至已经在威斯特玛海军中混到了一席之地,却始终无法摆脱这个声音,无法将它永远丢弃在海斯法。

达里克颤抖着深吸了一口气说道:"好吧,那么,伙计们,我们最好开始动手了。马尔德林,如果你愿意,请带几个人来给我们弄点水。我要把这堆篝火弄湿,这样的话,不管是刻意还是失误,它都不会再被点着了。"

"是的,长官。"马尔德林立刻转过身,点了两个人行动起来。他们在警卫的补给中快速搜索一遍,发现了几个水袋,将之悉数浇在涂满沥青混合物的火炬上。随后,他们立即向悬崖边走去,打算汲取更多的水来完成这项工作。

达里克转过身来打量着这个大块头海盗,马特已经用一块手帕把他的双手绑在背后。"你们有多少人在这里值守?"达里克问道。

这家伙保持着沉默。

"我懒得再问你一遍,"达里克警告道,"你最好弄清楚我的意思。对我来说,你死了比活着更划算。我可不想带着一个俘虏去完成剩下的任务。"

隆咽了口唾沫,摆出一副挑衅的样子。

"如果我是你，我会相信他的话。"马特拍拍海盗的脸颊插口道，"当他处于这种状态的时候，他不会让你活下去，更可能应你的要求把你从山上扔下去。希望你能知道他想要的那些答案。"

达里克知道，这个躺在地上的海盗基本上没有翻盘的机会了。马特的话很有道理。不过海盗不知道，马特不会坐视达里克那样冲动行事的。不管怎样，达里克已经从狂暴中恢复，又能完全掌控自己了。

"那么，继续吧。"马特在俘虏的身旁蹲下身，和善地鼓励对方，"把你知道的东西告诉我们。"

海盗怀疑地看着他们问道："你会让我活下去吗？"

"是的，"马特毫不犹豫地同意了，"我发誓我会做到的，把唾沫吐在我的手掌上，让我们达成这个协议。"

"我怎么知道你可以信任？"海盗很是谨慎。

马特微微一笑，劝诱道："老小子，我们已经让你活了这么久了，对吧？"

达里克低头看了看这家伙问道："你们这里有多少人？"

"就我们两个。"海盗气闷地回答道。

"换岗时间是什么时候？"

海盗犹豫了一下，说道："快了。"

"真遗憾，"马特发表了自己的意见，"如果有人在几分钟内碰巧经过，哎呀，我就得切开你的喉咙，我会的。"

马特又拍了拍那人的面颊，威胁道："除非我们一路上没遇到什么令人不快的意外。"

海盗舔了舔嘴唇，改口道："新守卫要到天亮才会来。我只是告诉你们，你们现在就此离开的话，瑞森不会发现任何问题，也就不会因为我没点燃火炬而恼怒。"

"嗯，"马特对此表示同意，"这对你来说是个合理的计划，我可能也会这样尝试一下。但是我们来这里是为了一些重要的事情。"

"当然。"海盗点了点头。在大多数情况下，马特的行为总是那么温和，那么善解人意，这真是令人困惑。

达里克的心情放松了许多。他没有想过半夜会换岗，但这一消息让他确认，在天亮之前他们还有几个小时的时间把国王的侄子接回来。

"国王的侄子呢？"马特问道，"他只是个孩子，我不想听到他发生了什么不幸的事。"

"那男孩活着。"

"在哪里？"达里克问道。

"在瑞森船长手里，"海盗一边说一边舔了舔嘴唇上的血，"他把那男孩留在了海狼号上。"

"那么，我们在哪儿能找到海狼号呢？"达里克问道。

"它就停在港口。除非瑞森船长在船上，否则他哪儿都不让它去。"

"很好。"达里克转向东方，发现马尔德林和船员们已经回来了，带着用绳子从河里捞上来的水囊。"把这个人扶起来，马特。我要把他的嘴堵严实一点儿。"

"遵命，头儿。"马特猛地把海盗拉了起来，又从脏兮兮的口袋里掏出一块方巾来。

当达里克走近海盗时，他感到心里有些难受，因为那家伙瑟缩了一下，试图从他身边躲开。达里克将脸凑近海盗，轻声说道："我们互相体谅一下吧。"

海盗并没有马上表态，他先看了看马特，但马特并未做出任何表示。然后这俘虏回头看着达里克，满怀希望地点了点头。

"很好,"达里克露出一丝冷笑,"如果你试图警告你的同伴,可能你会有这个打算,我估计有些人应该跟你关系不错。让你安静下来很容易,我割断你的喉咙就跟掏空一条鱼的内脏那么简单。如果听明白了,你就点点头。"

海盗点点头。

"我不喜欢海盗,"达里克说道,"一个诚实的人有得是谋生的办法,根本不需要伤害身边的人。我在海上和威斯特玛湾杀了很多海盗。多杀一个不会让我的声望有什么提升,但会让我舒服一点儿。明白了吗?"

海盗再次点了点头,挤出了几滴眼泪。

"讲得透彻,头儿,"马特拍着海盗的肩膀,积极地补充道,"嘿,解释完现在的情况之后,我想这个人会审时度势的。"

"很好。带他一起走,但要控制好他。"达里克转身向东,沿着鹰嘴山的山脊往下走去,那条路通往陶鲁克港。

第五章

陶鲁克港的旅馆房间里，瑞森站在那死去的女人旁边，看着佩蒂特从背心内的口袋里掏出一张纸。

"船长，这就是我来见您的原因。"大副解释道，"祭司们发现被埋在废墟中的那道门之后，瓦尔迪尔第一时间就送来了这个。"

瑞森穿过房间，接过那张纸条，凑向壁炉，迎着火光展开了它。

船长在邱力克的挖掘团队中安插了一些间谍，瓦尔迪尔是目前的线人。每一批新奴隶来到后，瑞森都会把他们轮换出去，这样不会引起负责分配奴隶的人的注意。事实上，他们如果长期滞留却并未变得虚弱和憔悴，反倒会让邱力克那些忠诚的雇佣兵产生怀疑，那些家伙显然会更忠诚于老祭司的黄金。

纸上画着几条层层环绕的椭圆线条，另一条线贯穿其中。

"这是什么？"瑞森问道。

佩蒂特靠过来又啐了一口，但这次没能吐到痰盂里，他擦去下巴上的口沫，接着说道："瓦尔迪尔在那扇门上看到了一个符号。船长，这是一扇很大的门，几乎有三个人那么高，瓦尔迪尔是这么说的。"

"你跟他说话了?"

佩蒂特点点头答道:"我进去和几个与我们有生意往来的雇佣兵聊了聊。你知道的,为了拉拢这帮家伙,我特意带了几瓶从威斯特玛的商船上弄出来的白兰地。"

瑞森知道佩蒂特去找那些佣兵显然还有别的缘由。海盗霸占了港口的所有女人之后,邱力克和他的祭司们虽然不在意,但雇佣兵们却不得不为得到这些女人的服务而与佩蒂特讨价还价。

佩蒂特的贪婪是瑞森选择他当大副的原因之一。佩蒂特明白他的忠诚不仅保证了他的事业,也保证了他的生活质量。这让瑞森意识到,佩蒂特从来没有把自己看作一个船长。他对权力唯一的要求就是能侍奉瑞森,侍奉一个欣赏自己的无比残忍和狡诈的船长。

"祭司们什么时候找到这道门的?"瑞森问道。如果邱力克已经知道了这件事,为什么这老祭司还没有去那里?瑞森还不知道为何邱力克和他的仆从会像蚂蚁一般扫荡这两座城市的残垣废墟,但是他们对所寻找的东西那过于明显的热情让他很兴奋。

"就在刚才,"佩蒂特回答道,"刚刚才发现,船长,瓦尔迪尔告诉我他们发现这东西的消息时,我正在他们的地道里。"

瑞森快速思考着,他把目光转回到那幅粗糙的涂鸦上,问道:"那该死的邱力克在哪里?"他们也暗中监视着这名祭司。

"他已经跟挖掘的队伍会合了。"

"邱力克现在就在那儿?"听到这里,瑞森的兴趣变得更加强烈了。

"啊,船长,邱力克一听到发掘的最新进展,就立刻赶往那边,一点时间都没耽误。"

"我们对门后面一无所知?"当然,邱力克同样也不知道瑞森和他的海盗控制了国王的侄子以索要赎金。双方都有自己的秘密,只是瑞森知道邱力克向他们隐瞒了什么。

"一无所知，船长，不过瓦尔迪尔只要打探到消息，就会立刻通知我们。"

"但愿他能。"每当祭司们发现了他们认为重要的东西，就会把所有的奴隶赶出那片区域，直到修复工作彻底完成。

"呃，即便其他人不行，船长，瓦尔迪尔也能做到。"

瑞森把纸条叠好放进自己的口袋，然后点了点头。"我真希望能派一批人下去盯着那些祭司。召集船员。把他们作为奴隶补充过去。"

"现在的时机很不合适啊。"

"邱力克不会知道。那些奴隶为他出尽了最后一把力气，然后又一个个被扔进那血淋淋的无底深渊。"

"啊，船长。那我马上就去。"

"我们在海狼号上的客人怎么样了？"

佩蒂特耸耸肩。"哦，船长，他现在很好，非常健康。他活着会值很多钱，但是现在，死了也一样吧，船长？"大副摇了摇他那邋遢不堪的脑袋，"哎呀，他离被做成肥料也只有一步之遥了，不是吗？"

瑞森小心翼翼地摸了摸脖子上被头巾掩住的伤口，剧烈的疼痛让他不由自主地抽搐了一下。"那个男孩是国王的侄子，佩蒂特。威斯特玛的国王向来自傲于他的学识和财产。祭司们会教授这些孩子很多知识，而且他们对历史特别关注，但我觉得那些历史还是忘掉为好。"当然，偶尔出现的藏宝图或关于一艘满载宝藏的船只在荒凉的海面上沉没的记载可以另当别论。

"对啊，船长。如果你是在问我意见的话，我认为大部分东西都毫无学习价值。"

瑞森并没有征求对方的意见,但他也不会特意强调这一点。"你觉得,上次我们从威斯特玛那艘船上带走的小子有没有可能了解历史和祭司感兴趣的东西,甚至能搞明白这东西?"他拍了拍胸前的口袋,刚才画有符号的那张纸就放在这里。

佩蒂特阴冷的眼中露出几分理解。他挠了挠长满胡子的下巴,咧嘴一笑,露出几颗参差不齐,肮脏泛黄的牙齿。"问我吗,船长?哎呀,我觉得可能性非常大。"

"我要和那个男孩谈谈。"瑞森从床脚的箱子里拿起他那顶饰有羽毛的帽子,一把按在头上。

"你可能得小心点儿,"佩蒂特说,"他可不怎么友善。今天晚上老布尔进去给他送吃的时,那个小恶棍差点儿把他的耳朵撕下来。"

"什么意思?"

"本来那小子被我们像狗一样关在货舱里,老布尔走上去的时候,那小子突然从他藏身的椽子中间跳下来落到老布尔身上,用一根从货舱壁上撬下来的木板狠揍了老布尔几下。那木板半米多长一巴掌宽,如果老布尔脑壳不够厚的话,哎呀,估计脑浆就流出来了,当场就得死。事实上,那小子差一点儿就从海狼号上跑了。"

"那小子受伤了吗?"瑞森问道。

佩蒂特摇头答道:"没有。他惹了这么大的麻烦,迈塔最后只在他头上敲了几个包,不过就让他难受一两天罢了。"

"我不想让那小子受伤,佩蒂特。"瑞森的声音很严厉。

佩蒂特瑟缩了一下,接着挠了挠自己的脖子保证道:"我不会让任何船员伤害他的。"

"如果那小子在对我还有用的时候受到伤害,"瑞森一边说一边跨过躺在地板上那死去的女人,"我就会追究你的责任,让你好好长长记性。"

"我明白,船长。我做事,你放心吧。"

"把那些准备冒充奴隶的船员集合起来,但在我下指令前谁也不许动。"

"照您说的办,船长。"

"我要和那小子谈谈。说不定他对这鬼画符会有所了解。"

"船长,如果我可以提点儿建议的话,你在那儿千万要当心自己的耳朵。那小子是个如假包换的机灵鬼。"

* * *

拜耶德·邱力克死死盯着面对着墙的那扇大门。他了解卡巴拉克斯已有多年,也知道被埋在陶鲁克港口下的兰塞姆的命运,但他一直没想过,有朝一日站在这掩藏着恶魔秘密的大门前时,自己会有什么感觉。即使这几个月里他一直在计划并推动此事的进展,也会偶尔到地下深处检查工作状况,顺便激起在他的规划下艰辛劳作的侍僧们的恐惧或报复心理,真正面对这扇门时,他依旧觉得十分无措。

邱力克本以为自己会为这发现感到自豪和兴奋,但他心底满是恐惧。他不停地颤抖着,仿佛在应和大地深处的震动。祭司想尖声呼唤大天使亚瑞斯的名字——那位天使首次将萨卡兰姆的教义带给了人类。但他没有。邱力克知道自己早已越界,任何遵循光明之道的人都不可能宽恕他。

宽恕一个垂死的老家伙有什么用呢!像过去几个月那样,祭司自嘲了一番,决心越发坚定。对他来说,死亡只是未来几年的事,在这段时间里,没有什么值得留恋的。

"大师,"阿尔萨林修士小声问道,"您没事吧?"他站在邱力克右侧两步开外处,这既是表示尊重,也是老祭司所能容忍的安全距离。

邱力克用兴奋冲淡了对自己即将死去这一事实的愤怒与怨恨,开口答道:"当然,我很好。为什么这么问?"

"您太安静了。"阿尔萨林说。

邱力克解释道:"所有祭司都应学会沉思和冥想,以便理解光明遗留给我们的巨大谜团。你最好记住这一点,阿尔萨林。"

"是,大师。"阿尔萨林向来心甘情愿地接受任何指责,并以近乎严酷的节奏辛苦工作,这使他成为负责挖掘工作的不二人选。

邱力克审视着这巨大的门。或许这是一座城门?他读到的那篇绝密的经文暗示,卡巴拉克斯的大门守卫着另一处隐秘之地和恶魔领主们留下的秘藏。

奴隶们仍在劳作,借着灯笼和火把的光芒徒手把碎石装上大车。他们的锁链在坚硬的石头地面上拖来拖去,叮当作响。其他奴隶站在大门周围的石头或是摇摇晃晃的脚手架上挥动着鹤嘴锄继续挖掘工作。奴隶们恐惧地窃窃私语,却又加快了工作进度,仿佛想赶紧打开这扇大门。邱力克觉得他们之所以这么卖力,是因为觉得打开巨门后,他们就可以休息了。老祭司想,如果大门后面的东西没有杀死他们,也许他们可以休息一会儿。

"这门都快要被打开了,"邱力克问道,"为什么没有早点儿通知我?"

阿尔萨林答道:"大师,之前没有迹象表明我们能很快找到这道门。我们碰到了另一段坚硬的坑道,您看,就是前面这堵墙,它挡住了这道门。我一直都觉得那只是另一段洞壁而已,之前在您的指点下,我们数次挖穿了地下墓穴的墙壁。"

兰塞姆城的建造者充分利用了迪勒河上方那些自然洞穴,邱力克记得经文中曾经提到过这一点。洞穴为他们提供了充足的空间来存储要贩卖的货物；万一城市被围困——在历史中此事确实发生过数次——他们可以使用天然的地下水蓄水池；由于鹰嘴山时常有狂风暴雨，因此它也是保护诸人免受自然灾害的屏障。陶鲁克港是在兰塞姆被毁后建立的，它并没有从那些洞穴中受益。

"我们刚开始作业，"阿尔萨林继续说道，"它便掉下来一大片。这就是门前还有这么多瓦砾的原因。"

邱力克看着奴隶们把大块的碎石直接装进车里，把较小的垃圾装进大桶再塞进车，然后将车推去垃圾场。铁质的车轮嘎吱作响，在地板上发出刺耳的摩擦声。

"挖掘和清理工作进度很快，"阿尔萨林说，"甫一确定我们找到了那扇巨门，我就派人去请您了。"

邱力克用仅存的体力大步走到门口。他感觉自己的双腿如灌了铅一般，心脏也在急速跳动，呼吸时胸口发紧。与瑞森的对峙，以及他消灭老鼠时所施放的咒语，都透支了他太多精力。对于年老体弱的人来说，使用魔法不再是件容易的事。施放法术本就有一定的要求，那些太弱的施法者经常无法处理能量的扭曲和破碎。他在萨卡兰姆教派里蹉跎了太多岁月，直到生命的后半程才进入魔法的世界。

通往大门的地面微微下倾，邱力克不由自主加快了步伐。奴隶们注意到他的到来，互相叫嚷着躲闪开来，让出一条通道。

越来越多的奴隶在门上搭起新的脚手架爬上去工作，锤子的叮当声此起彼伏。只是脚手架搭得太过匆忙随意，此时便有一座发生了局部坍塌，破散的支架如钟摆一样悬在固定点左右摆动，四个人滚落下来。一盏灯打碎在石头地板上，溅出大片的灯油，地上随之着起火来。

一名坠落的男子痛苦地尖叫着，紧紧抱住一条受伤的腿，在火光下，依稀能看到从他的胫骨处突出的一截白骨。

"赶紧灭火。"阿尔萨林命令道。

一个奴隶泼了一桶水，但却泼到了大门上，火势甚至开始小幅蔓延。

一名雇佣兵走上前来，用短剑迅速从某个奴隶身上割下破烂不堪的衬衫。他将衬衫浸入另一桶水里，然后把浸透的衣服啪地覆在火上。伴着咝咝的声音，火熄灭了。

邱力克毫无畏惧地在火中大步前行。他召唤了一个小小的魔法护盾来保护自己免受火焰侵袭，毫发无损地穿过了火场。这一举动产生了他想要的效果，将奴隶们的注意力从对门的恐惧转移到对他的恐惧上。

这道门是一个威胁，但它终究没有牙齿。邱力克已多次用行动证明了，他对杀死这些奴隶毫无愧疚之情，而且会心安理得地将他们的尸体丢进深渊之中。虽然现在无比虚弱，但祭司并不希望被人看到自己弱不禁风的一面，他最终竭尽全力站起身来转向奴隶们。

所有焦躁的窃窃私语都停止了，只有那个断腿的家伙还在呻吟。不过就连他也已经把脸埋在臂弯里呜咽着，不再哭喊。

邱力克知道自己需要更多的力量去面对卡巴拉克斯这道门后面可能出现的任何东西，他诵念咒语，召唤出一片他几十年来一直非常畏惧的黑暗。这几年他开始涉足黑暗力量，但对于黑暗的恐惧却越发强烈了。

老祭司举起右手张开了五指。吟唱那些在萨卡兰姆教堂属于绝对禁忌的咒语时，他感到强大的能量正在吮吸自己的身体，啮咬自己的筋肉，用锋利的魔爪直刺骨头里。如果咒语不起作用，他肯定会摔倒在地，甚至会陷入长久的晕厥，直到身体彻底恢复才会醒来。

紫色的光轮在邱力克手上闪烁着。突然间，一道闪电射出，击中了那奴隶的断腿。紫色的光芒蔓延开来，似乎有看不见的手抓住了那男人，他情不自禁地尖叫起来。

邱力克继续吟唱着，当咒语捆缚住那男人时，他感觉自己强壮了许多。祭司更加迅速、更加坚决地吟诵咒语，那只无形的手拉扯着那奴隶，将之举起，吊在空中。

"不！"那个男人尖叫起来，"不要啊！我求求你！我会好好干活的！我还能干活！"

这男人的恐惧和乞求一度触动了邱力克，但他并未手下留情，因为老祭司并不是那种先人后己的人。不过，他从前也曾多次和萨卡兰姆教堂的传教士一起去医治病人，照料受伤的人。在威斯特玛与崔斯特姆最近的冲突中，这些事件屡见不鲜。

"不——"那男人失声惨叫。

其他奴隶向后退去，他们中间有人呼喊着那痛苦不堪的男人。

邱力克又吟诵了一次咒语，然后握紧了拳头。光轮渐渐变成腐烂的李子般的紫黑色，飞快地掠过那悬着奴隶的无形横梁。

黑暗触及那奴隶时，他的身体开始扭曲，四肢关节纷纷碎裂，可怕的嘎吱声回荡在洞穴里。他再次尖叫起来，尽管痛苦到了极点，但他仍然保持着清醒。

当初追随邱力克离开威斯特玛的祭司中，有几个尚未背弃萨卡兰姆教派的教义，他们纷纷跪了下来，将脸贴在地面。教会的教导只包含治愈、希望和救赎的信条，只有献身于教会的圣骑士团萨卡兰姆之手和十二位大审判官——他们一直在寻找和打击潜伏在教众中的恶魔——会使用亚瑞斯和阿卡拉特赐予最初的追随者们的祝福。

拜耶德·邱力克不属于这两类人中的任何一种，那些追随他的祭祀很清楚这一点。他们曾经笃信老祭司能使自己变得更加强大，但直到现在,他们才知道追随老祭司会将自己的未来带向何处。用魔法吸食奴隶们的恐惧和生命力时,邱力克意识到一些追随者正恐惧地看着他,而另外一些人看他的眼神则充满了饥渴。

阿尔萨林则是其中一个被吓坏了的人。

邱力克咬牙苦撑着,他不知道接下来会发生什么,但还是念出了咒语的最后一个字。

奴隶痛苦的尖叫戛然而止。咒语将这男人撕成了碎片,四溅的鲜血染红了周围这些人惊恐的脸庞,熄灭了两支火把和那破碎的灯笼上残留的火苗。

过了一会儿,那奴隶干枯的尸体扑通一声落在洞穴的地板上。

邱力克期待着咒语给予他小小的馈赠,却收获了一份大礼,狂喜淹没了他。这吸血咒术的恢复作用起效时,甜蜜的痛楚在他体内激荡。他不再昏昏欲睡,甚至连折磨他已久的关节炎带来的疼痛也渐渐消退。窃取的生命能量一部分给了他,任凭他来支配,另一部分被咒语转移到了恶魔的世界。由恶魔设计和提供的法术技能,肯定要让它们受益的。

邱力克站起身来,身边的魔法光轮已经恢复了原本的紫色。然后,这地狱般的光芒回到了他的体内。老祭司神清气爽,精神抖擞,注视着自己的观众。今夜他在这里所做的一切,会在奴隶、雇佣兵、瑞森的海盗乃至某些祭司中引起一系列反应。邱力克知道,明天早晨,有些人应该不会再来了。

他们会害怕他,害怕他可能做的事。

意识到这一点令邱力克感觉很好,他觉得自己十分强大。当他作为萨卡兰姆教派的一名年轻祭司在威斯特玛任职的时候,只有那些真正忏悔的人和某些实在走投无路的家伙,才会坚持相信他的话。但现在洞穴里的人们看着他,就像金丝雀看着饿鹰一样惶恐。

邱力克离开那死亡的奴隶,再次向大门走去。他迈着舒适而自信的步子,几乎遗忘了心中的恐惧。

"阿尔萨林。"邱力克喊道。

"是,大师。"阿尔萨林平静地回答。

"让奴隶们回去工作。"

"遵命,大师。"说完这句,阿尔萨林开始传达命令。

雇佣兵们知道这些奴隶不会再被用于血祭,于是亲自将他们组成队列,以最快的速度让他们重返工作岗位。这些可怜的家伙把倒下的脚手架固定好,重新进入了工作状态。奴隶们用鹤嘴锄撕扯着拦在那道灰绿巨门前的墙壁,用锤子逐一敲碎大块岩石,再把碎石搬到等候的货车上。采矿工具的敲击声和岩石碎裂的声音仿佛战歌般回荡在洞穴中。

邱力克压下心底的不耐,关注着奴隶的进度。大块的岩石不停砸落在地面或瓦砾堆上。雇佣兵们在奴隶间巡视,不时扬起鞭子,在后者汗水淋漓的皮肤上留下累累伤痕。有时候,雇佣兵甚至不得不帮忙推动满载的大车前进。

工作进展得更快了。不一会儿,门上的一个铰链映入众人眼帘。不久后,奴隶们发现了另一个铰链。邱力克审视着它们,心里越来越兴奋。

这铰链正如邱力克读过的经文所描述的那样,巨大且粗糙,由金属和琥珀制成。人们用金属铸造了这些铰链,作为封印手段之一;琥珀则是另一重封印,岁月的精华被禁锢在曾激荡不安的金色深处。

奴隶们清出一条通道后,邱力克径直向巨门走去。他习得那个法术时,就明白它的效用只是暂时的,从奴隶那里获得的能量不会持续太久。一旦精疲力竭,他的情况会比以前更糟,除非他能够尽快回到自己的房间，服用一点用来恢复精力的药剂。

走到近处，邱力克敏锐地感觉到了那道巨门蕴含的力量。那伟力在他的脑海中涌动，吸引着他，却又让他感到本能的厌恶。他把手伸进袍子，取出一个用完美无瑕的黑珍珠制成的雕花盒子。

老祭司捧着盒子，它冷冰冰的，仿佛一块寒冰。找到这盒子花了他很多年的工夫。与它和卡巴拉克斯之门相关的密文一直深藏在威斯特玛教堂的故纸堆里，谋杀与背叛守住了它们的秘密，甚至连阿尔萨林都对此一无所知。

"大师。"阿尔萨林轻唤一声。

"回去，"邱力克命令道，"带着你这些乌合之众。"

"遵命，大师。"阿尔萨林退了回去，低声对人们说着什么。

老祭司凝视着精美的黑珍珠盒子，听着人群离开的动静，深深地吸了一口气。他钻研了多年，终于确定了兰塞姆的隐匿之处，也积蓄了足够的勇气与绝望踏出这一步——即使要去面对那个恶魔以期达成自己的心愿。这期间，这盒子一直在他手里，但他一直没能打开它。他不知道这盒子里究竟有什么。

邱力克长呼一口气，将全部精力都集中在盒子与大门上，念出了第一个咒语。他感觉自己的喉咙痛得厉害，因为这咒语本就不是人类能轻松诵读的。那晦涩的词句刚一出口，震耳欲聋的雷鸣便响彻洞穴，劲风随之而起，虽然这些石墙之间根本不该有风。

灰绿色的大门上的椭圆图案变成了深黑色。伴着惊雷和狂风，一阵嗡嗡声回荡在山洞里。

邱力克左手拢在珍珠盒上，大步向前走去，金属的寒意越发浓重，他念出了第二道咒语，它比第一道更加晦涩。

巨大铰链上的琥珀发出了邪恶的黄色光芒，仿佛夜里遇到野狼时，它眼中映出的火炬之光。

风势越来越大，卷起大片尘砂，打在人身上引起阵阵刺痛。洞穴里回荡着祈祷的声音，那都是在向圣光祷告，没人在向恶魔乞怜。这场景差点儿让邱力克笑出声来，因为他对此几乎毫无畏惧。

第三道咒语念出来的时候，盒子打开了。一个轻飘飘的球体从中升起，闪耀着三种不同的绿色光芒，在老祭司眼前旋转。据他所知，任何触碰到这球体的人都只有死路一条。

如果他现在稍作迟疑，这球体就会将他吞没，只留下寸缕青烟。邱力克开始吟诵第四道咒语。

球体开始膨胀，很快变成河鲀大小。渔民们从大洋深处捞上来的河鲀是一种珍稀美味，精心烹制后会给人带来一种近似迷幻的极乐快感，但即便经由大师料理，它有时也会带来死亡。邱力克从未吃过河鲀，但他知道那些品尝过的男男女女该是什么感觉。

有那么一会儿，邱力克确信他是在自寻死路。

随后，发光的绿色球体从他身边飞了出去，重重撞到卡巴拉克斯的大门上。这魔法的效果很是明显，大门边缘的岩石被撞得粉碎，钟乳石也纷纷从洞顶跌落而下。

落石坠到挤成一团的奴隶、雇佣兵和堕落的萨卡兰姆祭司中间。周围的人纷纷跌倒，邱力克却勉强稳住了身形。老祭司回头瞟了一眼，看到三个人在痛苦地尖叫，但他却没有听到任何声音。他感觉自己的脑袋里仿佛装满了棉花。一个雇佣兵被钟乳石刺穿，挣扎片刻后软倒在地，抽搐着死去。

骇人的寂静降临在洞穴中时，邱力克念出了最后一道咒语。椭圆图案外环的顶部陡然烧了起来，一颗血红色的珠子循着这些线条的轨迹快速移动，一个又一个圆环开始发光。然后它飞快地冲向贯穿这些圆环的那条线，速度变得越来越快。

到达图案的终点时，珠子绽放出鲜红的光芒。

灰绿色的巨门轰然开启,散落在门前的石砾被推到了两旁。

邱力克凝视着烈焰地狱里这被遗忘的一角,心中满是惊疑与恐惧。他看到了扑面而来的死亡气息。

第六章

达里克低头凝视着陶鲁克港,诅咒着被乌云遮蔽的月亮,而就在不久前,这对他们还是有利的。虽然这城市就坐落在鹰嘴山下,但城里一片漆黑,让人难以看清细节。

迪勒河的干流是东西走向,在沧桑的岁月中,它冲开了群山,沿着峡谷一路奔流。城市的废墟位于河的北岸,大半建筑临河而建,充分利用了这天然的良港。

"陶鲁克港在鼎盛时期一定发展极好。"马特低声说道,"这算是个大港口了,宽阔的河道绵延数里,住在这里的人生活一定非常幸福。"

"但是,这里早已成为一片荒芜的废墟。"马尔德林指出这一点。

"为什么会这样呢?"马特问道。

"这座城市被人摧毁了。"大副答道,"像你这样聪明的人,就算不用我说,应该也能明白这一点。"

马特无视了大副的挑衅,接着问道:"会是谁摧毁了这座城市呢?"

这两个人的争吵实在是稀松平常,达里克没有理会他们俩。这种争吵有时候令人烦躁，但有时候也会让人心情愉悦。他从腰间的袋子里掏出一支小小的望远镜，这是他仅有的几件私人物品之一。这支望远镜由库拉斯特的某个工匠制造，但达里克是从威斯特玛的一个商人那里买来的。黄铜镜身使望远镜几乎坚不可摧，而巧妙的设计则使它可以折叠起来。他打开望远镜，仔细观察着这座城市。

港口停泊着三艘船，每艘船上都有星点的光亮，那是值守的海盗的提灯。

达里克的目光扫过海岸上稀稀落落的代表海盗的灯光，最后将注意力集中在一座毁损不太严重的大型建筑上。这座建筑坐落在一层厚厚的岩架下面，看上去像是被摧毁了这座城市的人硬生生挪到这里来的。

"他们给自己挖了个洞。"马尔德林说。

达里克点了点头。

"大概还装满了女人和酒，"大副接着说，"圣光在上，伙计，我知道我们来这儿是为了国王的侄子，但我觉得我们不能抛下这些女人不管。她们可能都是被海盗们劫掠而来的。毕竟海里有鲨鱼，没法儿确切地统计受害者的伤亡情况。"

达里克咬紧牙关，竭力不去想那些女人落到海盗肮脏粗鄙的手中会遭受何种虐待。"我知道。如果有办法的话，马尔德林，我们会让她们摆脱这一切的。"

"你是个好小伙儿，"马尔德林说道，"达里克，我知道这都是你挑选的船员。他们每一个都是好手，但他们不会为了成为英雄而死。"

"我们不是来送死的，"达里克说，"我们是来杀海盗的。"

"如果我们有机会，就跟他们玩玩儿吧。"马特的笑容在黑暗中隐约可见。"他们看起来没怎么在废墟里认真值守。"

"他们的眼线全部沿河部署，"马尔德林赞同道，"如果我们想办法把寂寞之星号弄到上游，不一定会被抓住。他们想不到会有这么一小群狠角色。"

"再狠也只是一支小分队，"达里克说，"虽然这能让我们快速安静地移动，但我们不太适合坚守和战斗。我们就十几个人，如果行动失败，运气又不好，很快就会全军覆没。"他把望远镜移开，在脑中标出了这座破城的边界，接着将注意力转到码头上。

浮在水上的密封圆桶架起了两个临时小码头。漂浮的小码头东边有一片残骸，达里克觉得那里曾是更坚固、更结实的永久码头。河流周围山岩破碎的条纹表明，曾有大块的岩石断裂。永久码头可能位于水位更深的地方，避免船只搁浅的可能。

三艘柯克船的甲板上方约十米高的悬崖上，悬挂着两套滑车组设备。一堆堆板条箱和大木桶占据了滑车组旁边的空间。几个本应守卫仓库的家伙正在玩骰子，两盏灯笼放在牌桌两端，所有人都围在那儿，盯着每次赌局的结果，不时发出一阵欢呼。

"你认为哪一艘是海狼号？"马尔德林问道，"海盗说这个男孩就在那艘船上，对吧？"

"是啊，"达里克回答道，"我打赌海狼号是他们最重要的一艘船。"

"船上肯定全是警卫。"马特说。

"没错。"达里克将望远镜折叠起来，盖上两端的镜头盖，放回腰包里。在库拉斯特很难搞到这样的望远镜和它的玻璃镜头，因此达里克很是小心。

"那么，你计划好了吗，达里克？"马特问道。

"我一向谋定而后动。"达里克自矜道。

马特冷静地评论道:"这可不像我们希望的那么好玩儿,是吧?"

"对,"德里克点点头,"但我觉得我们能搞定。"他站了起来。"那我和你打头阵,马特。尽量快一点,安静一点。马尔德林,你还能潜行吗?是不是你在厨师那里搞到的蛋糕有点多,现在已经太胖了?"

寂寞之星号上新来了一位面包师,这位年轻人的烹饪技术在威斯特玛海军中堪称传奇。托利夫船长调派人手的时候,这个面包师被派到了他们船上。寂寞之星号上的每一个水手都爱吃甜食,但马尔德林第一个意识到面包师其实是想学习驾船的人,并不时教对方如何掌舵,以换取糕点。

"在过去的一两个月里,我的体重也许增加了一两斤,"马尔德林承认,"但我永远不会变老或变胖,我不可能赶不上你们这些年轻小伙子。如果真的不行了,我就在脖子上系一根绳子,从船头跳下去。"

"那就跟我来,"达里克向他发出了邀请,"看看我们能不能带得动这老家伙。"

"什么?"听到这句,马尔德林显然有点恼火。

达里克开始往下走。下方是悬崖,那些滑车组和守卫大约在两百米以外的地方。崖边灌木丛生,瑞森的海盗们一直懒得开垦多余的土地。

"除非我看错了,"达里克说,"那些桶里面应该不是鲸油就是威士忌。"

"如果它们盛着一些会爆炸的魔法药水就更好了。"马尔德林接道。

"能搞到什么,我们就用什么,"达里克说,"有这些用我们就应该很高兴了。"他接着喊了一声托马斯。

"在呢。"托马斯从阴影中探出头来回应道。

"一旦我们发出信号,"达里克说,"马上把其余的人带来。我们会登上中间这艘船去寻找国王的侄子,一找到他,便利用其中一个滑车组尽快把他救出来。明白了吗?"

"好的,"托马斯回答,"我们会把他弄到手。"

"托马斯,我希望他毫发无损,"达里克威胁道,"否则你就得向国王解释他的侄子是怎么受伤乃至死亡的。"

托马斯点点头应道:"放心,达里克,我们会像照顾婴儿一样照顾这小子的。他会像在妈妈怀里一样安全。"

达里克拍了拍托马斯的肩膀咧嘴一笑。"我知道我问对人了。"

"你在下面要小心,我们下去和你会合之前不要太逞强了。"

达里克点点头,沿着山坡朝目标走去。马特和马尔德林跟在他后面,像冬天的落雪一样寂默无声。

* * *

瑞森站在通往河岸的台阶上俯瞰着那些船只。这条由山石凿成的阶梯路起初一定相当平稳,但后来城市遭到了破坏,这些断裂倾斜的台阶使得下山变得很是棘手。自瑞森的船员藏身于陶鲁克港以来,不止一个海盗因为醉酒而落水,其中两个被激流冲走,他们可能在抵达威斯特玛湾之前就被淹死了。

瑞森提着一盏灯笼照明,金色的光芒照亮了山坡上的层层横纹。在白天,山石看上去是灰蓝色的,随着海拔的变化,它们的色彩逐渐加深,延伸到河岸时,变成炭灰色的礁石。周围有着淡淡的雾气,但瑞森依旧能轻松看到那三艘柯克船。

负责警戒的海盗在瑞森经过时情不自禁挺直了胸膛，显得十分警觉。他们在他面前表现得十分顺从和礼貌，因为有些人曾经被他暴揍过。

滑轮上突然传来一阵刺耳的绳索摩擦声，提醒瑞森注意上面的动静。

"注意，你们这些大浑蛋，"一个粗哑的声音喊道，"我给你们弄了一大堆吃的，都在我这里。"

"赶紧弄过来！"瑞森右边的船上有个家伙喊道，"等了那么久，我早就饿得前胸贴后背了！"

瑞森紧贴在山坡上，看着一个矮墩墩的木桶滑了下来。滑车减缓了桶下降的速度，证明它装的东西很轻。瑞森嗅到了咸肉的香味。

"我也给你带了一瓶酒。"那人喊道。

"你差点儿就打中船长了，你这个蠢货！"离海盗船长只有一两米远的卫兵朝着上面的人叫骂道。

随后又是一阵喃喃的咒骂。"对不起，船长，"那人懊悔地说道，"我不知道是你。"

瑞森举起灯笼，好让那人看清自己的容貌。"抓紧时间。"

"遵命，头儿。马上就好，头儿。"海盗提高了声音，"伙计们，把那个桶拉上去。我们还需要一个，我一会儿就去拿。"

第一艘船上的海盗们抛下了缆绳，它们很快被滑车组拖了上去。道路被清理干净后，瑞森迈步走向第一个浮在暗色水面上的临时小码头。他爬上抛在柯克船侧面的货网，来到船的甲板上。

"晚上好，船长。"一个满脸伤疤的海盗招呼道。其他六名海盗也纷纷向船长致意，但他们从木桶里争抢食物的速度丝毫没有减慢。

瑞森觉得自己受伤的喉咙还是很痛，便朝那人点了点头。船进港后，他便吩咐船员们不得进入仓库。所有的柯克船始终保持满载，以备随时逃到深水区域。他的另外几艘船离开了一段时间,停泊在一个海湾北部的海岸边,对于人手不足的船只来说,这个海湾可能是危险的。

船只之间铺了木板。河水很平缓,这些船安静地停泊在锚地。海狼号停在另外两艘船中间,他看到布尔坐在船头抽着烟斗。

"船长。"布尔放下烟斗,打了个招呼。他是个大块头,四肢几乎与桅杆差不多粗。他头上绑着一条围巾裹着受伤的耳朵,脖子两边都是血迹。

"那男孩怎么样了,布尔?"瑞森问道。

"啊,他很好,船长,"布尔回答道,"他有什么理由不好呢?"

"我听说了你耳朵的事。"

"这点儿小事?"布尔摸了摸他受伤的耳朵,咧嘴笑了起来,"哎呀,你不用担心,船长。"

"我并不担心,"瑞森回答道,"我认为,任何栽在一个小男孩手里的海盗都不值我付的这笔薪水。"

布尔的脸色阴沉下来,但瑞森知道这是出于尴尬。"船长,他看起来的确人畜无害,我不知道他有这么多阴谋诡计。不就是一块小木板吗?他喜欢让我大吃一惊。哎呀,如果国王不把他赎回去,我真想留下他。我得跟你说,船长,比起雇个还不如这小子的船员,我们很多事情做得比这糟糕多了。"

"我会记住这一点的。"瑞森说。

"是啊,头儿。我不是故意的,我只是尊敬你和船舱里那个卑鄙的小家伙。"

"我想见见他。"

"船长,我向你发誓,我并没有对他做什么。"

"我知道,布尔,"瑞森回答道,"我有自己的原因。"

"好的，头儿。"布尔从腰带上取下一个巨大的钥匙环，然后把烟斗里的东西往河里磕了一磕。除了值班的灯笼外，船舱里不允许出现任何火源，海盗们也很少在船上生火。

布尔走进了小货舱。瑞森跟在他后面，一种熟悉的臭味扑面而来。他在威斯特玛海军服役那阵儿，船上是不允许有这么重的味道的，水手们会定期用盐水和醋杀死任何试图渗入木材的真菌或霉菌。

那男孩被关在船尾的小禁闭室里。

打开禁闭室的门后，布尔刚把头探进去，便迅速缩了回来，然后伸手抓住正对他脸庞抡过来的木板，用力一拉。

男孩扑通一声面朝地重重摔在甲板上。他试图一个鲤鱼打挺站起来，但布尔把他牢牢踩在甲板上。

挣扎无果，这个男孩破口大骂，他在谩骂这事上的天赋和渊博知识让瑞森都为之震惊。

"就像我说的那样，船长，"布尔笑着说，"这个家伙，他会成为一个好海盗的，他会的。"

"船长？"男孩尖声叫道。即使被踩在布尔的脚下，他也把头扭过来，试图看清来者。"你是这猪圈的主人？哎呀，如果我是你的话，我就会缝一个袋子套在自己头上，只留一个眼儿，这样我可能还不至于那么难堪。"

瑞森那天晚上第一次感觉到真正的乐趣，他低头看了一眼那个男孩。"他不害怕吗，布尔？"

"害怕？"男孩尖叫起来，"我怕我会死于无聊。你们已经抓了我五天了，有三个家伙天天在船上守着我。等我回到我父亲身边，等他跟他的国王兄弟讲过这件事情，嘿，我会回来亲自好好收拾你一顿。"他握紧拳头敲打着甲板。"让我起来，给我一把剑，我要跟你战斗。圣光在上，我会给你一场这辈子都忘不了的战斗。"

瑞森真的被这个男孩的举止吓了一跳，他仔细打量了对方一番。这个男孩刚刚摆脱婴儿肥，看似消瘦但肌肉却很发达。瑞森感觉他应该有十一二岁，甚至可能有十三岁。浓密的黑发遮住了男孩的头，但他那双灰绿色的眼睛在灯光下熠熠生辉。

"小子，你知道你是在哪儿吗？"瑞森问道。

"等国王的海军把赎金付给你，或者直接找到你的时候，"男孩说，"我就知道你现在在哪儿了。你不要认为我做不到。"

瑞森蹲下来，把提灯举近男孩的脸，抽出绑在手臂上的匕首晃了晃，将之插在离男孩的鼻子只有两三厘米远的木板上。

"今天晚上有人威胁过我，"瑞森用沙哑的声音说道，"刚死了没几分钟。我可不介意再弄死一个。"

男孩的眼睛盯着那把刀。他使劲咽了口唾沫，但保持了沉默。

"我要知道你的名字，小子。"瑞森说道。

"莱克斯，"男孩小声说，"我叫莱克斯。"

"你是国王的侄子？"

"对。"

瑞森迎着灯光转动刀锋，看起来仿佛想要劈开这光芒。"你父亲有几个儿子？"

"五个。算上我。"

"每个他都放在心上吗？"

莱克斯再次咽了口唾沫答道："是的。"

"很好。"瑞森举起灯笼，将它从男孩的眼前拿开，让他看到自己脸上的微笑。"这对你来说并不难，小子。但我需要声明我今夜来这里的目的。"

"我什么都不知道。"

"我们会知道的，"瑞森说着站起身来，"把他扶起来，布尔。我要在禁闭室里跟他谈谈。"

布尔收回脚弯下身来，用一只粗壮的手抓住男孩的衬衫把他提起来，毫不费力地把男孩拎回了小禁闭室。布尔以近乎夸张的温柔把男孩靠在远处的墙上，站在他旁边。

"你可以离开了，布尔。"瑞森说道。

"船长，"布尔抗议道，"也许你还不清楚这拖着鼻涕的小子都能搞出来什么事情。"

"我能对付得了一个小男孩。"瑞森说完把灯笼挂在墙上的钩子上。他从布尔手里接过钥匙，用眼神示意海盗离开，然后用一只手抓住门闩，关上了门。金属的碰撞声在封闭的空间里听起来很响。

莱克斯站了起来。

"别站起来，"瑞森警告道，"如果你不听劝，我一只手就能用匕首把你钉在身后的墙上。"

莱克斯愣住了，他看着瑞森没有动，挂着孩童特有的天真大胆的表情，试图弄清楚海盗船长说的话是不是认真的。

瑞森冷冷地盯着他，随时打算兑现自己的"承诺"。

显然，莱克斯最终意识到了海盗船长的认真。男孩做了个鬼脸，以倔强的姿态坐了下来，双膝并拢，后背紧靠着墙。

"你一定觉得自己很了不起，"莱克斯咆哮道，"这么威胁一个孩子。你早晨吃了什么？是不是就靠欺凌弱小活着的？"

"事实上，"瑞森说，"我有一颗刚砍掉的人脑袋，是拿来给你做早餐排骨的。他们告诉我，料理人头很简单，和料理你中午吃的鸡肉没什么区别。"

莱克斯的眼神里全是恐惧。他沉默地看着瑞森。

"小子，你这种态度是从哪儿学来的？"海盗船长问道。

"我的父母整天互相指责，"莱克斯说，"我想我从他们两个身上都学了不少。"

"你认为你会活着离开这里吗?"

"不管怎样,"男孩说,"再害怕我都不会放弃逃离的希望。我已经尝试过了,而且会一直尝试,直到我厌倦为止。虽然我浪费了头三天。"

"你是一个最不寻常的男孩,"瑞森说,"我真希望能早点儿认识你。"

"你这是在找朋友?"莱克斯问道,"我问这个,是因为我知道这些海盗大多数都怕你。他们和你搭伙可不是因为喜欢你。"

"我还是宁愿人们喜欢我。"

瑞森笑了。"我敢说,布尔不喜欢你。"

"有些人对我可有可无。"

"聪明的小伙子。"瑞森说着停了一下,他感觉到船只在河中轻轻晃动。

那男孩像个真正的水手一样对船只的晃动应对自如。

"你出海有多久了,莱克斯?"瑞森问道。

男孩耸耸肩答道:"从鲁·高因开始。"

"你之前就在鲁·高因?"

"船是从鲁·高因开来的。"莱克斯说着眯起眼睛,若有所思地看着瑞森。"如果你不知道这些,你是怎么找到那艘船的?"

瑞森忽略了这个问题,这些信息来自拜耶德·邱力克在威斯特玛的间谍。"你在鲁·高因干什么?"

莱克斯没有回答。

"别跟我开玩笑,"瑞森警告道,"我现在心情不好。"

"学习。"莱克斯回答道。

听到这话,瑞森感觉有了希望。"学什么?"

"我父亲希望我接受良好的教育。他作为国王的弟弟被派往国外，并跟着鲁·高因的贤者学习。他希望我也能一样。"

"你在那里多久了？"

"四年了，"男孩回答道，"从我八岁开始。"

"你都学些什么？"

"一切。诗歌、文学、营销、利润估算，整个过程很恶心，与其说是学习，不如说是猜谜。"

"历史呢？"瑞森问，"你学历史吗？"

"我当然学了。如果连历史都不学，能得到什么样的教育？"

得到了想要的回答后，瑞德从衬衫里翻出佩蒂特给他的那张纸。"我想让你看看这张纸，告诉我上面写了些什么。"

男孩看到这张纸时，显得极为好奇。"我从这里看不清。"

瑞森犹豫了一下，从墙上取下灯笼。"小子，你要是敢轻举妄动，我就把你弄成残废。如果你父亲说服国王把你赎回来，你就得祈祷那些医生能让你恢复原样，否则你只能像马戏团里的怪物一样拖着身体到处乱跑。"

"我什么都不会尝试，"莱克斯说，"把纸拿过来。我盯着墙看了好几天了。"

直到你把床架弄散，然后拆出来一块攻击布尔。 瑞森想。他走上前去，对这男孩的技能和专注更加尊重了。大多数和莱克斯同龄的男孩现在都在哭鼻子，而国王的侄子却在忙着计划逃跑，保存体力，尽量吃东西以保持健康和强壮。

莱克斯接过瑞森递过来的纸。他的目光迅速扫过那张纸，然后迟疑地用食指描摹着图案。

"你从哪里得到的这个？"莱克斯平静地问道。

这艘柯克船在河面上轻晃，河水拍打船身的声音柔和地回荡在船舱内。瑞森对这情形早就司空见惯,完全没有放在心上。"这不重要。你知道那是什么吗?"

"是的,"男孩说,"这是一种恶魔的手迹。这个符号属于传说中建造了黑暗之路的恶魔卡巴拉克斯。"

瑞森退后两步,接着嘲笑道:"小子,恶魔是不存在的。"

"我的老师教导我要有开放包容的思想。也许恶魔现在不在这里,但这并不意味着它们从未在此出现。"

瑞森盯着那张纸,想弄明白它的意思。"你能读懂吗?"

莱克斯粗鲁地回敬道:"你知道有谁能读懂恶魔的手迹吗?"

"没有,"瑞森说,"但我知道有些人在兜售羊皮纸的藏宝图,据说那些都是恶魔的宝藏。"他自己也曾买卖过一些这样的东西,因此他对类似生物的存在一直时信时疑。

"你不相信有恶魔?"男孩问道。

"不相信,"瑞森答道,"它们只适合出现在小酒馆里或者在篝火边讲的故事里,因为那时候没有别的事情可做。"尽管如此,男孩的话还是引起了他的兴趣。祭司在这里是为了追寻恶魔吗?他简直不敢相信。"关于这个图案,你还能告诉我什么?"

* * *

山坡上有一条遍布足迹,与迪勒河平行的小路,达里克确信它是瑞森的海盗团伙换岗的必经之路。他避开了这条道路,选择了一条穿过灌木丛的迂回路径。

马特和马尔德林紧随其后。

当他们走近可以俯瞰三艘海盗船的崖边时,缕缕银色的雾气穿过了灌木丛。烟草的味道熏得达里克鼻子发痒。虽然托利夫船长不允许在寂寞之星号上吸烟，但达里克身边有一堆烟鬼，会在港口巡逻和交易的时候喷云吐雾。他自己从来没有养成这个习惯，所以对此非常厌恶。这让他想起了他父亲的烟斗。

树林和灌木丛距离海盗用来转移赃物的地方还有将近二十米。成堆的板条箱和木桶投下了许多阴影，给了他更多可以利用的掩体。

玩骰子的一共有五个人，一个家伙暂时从他们的赌局里撤了出来，嘱托道："我最爱啤酒了。给我留着地方，我会回来的。"

"只要你有钱，"另一个海盗说，"我们肯定给你在游戏里留着位置。今晚你运气不怎么好，不过对我们来说可是个幸运之夜。"

"幸亏瑞森船长一直带着我们挣大钱。"海盗说着，绕到了灌木丛中的那只板条箱旁——达里克正躲在那里。

达里克以为那个人要在崖边解手，不过当这家伙从其他人的视线中消失后，就开始近乎暴躁地掏着口袋。骰子滚进了那个男人手中，苍白的月光照耀其上。

海盗咧嘴一笑，紧紧握住骰子，然后开始解手。

达里克像猫一样优雅地潜行，蹑手蹑脚地跟在海盗后面。他捡起一块散落在地上的石头，握紧它走到海盗身后，那个海盗正在哼唱一首小调。达里克听出这首歌是《阿莫戈和海豚女孩》，是许多水手最喜欢的淫秽歌曲。

达里克抡起石头，感觉到了石头撞击血肉的钝响。他用一只胳膊搂住失去知觉的海盗，将之放倒在地，藏在其他人的视线之外，然后溜到了悬崖边缘。他向下看了看，发现三艘柯克船都如当初设想的那样静静停在悬崖下方。

他后退了几步，肩靠身后的板条箱，抽出弯刀，马尔德林和马特挥了挥手。他们弓着身子悄悄跟了上来。

"嘿，提马尔，"一个海盗喊道，"你今晚回去吗？"

"我告诉你，他喝得太多了，"另一个海盗说道，"可能现在就开始作弊了。"

"如果我再看到他们用他那个特制骰子作弊，"另一个海盗说，"我发誓会割掉他的鼻子。"

达里克抬头望向陶鲁克港口废墟的方向。地面微微隆起，有一条路从废墟中蜿蜒而下。

"只剩四个人了，"达里克低声说道，"一旦他们中的一个闹出些动静，我们就再也藏不下去了。"

马特点点头。

马尔德林眯着眼睛，拇指在紧握的匕首上划过。"那么，他们最好没有机会闹出什么动静。"

"同意，"德里克继续低语道，"马尔德林，守住台阶。我们一旦现身，他们马上就会从下面赶上来。马特，你跟我去看看怎么能把这些船点着。"

马特扬了扬眉。

"搞几桶鲸油，"达里克说，"把它们弄下去应该不难。它们会直接掉到下面的船上。把它们放到港口里海狼号的甲板上，我会瞄准它的右舷。"

马特微笑着点点头赞道："他们会忙着上船救火。"

"对，"德里克说，"我们要趁乱登上海狼号去找国王的侄子。"

"不全军覆没就算是我们走运了。"马尔德林抱怨道，"我要和你在一起。"

达里克笑了，他觉得自己很自信，就像之前身犯险地前常常会做的那样。"如果我们活下来，那你应该在威斯特玛那家里克酒馆请我喝一杯啤酒。"

"我欠你的？"马尔德林看起来很是诧异，"为什么不是你请我喝一杯？"

达里克耸了耸肩说："如果咱们这批人全都因为我送了命，我会请你在烈焰地狱里喝你的第一杯冷饮。"

"不，"马尔德林抗议道，"这不公平。"

"下次你先说出来，那你就可以说了算了。"达里克说。

"提马尔！"一个海盗喊了一声。

"他可能掉河里了，"另一名海盗说，"我会去找他的。"

达里克慢慢站起来，从一堆板条箱上面望过去，有一个海盗正离开赌局向外面走去。他握着弯刀，示意马特和马尔德林暂停行动。既然在他们正式行动之前，命运决定送来一个落单的敌人，何乐而不为呢？

那个海盗绕过板条箱时，达里克一把抓住他，单手捂住他的嘴，用弯刀割断了他的喉咙。当鲜血溅出来的时候，达里克牢牢抓着他没有松手。马特的脸上充满了恐惧。

达里克看到了朋友眼中的指责，但他把目光移开了。在战争最激烈的时候，马特可以为了朋友或者同伴杀人，却没法儿接受达里克刚才的杀戮行为。对达里克来说，这事儿并不值得悔恨或内疚。海盗就该死，不管是被他亲手杀死，还是被威斯特玛的刽子手用绞索吊死。

海盗渐渐停止抽搐，咽下了最后一口气后，达里克松开手向前走去。鲜血喷溅在他的左臂上，在寒风中带来了丝丝暖意。达里克知道他们所剩的时间不多，便越过面前的板条箱，纵身一跃，向那三个还在玩骰子的家伙冲去。

其中一个家伙被接连的响动吸引，抬起头看了一眼，立刻张开嘴巴准备发出一声警示的吼叫。

第七章

"卡巴拉克斯是建造黑暗之路的恶魔。"莱克斯说。

"什么是黑暗之路?"瑞森问道。

男孩沐浴在海盗船长提灯的金色光芒中,耸了耸肩答道:"这都只是传说,关于恶魔的古老故事。有传言说,卡巴拉克斯只是一个精心编造的谎言。"

"但是你说过,如果涉及恶魔,"瑞森说,"传说曾经都是事实。"

"我说的是,涉及恶魔的传说本该基于事实,原本也确实如此,"莱克斯回答道,"但从维兹杰雷开始召唤异世界的恶魔起,便有大量故事涌现。有些故事源于涉及恶魔的突发事件,但它们也可能跟恶魔没什么直接关系;有些故事可能早已支离破碎,却被人改编并流传开来;更多故事则完全是捏造的,纯属无稽之谈。哈苏斯,库拉斯特那个长着蟾蜍脸的恶魔——如果它真的存在——在当地的历史中已经演变出了四种完全不同的恶魔。教我历史的那个人告诉我,现在有一些贤者正致力于将不同的故事拼凑在一起,研究它们之间的共同联系,试图揭示出纷繁的表面背后那个真正存在的恶魔。"

"他们为什么要为这事费神呢?"

"因为从这些愚蠢的神话来看,应该还有其他恶魔被释放到了人间,"莱克斯说,"我的老师认为,人类浪费了太多时间给神话中的恶魔起名,这还不如早早开始追捕它们,而非坐等它们搞出事情来。为了追寻猎物,猎魔人需要知道我们这个世界到底有多少恶魔,以及它们的藏身之处。贤者们整天都在琢磨这些东西。"男孩哼了一声。"就我个人而言,我认为这些恶魔名字存在的意义,就是为了让某个狡诈的干瘪老头,也就是所谓贤者,可以向大家推荐猎魔人,让大家雇用他们驱除恶魔。当然,驱除恶魔需要支付大笔黄金,贤者能从中狠捞一笔。这是个骗局,是为那些迷信的家伙精心准备的恐怖故事,只为骗走他们的钱。"

"卡巴拉克斯。"瑞森提醒了一句,他现在越来越不耐烦了。

"在最初的几年里,"莱克斯说,"当维兹杰雷法师刚开始尝试召唤恶魔时,卡巴拉克斯应该是被多次召唤的恶魔之一。"

"为什么?"

"因为卡巴拉克斯操纵着从烈焰地狱延伸到人类世界的神秘桥梁,能比大部分恶魔更轻松地降临。"

"黑暗之路是通向烈焰地狱的桥梁?"瑞森问道。

"可能吧。我告诉过你,这只是个故事。仅此而已。"莱克斯轻敲椭圆线的轮廓,一根线条贯穿其中。"这幅画代表了卡巴拉克斯借以行走在烈焰地狱和这个世界间的力量。"

"如果黑暗之路不是这个世界和烈焰地狱之间的桥梁,"瑞森问道,"那它会是什么东西呢?"

"有些人说这是通往开悟的道路。"莱克斯有些厌烦地揉了揉脸,然后打了个哈欠。

"开悟什么?"瑞森问道。

"力量,"莱克斯说,"这些传说还会提供别的什么东西?"

"什么样的力量?"

莱克斯皱了皱眉头,假装打了个哈欠,用舒服的姿势靠在身后的墙上。"我累了,而且我厌倦了讲述这些睡前故事。"

"只要你愿意,"瑞森建议道,"我可以让布尔回来,重新把你塞进禁闭室。"

"也许我会让他丢掉另一只耳朵。"莱克斯回敬道。

"你真是个邪恶的小鬼,"瑞森说,"我能想象你老子为什么要把你送到学校去。"

"我现在是故意的,"莱克斯纠正道,"这两者有本质区别。"

"这些都没什么意思,"瑞森警告道,"我现在有得是钱,拿不拿你的赎金都能活,小子。让国王付出代价只是为了回报他过去对我的侮辱。"

"你认识国王?"莱克斯的眉毛扬了起来。

"卡巴拉克斯能提供什么样的力量?"海盗船长质询道。

海狼号又一次在河中轻摆。它被水流高高托起,回落之前向旁侧滑了一下。帆索啪的一声扣在桅杆和帆桁上。

"他们说卡巴拉克斯能让人永生不朽,并拥有强大的影响力,"莱克斯回答道,"当然,这是对那些足够勇敢的人来说的,而且我无法想象,居然有这么多人可以造访烈焰地狱。"

"影响力是指影响什么?"

"会影响大众,"莱克斯说,"我在研究哲学时读到的神话表明,卡巴拉克斯最后一次出现在这世界时,选择了一位名为克雷恩的先知来代表他。那人是一位哲人,写过一些关于卡巴拉克斯的教义。我告诉你,那是一本非常沉闷的大部头。我烦死它了。"

"恶魔的教义,这不是被禁止的书吗?"

"当然是这样,"莱克斯回答道,"但当卡巴拉克斯第一次来到这个世界上的时候,没有人知道它是一个恶魔。当然,这是我们大家都听说过的故事,谁都没有充分的证据。但比起传说中的某些恶魔,卡巴拉克斯可能要好一点。"

"为什么?"

"因为卡巴拉克斯不像其他恶魔那样嗜血。它一直在等待时机,让越来越多的追随者接受它通过克雷恩传下来的教义。它教授了追随者三个自我的概念。你听说过这个概念吗?"

瑞森摇了摇头。拜耶德·邱力克一直在寻找这怪物的遗物,海盗船长飞速思考着老祭司究竟有何目的,脑子嗡嗡作响。

"三个自我,"莱克斯继续说道,"包括外在的自我,一个人向他人描绘自己的方式;内在的自我,一个人自我描述的方式;还有影子自我。影子自我是一个人的真实本性,是他或她最害怕的自己的一部分,是每个人最难隐藏的黑暗部分。库库拉克告诉我们,大多数人都太害怕自己,不敢面对这个事实。"

"人们相信这理论?"

"三个自我的存在是众所周知的,"莱克斯说,"甚至在大家认为卡巴拉克斯已经被驱逐出这个世界之后,其他圣贤与学者依旧继续着克雷恩的工作。"

"什么工作?"

"对三个自我的研究。"莱克斯做了个鬼脸,似乎对瑞森的倾听技巧不甚满意。"传说卡巴拉克斯首先发展了这一理论,但其他学者——比如库库拉克——让我们对它的理解更加完整。这听起来是个更好的表达方式,让迷信者相信这是我们从恶魔手中抢救出来的智慧之一。童话故事和定义社会秩序的机制,这就是它们的全部。"

"即便如此,"瑞森说,"这也没牵扯到什么力量。"

"卡巴拉克斯的追随者喜欢暴露自己的影子自我,"男孩说,"一年有四次，在夏至冬至和春分秋分的时候，卡巴拉克斯的盲信者会聚在一起，陶醉在他们内心的黑暗中。在庆祝活动的三天里，每一项众所周知的罪恶都以卡巴拉克斯的名义被容许。"

"然后呢？"瑞森问道。

"他们赦免自己的罪孽，并在象征卡巴拉克斯的血液中再次进行洗礼。"

"那种信仰听起来很愚蠢。"

"我告诉过你了。这就是为什么它只是一个神话。"

"卡巴拉克斯是怎么来到这里的？"瑞森问。

"在法师部族战争期间，有传言说，克雷恩的某个弟子设法再次打开了一道直通卡巴拉克斯那里的门户，但这一点从未得到证实。"

邱力克已经证实了吗？瑞森暗自思忖。那条小路是不是就通向这里，通向陶鲁克港口废墟下那指向恶魔的巨门？

"卡巴拉克斯是如何被驱逐出这个世界的？"瑞森问道。

"据传，维兹杰雷的战士和灵魂部族的法师联手驱逐了卡巴拉克斯。"莱克斯回答道，"当然，还有一些其他势力的勇士与他们并肩作战。他们铲除了维兹郡和世界各地的卡巴拉克斯神庙。那恶魔的庙宇曾经矗立的地方，现在只剩下一些断壁残垣和破碎不堪的祭坛。"

瑞森对这点表示认同。"如果有一个人能接触到卡巴拉克斯——"

"向恶魔提供回到这个世界的路径？"莱克斯插言道。

"对。这人会期待什么回报呢？"

"难道永生还不够吗？我的意思是，如果你相信这种无稽之谈的话。"

瑞森想到了拜耶德·邱力克那随着年龄增长而越发衰弱、渐渐佝偻的身体。"对的，也许就是那样。"

"你从哪里找到的这个？"莱克斯问道。

瑞森还没来得及回答，门打开了，布尔走了进来。

"瑞森船长。"这大块头海盗边说边高高举起一盏灯笼，忧虑使他的脸绷得紧紧的。"我们受到了攻击。"

* * *

达里克在距离那个正要尖叫的海盗几步远的地方一跃而起。另外两个正在玩骰子的海盗伸出手去拿武器时，达里克的脚重重地踢在了第一个海盗的头上。

海盗本就已醉得几乎站不起来，又受到了此等惊吓，加上达里克的冲击力度的确有些可怕，他甚至都没能叫出声来，躯体便径直飞过陡峭的崖壁，发出砰的一声巨响。显然这倒霉的海盗撞上了船下部的木质甲板，而不是河水。

"那是什么该死的东西？"一个海盗在下面喊道。

达里克的情况也没好到哪里去，他摔在光秃秃的石地上，擦伤了臀部。他握住自己的弯刀，猛击向最近的一个海盗，直接砍在对方的大腿上。鲜血染红了那人浅色的马裤。

"救命啊！"受伤的海盗大声呼救，"喂！船上的人！该死的，他狠狠砍了我一刀！"海盗跌跌撞撞地后退了几步，想把剑从腰带上抽出来，却忘了丢开手里的啤酒瓶。

达里克挺直身子，再次挥舞弯刀，将海盗逼到悬崖边缘。他抡起弯刀砍在海盗的脖颈处，溅出一片血花。刀刃卡在那人的颈椎上，一时间拔不出来，达里克抬起脚，把这个垂死的家伙踢了下去。听到那人落水的声音后，达里克转过身来，看见马特正在补给处与最后一个值夜的海盗交战。

马特用弯刀牢牢压制着对手,两人的每次兵刃交错,都迸发出耀眼的火花。他毫不费力地突破了海盗的守卫,正犹豫着是否要直接干掉对方。

达里克低声咒骂了一句,他们的时间很宝贵,也不知道那个亟待营救的男孩是否就在下面这艘船上等着他们。他冲上前去,双手举起弯刀顺势一劈,劈开了那人的头颅。弯刀不是什么花哨的武器,它主要的用途是劈与砍,因为在航行时,船上的战斗往往是一场由绝望、力量和运气主导的混战。

死者的血溅到了马特身上,也溅了达里克一身。

海盗倒下时,马特似乎吓坏了。达里克知道他的朋友不赞成从背后偷袭,也不喜欢围攻。马特笃信任何时候只要有可能,就应该公平对决。

"去拿桶来。"达里克一边催促着,一边从死人的头上拔出刀来。

"他甚至都没有看见你。"马特抗议道,同时低下头看了看那个死去的家伙。

"桶。"达里克重复着。

"他喝得太醉了,"马特说,"他根本不能自卫。"

"我们不是来决斗的,我们是来救一个十二岁的男孩的!"达里克一边说一边抓住马特那件血淋淋的衬衫,用力将他推向油桶。"如果你愿意的话,下面还有很多机会让你公平战斗。"

马特蹒跚地向石油桶走去。

达里克把弯刀插进腰带,听着下面的船只上发出的呼喊声,瞥了一眼那道倾斜的石阶。

马尔德林已经在台阶顶端站稳了脚跟。这位大副双手紧紧握着一把手柄包铁的战锤。这锤子需要两只手来挥动,但那方形的锤头足以碾碎任何血肉之躯和不入流的武器。

"小心冷箭，马尔德林！"达里克喊道。

大副苦笑道："还是小心你自己背后吧，队长。在救出那小孩之前，我没那么容易挂掉。"

达里克伸脚踢翻了一个大桶，桶中黏稠的液体发出了咕咚咕咚的声响。他急忙跑到木桶后面，将它推向岸边。向下的斜坡可以让这桶滚得越来越快。

现在谁也无法轻易止住这滚桶的势头了。达里克在木桶上推了最后一把，眼看着它消失在悬崖边缘。他在崖边停了下来，颤巍巍地站住脚，向下看了看，发现桶已经掉了下去，正好砸在船底的甲板上。大雾弥漫在甲板上，但是鲸鱼油反射出的银色斑点——那些是海盗的提灯——暴露了值夜海盗的位置。

又一声巨响引起了达里克的注意。他向旁边瞥了一眼，发现马特成功将油桶推落在了另一艘船上。海盗们跑到甲板上时立足不稳，纷纷摔倒。

"有油！"一个海盗喊道，"他们把一桶油滚到我们船上了！"

达里克急忙回到那堆桶旁边，踢翻了另外两个大桶，让它们向崖边滚去。木桶撞在石头上，发出巨大的轰隆声，经久不息。他拿起一个守卫之前提着的灯笼。

马特也加入了他的行列，抓起另一盏灯笼。"那些人就在下面，达里克，一旦我们动手，他们几乎无路可逃。"

"对，"达里克看着他朋友不安的脸，"一旦我们找到这个男孩，也不可能还有多少回旋余地。我可不想回头再去看那些船，马特。"

马特坚决地点了点头，转身向河岸冲去。

达里克停了一会儿，只看到寂寞之星号的其他队员从山腰疾冲而下。"后援来了，马尔德林！"他一面朝河那边跑一面喊道。

"这里有我一个人就够了！"马尔德林咆哮道。

达里克在河边做了个记号，判断着河上那艘船的位置，然后把灯笼扔了出去。在玻璃的保护下，火焰没有受到任何影响，依然在灯笼里明亮地燃烧着。它飞行着，旋转着，直到撞在甲板中央不断扩散的油渍。

有那么一会儿，噼啪作响的灯芯几乎被鲸油淹没，但紧接着火焰便在油层上蹿起，仿佛蓄势待发的猛犬。蓝色和黄色的火焰在风与油的作用下扭曲成一团。

"着火了！"一个海盗大叫起来。

海盗们从船舱里出来闹哄哄地聚集到甲板上。船里只剩下少数船员。

"保住那些船！"另一个海盗咆哮道，"如果这些船被弄沉了，瑞森船长会弄死你们！"

达里克希望能烧光这些船只，让它们沉入水底。这样的话，托利夫船长就有机会驾驶寂寞之星号驶向威斯特玛，然后带着更多的船只和战士及时返回，缉拿瑞森和他手下这群海盗归案——即使他们逃到大陆的另一端。海盗船长一旦失去他的主力舰队，就只能束手就擒了。

达里克扫了一眼被马特扔下的桶砸中的船只，发现它也着火了。显然，马特这只桶也击中了舵手室，火焰很快升腾到船帆上，大火沿着主桅熊熊燃烧，迅速穿过了索具。

"马特！"达里克高声喊道。

马特向他望了过来。

"准备好了吗？"达里克问道。

马特似乎不大自信，但还是点了点头应道："就和我以前做的一样。"

"我和你去下面,"达里克说,"我需要你和我并肩作战。"他匆匆转向河堤中心,盯准中间的那条船大步向前走去。

"我会在你身边。"马特回答道。

达里克没有停止动作,他踏出悬崖,纵身跃向那艘船的栏杆,祈盼自己能越过这段距离。如果他掉到甲板上,肯定会摔得半死不活。逃跑是不可能的。

就在达里克的双手探向索具,刚刚伸出手指钩住绳子的时候,河岸上方的悬岩被震碎了,一块沉重的岩石落向燃烧的船只,毫厘不差地砸在了一艘船上。

* * *

"被谁攻击了?"瑞森边问边朝门口走去。这令人难以置信的消息夺去了他的全部心神,直到为时已晚,他才意识到衣服的沙沙声是怎么回事——莱克斯抓住了这个时机,决定采取行动。他回过身来。

"不知道是谁,"布尔说,"他们把我们两边的船都点着了。"

放火?瑞森觉得船上再没有比这更可怕的消息了。一艘船即使破了个洞,船员们也可以把船舱抽干,让船一直漂到港口。但是一场未加控制的大火会迅速吞噬这木头和帆布打造的小岛,而它几乎是一个航海者赖以生存的全部。

瑞森和布尔靠得那么近,而这消息又是如此令人震惊,他和那大块头的注意力都集中在对方身上,根本没有留意那个男孩。莱克斯一转眼就闪到了瑞森身后。海盗船长转过身去抓这男孩儿时,这个年轻的俘虏弯下腰来狠狠地撞了瑞森一下,试图把他撞到布尔身上。他们来不及阻拦,男孩便冲出了门。

"该死的!"瑞森一边咒骂一边眼睁睁看着小男孩在黑暗的船舱中迅速奔向通向甲板的楼梯。"抓住他,布尔。把他弄回来,我要活的!"

"遵命,船长。"布尔说完立刻飞奔而去,他和小男孩间的距离迅速拉近。

瑞森跟着海盗冲了出来,左手一直紧紧握着剑柄。他已经可以看到货舱燃起的大火照亮了头顶的天空,灰色卷须状的烟雾与飘浮在河上的雾气混到了一起。

他的感觉没错,有人在威斯特玛湾跟踪了他们一段时间。但这是其他海盗,还是国王的海军?是只有几个人莽撞地策划了这次突袭,还是有一支小型舰队已经顺流而下?

布尔爬上主甲板时,梯子在瑞森手中不停晃动着。他刚跟着这大块头爬到顶部,他们头顶七八米处的悬岩突然裂开了。他震惊地抬起头,看着大块的悬岩就像被装在发射架上一样骤然弹射下来。

一块巨大的花岗岩落在海狼号的船头,撞裂了几块甲板,部分栏杆也断裂开来。海狼号摇摇欲坠,仿佛置身于狂风之中。

一盏灯笼从某个被打倒在地的海盗手中掉了下来。灯笼滑过木质的甲板,连续翻滚了几次之后,在船的一侧消失了。

瑞森避开海狼号猛烈晃动的缆绳,屈膝爬上甲板,看着另外两艘船。那两艘船很快就会变成两堆黑炭。火焰已经穿过左舷的帆索,右舷的船也不远了。

到底是谁干的?

那个男孩几乎已经无路可逃。他站在摇晃的甲板边缘,回头看了看船周围的黑色水面,并不打算莽撞地跳下水去碰碰运气。

布尔逼近那个男孩,脏话连篇地命令他停在原地。

瑞森则吼叫着指挥船员们,命令他们清掉那些木桶,同时试着挽救两艘燃烧的柯克船。如果他们的藏身之处确实被发现了，他希望能保下这几艘船，这样他就能尽可能多地带走劫掠来的财物，逃亡时也不至于束手无策。

海狼号周围的河面上漂着大量木桶和箱子，但没过多久，其中一些就沉了下去。这艘船的重心已经在偏移了，瑞森知道，它正在缓缓沉没。方才那兜头而来的撞击肯定使部分船体破裂了，而且有一部分损坏在吃水线以下。

瑞森审视着头顶上方崩裂的悬崖，一定是发生了什么事，这些山石绝非自然崩解。拜耶德·邱力克的名字在他脑中一闪而过——祭司们发掘的废墟就在这地下。有那么一瞬，海盗船长很是好奇，不知道老祭司是否从自己的贪婪引发的灾难中幸存了下来。

随后，索具上的动静引起了瑞森的注意。上面有人！他立即转过身举起剑来。

第八章

在海盗船海狼号的索具上站稳后,达里克伸手去抓一道横索上的梯绳,这时马特正好落在他旁边。尽管突如其来的爆炸摧毁了他们借用的这组滑轮,他还是登上了这艘海盗船。他抓着粗麻绳,感觉两只手都痛得要命。

"你做到了。"达里克松开了梯绳赞叹道。

"差不多吧,"马特表示同意,"你之前吹嘘的我那些好运气去哪儿了?那该死的悬崖爆炸了。"

"但我们没有被一起炸掉。"达里克争辩道。他扫了一眼那两艘燃烧的柯克船,对他们的杰作很是骄傲。接着,达里克望向石阶,看见被爆炸的冲击掀翻在地的马尔德林正在站起身来。

"那里有个男孩。"马特突然说道。

达里克迅速扫视下面的甲板,看见一个矮小的身影被一个大块头追到了破损的船头。他毫不怀疑那男孩就是国王的侄子。海盗船上不可能有很多男孩。

"达里克!"

达里克抬起头,看见托马斯站在悬崖边上,旁边是幸存下来的滑车组。另外那套已经湮灭在爆炸中。

托马斯挥了挥手。

"把它放到这里。"达里克命令道。他抓住梯绳,从索具上荡了下来。那艘船已经进水,正在慢慢下沉,那个小男孩已经被大个子海盗逼到了一角。达里克控制着索具的方向荡了过去,瞄准了那个大块头。

"布尔!"那大块头背后的海盗大吼大叫。

大块头并未意识到头顶袭来的危机,只是四处张望了一下,他看到达里克时为时已晚。

达里克膝盖微屈,在大个子身上一蹬,接着抓住了他的肩膀。即便用了正确的减震姿势,达里克也觉得自己的膝盖受到了巨大的冲击。有那么一会儿,他感觉这家伙似乎稳若泰山,自己袭击的力道就像海浪散在了礁石上一样。

但那个大个子接着便被迫腾空,四肢张开向前扑去,根本无法自控。

达里克觉得自己可能被撞伤了,几乎喘不过气来,他松开梯绳,落在离男孩只有一两米远的甲板上,接着爬起身来,拔出他的弯刀。

"抓住他!"一个身穿黑色锁甲的高个子命令道。

达里克的反应很迅速,他迎向两个扑来的海盗,用弯刀将他们的武器格挡到一边,然后冲了过去,侧身肘击其中一个海盗的脸庞。随着一声闷响,那人的鼻梁折断了。这并非荣耀之举,但达里克知道他的对手也并非讲究荣耀的人。只要有机会,海盗们会用同样的手段迅速把刀插进他的后背。

那个鼻子断了的海盗满脸都是血,跟跟跄跄地走到了一边。但他并未倒下。

达里克没有停手,他从靴子里抽出一把匕首,扬手插进海盗的肋骨里。匕首穿过那人的胸膛直抵心脏。接着,他举起弯刀格挡开另一个海盗笨拙的攻击。

几乎与此同时,马特也跳到了甲板上。

达里克指挥马特去接应那男孩,然后提高声音叫道:"托马斯!"

"在呢,队长,"托马斯在上面回应,"马上好。"

那个跟山一样壮的男人快要爬起来了。达里克招架住面前这海盗的攻击,余光瞥到滑车组最下端有个小货网。

"莱克斯!"马特说着举起他空空的双手,示意自己没有任何威胁。"别紧张,孩子。我们是国王的海军,来这里是为了将你安全带回家——如果你允许的话。"

货网松散地摊在甲板上。

"没问题。"男孩回答道。

"很好。"马特朝他笑了笑,伸手拿过货网,将它拖向男孩。"那我们走吧。"他提高了声音喊道:"达里克!"

"等一下!"达里克回了一嗓子,随后打起精神准备战斗。他用弯刀格开海盗的剑,然后蹲下身子抓住对方,用肩膀架住海盗的胳膊,用力将这海盗从船舷上甩了过去。

"到这儿来。"那个穿着黑色锁甲的家伙向右边那艘船上的海盗命令道。

达里克转过身来面对那个头上缠着绷带的大块头。他挡开那人的剑时,意识到这人一身蛮力,显然是个劲敌。

那大块头咧开嘴笑了起来,看起来充满了信心。

达里克闪身避开大块头的攻击,然后一脚踢向对手的膝盖。大块头生生挨了一击,却仿佛丝毫未受影响,转身劈出一剑,差点儿把达里克的头砍下来。

达里克迅速移动，在大块头的腹部狠踹一脚。当那家伙疼得弯下腰时，达里克送上一记回旋踢，正中这大块头本已负伤的脑袋一侧。大块头痛苦地号叫着低下头来。

那个穿着黑色锁甲的男人走上前来，戒备地扬起剑刃。他没有急着动手，只是炫技般地晃动剑刃，然后说道："我是瑞森，这艘船的船长。你离死不远了。"

一场激烈的战斗毫无预兆地爆发了。尽管达里克格斗技巧高超，但他还是要用心防卫喉咙、眼睛或腹股沟等要害部位。瑞森船长用起剑来百无禁忌，显然打算想尽办法干掉达里克——不管是弄死、弄瞎还是阉割他。

大块头从甲板上站了起来，痛苦地号叫着冲向达里克。这家伙头上的围巾被鲜血染成了暗红色。达里克知道这不是他造成的，他只是打破了之前的伤口。

"布尔！"瑞森命令道，"别上来！退后！"

这大块头又恼又痛，根本没有听到船长的话，就算听到了，也未必会理睬。他将自己的剑收在了身后，毫无章法地挥舞着拳头向达里克冲去。布尔打乱了瑞森的进攻节奏，海盗船长不得不在阵脚大乱之前选择后撤。

达里克躲开了大块头的攻击，注意到马特把那个男孩安全地放在了货网里，分神叫道："托马斯，把他们拉上去。"

"达里克！"马特呼唤着。

船只随着水流起起落落，附近的灯笼随之晃动不休，甲板上的阴影疯狂地旋转着。另外两艘船上的海盗已经一败涂地，几分钟内，火焰就会将那两艘船吞噬。托马斯和他的船员们开始拉绳子，当货网拖到悬崖边时，热浪已经扑向了达里克。

"达里克！"马特的声音越发急切。

"留在孩子身边,"达里克命令道,"不要让他牵扯进来。"他向后一仰,翻滚着避开了大块头的攻击,赶在对方冲来前站了起来。

达里克看到货网正在迅速上升,而另一边的船员已经成功将一块橡木板搭在了两艘船之间。他向前疾冲两步,估算着自己和布尔之间的距离,微微垂头,在那个大块头攻来的瞬间,突然纵身向前翻跃出去。

海盗的弯刀在离达里克只有几厘米的地方划过。这一击让达里克失去了平衡,他身体微屈,双脚落在布尔的肩背上,瞬间稳住身形,直起身子跳了起来。

达里克单手握着自己的弯刀,凝视着上方的货网,努力伸展手臂。他试图用手指钩住那张大网,但最终还是差了半个手掌。

然后,马特有力的手握住了他的手腕,咬紧牙关抵抗着重力。"我抓到你了,达里克。"

悬在半空的达里克看了一眼瑞森,对方摆了摆手。海盗船长再次扬起手臂时,手指间闪着金属的寒光。而后,那手臂猛然向前一挥,一把细长的飞刀直直朝着达里克掷来,锋刃在火光的映射下熠熠生辉。达里克知道自己躲不开了,于是不假思索地挥舞弯刀。

弯刀的刀刃挡住了那把飞刀,发出了一声脆响。达里克紧张得忘记了呼吸。

"天呐,达里克,"马特说,"我这辈子第一次见到这种事。"

"沾了点儿你的好运气。"达里克低头望向海盗船长,看着那张因为无力阻止他们而愤怒到扭曲的脸。怀着骄傲与仍然存活的庆幸,达里克用刀刃向瑞森行了个礼。"择日再战!"

瑞森移开眼神,大声对他的船员发号施令,将他们组织起来。

货网继续攀升,达里克吊在下方,不由自主地旋转着,他看到马尔德林正在台阶上与一个海盗短兵相接。大副连续抡了几次战锤,把海盗从台阶上轰了下来,然后把对方扔进了河港里。

接着,几只手抓住货网,把它拉到了悬崖边。

达里克抓住悬崖边缘,挣扎着爬了起来,而马特则用他的剑划破了货网,让自己和国王的侄子落到了开裂的石头地面上。

那男孩站起身来,鲜血缓缓从他的前额、鼻子和一只耳垂上的伤口渗出。看到悬崖下的乱象后,男孩转向达里克问道:"这都是你和你的人干的吗?"

"不是。"达里克扫视着废墟答道。这里的一切都不一样了,他们先前注意到的那栋被海盗盘踞的建筑已经消失在一堆瓦砾下。

马特一直在检查这男孩的伤势是否严重,而男孩不耐烦地推开了他。寒风吹过鹰嘴山,吹乱了这小孩子的头发。

"他们都做了什么?"男孩声音沙哑地问道,"卡巴拉克斯只是个传说,通往烈焰地狱的大门也只是传说。"他抬头看着达里克。"不是吗?"

达里克没有回答男孩的问题。

* * *

大群恶魔般的飞虫从那扇巨门中飞出,冲向拜耶德·邱力克。

老祭司举起双手,在昆虫翅膀那可怕的嗡嗡声中念诵着咒语,竭力在几乎压倒他的那种赤裸裸的恐惧中保持镇定。他不知道这些咒语是否会对它们产生影响,但他知道自己不可能比它们跑得更快。

这群虫子绕过了邱力克。甲壳和翅膀组成的蓝绿色洪流在火把和灯笼的映照下闪闪发光,而这些灯光原本用来照亮洞穴里空气凝滞的工作区域。虫群向奴隶们拥去,如利箭般射向受害者,嵌入他们的身体,撕破衣服去抓扯下面的皮肉。

奴隶们尖叫起来，但昆虫翅膀的嗡嗡声压过了他们痛苦的呐喊。

邱力克惊奇地看着奴隶们从他们的藏身之处跳出来四散逃跑，只希望这些人足以完成对恶魔的此次献祭。昆虫在奴隶们的皮下蠕动着，看起来就像每个人都长了几十个肿块。极度的痛苦与恐惧让他们崩溃，一心逃跑，但大多数人只走了三四步，身躯就炸裂开来，倒在洞穴的地板上。几根火把一同跌落在地，只留下一条火线向入口蔓延。

在几秒钟内，超过半数的奴隶、雇佣兵和牧师都已经倒毙，他们的骨头被恶魔般的昆虫啃得干干净净，血淋淋的白骨在火炬的照耀下显得格外闪亮，空中似乎弥漫着一层血雾。随后，这些昆虫丢下死者飞到洞顶，躲到了钟乳石中间，嗡嗡声才稍作平息。看样子这群昆虫已经完成了它们的使命，准备旁观接下来发生的一切。

拜耶德·邱力克凝视着前方敞开的巨门内的一片黑暗。他心中满是恐惧，但他害怕的并非面前这一切。的确，对未知的恐惧多多少少掺杂其中，但邱力克最害怕的是，门那边的存在赐予的力量不足以消除时间之沙对自己造成的所有损害。

也有可能，门后的那位觉得他缺乏价值，或者根本不需要他。

在背叛萨卡兰姆教派后又被恶魔拒绝，是一件可怕的事情。

"主人。"阿尔萨林低声说道。这位修士不知如何逃脱了死亡的命运，而邱力克身边绝大部分人都没有幸免。"主人，我们该走了。"

"那就走吧。"邱力克看都没看这人一眼，径自回答道。

"这是一个邪恶的地方。"阿尔萨林提醒道。

"这当然是个邪恶的地方。"邱力克把长袍裹在身上，深吸一口气，走向门口迎接他的命运。

即使这扇门大敞着，邱力克也只能看到一直延伸到自己面前的无尽黑暗。他在门口顿了顿，想要大声呼喊。如果他喊话，恶魔会回应吗？他不知道。他从故纸堆中挖掘出的信息让他走到了这里，仅此而已。

如果经文中的信息都是正确的，卡巴拉克斯就在前面的某个地方等待着那个将它再次释放到这个世界的人。

一股寒风从老祭司面前这血盆大口般的门中吹了出来。也许他应该转过身去，但这阵寒风让他想到了冰冷的坟墓。与其在希望破灭后苟延残喘，还不如赌一把，即使死亡会在今夜骤然来临。

但更重要的是，他要努力取得成功。

他走上前去，走进那黑暗的空间之中。隐蔽在洞顶上的昆虫的嗡鸣声立刻变得模糊起来。他明白，在错综复杂的洞穴系统中走进另一个洞穴并不会造成此等效果。虫群的声音变模糊，是因为虽然他只踏出一步，但其实已离方才的洞穴很远。

极寒刺痛了邱力克的肉身，但他的恐惧和决意战胜死亡的信心驱使着他继续前进。他身后是灯火通明的洞窟，当他走过时，能看到隧道两边狭窄的墙壁，但前方依然无一物可视。

"你是一个人类。"老祭司脑海里传来一个深沉的声音。

邱力克大惊失色，浑身几乎都在颤抖。"是的。"他回答道。

"一个羸弱的人类，却想要面对恶魔？"这声音听起来似乎被逗乐了。

"人类已经杀死了很多恶魔。"邱力克一边说，一边继续穿过狭窄的隧道向前走去。

"人类并没有杀死恶魔，"那个低沉的声音坚持道，"只不过暂时将恶魔封印或驱离你们的世界。迪亚波罗又回来了，其他恶魔从未被迫离开，还有一些恶魔仍然藏匿在你们的世界，甚至根本无人知晓。"

"你就是被迫离开的。"邱力克说。

"人类,你在嘲笑我?"

"没有。"邱力克鼓起所有的勇气说道。古代的经文并没有提到在门的这一边会发生什么,但是他从其他文献中知道,恶魔向来蔑视恐惧。恐惧于它们而言是一种工具,就像铁匠的锤子,用来扭曲并塑造它们控制的人类。遇见恶魔时,必须要控制住自己的恐惧。

"不要欺骗自己,人类。你害怕我。"

"我害怕从很高的悬崖跌落,"邱力克表示同意,"然而若要攀登,一个人必须面对并克服坠落的恐惧。"

"那你有没有克服你的恐惧?"

邱力克舔着自己的嘴唇。年事渐高后的所有痛苦又一次涌上心头,让他意识到他从奴隶身上掠夺生命能量的咒语效果正在消失。"比起突然死去,我更害怕的是被困在一个日渐衰弱的躯壳里。"

"我是一个恶魔,拜耶德·邱力克。难道你不知道,你可能以后几个世纪都求死不能吗?"

邱力克差点儿跌倒在黑暗之中。他没有想过这个问题。在研究卡巴拉克斯和黑暗之路的这些年里,他只顾着追求知识了。赢得瑞森的支持,让海盗船长为自己提供奴隶和运输工具之后,他一心只想着挖掘兰塞姆的废墟,寻找那道门。

邱力克努力让自己听起来态度强硬。"你在寻找一条离开监狱的路,卡巴拉克斯大人。而我能做到。"

"你?以你虚弱不堪、濒临死亡的状态?"恶魔刺耳的笑声隆隆地回荡在空洞的隧道中,邱力克的躯体随之微颤。

"你可以让我重新强壮起来,"邱力克说,"你可以把我的青春还给我。我听说你有这种能力。在我这个世界里,你曾拥有强大的力量,现在你需要一个年轻人来帮助你重回巅峰。"他停顿了一下。"你可以让我成为那个人。"

"你相信那个?"

"是的。"拜耶德·邱力克相信恶魔的力量,就像他相信萨卡兰姆教派曾经教授的任何东西一样。如果其中一个是假的,那么一切都是假的。但如果它是真的——

"那么来吧,拜耶德·邱力克,曾经的萨卡兰姆教派祭司,恶魔的敌人。来吧,让我们看看你能做什么。"

老祭司心里充满了紧张、恐惧和期待。他感觉自己胃部苦痛不堪,有那么一会儿,他甚至差点儿吐了出来。他集中精神,运用他在教会中学到的所有技巧,拖着自己疲惫、疼痛的身体向前移动。

一颗星星在他面前的黑暗中冉冉升起,向四面八方散发出丝丝银光。两边的石墙都融化了,只露出如墨的夜色。他并未出现在什么封闭的牢狱中;他正站在一条小径上,这条小径一路向下延伸,仿佛永无尽头。小路周围空无一物,直到这时邱力克才意识到,他脚下不再是石头地板,而是一座摇摇晃晃的人骨桥。

这座桥由臂骨、腿骨和肋骨构成,偶尔还夹杂着完整或受损的颅骨。邱力克放缓了脚步,感觉脚下的桥晃得他头晕目眩。一个头盖骨嘎吱作响地从前方滑过,磕磕碰碰地滚下了桥,最后撞到了一根髋骨,又弹到桥的侧面。

邱力克看着头骨落了下去,那破碎的下巴歪歪扭扭地耷拉着,仿佛在尖叫。头骨的坠落持续良久,它来回地翻滚着,最后消失在桥尽头那颗银星旁。邱力克意识到这些骨头并没有黏合在一起;它们纵横交错,互相锁扣,支撑着跨越桥梁的人。

"你会回头吗?拜耶德·邱力克。"

邱力克不由自主地回头看了看这座桥。在他身后的一段距离外——但他说不上来有多远——那通向兰塞姆废墟下的洞穴的大门洞开了。火把和灯笼在洞里不停闪烁,光秃秃的骷髅躺在凹凸不平的地面上。一个念头在他脑中一闪而过——回到那个显然安全得多的山洞里去吧。

一场爆炸撼动了整座桥梁，邱力克惊恐地看着一截交叉的骨头从桥上高高飞过。那些移位的骨头像树叶一样在黑暗中旋转着飘落。

桥上留下了巨大的缺口，邱力克跳不过去。老祭司意识到他被困在桥上了。

"这是你的第一课，"恶魔说道，"当你没有自己的力量时，我将成为你的力量。"

邱力克知道自己难逃一死，于是转过身来回头看向骨桥。那颗银星闪耀着更加明亮的光芒，照亮了更多的道路。曲折的骨桥继续向前延伸，曲径的转弯处仿佛有影影绰绰的树木。

邱力克犹豫了一下，试着积聚更多的力量，但他知道自己的身体已经油尽灯枯。

"来吧，拜耶德·邱力克，"恶魔嘲讽道，"穿过那扇门的时候，你已经做出了选择。能够改变主意只是你这一路上的幻想而已。"

邱力克感到似乎有一只大手攫住了他的胸膛，在挤压他的呼吸。那是他的心吗？他最终会失败吗？或许这就是萨卡兰姆教派对叛徒的报复？

"当然，"卡巴拉克斯说，"你可以从桥上跳下去。"

邱力克被诱惑了，但只有那么短短一瞬间。这种诱惑不是出于恐惧，而是出于叛逆。但那只是脑中瞬间闪过的火花，而他对死亡的恐惧就像熊熊燃烧的篝火，永不熄灭。他抬起脚，继续往前走去。

走近第一棵树时，邱力克看到树上结满了果实。当他靠得更近时，才看到那些果实都是小小的人头。每张小脸上都充满了恐惧，他们的嘴唇微动，说着邱力克此前一直没听到的恳求。虽然他听不懂他们的语言，但能理解他们的痛苦。那声音就像一股暗流，充满了痛苦和绝望，令人不寒而栗。

"痛苦的声音，"卡巴拉克斯说道，"这是不是你听过的最甜蜜的声音？"

邱力克继续往前走，他发现了另一个拐弯处有另一棵树，另一曲绝望和伤痛的合唱。他的呼吸灼烧着他的胸腔，仿佛有铁箍紧紧勒住了他的胸腔。

他动摇了。

"来，拜耶德·邱力克。再向前走一会儿就到了。你想死在那里变成树上的果实吗？"

痛苦模糊了老祭司的视线，但他还是在下一个转弯处抬起头，发现这座桥直通向一座漂浮在黑暗中的小岛。那颗银色的星星挂在一个巨大的人形雕像的肩膀后面，而那雕像则坐在一个石头王座上。

邱力克知道自己离死亡已经近在咫尺。他不停喘着粗气，用最后的力气登上王座，停在了那个魁梧的身影面前。老祭司连站立的力气都没有了，只好双手伏地跪在粗糙的黑岩上——正是这种岩石构成了这座岛屿。他虚弱地咳嗽着，口中充满血液的铁锈味，一张口便有一股猩红的血线喷在黑色的岩石上。他惊恐地看着岩石如同人类喝水般吸收了鲜血，然后再次变干。

"看着我。"

邱力克痛苦不堪，觉得自己死期将至，但还是抬起头来说道："您最好快点儿，卡巴拉克斯大人。"

这恶魔即便是坐着，也比邱力克站立时要高。老祭司猜测卡巴拉克斯的身高应该有正常人的两倍，甚至可能高达四米以上。恶魔黑色的身躯很是庞大，大理石纹路攀附其上，蓝色的火焰在它周身熊熊燃烧。它的脸孔看上去极其可怕，只有僵硬的平面和最基本的面部特征：两只倒三角形的眼睛，没有鼻子，只有黑色的鼻孔坑，一张无唇的嘴上满是发黄的尖牙。一群毒蛇长在它的头顶,不停扭动着,每条蛇都如彩虹一般艳丽,但却又像水晶一般冰冷。

"你知道黑暗之路吗?"恶魔探身靠近他问道,声音中不带丝毫嘲弄。

"知道。"邱力克喘息着回答道。

"你准备好面对黑暗之路上的一切了吗?"

"是的。"

"那就去吧。"说完这句话,卡巴拉克斯伸手向前,用两只仅有三根指头的大手夹住了邱力克的头颅。它的魔爪紧咬老祭司的脑袋,深深刺进了他的头骨。

一阵眩晕袭击了邱力克。当他凝视着卡巴拉克斯那张可怕的脸,感受到它那恶臭的呼吸时,不禁泪流满面。邱力克不由自主地尖叫起来。

恶魔只是笑了笑,然后向他喷出了一团火焰。

第九章

瑞森恼怒地凝视着陶鲁克港,心知三艘船中的两艘彻底完蛋了。火苗沿着桅杆蹿了上去,索具和风帆上的火势太强了,已经不可能被扑灭。

他大步走过海狼号的甲板,对着海盗们咆哮道:"赶紧下船!"比起熊熊烈火来,海盗们显然更害怕他们这位船长,因此一直都在拼命救火。不过瑞森的喉咙本已受伤,他这么一喊,喉咙的情况更是雪上加霜。

海盗们立刻服从了命令,看上去对弃船而去毫无悔意。如果拿几条海盗的性命可以挽回这艘船,瑞森会这么做的,但现在显然牺牲更多的人也同样无力回天,他可不愿意人财两空。

瑞森跳上了通往悬崖下面狭窄海岸线的木板。大量石块散落在狭窄的石缝中,沿着这条石缝能走到通往悬崖边的阶梯路。几个海盗横七竖八躺在台阶上,他们均死于威斯特玛海军那支救援小分队之手,也正是那个小队从他身边抢走了那个男孩。其他海盗则跌进河里,被湍急的河水卷走了。那手握战锤的老人拦在台阶前,仿佛死亡的化身;威斯特玛救援队伍中的弓箭手也给海盗们造成了很大的麻烦，直到海盗不再试图冲上台阶。

瑞森知道威斯特玛的水手们已经把男孩带走了。海盗船长从海狼号的下游方向走到燃烧着的船只旁，站在固定船只的系索前，用他从海狼号上拿来的斧头狠狠砍了上去。

粗大的系索断了，燃烧着的柯克船脱离桎梏，顺着水流漂走了。它变成了一堆火葬用的木炭，再也无法装载乘客。

"登上海狼号，"瑞森向他的手下发布命令，"准备好杆子，别他妈让那着火的木头盆子靠近它！"他从海狼号那里逆流走到上游那艘船旁边，一直等到海盗们在船的栏杆旁站成了一排，他才切断缆索。

河水裹挟着燃烧着的船只冲向海狼号。海盗们竭力阻止这着火的船靠近瑞森想要保住的主舰。海狼号的船壳可能开裂了，或者仅仅只是漏水，但海盗船长打算尽力挽救它。若是连这艘船也失去的话，他就得徒步走完一段令人绝望的行程才能回到海盗舰队的停泊点。

瑞森咒骂着他这群无能的手下，但咒骂于事无补，他回到海狼号上，拿起一根杆子。滚滚热浪扑面而来，海盗船长吼叫着对手下颁布命令。那艘燃烧着的船在一堆杆子的推动下，颠簸着缓缓绕过了海狼号。海盗们放声欢呼。

瑞森心中怒火难平，接连抓住身边的两个人，将他们摔到栏杆外。其他海盗立刻一哄而散，他们知道如果现在还留在船长身边，肯定会被瑞森的怒火波及。布尔是跑得最快的那个，匆忙之间他甚至一口气撞倒了三个人。

瑞森拔出寒光闪闪的佩剑直指他的船员们，怒声道："你们这群该死的蠢货！我们刚刚失去了两艘船，失去了藏身的港口，还有一大堆没能从这里运出去的货物——你们居然还站在那儿欢呼？你们真以为自己立了什么大功？"

海盗们个个被烟熏得脸庞黢黑，而他们中的绝大多数都没在与威斯特玛水手的短暂交战中负伤。

"我需要一个船员排干船里的水，并修理船只其他的损伤。"瑞森吼道，"我们会在黎明起航，那些该死的威斯特玛水手不可能在那之前封锁河道。布尔，把其他人带到我这里来。"

"我们去哪儿，船长？"布尔问道。

"我们去找那该死的祭司，"瑞森说，"如果他能说服我，我就饶他一命，把他也带出去。不过价格得合适。"他摸了摸受伤的喉咙。"不然的话，就让他死在这里吧。而且，在离开港口前，不管他从那被埋藏的城市里捞到什么财宝，我都会将之洗劫一空。"

"可是，瑞森船长，"有个海盗说道，"刚才把悬崖夷为平地的爆炸就是祭司们挖来挖去搞出来的。他们坍塌的工程砸向我们的时候，我刚从那里出来。那些祭司很可能已经死光了。"

"那我们就找到这些家伙，然后发一笔死人财，"瑞森回答道，"我才不忌讳这个。"他转身朝着悬崖边走去。爬上曲折的石阶时，瑞森顺手将碎石和尸体推到了一边。他一心想找拜耶德·邱力克复仇——除非这老祭司已经死在了那场不可思议的爆炸中。

* * *

"我不走！告诉你，我不会走的！"

达里克·朗看到小男孩正与马特和另一个水手搏斗，挣扎着想要逃脱。而那两人正将他拖向鹰嘴山，寂寞之星号就停在远处的威斯特玛湾中。

"拜托！"男孩大叫道，"拜托！你们必须听我的！"

达里克沮丧地挥了挥手,让两个水手停下来。他们已经在山坡上走了很远,可以清楚地看到港口和城市废墟。第二艘燃烧着的柯克船正从他们下方的河中漂过,随波漂向远方。一群乱哄哄的海盗刚从废墟中撤了出来,向着悬崖边的港口前进,但那延伸向石阶的成排灯笼和火把表明,海盗们还没有准备好离开港口。

"听你讲什么?"达里克问。

"这个恶魔的事情。"男孩一路被水手们推拉着走上了悬崖,说话的时候气喘吁吁。就莱克斯的个头儿而言,让水手们扛着他跑这么长一段路显然太过勉强,所以达里克是抓着男孩的衣服,一路推着他爬上山坡,直到他爬不动为止。

"什么恶魔?"马特单膝跪下直视男孩问道。

达里克在胡·林那个生气勃勃的家庭中与弟弟妹妹们一起生活了很多年,他知道马特对孩子远比他有耐心。

"我们没必要谈论什么该死的恶魔。"马尔德林咆哮着。老大副身上满是血迹,不过大多来自敌人。他在整场战斗中都把守着石阶,直到团队中的弓箭手将前来送死的海盗尽数杀死或者击退,但他显然仍有余力。寂寞之星号上的每一个成员都相信,若是大家一起奔行,这个脾气暴躁的老伙计的体力足以耗死任何一个曾与他在惊涛骇浪中并肩战斗的水手,然后系好鞋带,再走个一里路甚至更远。"到目前为止,我们一直很幸运,坏运气一次都没找上门来,我不想节外生枝。"

"那个海盗船长,"莱克斯说,"他给我看了卡巴拉克斯的标志。"

"这个卡巴拉克斯,"马特问道,"就是你所指的那个恶魔,对吧?"

"是的。"莱克斯转过头来望向陶鲁克港的废墟。"卡巴拉克斯巢穴的大门肯定就在里面。我听到海盗们谈论在那里挖掘的祭司。"

"什么样的标志?"马特继续问道。

"瑞森船长向我展示了卡巴拉克斯的标志。"莱克斯回答道。

"那又怎么样?"达里克尖锐地问道,"你怎么会对恶魔了解这么多呢?"

莱克斯白了一眼达里克,不满之意溢于言表。"我被送到鲁·高因去接受牧师训练,在那里学习了四年。一些我们必修的哲学书籍是关于人类与恶魔之间的斗争的。它们本不应存在。但如果这一切都是真的呢?如果卡巴拉克斯就是在这座城市的废墟中消失的呢?"

鹰嘴山上的疾风带来了阵阵寒意。经过这一番跋涉后,达里克被汗湿的头发乱糟糟地纠缠在一起,但当他凝视着这城市的废墟时,却不由得感到头皮发麻,汗毛直竖。海盗们正沿着迪勒河边的悬崖狂奔,他们的灯笼和火把划破汹涌的雾气,映在下面的河水中。

"孩子,我们和恶魔没有任何关系,"达里克说,"我们的使命是将你平安送到家,而且我也正打算这么做。"

"然而这恶魔就在这里,船长。"莱克斯坚持道。

"我不是船长。"达里克解释了一句。

"这些人都跟着你。"

"没错,但我不是船长。我的船长命令我把你带回来,我正在执行他的命令。"

"如果海盗发现了一个恶魔呢?"莱克斯问道。

"要我说,发现任何邪魔外道,他们都会欢迎的。"马尔德林插嘴道,"诚实的人与恶魔没有任何关系。"

"不,"男孩认真地说,"但恶魔会偷走诚实的人的灵魂。当初行走世间的恶魔中,卡巴拉克斯是其中最恶劣的一个。"

"你在恶魔的事情上无法取信于我。"托马斯接道,他的脸上充满了怀疑。"这些故事不过是以讹传讹。要么是想博人一笑,要么就是想吓人一跳。"

"卡巴拉克斯也被称为'希望之贼'。"莱克斯说,"人们死时会戴着亲手编织的卡巴拉克斯锁链,因为他们相信这家伙给他们提供了赎罪的机会,提供了财富、特权和一切人类深信不疑的东西。"

达里克对着那历经劫难的城市微微颔首,开口道:"如果这里发生的一切确实与卡巴拉克斯有关的话,我想海盗和祭司们会发现,这恶魔不会对唤醒它的人心存感激。"

"不是被唤醒,"莱克斯说,"是回到这个世界。由于卡巴拉克斯在这世间变得过于强大,因此几大魔神施以援手将它封印在此地。"

"我敢保证,它对三大魔神并无威胁,"马尔德林斩钉截铁地说道,"否则我早就听说过它了,因为那必定是一场该死的血战。"

劲风吹乱了男孩的头发,闪电划破天空,照亮了他惨白的面庞。"迪亚波罗和它的兄弟们都害怕卡巴拉克斯。那是一个极有耐心的恶魔,它毫不张扬,愿意为达成目的耗费极长的时间。如果卡巴拉克斯有可能再次进入这个世界,我们必须知情,并做好准备。"

"我的任务是将你带回威斯特玛,带回国王那里。"达里克说。

"那你只能把我抬走了,"莱克斯说,"我不愿意去。"

"队长,"马尔德林插口道,"请您原谅,抬着一个愤怒的年轻人翻山越岭不太好,而且很不安全。"

达里克显然明白这一点。他深吸一口气,嗅到了暴风雨即将来临的气息,便粗声说道:"最好的办法是把你留在这儿,然后告诉国王我没能及时找到你。"

男孩凝视了达里克片刻,反驳道:"你不会那么做的。你不能那样。"

达里克恶狠狠地瞪着眼睛,希望能吓倒这个男孩。

"如果你不确认一下那恶魔的问题就把我带回去,"莱克斯威胁道,"我会告诉国王,你本来有机会发现更多问题,但是你什么都没做。在崔斯特姆遭遇了那么多麻烦后,我想我叔叔不会对一个本应查明真相却玩忽职守的水手有多少宽容。"男孩扬起眉毛。"你觉得呢?"

达里克沉默了一会儿,想让这个男孩妥协。但即使莱克斯让步了,他的话也已经为达里克带来了压力。国王会探究真相到底如何。尽管有可能看到一个令人恐惧的恶魔,但达里克还是充满好奇。

"没错,"达里克说,"国王不会对这样一个水手有多少宽容。"他提高了声音:"马尔德林。"

"是,队长。"

"你和马特还有其他几个人能自己把那个流浪儿弄回小船吗?"达里克盯着那个男孩,"如果他愿意和气点儿的话?"

"我能做到,"马尔德林不情愿地说,"到了那时候,我就把他捆起来,用绳子把他吊到山下。"他瞪了小男孩一会儿,然后把注意力转回达里克身上。"我不知道你现在脱离队伍是不是个明智的选择。"

"我的明智一向有目共睹。"达里克说,但他只是在虚张声势而已,他并不觉得自己有多聪明。

"你可不能丢下我,"马特摇着头说道,"达里克,如果确实有恶魔在伺机而动,我会与你并肩作战。"

达里克看着他相识最久、关系最密切的朋友,应道:"明白,我会的,很高兴有你,但我们这次不会玩得很开心。"

马特笑了。"等我们老了以后,可以给承欢膝下的孙子们讲一讲这次冒险。"

"我应该和你们一起去。"莱克斯打断了他的话。

达里克看向那个男孩,拒绝道:"不,你已经尽力了。这件事还是交给我们去办吧。国王如果听说自己的侄子枉废那些为他出生入死的人的一番好意,也不会高兴的。明白了吗?"

男孩不情愿地点点头。

"你在海盗船上随机应变,让自己重获自由,表现得很好。"达里克说,"我希望你和这些人在一起的时候能够继续保持那种状态,我会要求他们用生命来保护你。一言为定,可以吗?"

"但是我可以识别恶魔——"男孩争辩道。

"孩子,"达里克说,"如果我遇到了恶魔,我相信我也会认出它来的。"

* * *

达里克带领这群水手返回城市废墟时,即将来临的风暴继续积蓄着力量。月亮不时消失在乌云后,给这世界留下一片黑暗,又不时从云层中探出头,给地面镀上一层银光,投下大量阴影。每当月光照到废墟内或完整或残缺的洁白石柱时,它们便会从内部散发出耀眼的光芒。

水手们安静地前进着,他们不像民兵那样全副武装。国王的军队所到之处,几乎都伴随着盔甲发出的叮当声。然而对于在船上战斗的人来说,若是穿着盔甲掉入水里,只有死路一条。

在废墟中找到地下洞穴的入口并不难。达里克让队伍潜伏片刻,随后尾随瑞森的海盗们走上了通向陶鲁克港遗址地下深处的一条畅通无阻的小路上。

洞穴深处充斥着低沉的嗡嗡声,他们谁也没有说话。潮湿的泥土挡住了风,却也把寒意锁在了达里克周围。寒冷使他的身体更加疼痛。爬上悬崖的漫长过程和此后经历的战斗已经耗尽了他的气力,现在他只能靠着仅存的肾上腺素勉强支撑。达里克非常怀念自己在寂寞之星号上的吊床,可现在还得有几天的旅程,他才能抵达威斯特玛。

山洞里弥漫着灰尘和雾气。在海盗们的提灯那暗淡的灯光下,薄雾看起来透着金色。

慢慢地,隧道变得宽敞起来,达里克看到一个巨大的洞穴,洞穴内侧的石墙上嵌着一道大门。隧道到了尽头。

瑞森和他的海盗们在进入主洞窟前停了下来,他们所站的位置挡住了达里克的视线。有几个海盗似乎想转身逃走,但瑞森用他严厉的声音和利剑的威胁制住了他们。

达里克蹲在一块岩石后——看上去应该是在挖掘过程中滑落的,凝视着洞穴。马特凑了过来,他的呼吸声有些刺耳。

"怎么了?"达里克低声问道。

"这该死的灰尘,"马特小声回答道,"肯定不是早些时候爆炸造成的。它让我觉得胸闷气短。"

达里克一手抓住破裂的衬衫袖子,轻轻把它撕下来递给马特。"把这个绑在你脸上,"他告诉他的朋友,"它会把灰尘挡在外面的。"

马特感激地接过这一截衣服,把它系在脸上。

达里克扯下另一只袖子,系在了自己脸上。他心里有些失落,因为这件衬衫一直是他最喜欢的,虽然就名贵而言,它比不上自己那件产自库拉斯特、收在寂寞之星号上的储物箱里的丝绸衬衫。他的前半生十分艰苦,常常一无所有,因此他珍惜一切,并且通常会妥善对待自己的所有物品。

瑞森带着他的海盗们谨慎地走入洞穴。

"达里克,看!"马特指了指洞穴里的骸骨。有一些看起来相当老旧,但大多数显然刚刚被剥光皮肉。那些裹在骨架上的衣衫虽然破烂,但并没有岁月侵蚀的痕迹。

"我看见它们了。"达里克觉得自己后颈汗毛直竖。他不大懂魔法，但他知道眼前这一切显然是不久前的一场施法的结果。我们不应该继续待在这里，他告诉自己，现在最明智的做法是赶在不测之事发生前趁早带着手下离开。然而，他正要下令时，一个身穿红黑相间长袍的人从远处墙上的大门口走了进来。

这个男人看上去大约四十出头。他的头发多半都是乌黑的，只有两鬓显得斑白，脸颊则瘦削结实。一道闪闪发亮的光环在他周身流动。

"瑞森船长。"那个身穿红黑相间长袍的人招呼了一声，但声音听起来并没有多少热情。

嗡嗡声越来越响了。

"邱力克。"瑞森愣住了。

"你为什么没在船上待着？"邱力克问道。他穿过了岩洞走向海盗们，毫不在意周围刚刚死去的人们的惨状。

"我们被袭击了，"瑞森说，"威斯特玛的水手放火烧了我的船，还偷走了那个男孩，那个我们抓来等着他们赎回去的男孩。"

"你被跟踪了？"邱力克愤怒的吼叫压过了充满洞穴的嗡嗡声。

"那个男人是谁？"马特低声问道。

达里克摇摇头答道："我不知道，我也没在这附近看到恶魔。我们走吧，那个叫邱力克的家伙很快就能搞清楚瑞森和他的海盗们在这里干什么。"他转过身来，向其他人打了个手势，让他们准备撤退。

"也许被跟踪的不是我，"瑞森争辩道，"也许威斯特玛那些向你出售情报的家伙里头，有一个做了什么事被抓了个正着，然后出卖了你。"

"不可能。"邱力克否认了这种可能性，他停在海盗船长长剑的攻击范围外。"和我做生意的人绝对不敢做这样的事。如果你的船被攻击了,那是因为你自己无能。"

"也许我们应该跳过这些吹毛求疵的环节。"瑞森建议道。

"那我们该怎么办,船长?"他轻蔑而冷酷地看着海盗船长。"等着你和你这些杀人不眨眼的手下干掉我,然后把我在这里发现的所有东西都卷走?"

瑞森冷笑道:"这说法不大好听,不过大概也就是这样。"

邱力克以极其优雅的姿态收起他的长袍。"不。今天晚上可不行。"

瑞森一边大步走向前,一边说道:"我不知道你为自己安排了一个什么样的夜晚,邱力克,但我的目标是得到我想要的。我和我的人为你付出了血的代价,可我们并没有如愿得到多少回报。"

"你的贪婪会让你万劫不复。"邱力克威胁道。

瑞森舞剑上前,讥讽道:"而你会死在我前头。"

一个巨大的身影从石墙的门里走了出来。达里克盯着这恶魔,看着它头顶不停扭动的群蛇,它那残暴的外貌,那三根指头的大手,还有那透着淡蓝色的黝黑皮肤。

第十章

这来自烈焰地狱的恶魔大步走进洞穴时,瑞森和他手下的海盗们惊骇欲绝,纷纷尖叫着向后逃去。

"好吧,"马特惊恐地低语道,"我们可以告诉这个男孩和他的国王叔叔,恶魔是存在的。我们离开这里吧。"

"等一下。"达里克努力压抑看到恶魔时汹涌而至的恐惧感,凝视着他们藏身其后的石板。

"为什么?"马特困惑地看了达里克一眼,下意识地摆出一个儿时在海斯法的教堂做礼拜时,向圣光祷告的手势。

"你知道有多少人见过恶魔吗?"达里克问道。

"他们能活到把这事儿说出来?根本没有几个活口。你想知道为什么吗,达里克?因为他们就知道在那里傻站着等恶魔来弄死他们,而不是像任何神志清醒的人一样撒腿就跑。"

"瑞森船长,"恶魔的声音如滚雷一般在洞穴里回荡,"我是卡巴拉克斯,凡人称我为启蒙者。你和拜耶德·邱力克没有必要失和,你们可以继续一起工作。"

"为你工作?"瑞森问道。他的声音里充满了恐惧和敬畏,但他依然紧握着长剑站在恶魔前面。

"不,"恶魔回答道,"通过我,你可以找到真正通往未来的道路。"他大步走到祭司面前。"我可以帮助你。我可以给你带来安宁。"

"一杯啤酒下肚我就找到安宁了,"瑞森回答道,"但我不会求着去服侍一个不入流的恶魔。"

达里克觉得,如果海盗船长的声音不颤抖的话,这回答的效果会好很多。不过,如果是自己跟恶魔对话,恐怕也同样难以控制音调。

"那么你可以死了。"卡巴拉克斯说完,挥手在空气中画出一个复杂的图案。

"弓箭手!"瑞森喊道,"射死这地狱来的畜生!"

海盗们刚才就已经被恶魔的出现吓破了胆,现在他们的反应一个比一个迟钝,只有小部分人勉强张弓搭箭射向了恶魔。十几支箭都与恶魔擦身而过,没有在它身上留下任何痕迹。

"达里克,"马特绝望地恳求道,"其他人已经走了。"

达里克向身后看了一眼,陪同他们的其他水手确实已经在仓皇撤退。

马特拉住达里克的肩膀劝道:"来吧,我们在这里什么也做不了。我们现在应该考虑如何平安回去。"

达里克点点头从石板后面站了起来。就在此时,恶魔手中射出了一波又一波闪烁的能量。

达里克确信,卡巴拉克斯吟唱的咒语没有任何人类能够掌握。洞穴里的嗡嗡声越来越响,之前看上去像是萤火虫的东西纷纷从洞顶的钟乳石上落了下来,穿过火把照亮的洞穴,冲向瑞森的海盗们,但不知为何,它们避开了海盗船长。

达里克吓得僵立当场，在他眼前，被昆虫袭击的海盗瞬间变成了血淋淋的骨架。被剥光血肉的尸骸刚刚跌倒在地，接着就摇摇晃晃地爬起来，开始攻击第一轮清洗下幸存的海盗。

洞穴里充满了人们的尖叫、咒骂和临死前的绝望声音。

卡巴拉克斯走向那些幸存者，劝诱道："我的孩子们，你们若愿意活下去，就到我这里来。把你们自己交给我。我能让你们完好如初。我可以教你们去梦想，去超越自己的想象。来我这里吧。"

几个海盗冲到了卡巴拉克斯面前，跪地乞求。恶魔轻触他们的额头，在他们皮肉上留下一个血痕，他们立刻便摆脱了恶魔昆虫和骷髅海盗的攻击。

就连瑞森也开始向前走去。

人们丢弃了那些火炬和提灯之后，洞穴里的光线渐渐暗了下来。达里克努力想看得更清楚一些。

瑞森握紧长剑，向魔鬼走去。这洞里已经没有任何生路。他手下的尸骨堵住了回隧道的路。即使他能顺利穿过它们，也有大批嗜血的昆虫要对付。

但瑞森不是一个会轻易投降的人。他一进入有效距离，就伸出一只手假装向魔鬼致敬，但另一只手却径直挥剑刺向恶魔的腹部，镶在剑刃和剑柄上的宝石散发出耀眼的光芒。达里克知道这把剑上附有某种魔力。他愣了一会儿才意识到，幸亏自己在海狼号上没有和这家伙正式交手。如果锋刃上涂了毒，而且整把武器都被附魔，即便是一个小小的伤口，都会对人造成巨大的伤害。

剑刃上闪过火光。这把剑一插入恶魔的身体，火焰就从伤口中喷薄而出，烧焦了旁边的皮肉。

卡巴拉克斯痛苦地号叫着，紧紧捂着胃部的伤口跟跟跄跄地退了回来。瑞森不给对方任何喘息的机会，步步进逼，残忍地扭动利剑，剖开了恶魔的肚子。

"你去死吧，恶魔！"瑞森咆哮着，但达里克听出了这人声音里的惊恐。也许海盗船长觉得自己除了放手一搏别无选择，但只要迈出第一步，他就再没其他选择，只能硬着头皮继续下去。

达里克知道，很多恶魔曾经死于人类的长剑，或者凡人法师所掌握的那些法术之下。但是恶魔可以重生，杀死它们需要付出很大的代价。大多数时候，恶魔只是被驱离人类位面一段时间，但对恶魔来说，几个世纪也只是弹指间。它们总能回来继续折磨人类。

瑞森再次发起攻击，将剑深深刺入恶魔的腹部。火焰再次升腾，但卡巴拉克斯只是表现得略有不适，而不是痛苦万分。在瑞森逃脱之前，恶魔用三根手指夹住了他的头颅。

卡巴拉克斯又念了一道咒语，一团地狱之火凭空在它手中升起，覆在了瑞森的头顶和双肩。海盗船长的身体变得僵硬无比，但他并未发出尖叫。当恶魔松开瑞森的时候，火焰已经吞噬了他的上半身，而这个强壮的男人曾经所立之处只剩下一具焦黑的躯壳。瑞森的躯体内仍旧不时有炭化的部分闪耀着橙色的火光，烟雾升腾而起。海盗船长张开嘴发出一声无声的尖叫，但永远也不会有人听到了。

"达里克。"马特嘶哑地低声喊着，又拽了拽他朋友的胳膊。

骨头撞击岩石的声音在达里克身后响起，提醒着他危险正潜伏在周围的阴影中。他抬起头，发现一个骷髅正举起短剑瞄准马特的后背。

达里克站起来一手拉住马特的衬衫拽开自己的老友，同时举起弯刀挡开短剑，然后一脚重重踢在骷髅头上。骷髅的下腭断裂了，破碎的牙齿飞向四面八方。它摇摇晃晃地退了回去，试图再次举起短剑。

马特挥剑向那具骷髅刺去。沉重的剑刃咬住了骷髅的脖子，斩掉了它的头骨。

"抓住那些人!"恶魔在洞穴深处咆哮着。

"快跑!"达里克大吼了一声,将马特向前推去。他们一起往来路冲去,努力避开被邪恶魔法唤醒、行动迟缓的骷髅。达里克曾与骷髅进行过战斗,若是能甩开骷髅群,它们就不会造成太大威胁;然而,若是被骷髅围住的话,它们会依靠数量优势慢慢将敌人拖垮。在将骷髅悉数粉碎前,陷入骷髅重围的受害者往往疲于应付它们源源不断的攻击。

昆虫的嗡鸣声再次充斥于他们身后的洞穴中,随后,这些可怕的虫子追着他们迅速扑入了隧道。达里克与马特穿行于这埋藏于死城下的隧道中时,另一群骷骨出现在了他们面前。一些骷骨身上覆盖着干枯的血迹,另一些骷骨则穿着一百年前就已过时的破衣烂布。陶鲁克港曾经是无数亡灵的家园,现在它们在恶魔的召唤下苏醒了。

达里克拼命向前跑着,他甚至能感觉到自己呼出的热气转眼就被甩到了颈后。这位老练的水手完全顾不上充斥全身的疼痛和疲惫,他的内心被原始的恐惧填满了。"快跑!"他对马特喊道,"快跑,该死的,不然它们会抓住你的!"

如果它们得逞了,那都是我的错。这个念头纠缠着达里克,反复在他脑海中回荡。我不应该来这里,我不应该被那个男孩说服。我应该让马特安全离开这里。

"它们要抓住我们了。"马特喘息着回头看了一眼。

"别回头,"达里克命令道,"眼睛直视前方。你要是绊倒了,可就再也没有机会爬起来了。"尽管如此,他还是忍不住无视自己的建议望向身后。

骷髅们的脚步声越来越重了,它们已经举起了武器随时准备攻击。无数干瘦的脚掌踏在石地上发出隆隆的声音,甚至有好些脚趾从骷髅的脚上断裂脱落，疯狂地蹦跳着穿过隧道。嗜血昆虫嗡嗡地追逐着他们，这声音也变得越来越响。

他们很容易便避开了前面阴影中的大部分骷髅。不死生物行动缓慢，而且前面有足够的空间，但是他们必须要击倒其中一些拦路骷髅。达里克挥舞着自己的弯刀，虽然他在全速奔跑时无法熟练地使用武器，但也足以将骷髅手中的剑和矛挡到一边。但每一次对碰都会拖缓他的脚步，而每一步都是至关重要的。

离河边还有多远？达里克试着去回忆，却根本想不起来。现在，它似乎陡然间变得遥不可及。

嗡嗡声变得越来越大，最后甚至如雷鸣一般响亮。

"它们快抓住我们了。"马特说。

"不。"达里克几乎已经喘不上气来，但他还是竭力开口，吐出破碎的语句。"不，该死的。我带你来不是让你送死的！马特，你继续跑。"

突然，隧道口出现在他们面前，达里克本以为前方的拐角就是他们生命中最后的拐角。一道锯齿状的亮白闪电划破长空，把无尽的夜色一点点撕开。希望给他们带来了力量。他从马特的脸上看到了这一点，而他自己也重新振作起来。现在，只有寥寥几个骷髅从阴影里向他们冲来。

"我们马上就能出去了。"达里克给两人打着气。

"然后继续跑一段长路到河边？"马特气喘吁吁地问道。他们两人中，马特向来更加敏捷，更加灵活，他奔跑时几乎和卡隆在船上收拾索具一样自如。

达里克甚至不知道马特在与他奔逃时是否使出了全力。他有些生气，马特本该和其他船员一起离开，那些家伙早已远离隧道。

他们奇迹般地到达了通往陶鲁克港废墟的隧道出口的最后一个

斜坡。那些嗜血昆虫越来越近，达里克甚至能用余光瞥到它们淡绿色的身影。

马特顶着狂风暴雨冲出隧道的时候，踩到了一块碎石。他惊恐地尖叫一声，摔倒在从废墟中滚落的杂物和瓦砾上。

"马特！"达里克惊恐地看着眼前的一切，艰难地停住了自己的脚步。滂沱大雨几乎使人睁不开眼，雨水刺痛了他的脸和胳膊。这不是一场普通的暴风雨，恶魔的出现显然对天气造成了一些影响。短短几分钟内，地面就因为这场骤雨变得泥泞不堪。

"你不要停下！"马特一边喊一边挣扎着想站起来。他吐出一口雨水，达里克给他的那条遮尘的袖子就挂在他脖子上。"不许为了我停下自己的脚步，达里克·朗！我可不想让你死在我前头！"

"我不会让你一个人去死！"达里克说着停了下来，双手抓住弯刀。雨水如瀑布般从他身上倾泻而下，他浑身都已经湿透了。冰冷的雨水流进了他的嘴里，带着一种他从未见过的酸味。或许他尝到的是自己的恐惧。

嗜血的昆虫已经赶到了。当马特勉强站起身来的时候，乌云一般的虫群逼至他身侧，随时准备大开杀戒。

虽然明知此举多半是徒劳，但达里克还是举起弯刀向这些虫子砍去。锋利的刀锋刺穿了两只肥硕的虫子，绿色的血迹才出现在刀身，转瞬便被倾盆大雨洗刷而去。片刻之后，昆虫的尸体在翠绿的火焰中爆裂开来，只留下一股浓重的硫黄味。

达里克目不转睛地看着其他虫子继续扑来，又以同样的方式湮灭。绿色火焰构成的雾气越来越浓，最后变成了一堵彩色的墙。

"那些邪恶的家伙对这个世界来说真是大麻烦。"马特充满敬畏地说道。

达里克不知道是否如此。就他们两人而言，马特更喜欢法师的故事和类似题材的传说。但这些嗜血昆虫还在继续攻击，继续成群结队地死去，最终离它们的目标只有咫尺之遥。达里克看着绿色的云雾在自己触手可及的地方渐渐淡了下来，浓重的色彩也渐渐消失了。

就在此时，达里克看见一具骷髅举着战斧从隧道口冲了出来。达里克躲开斧头，随即一脚踢了出去。骷髅摔倒在地，如同划过水面的石子般滑过一堆堆泥泞的瓦砾，撞在一幢建筑物的侧面。

"快跑！"达里克大喊着抓起马特，催促他重续逃亡之旅。

他们再次向河边跑去。骷髅们如潮水般拥来，除了脚踩在被雨水浸湿的土地上发出的砰砰声，它们几乎像幽灵一样安静无声。

从那破败的城市中心逃出来的时候，达里克觉得没有必要再掩藏行迹，他确信在通往河边的路途中不可能还有海盗滞留，更不可能有人攻击他俩。凌乱的闪电划破紫色的天空，使判断地形变得无比棘手。但最大的问题在于，他们是人类，体能总有到达极限的时候。达里克和马特的速度越来越慢，他们的心、肺和双腿都已无法支撑这种高强度的奔跑。但身后那些骷髅仍在无情地猛冲向前，速度丝毫不减。

达里克回头看了一眼，只看到步步进逼的死亡。他感觉眼前发黑，呼吸困难，仿佛肺部的工作只是徒劳，并没有什么实质的收获。狂风挟着雨水不停打着他的脸庞，逼得他几乎无法喘息。

在距离河岸不到一百米的地方，马特放慢了速度。达里克想，如果能赶到河边跳进水里，并且幸运地避开河床的石头，也许他们还有机会。河水很深，骷髅应该不能游泳，因为它们没有肉身来帮助它们保持浮力。

达里克此时才感觉到手中的弯刀是如此沉重，严重地拖慢了他的步伐，他不假思索扔掉了这把刀，继续向前跑去。生存不在于战斗；轻装上阵有时候更重要。思忖间，他又跑了十来米远。他不断抬起膝盖，用麻木的双脚蹬着地面，他的双脚早已不听使唤，只在机械地运动着。

然后，似乎就在突然之间，他们已经冲到了悬崖边缘。马特气喘吁吁地站在他身边，脸色因为体力透支而显得无比苍白。随后，正当达里克确信他可以向前一跃而起，而且相信这种冲力可以让自己越过悬崖，把自己抛向远处的迪勒河时，突然有什么东西抓住了他的脚。他摔倒了，下巴撞在地上，他感到头晕目眩，几乎晕了过去。

"起来，达里克！"马特在他耳边喊着，同时抓住了他的手臂。

在恐惧的驱使下，达里克本能地向外踢了一脚，从那具扑过来并抓住他脚的骷髅爪下挣脱出来。其余骷髅也赶了上来，它们紧紧地挤在一起，看上去就像一群老鼠。

马特勉强避开骷髅们伸出的手掌，将达里克拖到悬崖边，毫不犹豫地把后者扔了下去，然后准备往下跳。

达里克坠向下方这条白茫茫的河流，那坠落过程无比漫长，他看到了上面发生的一切。他看到马特尚未跃出悬崖，就被一具骷髅跳起来抓住了。

"不！"达里克大喊道，他本能地伸手去拉马特，尽管他知道自己离得太远了，根本什么也做不了。

但骷髅的冲击却成功地把马特撞出了悬崖。他们纠缠在一起，撞在离水面不到三米的悬崖上，复又弹起。

就在达里克落入冰冷的河里之前，骨头嘎吱嘎吱的响声传入他的耳中。暴风雨袭来不久，河水就上涨了。曾经流向威斯特玛湾的平稳水流现在变得激流涌动。他一脚踢了出去，感觉胳膊和双腿都像灌了铅一样，只能无助地在水中挣扎。

耀眼的闪电划过天空，夹在悬崖之间的这一片天被映得特别刺眼。

马特！达里克在水里四处张望，拼命寻找着自己的朋友。游向水面时，他的肺部因为缺氧而灼痛不已。最后，他终于浮出了水面，深深吸了一口气，只感觉眼前一片模糊。

白色的泡沫遍布河面，不停地溅在他身上。越发浓重的雾气盘旋在山间的峡谷中。达里克甩了甩眼睛里的水，疯狂地寻找着马特。那具骷髅和马特一起掉了下来，它不会把他拖到水底了吧？

雷声打破了这一片寂静。过了一会儿，有什么东西接连落入了河中。达里克循声望去，看到骷髅正一个个从悬崖边跃下，在他上游十米左右的地方落入水里。这时他才意识到，自己在落水后移动了多远。

他盯着水面看了一会儿，想知道这些骷髅是否被赋予了游泳的能力。他从未听说过这样的事，但在今晚之前，他也从未见过恶魔。

马特！

有什么东西撞到了达里克的腿上。他本能地将其推开，并往一旁避去。随后，马特的一只胳膊从他身边漂过。

"马特！"达里克大叫着，抓住那个人的胳膊将之拉了起来。当他把马特的背拢在胸前，努力让他们的头露出水面时，闪电再次划破长空。波浪不停地拍打着他的脸。片刻之后，一具骷髅的头颅突然出现在河里。达里克这才意识到，它还抓着马特的腿。

达里克用力想要踢开这不死生物，但河水却紧紧将他们裹在了一起。靠近悬崖的水流越发湍急，马特和骷髅的重量几乎压得达里克无法浮上水面。他只能时不时迅速呼吸一两口空气，然后再次潜入水中，努力再让马特的头露出水面。圣光在上，请赐予我带我二人逃出生天的力量吧！

有那么两次，翻涌的浪涛差点儿从达里克手中卷走马特。水太冷了，达里克的手几乎完全麻木，极度的疲惫令他感觉自己越来越虚弱。

"马特！"他对着朋友的耳朵尖叫了一声，然后又沉了下去。当他们沿着河流向下疾冲的时候，他又喊了两遍马特，但依然没有得到任何回应。挂在他手臂上的马特仍然沉重无比。

闪电再次划过天空，这一次达里克似乎在自己的臂弯处看到了血迹。那不是他的血，他知道那一定是马特的。但是当下一次波浪袭来，他又浮出水面时，血已经不在了，他不确定这一切是不是真的。

"达里克！"

马尔德林的声音突然响起。

达里克试图把头转过去，但这一努力使他再次沉入了水中。他拼命踢着水，把马特举得高高的。当他终于浮出水面时，雷声再次隆隆响起。

"——达里克！"马尔德林那洪亮的声音又传了过来。他那大嗓门可以传到帆索的顶端，也可以将寂寞之星号上挤满水手的小酒馆瞬间清空。

"在这里！"达里克急促而激动地喊道，同时努力把嘴里的河水吐出来。"在这里，马尔德林！"他沉了下去，然后又奋力挣扎到水面。每一次都越来越难。那具骷髅仍然紧紧抓着马特的腿，达里克不得不反复踢开它的手骨。"坚持一下，马特。请再坚持一下，马上就好了。马尔德林的——"水流又将他拖了下去，这一次，他看到了左方有一盏灯笼的亮光。

"——看到他们了！"马尔德林咆哮道，"控制好这艘该死的船，伙计们！"

达里克再次浮出水面,一道黑影从他身后升起,紧接着闪电划破了天空,映在黑暗的水面上,照亮了马尔德林的脸。

"我抓住你了,队长!"马尔德林在暴风雨中喊道,"我抓到你了!放心回到老马尔德林身边吧,现在让我先帮你减轻点儿担子。"

有那么一会儿,达里克有些担心大副会抓不住自己。接着,他感觉到自己的头发被马尔德林抓在了手中——这是溺水的人最容易抓住的部位——如果不是被水呛到,他会痛苦地尖叫出来。然后,马尔德林用惊人的力量将他拖上了他们来时乘坐的那艘小船。

"帮下忙!"马尔德林大喊道。

托马斯弯下腰,把双手钩在马特的胳膊下,随即向后一仰,开始把他拉进小船。"我抓住他了,达里克,你松手吧。"

达里克从马特的重压下解脱,双手无力地滑开了。如果不是马尔德林抓住了他,他肯定会被水流冲走的。他努力配合着马尔德林上了船,一眼就看到了那个裹着被雨淋透了的毯子的男孩,莱克斯。

"我们一直等着你呢,队长。"马尔德林一边拉一边说道,"一直都停在这里,因为我们知道你会到这里来。不管事态看起来有多糟糕,你从来没有失败过。"他拍了拍达里克的肩膀。"你们俩让我们再一次感到骄傲。我敢说,完成这个任务后,我们又多了一大堆的新故事可讲。"

"他被什么东西缠住了。"托马斯一边说,一边努力把马特拖上小船。

"一具骷髅,"达里克解释道,"它抓住了马特的腿。"

那不死生物毫无预兆地从水里冒了出来,张着大嘴向托马斯冲去,就像一只饥肠辘辘的恶狼。托马斯被吓了一跳,猛地向后一拉,将马特拖进了小船。

马尔德林镇静地拿起战锤敲碎了骷髅的头骨,仿佛在一家酒馆里伸手去拿盘子般随意。骷髅无力地松开手,消失在白茫茫的河水中。

达里克大口吸着空气,胸口剧烈地起伏着。"河里到处都是骷髅,它们跟着我们下来了。它们不会游泳,可是它们现在就在水下面。如果它们发现船锚——"

小艇突然剧烈地颤抖了一下,向旁边一摆,不再顺着河流行驶。它本可以轻松驶出被堵塞的河流,现在却像野马一样猛然跳了起来。船上的水手们被抛来抛去,不由得撞成了一团。

"有东西抓住了绳子!"一名水手喊道。

马尔德林把其他船员推到一边,从靴子里掏出一把匕首锯断了锚索,就在此时,几只瘦骨嶙峋的爪子抓住了船舷的边缘。小船跳入河中,着魔般地疾速穿过白茫茫的波涛。

"伙计们,拿好那些桨!"马尔德林大声喊着,自己先从小船中间抓了一支。"把这条该死的船搞定,免得我们都跟着它一起沉下去!"

小船如同孩童的玩具般在湍急的河流中颠簸,达里克克服了充斥全身的疲惫,挣扎着爬了起来,一直爬到马特·胡·林身边。"马特!"他大声叫着。

电光一闪,雷声隆隆地穿过鹰嘴山,在整个河谷里回荡。

"马特。"达里克温柔地将马特的头翻了过来,却震惊地发现对方的脖颈松弛而无力。

马特面对着达里克,脸庞却随着船只的颠簸不停晃动。那双又大又黑的眼睛茫然地向上望着,映出每一道邪恶的闪电。马特头部的右侧沾满了鲜血,黑色的头发下面露出了白色的骨头。

"他死了。"托马斯拉过自己的桨说道,"对不起,达里克。我知道你们俩关系很好。"

不！达里克不能——也不愿相信。马特不会死的。这不是那个英俊、机智、有趣的马特。这不是那个船队造访各港口城市时，总能在酒吧里轻松取悦姑娘们的马特。这不是那个在达里克受到父亲的惩罚，躺在屠夫谷仓上方的阁楼里等死时，连着好几天守在他身旁，直到他的伤势明显好转的马特。

"不！"达里克喃喃说道。但他的否认即便在他自己看来也是软弱无力的。他凝视着挚友的尸体。

"他好像不是突然死去的。"马尔德林在达里克身后轻声说，"他的头一定撞在石头上了，也有可能是在与那骷髅战斗的过程中。"

达里克想起了马特从悬崖上摔下来的情景。

"我一摸到他，就知道他已经死了。"马尔德林劝慰道，"你什么也做不了，达里克。每一个被托利夫船长指派来此的人都知道此行危机重重。他只是运气不好。就是这样。"

达里克坐在小船的中央，任凭雨水不停打在自己身上，任凭雷声在他头顶的天空中连绵不绝地轰鸣。他感觉眼睛火辣辣的，但他并没有哭出来。他从不哭泣。父亲曾教导他，哭泣只会让事情变得更糟。

"你看见恶魔了吗？"男孩碰了碰达里克的手臂问道。

达里克没有回答。在得知马特去世的那一刻，他甚至没有去想卡巴拉克斯。

"那恶魔在那里吗？"莱克斯又问道，"很遗憾你的朋友出了这种事，但我必须知道恶魔的事情。"

"是啊。"达里克哽咽着回答，"是啊，那恶魔确实就在那儿。这一切都是它造成的，也可能是它亲手杀了马特。它和那个祭司。"

一听到那个恶魔的名字，几个水手立刻轻触自己的护身符。他们在马尔德林的命令下划着桨，保持着船只的平稳。汹涌的河水已然推着小船疾速前行。

此时,上游那艘孤零零的柯克船或许正在湍急的水流中试图摆脱系船索,船上的灯笼闪耀着明亮的光芒。达里克猜测,瑞森船长的手下在那里等待着。他们不知道,船长再也不会来了。

压倒一切的激愤和疲惫充斥了达里克的内心,他最后终于屈服了,无力地将马特的身体展开,好像要保护这最亲近的朋友免受狂风暴雨的侵袭。当初达里克因为父亲的一次殴打而发烧时,马特曾经为他做过同样的事情。达里克闻到了马特身上鲜血的味道,这让他想起了他父亲店铺里的那些血迹。

在达里克意识到这一点之前,他便陷入了环伺已久的黑暗之中,而他再也不想醒来了。

第十一章

达里克躺在寂寞之星号的吊床上,双手交叠垫在脑后,努力将已经折磨他两晚的梦魇赶出脑海。在那些梦里,马特还活着,但达里克仍然和他的父母住在海斯法的肉铺里。离开那里后,达里克就再也没有回去过。

离开小镇的那些年,马特会利用一些特殊的机会回去探望家人。威斯特玛海军休假的时候,他会搭乘商船返回家乡,顺便在船上兼职看守货物的警卫。达里克一直觉得,马特希望能时常返回家乡看望亲人,只是始终都没有做到。不过马特坚信来日方长,不必急在一时。这是马特的天性:他做事从不匆忙,一切都按部就班。

现在,马特再也不会回家了。

在满腔的痛苦彻底失控之前,达里克及时控制住了自己的情绪。他的自控能力极强。这种控制力源于一次又一次的争斗,源于父亲对他说的那些极尽残酷的赤裸裸的话语。在这苦痛的过程中,他小心翼翼地培养着自控力,直到最后这种力量如同铁匠的砧板一样强大和可靠。

他摇了摇脑袋,感觉整个后背、脖子和肩膀都疼痛不堪,前天晚上翻山越岭的后遗症尚未完全消失。他转过头来，望向舷窗外威斯特玛湾波光粼粼的蓝绿色海水。从光线照射到海面的角度来判断，现在应该是中午。

他躺在吊床上尽量控制着自己的呼吸，让自己平静的同时，也努力压制着那几乎超出他承受范围的痛苦。他静静等待着，试着数自己的心跳，感受着那仿佛在脑海中轰鸣回荡的脉搏。然而，当他估量时间的时候，等待显得如此令人不堪忍受。他宁愿自己失去知觉，别让任何东西触碰到他。

就在此时，甲板上响起了哨声，它在海浪绵延不绝的拍击声中显得尖锐而又悦耳，持续向每一个船员发出集结的号召。

达里克闭上眼睛，努力让自己什么都不去想，什么都不去回忆。但是突然间，霉变的干草发出的酸味涌入他的鼻翼，那是他童年时居住的阁楼的味道，阁楼下面的围栏里是父亲蓄养的那些等待宰杀的牲畜。猝不及防间，达里克突然看到了九岁的马特·胡·林，后者穿着一件极不合身、过于肥大的衣服，从屋顶上跳到了阁楼里。肉铺后面的谷仓与熏制室相连，马特应该是先爬上了熏制室的烟囱，这才穿过屋顶进入阁楼。

嘿。马特一边打招呼一边从他肥大的衬衫口袋里往外掏奶酪和苹果。昨天没看见你，我就觉得你应该在这儿。

满身的瘀伤令达里克羞愤难当，他试图对马特发脾气好逼对方走开，但他刻意压低的声音显然令威慑的效果大打折扣。声音太大会引起他父亲的注意——让父亲知道有人察觉到了他所受的惩罚又会引起一系列麻烦。于是，当马特将奶酪和苹果铺开，又放上一朵枯萎的花，让这看起来仿佛一场滑稽的盛宴时，达里克的冷脸没能维持下去，甚至尴尬也没能抑制他的饥饿感。

如果父亲在那段时间里知道马特的频繁探访，达里克估计自己可能就再也见不到马特了。

而现在,他再也见不到马特了。达里克睁开眼睛,死死盯着从前未曾留意过的天花板。每当事情变得难以承受的时候,达里克就会戴上冰冷麻木的面具。麻木如同铠甲般完美地覆盖了他的全身。现在他的内心已经没有任何弱点。

刺耳的哨声再次响起。

军官宿舍的门突然打开了。

达里克没有望向门口。不管来者是谁,此时此地,就算是为了他自己好,也该离开这儿去集合了。

"朗先生。"一个威严而有力的声音响了起来。

达里克迅速压下失去亲人的痛苦和对外界的漠不关心,熟练地从吊床上扭身跳了下来。船只在破浪时微微摇晃,而他丝毫未受影响,迅速立正站好应道:"是,长官!"

托利夫船长站在门口。他是一个四十多岁的高大结实的男人,脸庞精心打理过,蓄着淡灰色的络腮胡,头发整齐地束了起来。他身穿镶着金色绳边的绿色威斯特玛海军制服,手里拿着一顶三角帽,靴子擦得极亮,仿佛抛光过的乌木。

"朗先生,"船长问道,"你近来检查过自己的听力吗?"

"有一段时间没去过了,长官。"达里克僵硬地站在那里答道。

"后天我们到达威斯特玛港口时,我建议你最好遵从圣光的意愿去看看医生,确定一下自己的情况。"

"好的,长官,"达里克应道,"我会去的,长官。"

"朗先生,我提出这个要求是因为,"托利夫船长说,"我清楚地听到要求所有人到甲板集结的哨声。"

"是,长官。我也听到了。"

托利夫好奇地扬起了眉毛。

"我认为我可以免于出席，长官。"达里克说。

"这是为我手下的战士举行的葬礼，"托利夫说，"一个在履行职责时英勇牺牲的战士。任何人都不能缺席。"

"请船长原谅，"达里克辩解道，"我觉得我可以缺席，因为马特·胡·林是我的朋友。"我是那个害死他的人。

"朋友就该站在朋友旁边。"

达里克的声音保持着冷静和超然，他很高兴自己心底也有同样的感觉。"我已经没有什么可以为他做的了。外面的那具尸体不是马特·胡·林。"

"朗先生，你可以为了他振作起来，站在他的战友和朋友面前。"船长不为所动。"我想胡·林先生期望你这样做，就像他希望我和你谈谈一样。"

"是，长官。"

"那我希望你能把自己收拾干净，"托利夫船长说，"用最短的时间爬上甲板。"

"是，长官。"尽管达里克对船长一直十分尊敬，对他的地位也心怀敬畏，但也只是勉强压下了盘桓心底的尖锐反驳。他对马特的哀悼属于他自己，而不是整个威斯特玛海军。

船长转身向外走去，然后停在门口认真地望着达里克，劝解道："我也失去过朋友，郎先生，那段时间确实很难熬。我们举行葬礼，是为了让我们学会适时放手。这并不是要忘记他们，只是要提醒我们逝者已矣，但他们会永远存活在我们心中。这个世界上有几个好人是永远不会被遗忘的，胡·林先生就是其中之一。我很荣幸能认识他，也很荣幸能与他共事。我不会在甲板上面和别人这么说，因为你知道船上有船上的规矩，我得做出表率，不过我想让你知道这一点。"

"谢谢你，长官。"达里克说。

船长把帽子戴在头上，最后说道："朗先生，我会给你合理的准备时间，请快一点。"

"是，长官。"达里克目送船长离去，感觉自己心底沸腾的痛苦变成了愤怒，就像磁石一般吸引着长久以来被他压抑着的怒火。他闭上眼睛颤抖着，深呼一口气，再次把情绪封闭起来。

再次睁开眼睛时，他告诉自己：他什么都感觉不到，他只是一架机器，如果他没有感觉，他就不会受伤。这是他父亲教他的。

达里克不顾周身的疼痛，机械地走到吊床脚下，打开了他的储物箱。那天晚上离开陶鲁克港回到船上后，他就再也没有尽过作为船员的职责。除了马尔德林之外，船上还没有任何一个船员能在事情多得要命的情况下躺在船舱里。

达里克选了一套干净的制服，迅速用剃刀刮了脸——所幸他并未弄伤自己——然后穿好衣服。寂寞之星号上还有另外三名下级军官，他在其中是资格比较老的。

达里克大步走上甲板，戴上了适合正式场合的白手套。他的目光扫过那些盯着他看个不休的人，露出一副不置可否的模样，显得完全无法捉摸。今天，在这里，他不会表现出任何内心的情绪，也没什么情绪可表现。达里克干脆利落地与船员们相互敬礼。

正午的太阳高悬在寂寞之星号的上方。白浪间的碧波在阳光的映射下闪闪发光，仿佛无数宝石散布其间。船只乘风破浪，向威斯特玛前进，船上的索具和帆布在风中哗哗作响，它将会给前方的人们带来海盗首领死亡的消息，以及那个几乎无法令人相信的事实——一个恶魔返回了人间。自从救援队伍返回船上后，寂寞之星号上的人们几乎没有谈论过其他的事情，达里克知道消息很快也会传遍整个威斯特玛。完全不可能的事情变成了现实。

达里克站到三个立在队首的下级军官旁边。这三个军官都比达里克年轻得多,其中一个才不过十几岁,可是因为他老子为他买了一个职位,所以他也已经知晓如何发号施令。

他们站在右舷栏杆旁的甲板上,旁边是被旗帜覆盖的马特的尸体。达里克心中突然充满了怨恨,其他军官都不配担任这些职务;马特是真正的航海者,而那些军官却并非如此。达里克选择了追随自己的事业,并把握机会成为一名军官,但马特却从未获得这样的机会。托利夫船长从未觉得必须把任务交给马特,虽然达里克也不明白为什么。一般来说,这样的晋升机会并不多,更别说是同一艘船上的人接连受到提拔。但是托利夫船长却这样做了。

达里克从未听说身边这些军官遭受过水手长的叱骂乃至鞭打,而通常,没有执行船长的指令,或者没有充分达成船长的意愿的人,都会有这样的待遇。达里克曾经有过此等体验,而他抱持被父亲训练出的坚忍,默默忍受着那些伤害与侮辱。即使在接到命令的情况下,达里克也无惧于按照自己的思路指挥战斗。起初,这种做法让他吃尽了苦头,每一个严苛的船长都极其厌恶手下重新阐释自己的命令,事后的鞭笞对他来说是司空见惯的。但在托利夫船长的领导下,达里克真正开始按照自己的意愿行事。

马特从来没有兴趣成为一名军官。他对于水手的艰苦生活乐在其中。

在威斯特玛海军的船上混迹了这么多年,达里克常常以为是他在照顾马特,是他一直在为朋友着想。但是看着面前这具裹着旗帜的尸体时,达里克清楚地知道,马特对大海从来没有那么感兴趣。

如果我没有拖着你来这里,你会去哪里?你会做什么?这些问题像逆风飞行的海鸥般顽强地在达里克的脑海里盘旋。他将这些问题丢到了一边。他不允许自己被痛苦或困惑触动。

在船尾的船楼上，安德烈吉站在托利夫船长身边吹着风笛。海风将船长那件宽大的斗篷卷了起来。国王的侄子莱克斯站在船长身边。当风笛吹奏完毕，最后一个悲伤的回音渐渐远去时，船长发表了官方的悼词，平静而不失尊严地讲述了马特·胡·林为威斯特玛海军服役的经历和他的献身精神，他在营救国王侄子时献出了自己的生命。尽管讲话中带着零星的事实，但这个正式的演讲几乎没有任何人情味。

达里克听着这些低沉的话语，听着海鸥追逐寂寞之星号的叫声——它们希望能在海面上发现一些船员丢弃的残羹冷炙。在营救国王侄子时牺牲。事情不是这样的。马特是在执行一项愚蠢的任务时死去的，因为他担心我的安危。是我杀了他。

达里克看着周围的船员。尽管在两天前的行动中，马特是唯一遇难的人。也许一些船员相信，正如马尔德林所说的那样，马特只是运气不好。但是达里克知道他们中还有一些人相信，正是由于他在地下洞穴里滞留了太久，才导致了马特的死亡。

托利夫船长的悼词念完之后，风笛再次响起，悲伤的声音回荡在这艘船的甲板上。马尔德林身着白色水手服走向甲板另一面，被旗帜覆盖着的马特平躺在厚厚的木板上。老马尔德林平时只有在检查日或者抵达威斯特玛的停泊处时才会穿得这么正式。几名水手跟在他身后。

再度响起的风笛声是一首送别曲，意在祝福听众旅途平安。这曲子在达里克去过的每一个沿海省份都是尽人皆知。

风笛的尾音落下后，马尔德林望向达里克，他那苍老的灰色眼睛里带着问询。

达里克打起精神来，微微点了点头。

"那好吧，小伙子们，"马尔德林低声说，"尽管对你们来说这差事很简单,但你们要尽可能地尊重他。"大副抓起木板,让它斜斜地竖立起来,另外五个人——两个在一边,三个在另一边——一起抬起木板。马尔德林紧紧握着威斯特玛的旗帜。举行海葬时,死者会归于大海,但旗帜会留下来。

达里克和其他军官整齐划一地转向右舷,水手们随即重复了军官们的动作。所有人全部立正站在一旁。

"凡是为威斯特玛而死的人,"船长念道,"都要让他知道威斯特玛因他而活。"

其他军官和船员齐声吟诵,重复着船长的话语。

达里克什么也没说。他在沉重的寂静中望着这一切,心中的希望之火一点点熄灭。当马特裹得严严实实的身体从威斯特玛的旗帜下滑出去,一头栽进翻滚的海浪时,他的心没有任何触动。压舱石被裹在裹尸布的底部以增加身体的重量,而现在它们一起跌入了蓝绿色的大海。有那么一刹那,马特的身体在白色丧服下清晰可见。

然而,在船只继续航行并把它抛到身后之前,这一切都消失了。

风笛吹起了解散的曲子,人们渐次离去了。

达里克走到栏杆边,对船只的起伏颠簸不以为意,而当初刚来海上讨生活时,晕船差点儿要了他的命。他凝视着大海,思绪却飘到了远方。鲜血刺鼻的味道和父亲谷仓里发霉的干草味充斥他的鼻翼,将他的注意力从大海与航船上移开。父亲用来惩罚他的粗糙皮鞭让他的心脏抽痛,只有在拳头打在他身上时,他的心才安定下来。

他不去感知任何事情,甚至连拂到他脸上、吹乱他头发的风也被摒弃在他的知觉外。他一生中的大部分时间都是麻木的,他不该让自己贸然走出麻木构建的城堡。

达里克一整天什么也没吃,因为进餐意味着要跟其他船员共处,得回答一堆乱七八糟的问题。直到晚上,他才进入了厨房。厨师通常会用小火煨着一锅海鲜杂烩浓汤,那是给值夜的船员准备的。

达里克开始自己动手盛汤,他看到厨房里的年轻帮厨在长桌旁打盹,而船员们通常会轮班去长桌旁吃晚饭。达里克在一个锡盘里装满了浓汤。被吵醒的年轻帮厨坐立不安,于是开始擦拭桌子,好像方才他一直都在擦桌子似的。

达里克一言不发,他没有顾及年轻人的尴尬,也不担心自己的失职会被人发现。他从厨师准备好的黑面包上切了一大块,然后给自己倒了一杯绿茶。达里克一手拿着茶,一手端着锡盘,那一大块厚厚的面包就泡在浓汤里。他朝甲板走去。

他站在船的中部,听着头顶上帆布的沙沙声和噼啪声。他们所处的海域清澈宁静,托利夫船长根据经验让船只利用风力航行。在月光的照耀下,寂寞之星号乘风破浪,在水中穿行,整个海面都反射着淡淡的白光。偶尔有光斑在水中闪烁,那显然并非船上航灯的投影。

达里克稳稳地站在起伏的甲板上吃着东西,他一手端着茶杯和锡盘——盘子放在茶杯上——用另一只手抓取食物。黑面包被他放在浓汤里泡软,否则他半天也嚼不完。这道杂烩浓汤是用虾和鱼做的,混合了来自东部地区的香料,还有大块的土豆。即便蘸了面包,又被夜风吹凉了一些,它依然热得几乎能烫到舌头。

达里克尽力制止自己回忆和马特一起值守的那些夜晚,马特讲着他在什么地方听到的或自己胡编乱造的离奇故事,还发誓它们比真的还真。这一切对马特来说都很有趣,可以在漫长而死气沉沉的几个小时里让他们保持清醒,让达里克不再回想起在海斯法发生的事情。

"很遗憾你朋友的事。"一个平静的声音说。

尽管达里克思绪抽离,但在意识到身后这声音来自莱克斯的时候,他一点儿也不惊讶。他继续凝望着大海,咀嚼着刚吃进嘴里的那块黑面包和杂烩。

"我说——"男孩又开口了,声音稍微大了一点。

"我听得到。"达里克打断了他的话。

令人不安的沉默横亘他们之间。达里克一直没有转过身来面对那个男孩。

"我想和你谈谈这个恶魔。"莱克斯说。

"不。"达里克回答道。

"我是国王的侄子。"男孩的语气有些生硬。

"可是你不是国王,对吧?"

"我明白你的感受。"

"很好。如果我在值守的时候为了自己心里的宁静去麻烦你,你就会明白了。"

男孩沉默了很久,达里克以为他已经走了,甚至猜测船长明早可能会因为他的粗鲁来找他的麻烦,但他不在乎。

"水中那些发光的斑点是什么?"莱克斯问道。

达里克很生气,甚至不想去看莱克斯所说的东西,因为多年的经验告诉他,即使是最微小的情绪也会像滚雪球一样落在情感的陷阱中,使他彻底失去控制。他转向这男孩问道:"小子,你还在这儿做什么?"

"我睡不着。"这男孩光着脚站在甲板上,他身上穿的睡袍一定是向船长借来的。

"那就去找点儿新乐子吧,别指望从我这里寻开心。"

莱克斯双手环抱着自己,显然夜半凉爽的空气让他有些寒冷。"我不能。你是唯一看见恶魔的人。"

唯一活着的人,达里克想,但他还没来得及想太多就停住了脚步。"洞里还有其他人。"

"他们待的时间不够久,都没有看到你见的那些。"

"你不知道我都看到了什么。"

"你和船长交谈的时候,我也在那里。你知道的每一件事都很重要。"

"这和你有什么关系呢?"达里克问道。

"我在萨卡兰姆教派接受过牧师的训练,我的一生都是在光明的指引下度过的。再过两年,我要试着成为一名正式的牧师。"

"你现在不过是个孩子,"达里克责备道,"到那时你一样也只是个孩子。你应该把时间花在男孩子们需要考虑的事情上。"

"不,"莱克斯说,"对抗恶魔是我的使命,达里克·朗。难道你没有使命吗?"

"我工作是为了有一日三餐,"达里克说,"为了活下去,为了能有暖和的地方睡。"

"可你是一名军官,而且你的军衔在不断提升,这令人钦佩的事显然不是随便谁都能做到的。一个没有使命感、没有激情的人不可能走到这一步。"

达里克做了个痛苦的表情。显然,莱克斯作为国王的侄子,在托利夫船长那里极有影响力。

"我将成为一名优秀的牧师,"男孩宣称,"为了与恶魔战斗,我必须了解恶魔。"

"这一切都与我无关,"达里克说,"一旦托利夫船长把我的报告交给国王,我的任务就完成了。"

莱克斯莽撞地盯着他质疑道:"是吗?"

"对,没错。"

"在我看来,你并不是那种放着朋友的仇不报的人。"

"那么，马特的死我应该怪罪于谁呢？"达里克问道。

"你的朋友死于卡巴拉克斯之手。"莱克斯回答道。

"但在我告诉你我只想离开之后，你还是要求我们去那里，"达里克的声音听起来很刺耳，"而我在那个洞穴停留了太久，结果摆脱不了追赶我们的骷髅。"他摇了摇头。"不，如果有人要为马特的死负责，那就是你和我。"

男孩表情严肃地说道："如果你想怪我，达里克·朗，那就怪我吧。"

达里克觉得自己此刻无比脆弱，他的心在颤抖，整个人几乎失去了控制。他看着这个男孩，惊讶于自己竟然真的能在这夜色中指责对方。"我确实怪你。"达里克告诉他。

莱克斯望向别处。

"如果你选择与恶魔战斗，"达里克放任内心的残忍继续说道，"你很快就会完蛋。你不需要太多计划。"

"必须要击退恶魔。"男孩低声说。

"这不是我这样的人能干得了的事。"达里克说，"一个国王带军，或者几个国王带军，才能做成这事儿。别指望一个水手能做什么。"

"你遇到恶魔后还活着，"莱克斯坚持道，"这肯定是有原因的。"

"我很幸运，"达里克叹道，"大多数遇到恶魔的人都没这么好运。"

"战士和牧师一直在与恶魔们战斗。"莱克斯说，"传说告诉我们，如果没有这些英雄，迪亚波罗和它的兄弟们仍然能在这个世界横行无阻。"

"我把报告交给托利夫船长的时候，你也在场。"达里克说。这个男孩显然在利用自己的身份对船长施加影响，而托利夫也很不情愿地允许他在前一天上午的汇报会上旁听。"我知道的一切你都知道。"

"会有先知去查看你。有时候当强大的魔法作用在一个人身上时，会在这个人身上留下痕迹。"

"我不会让这些家伙在我身上戳来戳去。"达里克争辩道。他指了指从海面上滑过的一片片光斑。"你刚才问那些是什么。"

莱克斯将注意力转向了海上，但他的表情表明，他宁愿遵循自己的思路来引导谈话。

"其中有一些是火尾鲨，"达里克说，"它们因自己发光的方式得名。光线吸引了在夜间觅食的动物，将它们引诱到鲨鱼的攻击范围内。其他的光斑是月季水母，它们能麻痹游到它们带刺的触手范围内的可怜的家伙。如果你想了解海洋，我可以教你很多。但如果你想谈论恶魔，我不想再谈了。我学到的比我想知道的还要多。"

风向微微一变，桅杆上那巨大的风帆也随之微斜，然后在船员们设法改变方向时又突然再次鼓满。

达里克尝尝了他的杂烩，发现它已经变冷了。

"卡巴拉克斯要为你朋友的死负责，"莱克斯平静地说，"你不会忘记。你仍然对此耿耿于怀，我已经看到了这些迹象。"

达里克屏住呼吸，感到困顿、恐惧和愤怒。每一次，面对对他不满的父亲时，他都有相同的感觉。他努力压抑自己的情绪，直到能够控制自己，然后转过身来面对着男孩，打算倾泻怒火，即使对方是国王的侄子。

然而，当达里克转身时，他身后的甲板空无一人。月光在甲板上投下一片银白，但被桅杆和帆索的影子映得斑驳陆离。达里克沮丧地转过身来，把盘子和茶杯扔到船舷之外。

月季水母用触手抓住了锡盘，倒刺尝试咬住这金属盘子时，电光不停闪烁。

达里克走到右舷的栏杆处，重重地靠在栏杆上。他再次忆起往事。他看到那具骷髅向马特一跃而起，将马特从悬崖边上扫了下去，然后又目睹了骨头撞碎在下面的石头上，听到那沉重的撞击声。记忆继续回溯，当回忆起在父亲店里的那些日子时，达里克浑身冒出冷汗。他不愿回到那里去——不愿回去，也不愿想起。

第十二章

达里克坐在对眼萨尔酒馆后排的一张桌子旁。这家酒馆离码头街和商业区只有几个街区的距离,并不高档,是那些收入微薄或运气不佳的粗鄙水手的落脚地之一。这地方晚上连照明都很差,昏暗的灯光让姿色平庸的女招待和差强人意的食物乍一看都还不错。

大量钱币经过码头,从商人买卖货物的大皮包或水手和码头工人的小钱袋中流入威斯特玛。那些钱币首先流向了码头上散落的商店,而且大部分都留在了那里。还有一小部分资金流入了背街小巷,以及那些高档或简陋的小旅馆中。

对眼萨尔门前有一个褪色的招牌,上面画着一个正端上一盘热气腾腾的牡蛎壳的红发女人,画中女子丰乳肥臀,风情万种,整洁的秀发却很是端庄。临港的山坡上有许多已经破败不堪的老建筑,这小酒馆就是其中之一。多年来,随着威斯特玛和港口的发展,几乎所有坐落在海边的建筑都被拆毁重建,只有少数由专业工匠修建的老建筑作为地标保留了下来。

城市明面上的商店卷走了大部分黄金;而在背街小巷中,还有诸多几乎与世隔绝的商人和酒馆老板,他们几乎不做账单,也不缴纳赋税,才能勉强维持收支平衡。他们的主要客源——甚至可以说是唯一客源——是愁云惨雾的失业水手和码头工人。

平素客人稀少的对眼萨尔酒馆几乎坐满了人。由于两个集团之间长期不和,水手们与码头工人们一直都保持着距离。水手看不起码头工人,因为对方没有勇气出海;而码头工人看不起水手,因为对方并非街区真正的一分子。然而,这两个团体现在都尽量远离几天前出现的雇佣军。

寂寞之星号九天前就返回了威斯特玛,现在它仍在等待新的命令。达里克正独自坐在桌旁喝酒。离船上岸后,他一直很孤独。寂寞之星号上的大多数人都是因为马特而和他在一起。马特幽默风趣,能随口道来各种故事,在任何聚会上都不缺少伙伴、友谊或一大杯啤酒。

没有一个船员试图和达里克待在一起。船长时常皱着眉头表示不希望军官与船员之间过于友好,而达里克也从未证明自己是一个好同伴。现在马特死了,达里克根本不想有人陪伴。

在过去的九天里,达里克拒绝了诸多投怀送抱的女人,一直睡在船上。他混迹于各种像对眼萨尔酒吧这样的低档场所,就这样一天天把日子打发掉。以前,马特通常会把达里克拖进随便一家节日旅馆,或者设法拿到威斯特玛一些小政客举行的活动邀约。有一次在调查西马奇的博物馆、美术馆和教堂时,马特设法结识了那些政客的妻子或者情妇——而这些都是达里克没兴趣参与的活动,达里克甚至觉得聚会很烦人。

达里克发现自己的酒杯又空了,他四处张望,寻找那个为他服务的酒馆女招待,发现她正在三张桌子之外一个高大的雇佣兵臂弯里娇笑。那淫荡的笑声让达里克的怒火陡然爆发。

"服务员!"他不耐烦地喊道,接着把锡质的大酒杯砰的一声砸在伤痕累累的桌面上。

那女招待挣开佣兵的手,咯咯地笑着,欲拒还迎地推开对方,然后穿过拥挤的房间,拿走了达里克的大酒杯。

那群雇佣兵对达里克怒目而视,彼此低语。

达里克懒得理会他们,将身子靠在背后的墙上。他无数次走进过这样的酒吧,见过至少几百个这样的雇佣兵。因为托利夫船长一向不允许船员单独出来喝酒,船员们通常都是集体行动。但这次自打他们进了港之后,只要没有排到早班,达里克都是一个人来买醉,然后在天亮之前返回船上。

那女招待将达里克盛满了的酒杯拿回来。他付完酒钱,又给了她一笔不大不小的小费,但并未让她青眼以待。通常马特都会慷慨解囊,借此得到那些女招待的欢心。但今晚达里克不在乎。在他离开之前,他只想要一大杯酒。

他将注意力转向面前的木质餐盘里那些冰冷的食物。肉很柴,土豆也烧焦了,一层薄薄的肉汁浇在上面,看起来让人食欲全无。这家小酒馆的伙食这么差还能蒙混过关,就是因为城市在迅速发展,越来越多的雇佣兵拥入城中。达里克咬了一口肉,看着那个高大的雇佣兵和他的两个同伴从桌边站了起来。

借着桌子的掩护,达里克警觉地将弯刀横在膝盖上。他一向习惯用左手吃东西,空出右手来以备不时之需。

"嘿,斯瓦比(水手)!"那个高大的雇佣兵咆哮着,拉出达里克桌子对面的椅子,不请自来地坐了下来。他说话的语气和方式让达里克清楚地意识到,那个词汇绝对充满了侮辱意味。

码头工人常常讥讽水手们总是在城里到处游荡,却并非真正的游客;而雇佣兵的情况更是有过之而无不及。雇佣兵常常自诩为勇敢且能征善战的斗士,当水手同样如此自我标榜时,他们往往对此嗤之以鼻。

达里克很明白接下来必定会有一场乱战，他静静等待着，甚至有些期待。虽然他不知道，也不在乎酒馆里是否有哪怕一个人愿意和自己并肩作战。

"你不该打扰一个年轻姑娘的生意，年轻女招待都得靠这个讨生活。"这雇佣兵说道。这是个金发碧眼的年轻家伙，脸庞宽大，牙齿不全，看样子是个靠打打杀杀讨生活的人——他脸上和手臂上的伤疤显然是极有力的佐证。他身着一套不值钱的皮革盔甲，腰间挎着一把短剑，剑柄用金属丝包裹着。

另外两名雇佣兵与他年龄相仿，但显得没什么经验，而且看上去似乎对这次对峙有些不安。达里克猜想他们只是在盲目追随自己的同伴。

达里克呷了一口啤酒。他感觉自己的胃里一片灼热，而那显然并不仅仅是酒精的作用。"这是我的桌子，"他说，"我没邀请客人。"

"你看起来很孤独。"高大的男人说道。

"那你得去检查一下视力了。"达里克建议道。

这高大的男人皱起了眉头道："你不是一个非常友善的人。"

"对，"达里克表示赞同，"这次你说得没错。"

这大个子向前倾身，将粗壮的胳膊肘重重地压在桌子上，交叉手指托着自己方正的下巴道："我不喜欢你。"

达里克的右手在桌下握紧弯刀，身子向后靠去，肩膀顶在墙上。附近桌子上摇曳的烛光映出了大个子脸上的阴影。

"希农，"另一个人拉着他朋友的袖子说，"这家伙领子上有军官的标志。"

希农的目光扫到达里克的领口时，他那双蓝色的大眼睛眯了起来。达里克的衣领上别着一簇橡树叶，两个石榴石代表他的军衔。

戴上它已经成为一种习惯，他根本没有留意这件事情。

"你在国王的船上任职？"希农问道。

"没错，"达里克嘲笑道，"袭击海军军官肯定会遭到国王的报复，你怕了吗？"

"希农，"另一个男人说，"我们还是让这家伙走吧。"

也许那个人会离开。他没有醉到完全失去理智的程度，威斯特玛的地牢也从来不曾有过好客的传说。

"去吧。"达里克轻声说道，他感觉自己已经完全被黑暗的情绪掌控。"别忘了把尾巴夹到两腿中间。"在过去，马特总能及时察觉达里克的负面情绪，并设法让他摆脱这种情绪，或者干脆换个更合适的地方，好让两个人不至于有太严重的自我毁灭倾向。

但马特今晚不在这里，他已经不在九天了。

希农狂吼着站起身来，把手伸向桌子对面打算抓住达里克的衬衫。达里克身体突然前倾，一头撞在这高个子雇佣兵的脸上，直接撞断了他的鼻子。希农跌跌撞撞地退了回去，鲜血从他鼻孔里喷了出来。

另外两名雇佣兵试图站起来。

达里克挥舞弯刀，用刀身拍到旁边一个家伙的太阳穴上，直接把对方击昏。那个不省人事的雇佣兵还没来得及倒下，达里克已经向另一个人冲去。第二个雇佣兵笨拙地摸索着腰间的剑。还没等对手握紧武器，达里克就一脚踢在他的胸口，将这家伙踢飞了出去，直直地落到附近的一张桌子上。这雇佣兵把整张桌子都压塌了，四个愤怒的战士站了起来，咒骂着那个落在桌子上的人和达里克。

希农抽出短剑胡乱挥舞着，附近的人们不得不四散而逃。他鲁莽的举动换来了一连串刺耳的咒骂。

达里克跳上桌子闪过希农的剑击，然后向前一个空翻——他感觉所有的酒都涌上了脑子，整个世界开始旋转——落在那个高个子雇佣兵身后。希农转过身来，满脸都是鲜血，鼻血依旧不住流淌。这高大的雇佣兵骂骂咧咧地挥着短剑直指达里克的头。

达里克用弯刀挡开了对方的攻势。酒馆里不停响起兵器撞击的声音。达里克压制住希农的武器，然后握紧左拳猛地打在对方脸上。雇佣兵的脸颊瞬间肿了起来。达里克接着又给了对方两拳，他对自己出拳的效果非常满意。希农是个大块头，简直和当年站在肉铺后面的父亲一样高大。可达里克早就不再是那个惊惶不安的小男孩，不再是那个挨了打连手都还不了的小男孩。他又打了希农一拳，直接把对方放倒在地。

希农的脸已经惨不忍睹。他的右眼开始肿起来，裂开的嘴唇和耳朵与变形的颧骨可谓交相辉映。

达里克的手因为这一番搏斗轻轻颤抖着，但他并未注意到这一点。现在，他内心的黑暗以一种前所未见的方式散去了。他只感到内心慌乱不堪，而且这种感觉越来越强烈。希农突然间猛扑了过来，用一只强有力的手抓住了达里克的脸。达里克的头不由自主向后仰去，他感觉到一阵眩晕，嘴里瞬时充满血腥味，而鼻子里却全是稻草的酸腐味道。

没有人觉得你长得像我，小子！ 奥凡·朗的声音在达里克的脑海里逐渐清晰起来。*为什么？你觉得一个男孩长得不像他父亲是因为什么？众人都在七嘴八舌地议论这件事。而我，我爱你的母亲，我就是个蠢货。*

达里克挡住了雇佣兵的疯狂进攻，再次向前走去。他在威斯特玛海军中向来以剑术卓越著称，在缉捕海盗或者走私犯的战斗中，任何一个与他对敌或者并肩作战的人，都会清楚他的剑术有多可怕。

达里克和马特从海斯法来到威斯特玛后不久，便从一位剑术大师那里接受了极为严苛的训练,作为交换,他为剑术大师工作了很长一段时间。达里克在击剑室里待了整整六年,这里的地板和墙壁都多次损毁,被他砍碎的木靶更是不计其数。最后,他在威斯特玛海军获得了一份差事,开始训练其他人。

醉心于剑术令达里克安定了一段时间,直到这位克罗大师为了一个女人的荣誉与一位公爵决斗时不幸殒命。达里克找到了那两个杀手和公爵,把他们都杀了。此举引起了威斯特玛海军中某位准将的注意,那人调查了这场决斗和刺杀事件的前因后果,因为此前几名军官和船长也接受了克罗大师的训练。结果,达里克和马特都被分配到了他们的首舰上。

克罗大师离世后,海军的严格管理让达里克重归有条不紊的平静生活。马特也帮了他不少忙。

而现在,战斗才是达里克需要的东西。失去马特之后,他等了好几天才得到一份有意义的任务,这让他心烦意乱。寂寞之星号曾经是他的家和避风港,但现在却无时无刻不在提醒着他,马特已经不在了。内疚感钉死了船上的每一块木板,让一切变得死气沉沉,而达里克渴望着任何形式的行动。

达里克继续戏弄着这个雇佣兵,黑暗的情绪在他的灵魂深处涌动。逃离海斯法之后的数年里,他曾经有好几次想回去看看父亲——尤其是在马特回去探亲的时候。达里克对母亲没多少感情;她从不阻止丈夫毒打自己的儿子,因为她也要讨生活,而且嫁给镇上这位成功的屠夫后,她显然要更加小心翼翼地迎合对方。

达里克选择把内心的黑暗封闭起来,并且将它安放停当。

然而,现在一切都还没有结束。达里克突破了高个子雇佣兵的防守,稳步将对方逼退。希农大声地呼救,但其他雇佣兵似乎并不打算介入战斗。

尖利的哨声陡然响起。

达里克明白这哨声是国王的和平卫队抵达现场的信号。这支部队的成员无论男女都极其强悍，他们一直致力于为国王维护城内的和平。

酒馆里的雇佣兵和几个水手立刻让到了一边。任何不承认和平卫队权威的人，今晚都只能在地牢里度过良宵了。

达里克依然被那黑暗的情绪所控制，他没有任何犹豫，继续追打那高个子的雇佣兵，直到对方无路可逃，最后熟练地扭伤了雇佣兵的手腕，顺便夺下了对方的武器。

雇佣兵踮起脚尖倚在墙上，达里克的弯刀正抵着他的喉咙。"饶命啊。"他干涩的喉咙里挤出一声低语。

达里克死死抵着这男人。酒馆被窒息般的静默笼罩着。随后，哨声在他身后响起，有人正在向他逼近。

"放下武器，"一个女人用冷静的声音命令道，"立刻放下武器。"

达里克转过身来，挥舞弯刀准备将这个女人赶走。但当他试图格挡她手中那根棍子时，她将武器翻转过来重重地击中了他的胸膛。

一阵猛烈的电流涌过达里克的身体，他摔倒在地。

* * *

这是一间并不怎么阴暗的牢房，一个铺位被铁链固定在石墙上，铺位上方凿出了一个小窗户。清晨的阳光透过窗外的栏杆射了进来，达里克眨了眨眼睛，凝视着阳光。他居然没有被关进地牢。他对此非常感激，但也颇为惊奇。

达里克感觉自己的头快要爆炸了，但他还是坐了起来。床铺在他身下嘎吱作响，幸好墙上的两条铁链牢牢拉住了它。他把脚放在地板上,发现自己正身处在一个两米半见方、高也只有两米多的方形牢房之中,他透过第四面墙上的栅栏向外看了看。薄薄的床垫上铺满了散发着酸腐味道的稻草,整个床铺上几乎全是这些东西。除此之外,床垫上到处可见斑驳的污渍,显然从前的客人们不止在上面小便,还曾呕吐过几次。

达里克的胃部一阵翻涌。他踉踉跄跄地走向牢房前角的污水桶,剧烈地呕吐着,甚至无力去抓住栏杆。

一个男人疯狂的笑声从阴影中传来,回荡在整座建筑里。

达里克躺在地上,不知道自己是否已经吐干净了,他的目光越过铁栏和过道望向另外一间牢房。

一个头发蓬乱、身着战士皮装的男人盘腿坐在牢房里的床铺上。他脸上和手臂上的部落文身表明他是外地来的雇佣兵。

"你今天早上感觉怎么样?"那人问道。

达里克没理他。

那人从铺位上站起来,走到他自己的牢房铁栏前抓住栏杆问道:"水手,你怎么搞的,为什么这儿的人都在吵吵闹闹?"

达里克再次转向那个恶臭的桶,开始继续呕吐。

"他们昨天晚上把你带到这里来的,"头发蓬乱的战士接着说,"你和他们都动过手。有人觉得你就是个疯子。其中一名和平卫队的成员让你尝了尝她法杖的味道,电击够爽吧?"

一根能放电的法杖,达里克暗自思忖,他这才意识到为什么自己会肌肉僵硬,头痛欲裂。他依稀记得自己似乎受了一记重击,然后被拖到一个比布满藤壶的船体还粗糙的地方。几名和平卫队的成员都携带着嵌有神秘宝石的法杖,这些法杖可以提供近乎致命的打击,令囚犯再也无力反抗。

"其中一名卫队成员建议直接弄死你,"这战士说,"不过另外一个人说你应该算是英雄。你见过所有威斯特玛人都闻之变色的恶魔。"

达里克紧紧抓住栏杆,无力地吸了几口气。

"这是真的吗?"战士问道,"因为我昨夜看到的只是一个醉汉。"

门闩沉沉转动的声音充满了整个监区,引来了其他牢房里男男女女的咒骂。门嘎吱一声开了。

达里克向后靠在墙上,倚着栏杆的一边,通过狭窄的过道向外窥探。

首先出现的是一名身穿带有军士条纹的和平卫队制服的狱卒。托利夫身披那件宽大的斗篷跟在他后面。

尽管胃里还是恶心得要命,但达里克还是凭着多年训练的本能站了起来。他行了个礼,只盼自己此时不会再吐出来。

"船长。"达里克喑哑地说道。

狱卒是个留着络腮胡子的秃顶男人,长得倒是方方正正的。他转向了达里克。"啊,他就在这儿,船长。刚才我就知道我们快找到他了。"

托利夫船长盯着达里克严肃地说道:"朗先生,这真让人失望。"

"是的,先生,"达里克回答道,"先生,我很抱歉。"

"你确实应该抱歉,"托利夫船长说,"接下来的几天你会感觉更糟。在目前这种情况下,我不应该离开我的船去寻找一名军官。"

"不应该,先生。"达里克对此表示同意,但事实上,他很惊讶地发现自己真的一点儿也不在乎。

"我不知道是什么把你弄成这副狼狈不堪的样子,"船长接着说,"不过我知道胡·林先生的死很大程度上导致了你现在的困境。"

"请船长原谅,"达里克说,"但这与马特的死无关。"他无法忍受这一点。

"那么，朗先生，"船长用冰冷的腔调继续说道，"对于我目前所看到的你的不幸处境，你也许能有其他解释。"

达里克站在船长面前，膝盖发颤，但还是执着地答道："没有，先生。"

"我曾经对你寄予厚望，可没有想到现在你会变成这样子，但愿我们都能熬过这个阶段。"托利夫船长说道。

"是啊，先生。"达里克再也按捺不住恶心，转过身来，把自己的头埋进了桶里。

"朗先生，你要知道这一点，"船长说，"我不会对你这种行为有更多的容忍。"

"是的，先生。"达里克回答完这句话，已经虚弱得几乎站不起来。

"很好，看守，"船长说，"我现在就把他带出去。"

达里克又吐了起来。

"或许可以再等几分钟，"狱卒建议道，"如果你愿意和我待一会儿，我前面有一壶茶。再给那年轻人几分钟时间；也许他会变成一个更热情好客的伙伴。"

达里克听到那两个人走开了，他感到很尴尬，但愤怒正在一步步侵蚀他的控制力。马特至少会陪他待在牢房里，虽然同样会嘲笑他，但不会抛弃他。

达里克再次呕吐起来。这次，他看见骷髅又一次从港口的悬崖上抓住了马特。只是这一次，当他们倒下的时候，达里克看到恶魔站在他们身边，笑着向下面黑暗的河流走去。

* * *

"你还不能带走他,"医生抗议道,"我至少还得缝三针才能把他眼睛上的伤口缝合好。"

达里克泰然自若地坐在小凳子上接受着医生的手术,同时用那只完好的眼睛盯着站在狭窄的门口、被阴影笼罩的马尔德林。外面经过的人们有受伤的,有身体不舒服的,还有罹患重病的。走廊尽头的某个地方,一个分娩的女人尖叫着,信誓旦旦地说自己正在生下一个恶魔。

大副看起来不怎么高兴。他与达里克对视了一会儿,然后把目光移开了。

达里克想,也许马尔德林只是生气了,或许也有一些尴尬。最近马尔德林已经不止一次被迫来找他了。

达里克瞥了一眼医生的手术室,看到架子上摆满了瓶装的药水和粉末;装着树叶、干浆果和树皮的罐子;以及装着具有疗效的山岩和石块的袋子。

这位医生是个瘦弱的老人,住在在码头街附近,许多水手和码头工人都找他来疗伤。空气中弥漫着给病患们使用的药剂和药膏那浓烈的气味。

医生把另一根细羊肠线固定在弯曲的针头上,弯下腰刺穿了达里克右眼上方的皮肉。达里克纹丝不动,不仅没有瑟缩,甚至连眼睛都没有闭上。

"你确定你不想吃点儿什么止痛的东西吗?"医生问道。

"我确定。"达里克已经将痛苦抛到身后,将它放在了脑海深处的某个位置,多年前他也是如此处置父亲给他带来的无尽痛苦。在他的脑海中,那个特殊的位置所承载的,可能远远超过医生所带给他的不适。达里克抬起头看着马尔德林。"船长知道吗?"

马尔德林叹了口气道:"你又干了一架是不是,又拆毁了另一个小酒馆?是的,他知道,队长。卡隆现在就在那边,估算你要承担的损失。瞧瞧你最近付出了多大的代价,我真不知道你哪儿来的那么多钱喝酒。"

"不是我挑起的这场斗殴。"达里克说,但几周内连续使用这种借口已经没有什么效果了。

"这是你的说法,"马尔德林表示同意,"可是船长从十几个人那里听说,你也不会放弃斗殴的机会。"

达里克的声音变得强硬了。"我不是缩头乌龟,马尔德林。而且我肯定不会逃避麻烦。"

"你应该避开麻烦。"

"你见过我在战斗中退缩吗?"达里克知道,他是想尝试让自己换个角度去面对那天晚上发生的一切。在岸上休假期间,他不断地陷入暴力事件中,他努力想找到正确的解决方法,但这一切只会愈演愈烈。

"在战斗中,"马尔德林双手环胸应道,"从来没有。我们并肩作战的时候,你从来没有退缩过。但你现在必须学会及时止损了。那帮家伙在他们的地盘上聊天,而你只不过是闲逛到那里,哎呀,你打这架有什么意义。你我都知道,水手知道该何时战斗。可是你——圣光保佑,队长——只是为了战斗而战斗。"

达里克闭上了他完好的那只眼睛。另一个早就肿起来,而且一直处在充血的状态。与他在加根的醉鳗鱼酒馆中对战的水手使用了一件魔法武器,并且对方动作比达里克预想得更快。

"队长,在过去的两个月中,你一共打了几场架?"马尔德林用更柔和的声音问道。

达里克犹豫了一下。"我不知道。"

"十七场，"马尔德林说，"十七场斗殴。每一次都是由你挑起的。"

达里克感觉到了最新的缝合线的拉力，因为医生把它系起来了。

"我只能说，圣光还是保佑着你的，"马尔德林说，"因为到目前为止还没有人死在你手里。你也还活着，什么都可以自己讲出来。"

"我会小心的。"达里克说着，有些懊悔自己方才的态度。

"队长，一个小心的男人永远也不会跟你发生冲突。"马尔德林继续说道，"哎呀，就你所遇到的大多数麻烦来说，一个有点儿脑子的人是不会踏入那些地方的。"

达里克默默地表示同意。但是可能会惹到麻烦，也正是这些地方吸引他前往的原因。他在打架的时候根本什么都不会想，当他喝着酒等待别人来找碴儿的时候，他也没怎么考虑过可能会出现的危险。

医生准备了另外一根缝合针。

"那船长怎么看？"达里克问道。

"队长，"马尔德林用一种平静的声音说道，"托利夫船长对你的每一件功绩都非常赞赏，而且永远都不会忘记。但他也是一个骄傲的人，在如今这种紧张的时刻却不得不去给一个整天打架斗殴的下属收拾烂摊子。哎呀，他肯定十分不爽。这些事情不需要我再告诉你吧。"

达里克表示同意。

医生再次用针开始缝合。

"你需要帮助，队长，"马尔德林说，"船长知道这一点。我很清楚，大伙儿也都清楚。你是唯一一个不相信自己的人。"

医生从膝盖上拿起一条毛巾擦去了达里克眼睛上的血迹，然后往伤口上倒了些新鲜的盐水，开始缝合最后一针。

"你不是唯一一个失去了朋友的人!"马尔德林低声道。

"我没有说我是。"

"还有我,"马尔德林仿佛没听见达里克的话般继续说道,"我也失去了一个朋友,马上就要失去第二个了。我不想看到你离开寂寞之星号,队长。如果有什么办法,我一定会帮你的。"

"我不值得你为此失眠,马尔德林。"达里克平静地回答道。最令他害怕的是他有那种感觉,虽然他知道一切只是父亲的话语而已。它们一直在影响他。他发现自己可以逃脱父亲的拳头,但永远也逃脱不了父亲苛责的言语。只有马特让他感觉不一样。他结交的其他朋友都帮不上忙,他也记不起这些年来和他在一起的女人。就连马尔德林都没有办法进入他的内心。

但他知道为什么。达里克接触过的任何东西最终都会变成粪土。这是他父亲告诉他的,事实证明确实如此。他失去了马特,现在他正在失去寂寞之星号和他在威斯特玛海军的职业生涯。

"也许你不值得,"马尔德林叹道,"也许你不值得。"

* * *

达里克一路狂奔。他的眼伤过了一周并未好转,反而感染了,怦怦的心跳令伤口疼痛难忍。他手持弯刀,喘着粗气穿过商贸区周围的小巷。到了码头街后,他转身朝舰队街冲去。穿过军事区的大道,那里就是威斯特玛的海军港口。

他看到远处的海军护卫舰,那高耸的桅杆直插进低矮的雾气之中,浓雾笼罩着海湾沿岸。几艘船借着风势从威斯特玛驶出,航向远方。

到目前为止,瑞森的海盗并没有对这个城市构成真正的威胁,他们甚至可能已经解散了，但是其他海盗蜂拥而至，在繁忙的航线上大肆劫掠——越来越多的货物进入威斯特玛，来供给越来越多的海军、陆军和雇佣军。两个半月过去了，卡巴拉克斯并没有展现任何行迹，国王开始怀疑寂寞之星号带回的消息是否准确。而现在，雇佣军的不安定性已经成为威斯特玛的主要麻烦，没有什么目标或者实际行动能让他们奔忙起来。自打对崔斯特姆展开行动之后，这个城市的食品供应日益减少，而且目前完全没有解决的办法。

达里克咒骂着笼罩在这座城市上空的铁灰色大雾。

他之前刚在一条小巷里醒来，也不知道自己是在那里睡着了，还是被附近一家酒馆扔到那里去了。直到公鸡打鸣他才醒来，寂寞之星号这天早晨就要起航了。

他悔恨地咒骂着自己，这个傻瓜明知应该留在船上，但却没能做到。船上早已经没人愿意理他，即便是船长和马尔德林。他变成了一个尴尬的存在，他父亲总是这么看待他。

他上气不接下气地冲向大三角帆桥，这是最后几个检查站之一，非海军人员不能进入这军事禁区。他在脏衬衫里摸索着证明文件。

四个卫兵走上前来挡住他的去路。这些面无表情的家伙都带着武器，看上去非常小心。其中一个人举起了手。

达里克气喘吁吁地停了下来，他受伤的眼睛痛苦地跳动着。"我是船上的二等军官朗。"他喘息着说道。

卫兵队长疑惑地看着达里克，拿起了对方提供的文件。他扫视了一下，注意到封面上盖着船长的印章。

"文件说你在跟着寂寞之星号航行。"卫兵说着，把文件递了回去。

"是啊。"达里克用他那只好眼扫视着大海回答道。正在驶入海湾的船只没有一艘是他眼熟的。看来他运气还不错。

"寂寞之星号在几个小时前就起航了。"那卫兵说。

达里克的心沉到了底。"不。"他低声说道。

"按理说，像你这样错过了自己的船，"卫兵说，"我应该把你丢进牢里，让海军准将来处理你。但是从你的角度来说，我觉得被殴打和被抢劫应该是一个很好的理由。我要把它记在我的日志里。如果你在海军审讯前被传唤，这应该会对你有好处。"

你帮不到我的。达里克想。任何没有赶上自己船只的人都会按玩忽职守罪被处以绞刑。他转过身来凝视着大海，看着海鸥在水中搜寻被潮水冲走的残羹剩饭。鸟儿的叫声听起来悲伤而空洞，甚至压过了海浪拍击海岸的声音。

达里克知道，如果托利夫船长在没有他的情况下扬帆起航，那么寂寞之星号上已经没有他的位置了。他在威斯特玛海军的职业生涯结束了，他不知道自己的未来会怎样。

达里克别无他想，只愿一死了之，但他不能那样做——他也不会那样做——因为这意味着即使过了这么多年，他父亲最终还是赢了。他将痛苦和失落暂时抛在一边，转身离开了大海，沿着街道再次回到威斯特玛。他身无分文，但还没有发愁下一顿饭的着落，他只想到晚上再喝一场。圣光在上，他现在就想喝个痛快。

第十三章

"大师。"

拜耶德·邱力克从舒适的长椅上抬起头来,长椅几乎和他旅途中乘坐的马车的整个板壁一样长。这是一辆由六匹马拉动的三轴马车,普通家庭里的设施一应俱全。内置的架子上放着他的祭司用品、衣服和个人物品。板壁上用螺丝固定了不止一盏灯具,它们为阅读提供了照明,而烟雾则通过车厢侧面的凹槽排放出去。离开陶鲁克港和兰塞姆的废墟后的三个月里,他所有的时间几乎都用来阅读卡巴拉克斯提供给他的神秘经文,以及练习恶魔教授他的魔法。

"什么事?"邱力克问道。

说话的人站在车厢底部的平台外面。邱力克并未打开紧闭的窗子去弄清来者的身份。卡巴拉克斯改变了他后——除了让他年轻了几十岁外,还扭转了他的思想和身体——邱力克与这些在恶魔来袭和海盗袭击中幸存的手下都不大亲近。现在队伍里又多了几个从途经的小镇征集来的新人。

"我们快到布兰威尔了,大师,"那人说,"我觉得您可能想知道这件事。"

"对。"邱力克回答道。他从马车平稳的行驶状况判断出,几个小时的艰难跋涉后,那段漫长曲折的上坡路已经过去了。

邱力克将一根穗状书签插入自己正在阅读的书页间,这根书签是用人类的舌头制成的,它早已在岁月的变迁中风干成了皮革。有时候,只要配以适合的咒语,这根舌头就会大声朗读出亵渎神灵的段落。而这本书则是用鲜血写在由人类皮肤制成的纸上,再由儿童的牙齿装订而成。过去几个月里,卡巴拉克斯向他提供了很多书籍,而以他在萨卡兰姆教派多年祭司生涯积累的经验来看,这些书籍的制作材料毫无疑问都是极其邪恶的。

那张用舌头做的书签低声嘟哝着,它在抗议被收了起来,这在邱力克心里激起了一丝愧疚感,因为他确信这是卡巴拉克斯的咒语所致。他几乎将所有的时间都花在阅读上,但似乎还是不够。

邱力克姿态优雅地打开马车门走上脚凳,然后爬上一个手工雕刻的小梯子,一直走到马车那覆满茅草的顶棚上。这上面有一个小小的平台,与威斯特玛一些富人区房子上的瞭望台有些类似,那些商船船长的妻子们经常会登上去看看她们的丈夫是否安全地从海上回来了——只是很多女人望着望着,就望成了寡妇。

这辆马车是他从洞穴里出来之后购买的第一件物品,在卡巴拉克斯的咒语协助下,他和那些皈依恶魔的祭司将大宗金银财宝从洞里面搬运了出来。这辆马车之前属于某个专门从事陆上贸易的商业巨头。就在邱力克购买马车的前两天,这位巨头遭遇了飞来横祸,一种神秘的疾病在几个小时内便将他折磨致死。面对无可逃避的破产命运,负责处理这位商业巨头所有遗留货物的执行者将马车卖给了邱力克的代理人。

邱力克站在窗台上面,发现周围全是广袤无边的森林。他看到马车前面有六辆货车。另外还有六辆车跟在邱力克的马车后面,它们满载着应卡巴拉克斯要求从陶鲁克港抢救出来的财物。

一条蜿蜒的道路穿过森林腹地。邱力克一时记不起森林的名字，不过他也从未见过此地此景。以往，他都是从威斯特玛乘船出游，而他年轻时，也并未来过布兰威尔。

这条蜿蜒道路的尽头便是布兰威尔，它是威斯特玛西北偏北的边远之地。几个世纪以前，这座城市虽然坐落在高地上，但在与威斯特玛的竞争中占据着重要地位。布兰威尔距离威斯特玛已经足够遥远，它的经济完全可以自给自足。渔民和农民们像他们的先辈一样在这座小城里生活，驾驶着和祖先一样的船只，在同样的土地上日出而作，日落而息。在过去，布兰威尔的水手们捕杀鲸鱼并出售鲸油。现在，捕鲸船队已经只剩下少数几个死硬的家庭，他们顽强地过着艰苦的生活，这与其说是出于必要，不如说是出于荣誉感和骨子里的不愿改变。

布兰威尔几乎全是两到三层的老建筑。这些建筑由深山里开凿的石头筑成，茅草铺就的尖顶呈出十几种各不相同的绿色，看上去与三面环绕的森林倒是颇为相像。城市的第四面就是威斯特玛湾，那里的防波堤也是用从山上挖来的岩石筑成的，目的是保护港口不受沿海的严寒季节影响。

邱力克从停在山巅的马车顶部俯瞰着这座城市，卡巴拉克斯将在这里踏出宏图伟业的第一步，这里将成为这位老祭司的家。一个帝国即将开始开疆拓土，邱力克凝视着这不设防的城市告诉自己。车厢的重型弹簧大幅削减了崎岖的路面引起的颠簸，他坐在平台上随着马车轻轻前后摇晃，看着城市越来越近。

几个小时后，邱力克站在了甜水河旁边，它是布兰威尔的主要水源。这条河的石堤极为宽阔，河水笔直地向前奔涌而去，河道看上去深不见底。这条水路还为小型船只提供了更多的停泊空间，借此将城市的贸易推向了更远的内陆，并为城外阡陌纵横的农场提供了充足的水井和灌溉设施。

城市的东端聚集着大量伐木工和手艺人，商店和市场在几年前如雨后春笋般涌现。邱力克让商队的大篷车停进了营地，营地对所有想与布兰威尔做生意的商人开放。

孩子们立刻聚集在马车周围，期盼着能看到一场巡回演出。邱力克并没有让他们失望，当商队从陶鲁克港向北行进时，他雇用了几个剧团的演员。他们走的是陆路，这和乘船相比是一项漫长而艰巨的任务，但他们也因此避开了威斯特玛海军。邱力克怀疑有些旧相识会认出他来，因为他现在已经恢复了青春，他不想冒险，而且卡巴拉克斯也有着足够的耐心。

在笛子和鼓的伴奏下，表演者们蹦蹦跳跳地做出怪相，用令人震惊的肢体动作和不时迸出的诙谐语言乃至诗歌，引得聚集在一起的观众们哄堂大笑，惊叹连连。

邱力克站在马车里，透过一扇掩着的窗户向外望去。这欢乐的节日气氛与他以往熟悉的宗教活动的氛围大相径庭。萨卡兰姆教派的新教徒不会受到这种方式的款待和欢迎，尽管一些较小的教派会这样做。

"你还是不赞成吗？"一个低沉的声音问道。

意识到这是卡巴拉克斯的声音后，邱力克站起来转过身去。他知道这恶魔显然是以非常规方式进入了马车，但他不清楚卡巴拉克斯在进入马车之前到底去过哪儿。

"旧习惯很难打破。"邱力克说。

"比如改变你的宗教信仰？"卡巴拉克斯步步进逼。

"不是。"

卡巴拉克斯站在邱力克身旁，它现在借用了一具人类的身体来伪装自己。决定要进入人类的世界,寻找一座城市作为桥头堡开始它的征伐大计后,这恶魔便杀害了一名商人,然后将受害者的灵魂献祭给了残酷的黑暗力量。待这人的遗体变成了空壳之后,卡巴拉克斯用一种极其黑暗和神秘的魔法昼夜劳作了整整三天,终于令自己适应了这具尸体。

尽管邱力克从未见过这样的事情,但卡巴拉克斯曾信誓旦旦地保证,这种魔法一般都是有效的,虽然不排除发生危险的可能。一个多月前,卡巴拉克斯刚弄到这具尸体时,受害者本来的面貌是一个还不到三十岁的年轻人。而现在,这个人看起来比邱力克年龄还要大,几乎已经步入了暮年。他浑身肌肉松松垮垮,皮肤看上去皱皱巴巴,上面布满了细微的疤痕。他的头发从乌黑变成了浅灰,眼睛也从棕色变成了灰白。

"你还好吗?"邱力克问道。

老人以卡巴拉克斯特有的方式笑了起来。"我对这具身体提出了很多苛刻的要求,不过它的使命马上就要结束了。"它越过邱力克,向窗外望去。

"你在这里干什么?"邱力克问。

"你为大众带来如此欢乐的庆典,我来就是想看看,你见到这种场面会作何感想。"卡巴拉克斯说,"你身边围了这么多人,他们都很开心,而且看上去也的确很需要这种消遣。我知道这会让你觉得心烦意乱,不过若你能对此保持清醒的认识,生活就会轻松许多。"

"这些人会觉得我们是来卖艺玩杂耍的,"邱力克回答道,"而非新宗教的传教者,虽然这种新宗教会让他们的生命得以升华。"

"哦,"卡巴拉克斯说,"我会协助他们提升自己生命的质量。事实上,我想和你谈谈今晚这场会见的情况。"

邱力克兴奋不已。他们一直计划要找到一个强力的基地，然后建立一个教派，从萨卡兰姆教派中吸引信徒。为此，他们已经长途跋涉了两个多月。现在一切都要开始了，这可真让人激动啊。

"那么，布兰威尔就是合适的地方吧？"

"是的。"卡巴拉克斯说，"一股古老的势力盘踞此地。我可以利用那股力量改变你的命运，开始我的征途。今晚，你会为我们上月就讨论过的教堂奠定第一块基石。不过，这基石并非你想的石头与灰浆，而是信徒。"

这个论调让邱力克有些心凉。他想要的是一座让威斯特玛的萨卡兰姆大教堂都相形见绌的宏伟建筑。"我们需要一座教堂。"

"我们会有教堂的，"卡巴拉克斯说，"但教堂会把你限制在一个固定的地方。我一再教导你认清这一点，但你依旧没有认识到，只有信仰——拜耶德·邱力克，黑暗之路的首选之人——一个超越所有物理界限的信仰，会在各个时代都留下自己的印记。这才是我们想要的。"

邱力克什么都没有说，但那座宏伟的大教堂的影像一直萦绕在他的脑海里。

"我延长了你的生命，"卡巴拉克斯说，"没有我慷慨的馈赠，任何凡人都不可能比你活得更久。难道你就愿意在未来的岁月里困守在一个地方？每天只是回顾你曾经的成就？"

"你曾说过我们要有耐心。"

"我现在依旧在强调耐心。"卡巴拉克斯坚持道，"你不能只是为了我的教派守株待兔，我不需要这样的人。我需要的是勤劳的蜜蜂，一只可以从这里飞到那里到处收集信徒的蜜蜂。"他笑着拍了拍邱力克的肩膀。"不过来吧，让我们从布兰威尔的这些人开始下手。"

"你需要我做什么？"邱力克问道。

"今晚,"卡巴拉克斯说,"我们将向这些人展示黑暗之路的力量。我们会向他们展示,他们所有梦想都可能变成现实。"

* * *

邱力克迈下马车走向人群聚集的地方。他穿着自己最好的一件长袍,但它的样式很是朴素,不会使穷人望而却步。

至少有三百人围在商队停下来的空地上。在他们的车队之外,还有很多装满了稻草、苹果或者牲畜的货车,它们在邱力克外面又围成了一个圆圈。还有更多空无一物的货车停留在枝繁叶茂的树木之下,权当临时座位。

"啊,"一个人低声说,"演讲的家伙来了。看来好戏马上要结束了。"

"如果他开始跟我说教该怎么活着,或者我得为他信仰的教派捐多少钱,"另一个男人小声说,"那我就走。我已经看了两个小时的表演,不能浪费更多时间了,我肯定不会再回来了。"

"我有一块地得打理了。"

"今天早晨我的奶牛还没有挤奶。"

邱力克意识到之前靠那群表演者吸引来的观众正在渐渐流失。他明白试图和他们谈论任何关于责任感或者捐赠的事情都是不智之举,于是带着卡巴拉克斯交给他的一个盛满了黑色灰烬的铁桶走到了空地中心。他念了一句众人根本听不见的强力咒语,把灰烬抛撒了出去。

灰烬从桶中翻腾出来,形成一团浓密的黑云,停在了半空之中。长长的灰线在微风中飘过无人的空地,仿佛一条长蛇在炽热的路上蜿蜒前行。突然间,变得稀薄的灰烬向前冲去,形成一圈圈盘旋落向地面的旋涡。有几处地方的灰烬漩涡穿过了其他的环状灰线，但它们并未触及彼此。相反，这些环状和螺旋状的灰线相互保持了至少三米的距离，甚至能让一个人轻松地在中间穿行。

这些悬在空中的灰线引起了观众的注意。也许法师可以搞出来这些名堂，但来者显然只是个普通祭司。众人的好奇心都被勾起来了，大家都在等待着邱力克接下来的表演。

灰线的奔行告一段落后，进出了深紫罗兰色的火焰，一时间与东方天空逐渐加深的暮色和威斯特玛湾日落的余晖交相辉映。

邱力克迎向他的听众，迎向了他们的目光。"我给你们带来了力量，"他说，"这条路将带你们实现一直以来的梦想，但它却被灾难般的过时教条所否定。"

空地周围的人群开始窃窃私语。有几个声音因为愤怒变得越来越响亮。布兰威尔的民众对萨卡兰姆的信仰显得格外坚定。

"还有另一条通向光明的道路，"邱力克继续说道，"这条道路基于梦想之路，光明先知迪恩·奥普斯坦为他的孩子们创造了这条道路，使他们所有的需求和私密的愿望都能得到满足。"

"我从没听过你说的这个先知。"前排一个脾气暴躁的老渔夫大声质疑道，"难道我们来到这里，就是要听光明的道路受到诽谤吗？"

"我不会污蔑光明之路，"邱力克回答道，"我来这里是为了给你们展示一条更清晰的道路以得到光明的恩赐。"

"萨卡兰姆教派已经这么做了。"一位头发花白、穿着打了补丁的牧师长袍的老人说，"我们不需要一个冒牌货在这里挖掘我们的金库。"

"我不是为了你们的金银而来，"邱力克解释道，"我来这里不是为了你说的目的。"他意识到卡巴拉克斯正在马车里看着自己。"事实上，今天晚上我不会接受哪怕一枚铜币的捐赠，也不允许我的手下在你们城里露营。"

"如果你想留下来，布兰威尔公爵会有话对你说。"一位年长的农民讥讽道，"公爵绝不会忍受骗子和小偷。"

邱力克把被刺痛的自尊心放到了一边。他知道自己本来可以用从卡巴拉克斯那里学到的咒语轻松弄死这个人，可这只会让自己的工作变得更加艰难。在他成为萨卡兰姆的祭司后，不，哪怕他只是刚披上侍僧的长袍时，也没人敢以这种方式挑衅他。

邱力克穿过空地停在一大家子人前面，那里坐着一个病弱的小男孩儿，他扭曲残喘的样子和一具尸体没多大区别。

那位父亲下意识地握紧腰间的匕首，挡在邱力克面前。

"善人啊，"邱力克说，"我看到你的儿子正在饱受折磨。"

农夫不自在地环顾着四周。"八年前，一场热病席卷了布兰威尔，我的孩子并不是唯一的受害者。"

"自从那场热病后，他一直不太妥当。"

农夫紧张地摇了摇头道："得病的人都是这样子。大多数人甚至没能熬过一个星期。"

"如果有一个恢复健康的儿子来帮你干活，你愿意付出什么？"邱力克问道。

"我不会让我的儿子受到伤害，取笑他也不行。"农夫警告道。

"我不会伤害他，也不会取笑他，"老祭司保证道，"请相信我。"

这位农夫的脸上充满了困惑，他转过头去看着那个矮矮胖胖的女人，她一定是坐在货车里的九个孩子的母亲。

"孩子，"邱力克对小男孩说，"你是家里的累赘吗？"

"嘿，"农夫抗议道，"他不是什么累赘，谁敢说他是累赘，我就和谁单挑！"

邱力克等待着。作为一位被萨卡兰姆教派正式任命的祭司,他能即刻处罚这位胆敢对他如此不敬的父亲。

等着。卡巴拉克斯在邱力克的脑海中低语道。

邱力克继续等待着,他知道现在所有观众的注意力都集中在了自己身上。他告诉自己,众人的去留,全凭自己接下来的一搏。

男孩的眼睛似乎被什么照亮了。他抬起窄小的胸膛,用那消瘦的肩膀勉强支撑起球茎一样的脑袋,转向他的父亲。那男孩用一只患关节炎的手用力拉着父亲的胳膊,他的手指一直痛得要命,根本就不用指望他能靠自己进食。

"父亲,"男孩说,"让我跟祭司走吧。"

农夫连连摇头。"艾弗恩,我不知道这是否适合你,可我不希望你抱太大希望。萨卡兰姆教堂的医生都没能治好你。"

"我知道,"男孩说,"但我相信这个人,让我试试吧。"

农夫瞥了一眼他的妻子。她点点头,眼中含着晶莹的泪水。农民抬头看着邱力克说道:"祭司,我认为你要对发生在我儿子身上的事负责。"

"你有理由担忧,"邱力克礼貌地回答道,"但是我向你保证,年轻的艾弗恩很快就要享受到的治疗来自迪恩·奥普斯坦的祝福。我个人还没有足够的能力来满足这个男孩想要痊愈的愿望。"他瞥了男孩一眼,伸出手来。

男孩试图站立起来,但那双萎缩的腿根本无法支撑他。他将扭曲变形的手指探入邱力克的手掌之中。

邱力克对这男孩的孱弱深感惊讶。他几乎想不起自己如此虚弱的情景,可这一切只是几个月前的事情。他扶起了那男孩。空地周围陡然安静下来。

"来吧,孩子,"邱力克说,"请相信我。"

"我愿意。"艾弗恩回答道。

他们一起穿过了空地。还没走到那仍在猛烈燃烧的灰线的尽头，男孩的腿便再也支撑不住了。在艾弗恩摔倒之前，邱力克强忍着恶心抓住了这病体缠身的孩子。

邱力克知道空地四周的每一双眼睛都在盯着自己和那孩子。当他抬头望向周围的大树时，他觉得自己都开始动摇了。如果这个男孩死在黑暗之路上，也许他能在镇上拖延一阵子，然后争取到足够的时间逃跑。如果他没有逃掉，他肯定会被绞索吊起来，在头顶这些树枝上荡来荡去。他听说过布兰威尔人对出现在他们地盘上的强盗和杀人犯是如何进行正义审判的。

邱力克打算将一条毒蛇塞进他们心里。

邱力克协助那男孩站在灰烬小径的起点。

"我该怎么办？"艾弗恩低声问道。

"走吧，"邱力克告诉他，"沿着这条路走，不要想别的，只想着被治愈。"

男孩战栗着深吸了一口气，显然是在重新考虑自己的决定，是否要沿着一条显然充满魔法力量的道路走下去。随后，男孩尝试着松开了邱力克的手。他颤抖着走出第一步，那摇摇欲坠的样子令邱力克把心提到了嗓子眼。

那男孩以极其缓慢的步伐走着。然后，他的脚步变得更平稳了，尽管他摇摇晃晃的步态似乎随时会从小径上跌落下来。

当众人看着这个跛足的男孩在黑灰小径上行走时，空地周围一片寂静。每走一步，他的脚都从黑灰中踢出紫罗兰色的火花，但没过多久，他的步伐变得越来越稳，越来越快。男孩的双肩挺直了，整个身板也开始变得笔直。先是他纤细的腿，然后是胳膊，接着是身体，他的肌肉变得越来越发达，那曾经瘦骨嶙峋的脑袋看上去再也不像个球茎了。

当男孩在这黑灰小径上走了一段路之后，它突然开始向上升到空中，而这男孩居然也跟着升到了空中。且不提沿着这么细的灰线飞向空中已经近乎神迹，在此之前，这个男孩也不可能完成这次攀登的挑战。

观众们的议论声聚在一起，嗡嗡作响，他们的惊奇让邱力克很是自豪。他当初侍奉萨卡兰姆教派时，永远不会被允许因施放咒语而获得荣誉。他转过身来面对众人，调整了一下姿态，以便自己可以正视所有的人。

"这是梦想之路的力量，"邱力克得意扬扬地说道，"我选择侍奉慷慨无私的先知。愿迪恩·奥普斯坦的名字和作品得到赞美。和我一起赞美他的名字，兄弟姐妹们。"他举起双臂。"光荣属于迪恩·奥普斯坦！"

起初只有少数人效仿他，但很快其他人也加入进来。不一会儿，喧闹的喊声便从空地上升起，淹没了城市下游传来的日常噪声。

拜耶德·邱力克！

无声的话语直接在邱力克的脑海中爆炸开来，这声音是如此刺耳，他立刻感觉自己痛得什么也看不到了，胸口也开始恶心不已。

*当心！*卡巴拉克斯说。*这咒语的力量正在消失。*

邱力克努力集中起精力，回头看了一眼他之前用魔法构建的错综复杂的灰线，发现它起点的位置突然爆发出紫色的火花，而且迅速燃烧起来。小火沿着灰线一路蔓延，火焰所过之处，灰烬燃烧殆尽，什么都没有留下。

火势向男孩蔓延过去。

*如果火焰触及这个男孩，*卡巴拉克斯警告道，*他将被彻底摧毁。*

邱力克走到灰线另一头，眼看着火焰向男孩席卷而来。他怒气冲冲地思索着对策，同时努力制止自己在欢呼的人群面前流露出丝毫恐惧。

如果我们现在失去这些人，卡巴拉克斯说，我们可能无法再得到他们。如果奇迹发生，我们会赢得信徒，但如果灾难发生，我们将彻底失败。我们要到很多年之后才能回到这里，而让这些人忘记今晚发生的事情，再次支持我们，可能需要更长的时间。

"艾弗恩！"邱力克高声喊道。

男孩抬头看着他，眼睛暂时离开了小路，但脚步并未动摇。"看看我！"他兴奋地大叫着，"看看我！我在走路！"

"是的，艾弗恩，"邱力克回答道，"这里的每个人都为你感到骄傲，也都很感激迪恩·奥普斯坦。可是现在，有件事我需要知道。"他回头看了一眼追赶男孩的无情的紫色火焰，发现它距离艾弗恩只剩两个弯道了。灰线的尽头离那男孩还有将近十米。

"什么？"艾弗恩问道。

"你能跑吗？"

这男孩的脸上流露出困惑的表情。"我不知道。我从来没有试过。"

紫色火焰又逼近了三米。

"现在就试试吧。"邱力克伸出双臂建议道，"向我这边跑，艾弗恩。快点儿，男孩儿。尽可能快！"

艾弗恩开始试探性地跑起来，适应着他的新肌肉和新能力。他越跑越快，紫罗兰色的火焰在灰烬小径上不停燃烧着，不停追赶着他，眼看着越来越近，现在只剩几十厘米的距离了。

"来吧，艾弗恩，"邱力克欢呼道，"让你的爸爸看看，你现在进步得有多快，这一切都是迪恩·奥普斯坦的恩典。"

艾弗恩一路笑着跑过来。众人的谈话变得空前热烈起来。男孩抵达小径的尽头，像一阵风冲过最后一条弯道跳到地面上。就在紫罗兰色的火焰燃到小径的最后一段，余烬在袅袅之中消于无形的时候，他冲到了邱力克的怀中。

邱力克感觉自己刚刚再次逃过一劫，他将男孩揽在怀中，惊讶地发现对方居然变得这么壮硕了，他甚至能感觉到男孩的胳膊和腿部紧致的肌肉。

"谢谢，谢谢你，谢谢你！"艾弗恩喘着粗气，用强壮的手臂紧紧拥着邱力克。

邱力克又窘迫又兴奋，但还是回应着男孩的拥抱。艾弗恩恢复健康意味着他在布兰威尔的成功已经毫无悬念，但他完全没搞明白恶魔是如何运作这件事情的。

治愈一个人很简单。卡巴拉克斯在他的脑海里说道。造成伤害和疼痛是和它完全不同的问题，如果想持续伤害一个人，那就更难了。为了学习如何伤害别人，魔法的构思是让一个人先学会治愈。

从来没有人教过邱力克这个。

很多事情你都没有学过。卡巴拉克斯说。但你还有时间，我会教你的。转身，拜耶德·邱力克，向你的新教区的居民问好。

为了躲开男孩过于紧密的拥抱，邱力克不得不转身面向他的父母。没有人想过要问他为什么灰线已经彻底烧毁了。

男孩松开了邱力克，一阵风似的冲过了那片空地，仿佛想要炫耀自己新获得的力量。兄弟姐妹们兴奋地为他加着油，他的父亲一把抓住他，将他紧紧抱在怀里，然后把他交给了他的母亲。妈妈把儿子抱在怀里，泪水不争气地从脸上滚滚落下。

邱力克望着这对母子，惊讶于自己居然被这一幕感动了。

治愈这个男孩的感觉很好吧？你是不是正惊讶于这种感觉？卡巴拉克斯问道。

"是的。"邱力克低声回答道。他知道周围的人不会听到，但恶魔可以。

你本不该惊讶。一个人想要了解黑暗，同时也必须了解光明。你在威斯特玛过着与世隔绝的生活。你身边那些人只不过想将你取而代之。

或者还有我想取而代之的那些人。邱力克同时意识到这一点。

萨卡兰姆教派向来吝于施救，就算有，也不可能让你如此凸显个人。恶魔说。

"对。"

像我赋予你的这种力量，圣光是不敢给予很多人的。卡巴拉克斯说道。拥有强大力量的人会引起普通民众的注意。很快他们就会成为英雄，变成万众瞩目的人。再过一段时间，关于他们的传说就会让他们披上神圣的外衣。执掌圣光的家伙会嫉妒他们。

"恶魔就不会吗？"邱力克问道。

卡巴拉克斯笑了起来，邱力克的脑海中回荡着巨雷一般的轰鸣，这让他觉得痛苦不堪。与那些执掌光明的家伙灌输给你们的理论不同，恶魔并非嫉妒的代言人，它们也不像那帮家伙一样充满控制欲。我问你，定下最多的繁文缛节，令人步步受限的是谁？

邱力克没有回答。

你觉得那些执掌光明的家伙为什么要制定这么多规则？卡巴拉克斯问道。当然是为了保持对他们有利的平衡。但是恶魔呢，我们坚信要让所有支持黑暗的人都拥有力量。有些人甚至会得到完全超越常人的能力。但这是他们应得的。就像你那一天直面心中对死亡的恐惧，找到了通往我这里的被埋葬的大门，所以你得到了我给你的这一切。

"我没有选择。"邱力克回答道。

人类总是有选择的。这就是那些执掌光明的家伙试图迷惑你的方式。你有很多选择，但大部分选项你都无权染指，因为那些执掌光明的家伙判定它们是错误的。作为一名信仰光明的睿智的学生，你应该知道哪些选择是错误的。那么这到底给你带来了什么呢？你到底有多少选择？

邱力克默默地表示同意。

去找到这些人，拜耶德·邱力克。你会在他们中间找到皈依者。一旦他们发现你有能力改变现状，让他们实现自己的目标和愿望，他们就会蜂拥而至。接下来，我们必须开始创建教派，我们必须在这些人中找到门徒，他们将帮助你传播我的福音。现在，给你面前的每一个病患送上健康的恩赐。他们会口口相传你的事迹。到明天早上，这个城市里的每一个人都会知道你的名字。

邱力克在医治男孩的过程中获得了新的尊重和威望，他继续向前走去。他的身体因为卡巴拉克斯传递过来的力量而兴奋不已。这力量将他推到了人群之前，推到了那些衰弱不堪的病者前面。

邱力克走过去之后，将双手放在这些病者的前面。他治愈了发烧和感染，去除了疣瘤和关节炎，伸直了一条在被固定后变得弯曲的腿，恢复了一位老妪的正常感知，据照顾她的儿子的说法，这位老妪多年来头脑一直处于混乱之中。

"我想在布兰威尔定居。"当威斯特玛湾的阳光渐渐沉于地平线之下，暮色降临在众人身边的时候，邱力克对众人宣布道。

众人对他的宣告报以雷鸣般的欢呼。

"但是我需要建造一座教堂，"邱力克继续说道，"一旦建立了永久性的教堂，迪恩·奥普斯坦所创造的奇迹将会继续增加。到我这里来，我可以向你们展示我所追随的伟大先知。"

在这一夜之间，拜耶德·邱力克的名声比他有生以来的任何时候都更加响亮。这是一种令人陶醉的感觉,他向自己保证,他会更加深入地了解这种感觉。

没有什么可以阻止他。

第十四章

"你是水手吗?"那漂亮的女招待问道。

这无心的话语令达里克心中泛起一阵刺痛,但他并没有为之所动,只是从堆满土豆和炖肉的大碗里抬起头来,含混地回答道:"不是。"因为他已经不做水手好几个月了。

这位女招待是个黑发美人,束着马尾辫,看上去最多只有二十岁出头。她身着不到膝盖的黑色短裙,露出了修长而诱人的双腿。

"你为什么要问这个?"达里克直视她的眼睛,片刻后,她移开了目光。

"只是因为你进门时左右摇摆的步态让我想起了水手们走路的样子。"这名女招待回答道,"我父亲是位水手。生在海里,死在海里,很多水手一辈子都是这么过的。"

"你叫什么名字?"达里克问道。

"达妮。"她微笑着回答道。

"很高兴认识你,达妮。"

那女招待盯着桌子看了一会儿,似乎想找点事做。但她已经给他的大号酒杯加满了酒,而他碗里的饭菜还有一多半。"如果你还需要什么，"她提议道，"告诉我。"

"我会的。"达里克保持着微笑。在被寂寞之星号抛弃之后的几个月，他学会了礼貌地微笑着及时回应对方，不提问题以便尽早结束谈话。如果人们觉得他愿意友好相处，就不会觉得他的不善交流是一种威胁或挑战，只会认为他不过是愚笨或害羞罢了，然后就懒得再理他了。这套策略最近帮他避免了几次殴斗，而冲突减少之后，他也就远离了监狱和罚款，不至于常常穷困潦倒，流落街头。

达里克歪着头，瞥了一眼坐在他旁边桌子上玩骰子的四个人。其中三个人的衣着像是渔民，但第四个人衣着要稍微好一点，像是把全部家当都花在衣服上，希望给人留下好印象的那种人。因运气不佳而绝望的人往往会这么做。而达里克知道，这种扮相只是一种假象。

他狼吞虎咽地继续吃着，同时努力掩饰着昨天并未进食的事实——或者可能是前一天。他不能确定时间是否在流逝。尽管他很少吃饭，但他总能设法挣到足够的酒钱。喝酒是唯一能让他远离恐惧和噩梦困扰的方法。几乎每天晚上，他都会梦见陶鲁克港的崖边，梦见他差一点儿把马特从骷髅的魔爪下救了出来，差一点儿就让马特逃过了在悬崖下摔得粉身碎骨的命运。

这家极其廉价的小酒馆是一排下等酒馆中的一个。在他看来，它们长得几乎一模一样。当他完成工作后，无论身在何处，他都要吃点东西，然后喝到几乎走不动，最后再要一个房间休息。如果口袋里的钱不够买酒或者支付一张合适的铺位，他就干脆睡在马厩里。

顾客大多是其貌不扬的渔民，手上长满了老茧，身上满是渔网、鱼钩、海鱼乃至恶劣天气留下的伤疤，经年累月的失望已经深入他们的骨髓。他们谈论着明天，那听起来总会比今早的收成要好吧。他们同样也会讨论，如果有一天不用再每天爬上渔船讨生活，他们会去做什么，但愿圣光能对他们慷慨一些吧。

商人们坐在渔民和镇上的其他居民中间，讨论着船运、财富以及大洋北部缺乏保护的问题——这些天来，威斯特玛海军的主力舰队依旧驻扎在老家附近。威斯特玛的水手们在陶鲁克港目睹的那个恶魔根本就没有出现，很多来自威斯特玛北部的商人和水手都相信是海盗编造了这个故事，以诱使国王撤回他的海军。

北部港口和城市中的异议在不断增加，因为他们依赖威斯特玛提供的防卫。随着威斯特玛海军的撤离，人们在无法从海上获得任何其他收入的情况下，转而开始从事海盗活动。尽管大多数海盗没有达成联盟，但他们的联手袭击已经损害了几个独立港口甚至内陆城市的经济。威斯特玛的外交一度覆盖了辽阔的地域，令人重视并敬畏，但现在却变得软弱不堪，几乎不再有什么效力。北方这些城市已经不再像从前那样对威斯特玛唯命是从。

达里克将一块饼干在炖汤里浸了浸塞进嘴里。浓稠油腻的炖汤里加入了大量油脂和香料，这让它尝起来又腻又辣，男人辛勤劳作的一天就以这顿饭结束了。在过去的几个月里，他的体重减轻了很多，但他的战斗力仍然很强。因为担心有人会认出自己来，大多数情况下，达里克都会远离码头。尽管威斯特玛的海军与警卫并没有花大力气去寻找他和其他有意弃船不归的水手，但他仍然对可能发生的情况保持警惕。有时，死亡看上去似乎比活着更省心，但他无法迈出这一步。他从他那狠毒的父亲手中好好地活了下来，现在自然也没打算选择自我了断。

但称心如意地活下去也很难。

他扫了一眼房间，看见达妮正在和一个年轻人打情骂俏。他其实也渴望有个女人做伴，只是这愿望没那么强烈罢了。女人话都太多，而且喜欢到处打听八卦，男人们往往对此非常头疼。她们大部分只想从男人这里得到些什么，可达里克并不想为此费神。

坐在酒吧另一头的大个子穿过房间来到达里克面前。这人又高又壮，扁平变形的鼻梁显然是斗殴的结果。他的指关节和手掌根部满是伤疤——有些粉色带痂的新伤。他喉咙上有一道旧刀疤。

他不请自来地坐在达里克对面，将一根棍子放在自己膝盖上。

"你在工作。"那人说。

达里克右手探向自己膝上的弯刀，凝视着那个人道："我和朋友一起来的。"

达里克的雇主坐在右边不远处，一起加入商队后，那个赌徒雇用他做一晚上的保镖。感谢圣光，那又是一个不错的机会。这是个上了年纪的家伙，身材消瘦，头发花白。昨天强盗来袭时，达里克发现这家伙身手还不错，而且随身携带了不止一把匕首。

"你的朋友今晚非常幸运。"大个子说。

"这是他应得的。"达里克心平气和地说道。

那大个子冷静地看着达里克道："我的工作是维持酒馆的安宁。"

达里克点了点头。

"如果我抓住你的朋友作弊，就把你俩都扔出去。"

达里克再次点了点头，他希望这个赌徒没有作弊，或者根本不擅长作弊。这家伙之前和商队里的其他人玩过几把，当时他们刚从埃拉诺克回来，正在与一个为亚马逊群岛提供物资的港口城市进行贸易。

"今晚你离开这儿的时候可要当心，"这位保镖边警告边朝赌徒点点头，"外面有一团恶魔般的雾气，要到早晨才会消散。这个城镇根本没有像样的照明，输给你朋友的那些人可能不会善罢甘休。"

"谢谢你。"达里克说。

"不用感谢我，"保镖说，"我只是不想让你们俩死在这里或随便附近的哪个地方。"他站起来,重新回到了他在酒吧之前的位置。

那女招待带了一壶酒回来,脸上充满了期待的笑容。

达里克用一只手盖住了他的大酒杯。

"你不喝了?"她问道。

"现在喝够了,"他回答,"不过如果你准备好了,我走的时候会带一瓶的。"

她点点头,犹豫着微笑了一下然后转身走开。她手腕上闪闪发光的镯子引起了达里克的注意。

"等等。"达里克低声说,他的声音突然变得有点嘶哑。

"嗯?"她满怀希望地转回身问道。

达里克指着她的手腕。"你戴的是什么手镯?"

"一个符咒。"达妮回答道,"它代表着梦想之路的伟大先知迪恩·奥普斯坦。"

这手镯由诸多椭圆形圆环连接而成,圆环用雕琢过的琥珀和粗铁隔开,互不相触。一看到它,某些记忆片段便在达里克的脑海中浮现。"你是从哪儿得来的?"

"从一个喜欢我的商人那里。"达妮回答道。这是试图让他吃醋的拙劣尝试。

"谁是迪恩·奥普斯坦?"达里克对这个名字完全没有印象。

"他是幸运和命运的先知,"达妮说,"他们正在布兰威尔建造一座教堂。给我这个的人告诉我,任何有需要并有勇气走过梦想之路的人都会得到自己内心想要的一切。"她朝他笑了笑。"你不觉得这有点牵强附会吗?"

"是啊。"达里克表示赞同,但这个故事让他有些不安。布兰威尔离威斯特玛并不太远,他曾发誓短期内绝对不会再踏足那里。

"你去过那里吗?"达妮问道。

"去过，不过那是很久之前的事了。"

"你有没有想过回到那里？"

"没有。"

这女招待噘起了嘴。"真遗憾。"她摇了摇手腕，让手镯旋转着在灯光下发出耀眼的光芒。"我想有一天能亲自去看看那座教堂。他们说，当它完成时，它将成为一件伟大的艺术品，成为有史以来最美丽的东西。"

"那可能的确值得一看。"达里克说。

达妮俯身靠在桌子上，好让他可以审视自己的酥胸。"很多东西都值得一看。但我知道只要我留在镇上，我就没有机会看到它们。也许你应该考虑尽快回到布兰威尔。"

"也许会吧。"达里克尽量克制着自己的声调，避免让对方有被冒犯的感觉。

一个渔夫不耐烦地提高嗓音喊达妮过去。她凝视了达里克一会儿，然后转过身走开了，短裙随着她的动作漂亮地舞动着。

坐在旁桌的赌徒又赢了一把，他赞美了圣光，而其他人则在不停抱怨。

达里克驱散了脑海中与那奇怪手镯有关的念头，将注意力转回食物上。他发誓当那赌徒还在赌桌上的时候，他一定滴酒不沾，这意味着当回到租来的房间时，噩梦将会恭候他的到来。但是在商人们完成交易之前，商队还要在城里待上一天。他可以趁此机会喝个酩酊大醉，让自己连梦都做不成。

两个小时后，当达里克跟着赌徒从酒馆出来时，雾气在街上翻涌，使夜色变得越发暗沉。他试着回忆那个人的名字，但发现自己根本想不起来，但他对此并不惊讶。当他不再试图记住每件事或每一个人的时候，生活就变得简单多了。每个雇他当佣兵的商队里都有具体的负责人,他们都有自己要去的方向。达里克只管跟着走就行了。

"我今晚在赌桌上度过了一个美好的夜晚,"当他们穿过街道时,赌徒坦陈道,"一回到我的房间,我就把我们约定的钱付给你。"

"好的。"达里克回答道,但他记不起他们当初谈的价格。通常情况下,这笔钱的数目应该不大,不会让雇主放在眼里,因为一个真正的赌徒不可能保证百战百胜,逢赌必赢的只有那些作弊的骗子,没什么意外的话,这些人赢一次就会招来一顿殴打。

达里克环视着四周的街道。正如酒馆的保镖所说,镇上的灯光的确很暗。只有几家生意相对好点儿的客栈和小酒馆附近有几盏街灯胡乱地摇曳着,除此之外,小码头那边的路灯也能勉强照亮道路。浓雾在鹅卵石上留下潮湿的闪光。达里克在寻找街道的标牌,以确定今晚旅程的终点在哪里。对于不知道自己身在何处这件事情,他完全不感到惊讶,也完全没将它放在心上。过去几个月他去过的很多城镇都已经在脑海里变得模糊不清。

赌徒喘不过气来的声音警告达里克,一定是出事了。他猛地将头转向他们刚经过的小巷。三个人从巷子里冲出来,向达里克和赌徒猛扑过去。即使在雾蒙蒙的月光下,也能看见他们的刀刃在闪闪发光。

达里克不得不松开胳膊下夹着的酒壶,拔出弯刀。当盛酒的陶罐在坚硬的鹅卵石上粉碎的时候,他已经用刀柄挡开了砍向自己脑袋的一击。尽管达里克非常疲倦,而且酒精已经麻醉了他的身体,但求生的本能还是让他继续战斗下去。他跌跌撞撞地在崎岖不平的街道上奔跑,等到发现第四个人从自己身后跳出来的时候,一切都晚了。

第四个人挥舞着一根加重的鲨头棒,击中了达里克的左耳,将他打倒在地。这一击几乎使他失去了知觉,他的脸撞在鹅卵石上,但接下来的剧痛使他恢复了清醒。他挣扎着跪着立起身来,从这一点来看,他确信自己还能站起来,或许还能再次投入战斗。或者至少能拿到赌徒该付的那笔保镖费用。

"该死!"其中一名盗贼大喊道,"他藏了一把刀,还砍了我。"

"小心点!"另一个男人说。

"搞定了。我放倒他了。我放倒他了。他再也不会缠上任何人了。"

温暖的液体从达里克的脖子一侧往下流去。他的视线开始模糊,但他看到两个人拿走了赌徒的钱包。

"别走!"达里克喝道。他捡起掉在鹅卵石路面上的弯刀,跌跌撞撞地向他们冲过去,向其中一个家伙举起了弯刀。还没等他接近预定的目标,另一个人便转过身来,用一只带铆钉的靴子踢到了达里克下巴上。达里克再次跌倒,疼痛令他有片刻的失明。

达里克不停地蹬着双脚,试图摆脱将要吞噬他的黑暗,徒劳地寻找能让他站起来的倚靠。然而,他只能无助而沮丧地望着那帮家伙消失在小巷的阴影之中。

达里克将弯刀当作拐杖,踉踉跄跄地向赌徒走去。他的眼睛因为剧痛而泪流不止,脑中仿佛隆隆作响,他呆呆地望着那赌徒。

一把带骨柄的刀从赌徒的胸口伸了出来。那把刀几乎完全嵌入了血肉之中,只余护手在外,深红的血花在剑刃周围绽放。

那男人惊恐万分地乞求道:"救救我,达里克。求你了。看在圣光的分儿上,我没办法止住血。"

当我不记得他的名字时,他怎么能记住我的名字? 达里克对此非常疑惑。然后,他看到大量鲜血流过那人按压伤口的双手,从指间滴落。

"没事的。"达里克说着跪在那个受伤的赌徒旁边。但他知道这显然不是"没事"的样子。在寂寞之星号上服役时,他见过了太多的致命伤,不知道这一次是不是一样致命。

"我快要死了。"那赌徒喃喃说道。

"不会的。"达里克低声说着,用手掌压住赌徒的双手,试图止住那汹涌的血流。他转过头去向后面喊道:"救命!我需要帮助!这里有人受伤了!"

"你应该在那儿的,"赌徒指责道,"你应该为我留心这些事情。我付钱给你就是为了这个。"他咳嗽了一声,鲜血溅满了嘴唇。

达里克从赌徒嘴唇上的血判断出,刀子也刺穿了对方的一叶肺。他双手按在赌徒的胸口,希望血能够止住。

但并没有什么用。

就在赌徒最后一次抽搐的时候,达里克听到落在鹅卵石上的脚步声。赌徒的呼吸哽在了喉咙里,眼睛茫然地向上望着。

"不!"达里克难以置信地低声说道。那家伙不可能就这么死了;达里克被雇来保护他,他刚预付的这顿饭还在达里克肚里没消化。

一只强有力的手抓住了达里克的肩膀。他下意识地打算击倒对方,然而抬头却看到了酒馆那保镖的眼睛。

"仁慈的圣光在上,"保镖诅咒道,"你看到是谁做的吗?"

达里克摇了摇头。即使他看到了那些谋杀赌徒的男人,也不确定自己是否能认出他们。

"是几个保镖。"一个女人的声音从达里克身后的某个地方传来。

看着死去的赌徒,达里克不得不同意。几个保镖。他的意识渐渐消散,只感觉剧痛难当的脑袋越来越沉重,他快要支撑不住了。他向前跌去,甚至不知道自己是否撞到了街道的地面上。

* * *

三座高塔上响起了清越的钟声,召唤布兰威尔的市民们到迪恩·奥普斯坦大教堂去做礼拜。他们中的大多数人已经进入去年商队抵达这座城市后建起的建筑群中。更多建筑物的地基已经打好,它们完工后将与中央大教堂连为一体。每一座建筑的顶部都矗立着美丽的雕像,它们出自布兰威尔最好的工匠和世界各地的艺术家之手,那些人来自威斯特玛、鲁·高因、库拉斯特乃至光明之海的另一边。

拜耶德·邱力克——现在他被称作萨耶斯大师——站在教堂的一个屋顶花园上。他低头凝视着教堂附近的十字路口,看着那些载满乘客的马车蜂拥而至。他记得,最先开始在教堂做礼拜的普遍是比较贫穷的家庭。他们是来治病的,同时祈盼后半生能过上富足幸福的生活。

他们来到这里,希望在哪天被选中踏上梦想之路。只有少数人有幸被允许在梦想之路上行走,通常都是些身体畸形或有精神问题的人,骨折和罹患关节炎的人几乎都能如愿。卡巴拉克斯轻松地完成了那些治愈的奇迹。恶魔不时以财富奖励某人,但所有人都不知道隐藏其中的代价。随着迪恩·奥普斯坦教派的壮大,它的秘密也越来越多。

这座教堂建在一座可以俯瞰布兰威尔城的高山上。它所用的石材是从当地最好的石灰石中开采出来的,这些石灰石通常被运到其他城市,而当地的建筑则是用普通的石头建造的。教堂在晨光中熠熠生辉,仿若剔透的白骨。城市里任何一个人眺望东南方的威斯特玛时,首先看到的都是这座教堂。

教堂两侧的森林已被清理干净，以容纳前来参加每周两次礼拜活动的马车。每次礼拜活动，布兰威尔所有的信徒都会到场，因为他们非常清楚，在梦想之路上任何奇迹都可能发生。

精心装饰过的船只系在教堂前面新建成的桩子上。为教堂服务的船夫们将船长和水手们从停泊在港口的船只上带来。迪恩·奥普斯坦教派的消息已经开始传遍整个威斯特玛，好奇的人和寻求救赎的人蜂拥而至。

高塔上的三座钟再次被敲响。在仪式开始前，他们只会再敲一次钟。邱力克朝教堂前面瞥了一眼，发现与往常一样，只有寥寥几人会迟到。

邱力克在屋顶花园中踱来踱去。果树、花卉、灌木和藤蔓占据了这座宏大建筑的屋顶，只留下一条蜿蜒的小径。邱力克在一株草莓前停留了片刻，摘下两个多汁的水果塞进嘴里。这些浆果尝起来如此新鲜美好。不管他摘下多少，枝头总会出现更多果实。

"你想过这教堂会有这么大吗？"卡巴拉克斯问道。

邱力克转过身来面对恶魔，浆果的甜味还停留在口中。

卡巴拉克斯站在一排西红柿藤旁边。果实呈现一种鲜亮的浆果红色，藤蔓上还有更多的黄色小花开放，预示着更大的丰收。恶魔施放了一个幻象法术，这法术与建筑物上的石灰岩联结之后效果变得更加强大，下面不会有任何人能看到它。这个法术极其复杂精巧，若是它不愿意，旁人便察觉不到它的丝毫痕迹。

"我曾经希望过。"邱力克用类似外交辞令的口气回答道。

卡巴拉克斯笑了，它那张恶魔的脸孔显得越发可怖。"你是个贪婪的家伙。我就喜欢这样的。"

邱力克无意冒犯它。他喜欢与恶魔相处的原因之一就是，他不必为自己的感受道歉。而在萨卡兰姆教派，他的气质总是得符合公认的教义才行。

"这小城很快便无法满足我们的发展了。"邱力克说。

"你想离开?"卡巴拉克斯听起来好像不太相信。

"可能。我一直都这么想。"

"你?"卡巴拉克斯嘲笑道,"是谁只想到建造这座教堂呢?"

邱力克耸耸肩道:"我们可以建立其他教堂。"

"但这个太大也太宏伟了。"

"而下一个可以造得更大更宏伟。"

"你想在哪里建立另一座教堂?"

邱力克犹豫了一下,但他知道恶魔要他说出自己的想法。"威斯特玛。"

"你要挑战萨卡兰姆教派?"

他凶狠地回答道:"是的。我要看到那里的祭司被打败,被赶出城去。或者,被献祭。如果做到这一点,人们会认为,这座教堂建在此处是为了从邪恶中拯救整个威斯特玛,我们可以改变整个国家。"

"你会杀了那些人?"

"只需要干掉几个,就足以让其他人吓破胆了。幸存者将侍奉我们的教派。死人不会敬畏我们,但他们也不能正确地敬拜我们。"

卡巴拉克斯笑了。"啊,你还真是一心向学,拜耶德·邱力克。人类的嗜血真是让我耳目一新。通常你们都会被个人欲望所限制。你想要报复那个伤害过你的人,或者那个比你幸运的人。小事一桩。"

一种奇怪的自豪感在邱力克胸中涌动。在他们相识的一年多里,他变了。但他并没有像他认识的许多祭司那样被引诱到黑暗中去——他们求助于黑暗,却畏惧黑暗。相反,他看清了自己的内心,自行推动这一切。

萨卡兰姆教派曾教导他，人也是有两种思想的，也会不断地在光明和黑暗之间进行内心的斗争。

"迁往威斯特玛是个好计划吧？"邱力克问道。他知道自己是在讨魔鬼的欢心，但卡巴拉克斯喜欢他这样做。

"是，"恶魔回答道，"可时机还没有到。这个教会已经得到了萨卡兰姆教派的敌意。想获取国王的许可在城里建一座教堂是很困难的。国王和教会之间的信条联结太紧密了。而且你忘记了：威斯特玛仍然在寻找与海盗们一起出现的恶魔。如果我们走得太快，会招致更多的猜疑。"

"已经有一年多了。"邱力克抗议道。

"国王和民众都还没有忘记，"卡巴拉克斯说，"恐惧之王迪亚波罗在崔斯特姆的诡计给他们留下了深刻的印象。我们必须先赢得他们的信任，然后才可能背叛他们。"

"要怎么办？"

"我有一个计划。"

邱力克等待着。有一件事情他很清楚，卡巴拉克斯不喜欢被一再追问。

"等到了适当的时候，"卡巴拉克斯说，"在那之前我们必须建立一支信徒的军队，这些勇士会去杀死任何阻碍他们把真理带给世界的人。"

"一支对抗威斯特玛的军队？"

"一支反对萨卡兰姆教派的军队。"卡巴拉克斯更正道。

"整个布兰威尔都凑不够这么多人。"这想法使邱力克大吃一惊。被鲜血染红的战场闪过他的脑海。他知道这些画面可能远没有真正的战斗那么可怕。

"我们将从威斯特玛内部召集起这支军队。"卡巴拉克斯说。

"怎么做？"

"我们会让国王去对抗萨卡兰姆教派，"这个恶魔回答道，"一旦我们让他看到萨卡兰姆教派已经变得极其邪恶，他就会着手创建这支军队。"

"萨卡兰姆大教堂将被夷为平地。"邱力克想象着那般情景，心头火热。

"没错。"

"你要如何改变国王的想法？"邱力克问道。

卡巴拉克斯向教堂做了个手势。"或迟或早，拜耶德·邱力克，你终将明白这一切。迪亚波罗不久前腐蚀了束缚它的灵魂石，回到了这个世界。它在崔斯特姆释放了自己的力量，控制了李奥瑞克国王的儿子艾伯莱希特王子。你应该记得，因为你当时对萨卡兰姆教派的阴谋很了解，崔斯特姆和威斯特玛几乎开战。与恐惧之王作战的人类冒险家认为他们消灭了这位魔神，但是迪亚波罗利用它的一个敌人作为新的宿主绕过了这些地方。当我们为征服和成功而谋划时，迪亚波罗也在进行它的计划。但恶魔一定是狡猾的，就像我们现在一样。如果我们发展得太快，就会引起三大魔神的注意，而我如今还不希望面对它们。不过现在，你仍然需要继续传教。我向你保证，今天的奇迹会带来更多的信徒。"

邱力克点点头，努力压下心中的疑问。"当然。劳驾你了。"

"带着迪恩·奥普斯坦的祝福去吧。"卡巴拉克斯吟诵着他们在布兰威尔乃至更远的地方创造传奇的咒语。"愿梦想之路引导你去任何你想去的地方。"

第十五章

传教进行得很顺利。

拜耶德·邱力克站在阳台的阴影之中俯瞰着教区的居民们，看到他们焦躁不安地等待着，听着年轻祭司们的歌声和演讲来打发时间。年轻的祭司们站在他阳台下的小舞台上，信誓旦旦地宣扬迪恩·奥普斯坦希望世界上的每一个人都能成功获得他们应得的回报。不过大多数情况下，年轻的祭司们所诠释的美德都是为光明先知服务，与教会分享利益，这样才能使更多的善行得以完成。

但所有人来此，都是为了等待梦想之路的召唤。

当最后一个祭司完成他的布道后，最终的歌曲响了起来。这些歌曲由卡巴拉克斯亲手写就，激荡的鼓点犹如重锤一般敲击着心脏，管乐器则像血流一般从耳边汹涌而过。与此同时，十几个侍僧从小舞台前的坑道里走出来，手里握着点燃的火把。

鼓声越来越强，直至震耳欲聋，在高高的拱形天花板的椽子间回荡着。当管乐器吹奏起来时，铙钹也开始铿锵作响。

人们变得狂热起来。不过，邱力克发现教堂里依旧没有足够的座位。三个星期前，他们刚刚开放了教堂的上层，但大教堂还是再次人满为患。许多朝拜者来自海岸线上的其他城市,其中一些人来自威斯特玛。他们不惜重金雇车买舟,从其他的城市蜂拥至此朝圣。

一些船长和商队的主人通过每周两次往返布兰威尔而小赚了一笔。许多人为了重获健康或是达成心愿,愿意为踏上梦想之路付出大量金钱和时间。

邱力克发现这项生意有利可图之后,便向船长和商队的主人们发讯,要求他们在每次旅程后为教堂提供建筑材料。在两艘船只沉没、一辆货车被成群骷髅和僵尸摧毁之后,他要求的贡品便开始定时运来。越来越多的商队开始从鲁·高因和东方的其他国家向这里进发。

人群在高声呼喊着。"梦想之路!梦想之路!"他们的举止在萨卡兰姆教派是不被允许的,在那里他们应该算是一群离经叛道的家伙。

邱力克的卫兵是从崇信迪恩·奥普斯坦的战士中挑选出来的,他们排成队,整齐地站在教堂的墙边和高耸的塔楼里。多数卫兵手持棍棒,卡巴拉克斯的椭圆标志巧妙地插进了铁丝捆绑的棍柄之中。其他卫兵则拿着被神秘宝石加持了魔法的十字弓。卫兵们穿着黑色的锁甲,胸前饰有银色椭圆形圆环图案。这些坚强的男人都是勇闯黑暗之路的战士——获得提升的人们也将之称作梦想之路——他们比普通人拥有更强的力量和更快的速度。

侍僧们分别用火把点燃了墙壁上十来处不同的地方——这些墙壁支撑起了舞台和邱力克的阳台。邱力克看着火焰从灌满鲸油的管道里直蹿出来,一直冲到自己眼前。

火焰在墙上一道保护措施的配合下,绕着邱力克旋转开来,同时把阳台和墙上的装饰图案都揭了下来,露出了一条披斗篷的蛇燃烧着的脸,这条蛇由黑白两色的石头混杂而成,火焰沿着黑石上下飞舞,点燃了蛇眼的凹坑。

听众安静下来,期待着将要发生的事情。但邱力克感觉到房间有股蠢蠢欲动的暴力的气息。卫兵们往复巡逻,警示众人不要忘记他们的存在。

"我是萨耶斯大师,"邱力克对着教堂里突然鸦雀无声的人群说道,"我是光明先知迪恩·奥普斯坦亲手指定的引路人。"

人们对邱力克报以礼貌的掌声,那种名为期待的情绪依旧弥漫在空气中。信徒们如同等候盛宴的豺狼,因为他们知道一旦大型掠食者离开这个地区,剩下的残羹冷炙都是他们的。

邱力克在自己周围撒了一些粉末,绿色、红色、紫色和蓝色的巨大火焰随之燃起,又在离他最近的教区居民附近熄灭了。大教堂里弥漫着金银花、肉桂和薰衣草的香味。他吟诵着咒语,墙上的入口缓缓呈现。

那条身披斗篷,燃烧着火焰的巨蛇的头从墙上突了出来,悬在人群上方张开了大嘴。邱力克倚着阳台站在蛇眼正上方,蛇口就是通往黑暗之路的入口,一条黑色大理石小道从那里蜿蜒而下,复又盘旋回转——通过黑暗之路的"幸运儿"会重新出现在蛇口,同时带着卡巴拉克斯认为合适的礼物。

"愿梦想之路把你带到你想去的地方。"邱力克念道。

"愿梦想之路带你到你想去的地方!"众人跟着吼道。

邱力克隐在长袍的兜帽下,露出一丝笑容。掌控这一切的感觉真好,他现在是如此强大。他知道这些人对自己的每一句话都深信不疑,于是接着说道:"现在,你们中间哪些人配得上梦想之路的馈赠?"

这是赤裸裸的挑拨,邱力克知道这一点,并陶醉于这一认知。

人们疯狂地尖叫起来,高喊着各自的需求和欲望。他们变成了一群兴奋过度且充满野性的家伙,处在崩溃的边缘。在过去的一年里,很多人死在了教堂里,死在了他们的朋友、邻居或者陌生人手中。石灰岩的地板吸纳了他们的血液,并储藏在其下的水晶树根中,卡巴拉克斯曾向邱力克展示过这一切。这些树根看起来仿佛滴着鲜血的锥状红宝石,并都没有稳固的形态,似乎每一滴新的血液都会让它们越发深入大地。

火蛇带着立在蛇头的邱力克探了出去,不断起伏的蛇身越过第一层的人们,然后又越过第二层。众人高举他们生病的孩子呼唤着迪恩·奥普斯坦,祈求孩子早日康复。更富有的信徒们则雇用了高大的战士将其扛在肩上,使他们离通往黑暗之路的入口更近。

火蛇伸出了舌头——一个透亮的黑曜石条,却如水流般灵活——然后做出了选择。

邱力克凝视着被父亲抱着的孩子,这才发现那不是一个孩子,而是一对连体儿。一具躯体上不知何故长了两个脑袋,并多出一具半身,却只有一对手脚。这两个孩子看上去还不到三岁。

"真恶心啊!"观众中有人喊道。

"它不该活在这世上。"另一名男子说道。

"恶魔降生到了人间。"还有人这么说。

十几名手持火把的侍僧在卫兵的协助下向前冲去,一直冲到中选的那人面前。

一定是弄错了。邱力克盯着那些痛苦的孩子想。他们连骨肉都纠缠在一起。他不由自主地怀疑卡巴拉克斯背叛了他,尽管他想不出恶魔为什么会那样做。

如此严重畸形的儿童通常在分娩时便会母子俱亡。他们的父亲会把那些幸存的孩子杀死,有时候这种事情也会交给祭司来处置。邱力克亲手处死过这样的孩子,然后将他们埋到了萨卡兰姆教派的圣地之中。其他畸形儿童的尸体则可能被卖给法师、贤者和贩卖恶魔物品的黑市商人。

侍僧们包围了父亲和孩子们,用火炬照亮了这一块区域。身穿锁甲的卫兵把人群从父亲身边推开,腾出了更多的空间。

邱力克看着这个男人,不得不强迫自己开口说话。"那么,你的儿子们能沿着这条黑暗之路向前走吗?"

泪水顺着父亲的脸流了下来。"引路者萨耶斯,我的儿子们不能走路。"

"他们必须这么做。"邱力克回答道,他觉得也许这是打破现状的办法。有些想走上黑暗之路的人会在最后一刻屈服于自己的恐惧,并未前行,而踏上黑暗之路的机会只有一次。

突然,巨蛇的石质舌头弹了出来,盘绕着双胞胎男孩。不需要多费力气,巨蛇就把孩子们拉进了它布满毒牙的嘴里。靠近那巨大的蛇头前的火焰幕布时,孩子们情不自禁地尖叫起来。

邱力克站在巨蛇沉重的额头上相对平坦的一处地方透过火光往外张望,只见两个男孩消失在他的身下,再也看不见了。他等待着,不知道会发生什么,他只担心自己之前所有的心血都会付诸流水。

梅里多尔站在她母亲身边,看着那条巨大的石蛇张开嘴把她的小弟弟们吞进肚子里。米克尔和丹尼斯离那照亮蛇脸的火焰是那么近——她父亲告诉过她,那石蛇实际上并没有脸,而每当她提到这一点时,她的哥哥们就会取笑她——她觉得他们肯定会被煮熟。

叔叔拉迈斯总是给她讲孩子们被恶魔煮熟或是烤成馅饼吃掉的故事。她总是想弄明白儿童被烤成馅饼会是什么样子,但每当她问母亲的时候,她的母亲总是告诉她,她应该远离她的叔叔和他那些可怕的故事。但拉迈斯叔叔是威斯特玛海军的水手,一直都有讲不完的好故事。她已经长大了,不可能再相信叔叔讲的所有故事,但假装相信这些仍是件很有趣的事情。

梅里多尔真的不想让她的弟弟们被烧、烤或以任何类似的方式弄死。九岁的她是这个拥有八个孩子的家庭中最小的女孩,她是最关注米克尔和丹尼斯的人,也是唯一经常为他们做清洁的人。有几天她实在是厌倦了他们,因为他俩总是暴躁不安。爸爸说这是因为她这两个兄弟生活在了同一个身体里。梅里多尔有时会想,米克尔和丹尼斯的其他胳膊和腿是不是以某种方式塞进他们共同的身体里了。

但即使他们麻烦得要命,脾气又这么暴躁,她也不希望他们被吃掉。

她盯着那石蛇的头,看着它吞下她的兄弟们。因为没有人听她说话,她只能以在萨卡兰姆的小教堂里被教导的方式祈祷着。她感到非常愧疚,因为爸爸告诉她,这位新的先知才是她两个兄弟活下去的唯一机会。这些天,他们的病情变得越来越严重了,也越来越清醒地意识到自己不像其他正常人,不可能随心所欲地走路或移动。她觉得那一定是非常恐怖的事情。他们彼此在一起感觉不到愉悦,跟其他人相处也不可能开心快乐。

"梦想之路!梦想之路!"她周围的人挥舞着拳头大喊道。

这种大吼大叫令梅里多尔感到很不舒服。人们听起来总是那么愤怒,那么恐惧。爸爸总是告诉她,人们不是那样的,他们只是怀有太大的期望。梅里多尔不明白为什么会有人想要走到石头蛇的肚子里去。但那里是梦想之路,而梦想之路——据爸爸说——可以达成各种奇迹。在过去的一年里,她见过一些这样的人,但这些人对她来说没有什么意义。她认识的人没有一个被迪恩·奥普斯坦选中。

有几个晚上,当一家人围坐在简陋的餐桌旁时,每个人都在谈论如果有机会走上梦想之路,他们会希望得到什么。梅里多尔并没有怎么参与讨论，因为她也不知道自己长大后想变成什么样子。

梅里多尔的两个兄弟躺在石蛇的舌头上哭叫起来。当他们尖叫哭泣的时候，她看到他们的小脸，眼泪像钻石一样在他们的脸颊上闪闪发光。

梅里多尔抬头看着母亲。"妈。"

"嘘。"她的母亲回答道，手指紧紧捏着为去光明先知的教堂专门做的盛装。梅里多尔从来没有穿过类似的衣服去萨卡兰姆教堂，而且她认为在教堂的眼里，贫穷不是一件坏事。但是爸爸和妈妈都坚持要求，每周去新教堂的两晚，每个人都要提前洗澡，把自己打理干净。

既害怕又紧张的梅里多尔陷入了沉默，一个字都没有再说。她看着米克尔和丹尼斯在石蛇嘴里翻滚，朝着石蛇咽喉中的梦想之路前进。在他们造访教堂的几个月里，她看到人们走进蛇的嘴里，然后又走出来，所有伤痛都痊愈了。但是迪恩·奥普斯坦真的能治愈她的兄弟们吗？

石蛇合上了嘴。萨耶斯大师站在石蛇冒着火光的眼睛上方的平台，带领教堂里的人们开始祈祷。两个小男孩的尖叫声在大教堂里不停回荡着。梅里多尔听到那可怕的叫声，禁不住攥紧双拳压在下巴上向后退去，不小心撞到了站在她旁边的男人。

她马上转身道歉，因为教会里的许多成年人对孩子都不大友好——孩子们被迪恩·奥普斯坦选为实现治疗奇迹的最佳人选，但大多数成年人觉得他们不配。

"我很抱歉。"梅里多尔抬起头说道。当她看到对面这人畸形的面孔时，不禁愣在了那里。

这个人高大的身躯掩在那件寒酸的羊毛旅行斗篷下，他的衣衫看上去非常破旧，覆着尘灰，上面打了几个补丁，显然已经穿了很久。他脖子上以水手惯用的手法系了一方破损的头巾，这种系法还是拉迈斯叔叔告诉她的。那个男人站在那里，就像刻在人群中的一道孤独的影子。

但最可怕的是他的脸。它被烧成了乌黑一片，皮肤变得又脆又硬，布满皱纹。烧焦的地方有许多细小的裂缝，一滴滴鲜血像汗水一样从他脸上流下来。大部分损伤发生在他的左脸，看起来就像月食一样。在米克尔和丹尼斯出生的那天晚上，就出现了月食。

"没关系，小姑娘。"那个男人用嘶哑的声音说。

"它疼吗？"梅里多尔问道。不过她很快想起许多成年人不喜欢被问问题，尤其是那些他们可能不想谈论的事情，她下意识地用手捂住了嘴。

男人用破裂起泡的嘴唇扯出一个微笑。他烧伤的脸颊上出现了新的血点，他的眼睛里闪烁着痛苦的光芒。"一直很疼。"他回答道。

"你希望在这里得到医治吗？"梅里多尔问道，因为他好像愿意回答问题。

"不。"那人摇了摇头，他旅行斗篷上的兜帽微微动了一下，露出了他发黑的皮肤上那因烧焦而变得粗糙的发梢。

"那你为什么在这里？"

"我听过太多次梦想之路的传说，来看看它到底是什么样子。"

"它出现在这里很久了。你以前来过这里吗？"

"没有。"

"为什么没有呢？"

被烧伤的男人瞥了她一眼道："你是个好奇的孩子。"

"是的。我很抱歉。这件事跟我没有关系。"

"对，跟你没关系。"鼓声隆隆回荡，铜钹声铿锵作响，管乐器继续吹奏着扭曲的旋律。那人盯着石蛇。"那些是你的兄弟？"

"是。米克尔和丹尼斯，他们是连体。"梅里多尔结结巴巴地念出这个词，可听起来总有些不对劲。即使这么多年来，她时常得和别人解释她弟弟的事情，她还是说不好这个词。

"你认为他们是可憎的东西吗？"

"不。"梅里多尔叹了口气，"他们只是痛苦，只是不快乐。"

男孩们的尖叫声再次冲破大教堂。石蛇头顶的萨耶斯大师并没有表现出要停止仪式的迹象。

"他们现在听起来像是很痛苦。"

"是的。"弟弟们离开她的视线时，梅里多尔总是为他们担心。她花了这么多时间照顾他们，怎么会不担心呢？

"你见过别人被治好吗？"那个被烧伤的人问道。

"对，有很多。"梅里多注视着石蛇的起伏。米克尔和丹尼斯现在正走在梦想之路上吗？还是他们已经被困在了石蛇里，正经历着极其可怕的事情？

"你都见过什么？"那人问道。

"我见过残疾人变得健全，盲人恢复视力，各种疾病都被治愈。"

"有人告诉我，迪恩·奥普斯坦通常会挑选儿童进行治疗。"

梅里多尔点了点头。

"很多成年人不喜欢这样，"那个被烧伤的人说，"在城里的酒馆，还有载我到这里的船上，我听他们都这么讲。"

梅里多尔又点点头。她见过布兰威尔的人们为这些争吵不息甚至大打出手。她决心不争辩，也不指出城里有很多生病的孩子。

"你有没有想过为什么迪恩·奥普斯坦总是选择孩子？"那个被烧伤的男人问道。

"我不知道。"

被烧伤的男人望着石蛇咧开嘴笑了。鲜血从他的上唇流下来，流过他洁白的牙齿,又流过他下唇起泡的粉红色唇肉。"因为他们非常容易被影响,而且他们比成年人更轻信别人,姑娘。向成年人展示奇迹时,对方会问为什么,会要求有一个合乎逻辑的解释。但是孩子的心……圣光在上,你永远能轻易获得一个孩子的信任。"

梅里多尔没能完全理解那个男人的话,但她也没有为此烦恼。她已经发现,有些关于成年人的事情她不理解,而有些事情她不想理解,还有一些她理解了,但是不应该表现出来。

突然,萨耶斯大师命令整个大教堂保持安静。乐器立刻停止了演奏,人群中嘶哑的叫喊声逐渐消失了。

梅里多尔记得,有一次她在这里的时候,一群粗鲁的人并没有按照萨耶斯大师的命令停止吵闹。他们喝醉了,不但喋喋不休地争辩着,还说了不少教会的坏话。萨耶斯大师的战士们从人群中挤出来找到他们,将他们全部杀死了。有人说,他们还杀害了另外两名无辜的人,但人们在下次集会上并没有提及此事。

寂静很快便笼罩了宏大的教堂,这让梅里多尔觉得自己更渺小了。她紧握着双手,为米克尔和丹尼斯而烦恼。梦想之路会不会仅仅是砍掉他们的一个脑袋,杀死他们当中的一个,然后用剩下的东西创造出一个完整的孩子?这真是个可怕的想法,梅里多尔希望自己能将它抛出脑海。但她觉得,如果迪恩·奥普斯坦让她的爸爸或妈妈来决定两个孩子中哪一个活下去,情况会变得更糟。

随后,某种能量充满了整个大教堂。

梅里多尔从自己之前的经历中意识到了这一点。它在她的身体里震动着,甚至连牙齿都在随之颤抖,这令她既兴奋又迷茫。

那个被烧伤的男人举起了他的胳膊,他这只手已经完全被烧黑了。他用手指在煮熟的肉上划来划去。一个指关节上的外皮裂开了,露出粉红色的肉和下面白色的骨头。

但在梅里多尔的注视下,他的手正在渐渐愈合。伤口开始结痂,然后剥落,露出完整的皮肉。但是新长出来的肉还是焦黑色,看起来非常脆弱。她抬头看了看那个被烧伤的男人,发现他脸上恐怖的裂纹也有所缓解。

那个被烧伤的男人放下他的手,惊奇地望着它。"圣光在上。"他低语道。

"迪恩·奥普斯坦可以治愈你。"梅里多尔说道。把希望带给这个男人的感觉真好。爸爸总是说,希望是一个人在面对无情的命运和糟糕的运气时盼望得到的最好的东西。"你应该一开始就到这里的教堂来。也许有一天那蛇会选择你。"

被烧伤的男人微笑着摇了摇隐藏在旅行斗篷兜帽下的脑袋。"我无法在这里寻求医治,女孩。"他那张干裂的脸上再次晕起血色。"事实上我很惊讶,当我试图进入这座建筑时,并没有被直接杀死。"

这听起来真奇怪。梅里多尔从未听过有人说这种话。

她听到一声曾在铁匠铺里听到过的、类似风箱爆炸的呼啸声。石蛇巨大的下颚张开了。烟雾和余烬从蛇的肚子里冒了出来。

梅里多尔踮起脚尖焦急地等待着。当米克尔和丹尼斯进入石蛇的身体里时,她并未想过自己可能再也见不到他俩——或是他们中的任何一个。

一个男孩用两条完好的腿跨过了石蛇的嘴巴。他惊恐地望着人群,徒劳地试图躲藏起来。

丹尼斯!梅里多尔的心高兴得怦怦直跳,但当她意识到米克尔——那个喜欢她的布袋木偶戏的小米克尔——已经不在时,她的心又一下子悬到了嗓子眼。当第一滴泪还没来得及模糊她的视线,甚至还没有离开她眼眶的时候,她看到另一个小弟弟从丹尼斯身后走了出来。米克尔!他们都活着!他们都是完整的!

爸爸因为狂喜而大叫起来，妈妈则用所有人都能听到的尖利嗓音赞美着迪恩·奥普斯坦。人群中爆发出喜悦和兴奋的叫喊，但梅里多尔觉得，人群的热情大概是因为，米克尔和丹尼斯的归来意味着另一个人将很快被选中并踏上梦想之旅。

梅里多尔的爸爸冲上前去，从烈焰熊熊的蛇口中抱出了两个男孩搂在怀里，妈妈也加入了进来。但就在此时，梅里多尔身边那个男人的动作吸引了她的注意。

一切似乎都慢了下来，梅里多尔甚至能听到自己的心跳在耳边轰鸣。那个被烧伤的男人将他的旅行斗篷往后一甩，露出了他紧握着的手弩。紧绷的弦架在一张比梅里多尔的前臂还短的弩架上。他伸出这小小的武器，扳动了机簧。弩箭倏地飞起，疾速穿过大教堂。

梅里多尔看到那根带着尾羽的箭杆命中了萨耶斯大师的胸膛，将他冲击得向后倒去。这位引路者从蛇头上跌了下去，消失在她的视线中。当梅里多尔的感官恢复正常时，尖叫声响彻了整个大教堂。

"有人杀了萨耶斯大师！"一个男人高叫着。

"找到他！"另一个人喊道，"找到那该死的刺客！"

"是从那边射过来的！"一个男人喊道。

大教堂的警卫和身穿长袍的侍僧们挥舞着武器和火把冲进人群中时，梅里多尔难以置信地呆立在那里。随后，她转身去找那个被烧伤的男人，却发现他不见了。他在混乱中离开了，也许在人们意识到他的所作所为之前，他已经抽身而逃。

尽管卫兵们动作非常迅速，但教堂里的人实在太多了，他们根本无法组织起有效的追击。不过一个人要想从人群中逃走，他必须拿定主意，以最快的速度躲开那些杀气腾腾的卫兵。她根本没有看到他逃离。

一个侍僧在梅里多尔身边停了下来。他高举火把推开人群，那把手弩就被丢弃在地上。

"在这里!"侍僧高叫起来,"武器在这里。"

越来越多的卫兵冲过来与他会合。

"谁见过这个人?"一个魁梧的卫兵向周围的人问道。

"是一个男人,"附近人群中的一名妇人指着梅里多尔说道,"一个陌生人。他刚才正在和那个女孩说话。"

警卫用严厉的目光注视着梅里多尔。"你知道这男人是谁吗,女孩?"

梅里多尔张了张嘴,但一个字都说不出来。

梅里多尔的父亲大步冲过来试图保护女儿,但一个卫兵用刀柄击中了他的肚子,打得他跪倒在地。卫兵抓住他后脑上的头发往后一拽,让他的喉咙暴露在自己的刀刃之下。

"说吧,女孩。"卫兵说道。

梅里多尔知道这些人又怒又惧。也许迪恩·奥普斯坦会报复他们,因为萨耶斯大师居然在他们眼皮底下遭受了如此恐怖的袭击。

"你认识干这件事的人吗?"壮硕的卫兵重复道。

梅里多尔摇头答道:"我不认识他。我只跟他说了几句话。"

"那你看清楚他的样子了吗?"

"是的。他的脸烧伤了。他不敢进来。他说迪恩·奥普斯坦可能认识他,但他还是来了。"

"为什么?"

"我不知道。"

另一个卫兵从远处跑来。"萨耶斯大师还活着。"他报告道。

"感谢迪恩·奥普斯坦。"这壮硕的卫兵松了口气,"如果萨耶斯大师死了,我对梦想之路可能带我去的地方也没什么兴趣了。"他描述了一下刺客的长相,并补充说,一个脸被烧焦的人应该很容易找到，然后便将注意力转向梅里多尔，紧紧抓住她的手臂。"来吧，女孩。你跟着我。我们要和萨耶斯大师谈谈。"

梅里多尔试图逃跑。她最不愿意做的事就是和萨耶斯大师说话。但当这卫兵拖着她的胳膊走过人群的时候，她根本无法从对方手中挣脱。

第十六章

"我告诉你,我亲眼见过,亲眼见过!"老沙伊尔说这话的时候看起来很生气。他有六十岁上下,瘦削而强壮,穿着油毡马裤和衬衣。他发须皆白,梳着马尾,两只耳朵上都挂着贝壳耳环,脸上、手上和胳膊上到处都是伤疤。他站在这仍然简陋原始的港口边,迎着不断涌来的浪花。

达里克坐在一个板条箱上,这是他受雇协助运输的货物之一——小帆船越过海湾,将货物运送至探索者之岬的海岸仓库。这是三天来他做的第一份报酬优厚的工作,他开始觉得自己还是得去当船员,才能保证自己有饭吃,有地方住。他对装运货物并没有什么期待。大海承载了太多的回忆。他把手伸进随身携带的旧皮包里,拿出一片切达干酪和两个苹果。

"我很难相信石蛇把人吞下去的那部分情节。"达里克承认道。他用挂在皮带上的小刀从半圆的奶酪上切下一角,然后把苹果切成四份,熟练地去掉果核。他给了沙伊尔一角奶酪和一片苹果。从驳船一边丢下去的苹果核吸引了港口附近的小鲈鱼,它们向来以船上、仓库和街道下水道的垃圾为食。现在它们正用饥饿的嘴亲吻着水面。

"我看到了,达里克,"老人坚持道,"我看见一个双腿根本不能走路的人拖着身体爬进那条蛇的食道里,然后用自己的两条腿走了出来。他变得像马一样健壮。我绝对没有看错。"

达里克摇摇头,将一块奶酪放进嘴里开始咀嚼。"医师可以做到这一点,魔法药物可以做到这一点,我甚至见过可以帮助一个男人更快伤愈的魔法武器。治疗并没有什么特别的,萨卡兰姆教派时不时地就会这么做。"

"但这些都是有代价的,"沙伊尔说,"医师、魔法药物和魔法武器。啊,对一个有钱人或者容易挣到钱的人来说,这都是些好东西。至于教会?我要说的东西可多啦。教会偏爱那些大笔捐赠资金,或是得到国王青睐的人。要我说,他们会时刻关注那些供养他们的人。但是我问你,像你我这样普通的人呢,谁来照顾我们?"

达里克凝望着大海的另一端,感受着风吹过自己的头发,吹过自己的面庞,尽管他的衣服涂了柏油,但海风带来的寒意依然刺痛了他的身体。"我们互相照顾,"他说,"就像我们一直做的那样。"他和那位老人成为好朋友已经有好几个月了,彼此之间相处得很好。

探索者之岬是位于野蛮人部落领土南部的一个小村镇。在过去,这村子一直是商人、捕鲸者和海豹猎人的补给要塞,他们往往要长途跋涉以穿过冰天雪地的北方。一百多年前,为了赶走那些在该地区大肆掠夺的野蛮人海盗——这些海盗对威斯特玛海军毫无畏惧——一家商行建立了一支军队驻扎在那里。他们重金悬赏野蛮人的脑袋,而雇佣军也曾一度从商行中得到了大量财物。

随后,一些野蛮人部落联合起来围攻了这个村庄。商行无法为雇佣军提供补给,也无法将他们撤出来。在一个冬天里,雇佣军和所有与他们一起生活的人都被杀得干干净净。一些毛皮商花了四十多年的时间才在这一地区重新站稳脚跟,而这仅仅是因为商人们向野蛮人提供了对后者有利的贸易，带来了野蛮人无法自己获取的商品。

环绕着海湾的陡峭山脉上是一片片未经开垦的土地和森林，房屋和一些其他建筑点缀其中。然而，村庄慢慢地侵蚀着这些土地，人们为了建造房屋及取暖大肆砍伐木材，但裸露出的几处地面都是参差不齐的石质土壤，无法在那些地方建造任何建筑。

"你为什么不待在布兰威尔？"达里克问道。他咬了一口苹果，发现它真的是酸甜可口。

沙伊尔不屑地挥挥手表明自己的态度。"我为什么要待在那儿？即使没有教会和他们风生水起的宗教事业，布兰威尔也不适合我这样的人。"

"为什么？"

沙伊尔哼了一声道："哎呀，原因很简单，因为这儿太忙了。一个人在街上游荡时，会发现这儿到处都是麻烦，所有人在恐慌——他只喜欢自己独来独往。"

尽管达里克总是面带忧郁，但还是被他逗笑了。布兰威尔比探索者之岬要大得多，虽然比起威斯特玛来还是有些相形见绌。"你从来没有去过威斯特玛，对吗？"

"去过一次，"沙伊尔回答道，"只有一次。我犯了一个错误，签了一艘需要帮工的货轮。我那时候和你一样，初生牛犊，以为自己无所畏惧。所以我就签了雇用协议，到了威斯特玛港，船外便是那个地狱一般的地方。我们在下锚的地方待了六天，那段时间里我一次也没有离开那艘船。"

"你没下船？怎么会？"

"因为我感觉一旦下了船，自己就再也找不到回到那艘船的路了。"

达里克大笑起来。

沙伊尔瞪了他一眼,看上去很生气。"一点儿也不好笑,你这舱底的老鼠!有些人上岸后就再也没有回来。"

"我无意冒犯你,"达里克说,"经历过威斯特玛湾那标志性的恶劣天气后,我觉得这些人一旦抵达威斯特玛,只要有一丝机会都会想办法逃离他们乘的船。"

"那帮人手里的钱只够在当地的小酒馆买上一羊皮袋的酒,再随便搞点什么填饱肚子。"沙伊尔说道,"但我今天提起布兰威尔的唯一原因,是因为我昨天晚上遇到了一个人,我想你可能会对他的事儿感兴趣。"

达里克看着其他驳船穿梭在港口中。对于探索者之岬来说,今天是忙碌的一天。码头工人通常在村里有两份工作,因为搬运货物的工作不足以养活一个家庭。即使是那些并未从事各种手艺活儿的人,在经济拮据时也会去打猎、钓鱼或诱捕野兽。有时,他们会迁到更远的南部沿海城市一段时间,比如布兰威尔。

"对什么感兴趣?"达里克问。

"那些符号,我看到你画过类似的草图。"沙伊尔拿起一个水壶,递给达里克。

达里克喝了一口,他品到了水中的金属味道。这个地方也有几座矿山,但没有一座蕴藏的利润大到可以让商人们冒着被野蛮人夺去一切的风险对其进行投资和开发。

"我知道你不喜欢谈论那些符号,"沙伊尔说,"我很抱歉谈到这些,因为它们与我没有任何关系。不过我发现你对那些符号很是在意,我知道这些东西给你带来了麻烦。"

在认识这位老人的这段时间里,达里克从未提及自己对这图案——那个椭圆形符号,以及贯穿其中的那条线——的认知来自何处。他试图把一切都抛在脑后。一年前，当那个赌徒雇用达里克做保镖却死于非命之后，他一直在拼命工作、拼命喝酒，日子过得狼狈不堪。马特和赌徒的死亡始终折磨着他；父亲在海斯法仓中的幻象日夜与他如影随形。

达里克甚至不记得自己是如何来到探索者之岬的，因为在那之前他喝得酩酊大醉，船长把他从船上扔了下去，不让他再上船。沙伊尔在水边捡到了达里克，那时候他病得一塌糊涂，而且还发着烧。在几个朋友的帮助下，老人将达里克带到山上一间可以俯瞰下面村庄的房屋里。老人照顾了达里克一个多月，直至他彻底恢复健康。有那么一段时间，老人曾经怀疑达里克随时会死去，因为他病得太重了，而且心中始终充满了负罪感。

即使现在，达里克也不知道自己给沙伊尔讲了多少故事，但老人告诉他，他在反复涂画这个符号。达里克不记得自己曾经如此做过，但是沙伊尔拿出了一些画有符号的碎纸屑，达里克不得不承认这些都是出于自己之手。

沙伊尔看上去不是很舒服。

"那好吧，"达里克说，"那些符号并不代表什么。"

沙伊尔用长满老茧的手指抓住自己的胡子，然后说道："我昨晚跟那人说的不是这个。"

"他说了什么？"达里克问道。现在这艘驳船已经差不多到达了岸边，而他们早就不需要再费什么力气去划动船桨，现在只管让上涨的潮水把它带到拥挤的港口里的驳船和其他船只周围。

"他对那个符号很感兴趣，"老人说，"这就是为什么今天早晨我要告诉你光明先知教会的事。"

达里克思索片刻后答道："我不明白。"

"我为你的事情做了一些微不足道的努力，但有些害怕让你知道。"沙伊尔说,"我们已经做了一段时间的朋友了,但你没有告诉我关于那个符号的一切,也没有告诉我你和它之间的关系。"

达里克突然有些内疚。"沙伊尔,我只是想忘记这些事情,并不是想对你隐瞒什么。"

老人凝视着他说道:"我们都会隐瞒一些事情,傻小子。这就好比男人和女人那点事儿,一般人的情况都差不多。我们都有自己的弱点,我们不希望任何人来插一脚。"

我杀了自己最好的朋友。达里克想。如果我告诉你那个,你还会做我的朋友吗?他不相信沙伊尔能做到,这认知让他有些痛苦。沙伊尔是一位高尚的人,这位老者会一直站在自己的朋友身边,甚至会对一个无法自理的陌生人仗义地伸出援手。

"不管这个符号吸引你的是什么,"沙伊尔说,"这都是你自己的事情。我只是想跟你说一下这个人的情况,因为他只会在城里待几天。"

"他不住在这里?"

"如果他住在这里,"沙伊尔笑着说,"我可能以前就跟他说过话了,对吧?"

达里克笑了。在探索者之岬,似乎没有一个人不认识沙伊尔。"可能吧,"达里克说,"这个人是谁?"

"一位贤者,"沙伊尔回答道,"我听他是这么讲的。"

"你相信他?"

"嗯,我相信他。如果我不信他,不觉得与他交谈一番于你有益的话,我们现在就不会有这样的谈话了,对吧?"

达里克点了点头。

"据我昨晚从他那里得到的消息,"沙伊尔说,"他今晚要去蓝灯酒馆。"

"他对我有什么了解?"

"一点儿都没有,"沙伊尔耸了耸肩,"我?傻小子,哎呀,我忘记的秘密比别人告诉我的要多得多。"

"这人知道这个符号代表什么?"

"他多少知道一点,不过他似乎更关心我对这件事的了解。当然,我什么也不能告诉他,因为我什么也不知道。但我想也许你们可以互相学习一下。"

当驳船接近海岸线时,达里克考虑了这种可能性。"你为什么要告诉我光明先知教会的事情?"

"因为你一直对这个标志念念不忘。那位贤者觉得这一切会和布兰威尔有所关联。还有光明先知教会——他觉得它可能是邪恶的。"

老人的话使达里克心里充满了冰冷的恐惧。他毫不怀疑这个符号象征着邪恶,但他不清楚自己是否想要了解它的任何一部分。尽管如此,他并没有忘记为马特复仇。

"如果这位贤者对布兰威尔的情况如此感兴趣,那他在这里做什么?"达里克问道。

"因为夏娜的日志。他来这里是为了阅读夏娜的日志。"

* * *

拜耶德·邱力克仰卧在光明先知教会的密室中的一张床上,他知道自己快死了。他每次呼吸都会使胸腔嘎吱作响,他的肺部充满了血。他当时尝试过,却依旧未能看清那个男人的脸——也或者是个女人——那人伤得他如此之重。

一开始,嵌入他胸膛的箭让他感受到一阵剧痛,仿佛一根烧红的火钳扎进了他的身体。当疼痛开始消退时,他误以为自己只是虚惊一场，并未受重伤。然后他意识到自己并没有好转；疼痛消失，是因为他快要死了。死神在向他逼近，他的感官在一点点消失。

邱力克默默地诅咒着萨卡兰姆教派，还有让他爱恨交加的圣光，他确信他们现在都在嘲笑他。如今，他恢复了青春，却被一个寂寂无名的刺客击倒了。他诅咒圣光抛弃了他，让他老无所依，而它本可以让他在年少时死去，省得他以后对虚弱和衰老如此恐惧。他诅咒圣光，因为它让自己变得如此虚弱，令他恐惧到要与恶魔卡巴拉克斯讨价还价。圣光将他推入恶魔的怀抱，而他却又再次被出卖。

你没有被出卖，拜耶德·邱力克。卡巴拉克斯用冷静的声音告诉他。你以为我会让你死吗？

邱力克相信恶魔会让他死的。毕竟，还有很多其他祭司乃至侍僧，他们都可以顶替他的地位，完成他的职责。

你不会死的。卡巴拉克斯说。你和我还有重要的事情得一起完成。让这房间的人都出去，这样我就方便进来了。我没有足够的力量在医治你的同时维持幻象来掩饰我的真身。

邱力克喘了口气。恐惧袭上了他的心头，如同蛇吻般粗野而又强硬地缠住了他。他的呼吸越发困难。他的双肺充满了血，可是却感觉不到什么疼痛。

快点儿。拜耶德·邱力克，如果你想活下去，就快点儿。

咳嗽着，喘息着，邱力克强迫自己睁开沉重的眼皮。他的私人房间那高高的天花板看上去模糊不清。黑暗吞噬着他的视野，不断向内蔓延，他知道如果放任它继续下去，它会将自己吞噬掉。

现在就做！

祭司们站在邱力克身旁，给他胸口的伤处敷上了纱布。那根弩箭就那样插在他的胸口，箭杆和羽毛上沾满了他的鲜血。雇佣军守卫着门口，侍僧们则站在他们后面。上好的丝绸和手工家具装点着这个房间，一块来自库拉斯特市场的绣花地毯铺在房间正中。

邱力克试图张嘴说话，却只发出嘶哑的声音。细小的血点随着他的呼吸喷出。

"您要说什么？萨耶斯大师。"邱力克床边的祭司问道。

"出去，"邱力克喘息着，"出去！现在！"这几个字几乎耗尽了他所有的力气。

"但是，大师，"那祭司抗议道，"您的伤口——"

"我说的是，出去！"邱力克试着站起来，却惊奇地发现自己不知怎的重新获得了力量。

我和你在一起。卡巴拉克斯说。邱力克感觉自己更加强壮了。

祭司和侍僧们后退了几步，就像看到了死人复活一样。雇佣兵们的脸上流露出困惑，或者还有一丝宽慰。若是雇主死去，意味着他们在这件事上要承担一些责任，而且肯定不会再得到佣金。

"走！"邱力克喘息着，"现在！你们这群该死的，现在就走！不然我把你们丢到黑暗之路周围的地狱里去！"

祭司们转过身来，命令侍僧和雇佣兵离开房间。他们关上了两扇巨大的橡木门，将邱力克和走廊隔离开来。

邱力克站在床旁——他曾在这张床上徘徊于生死之间——紧紧抓住一个小架子。架子上放着一个精致的玻璃花瓶，这个花瓶是由一位大师吹制的。花朵和蝴蝶的标本悬在花瓶的玻璃夹层里，某个小小的法术保护着它们，让它们在玻璃熔化和冷却的时候避免了被焚毁的命运。

隐藏在房间后面的秘门打开了，铰链转动起来，墙的一部分随之移动，露出它后面宽大的隧道。教堂里布满了这样的隧道，让恶魔更容易在建筑物内活动。这恶魔几乎与天花板一样高，它的角差一点儿就刮到上面。

"快点儿。"邱力克喘息着说道。房间变得更加模糊,然后他感到一阵眩晕,视野陡然天旋地转。当他看到地板上的毯子朝他扑来时,才意识到自己正在跌倒,但他并没有这样的感觉。

在邱力克撞到地板之前,卡巴拉克斯用三根巨大的手指抓住了他。

"你不会死。"这恶魔说道,但它的口气听起来更像是命令。"你和我,我们的事业尚未完成。"

尽管恶魔就在面前,但邱力克几乎没有听到这些话。他的听力正在衰退。他的心脏在胸腔里跳得越来越慢,再也无法与充血的肺部抗争了。他想喘口气,但是肺里没有空间了。恐慌席卷了他的内心,太阳穴传来擂鼓一般的悸动也已经无法触动他。

"不。"卡巴拉克斯抓住了邱力克的肩膀。

一道火光在他的尾椎骨燃起,穿过他的身体一直冲到他的头骨,然后在他的眼睛后面爆炸开来。一时间,他目不能视,感觉视野里面充斥着白光,而非无尽的黑暗。当弩箭被从他的胸口扯下来的时候,他感到一阵剧痛。痛苦几乎使他失去了意识。

"呼吸。"卡巴拉克斯说。

邱力克根本无法喘气。他想,也许他已经忘记了该如何呼吸,或者他只是缺乏力气。无论如何,并没有空气进入他的肺部。他身体之外的世界变得无关紧要;一切都感觉那么柔软而遥远。

接着,他的胸口又是一阵剧痛,它沿着弩箭拔出的路径再次刺进了他的肺里。他被疼痛攫住,本能地吸了一口气。他的肺里充满了空气——现在已经没有血了——他每呼吸一次,那令人难以忍受的疼痛就减轻了一点。

卡巴拉克斯将他领到床边。邱力克这才意识到自己的血喷了满床。他喘息着,贪婪地吸入每一口空气,周围的景象渐渐在他眼中稳定下来。这时他的怒火平息了下来,他抬头看了一眼那个恶魔。

"你知道那刺客是谁吗?"邱力克问道。他能想象得到,卡巴拉克斯让刺客向他放冷箭,只是为了提醒邱力克,恶魔对他来说有多么重要。

"不知道。"卡巴拉克斯双臂在壮硕的胸前交叉,它的前臂和肩膀上一条条肌肉在微微鼓动。

"你怎么可能不知道?是我们建了这个地方。这周围的一切都在你监视范围内。"

"你遭受袭击的时候,我在为你创造奇迹,"卡巴拉克斯说,"我把连体双胞胎变成了两个完整的男孩,这可不是能轻易做到的事情。这个话题应该会让人们谈论很多年。在我全力施术时,你那刺客出现了。"

"你不能把我从箭下救出来?"评估恶魔的能力和力量已经超出了邱力克的能力范围。难道这条黑暗之路消耗了卡巴拉克斯太多能量,已经令它虚弱不堪?知道这个对他很重要。但是当邱力克把自己的命运和卡巴拉克斯捆绑在一起后,他终于意识到恶魔的能力也是有限的,恶魔也容易犯错误,这同样令人感到恐惧。

"我相信那些雇佣兵能保证你以后避免类似的灾难,我向你提供了那么多黄金,你应该给了他们一个好价钱。"卡巴拉克斯回答说。

"不要再犯类似的错误。"邱力克恼怒地说道。

卡巴拉克斯显然是故意将那支血淋淋的弩箭握在手中的。它那粗粝面孔上的沟壑更加深重了。"拜耶德·邱力克,你居然敢认为你和我是平等的,我希望你永远都不要再犯这种错误。熟悉会招致蔑视,但也可能将你推向死亡。"

邱力克盯着卡巴拉克斯,意识到这恶魔可以轻易用这支弩箭穿透自己的胸膛。不过这次恶魔肯定会刺穿他的心脏。他艰难地咽了口唾沫,垂头道:"当然。请原谅我。我一时激动,有点儿失控了。"

卡巴拉克斯点点头,它的双角随之摆动的时候,差点儿碰到了天花板。

"卫兵们抓住刺客了吗?"邱力克问道。

"没有。"

"他们连这一点都做不到?他们保护不了我,不能为我报仇,甚至连那个差点儿杀了我的人都没找到?"

恶魔对这种争吵完全没有兴趣,它把弩箭丢到了地上。"可以按你觉得合适的方式惩罚卫兵,但要意识到这样做还会带来别的后果。"

"什么?"

卡巴拉克斯转向邱力克。"今天有几百人看到你遇害。他们确定你已经死了。其中很多人在哭泣和哀号。"

一想到人们都在为他的死而哀悼,邱力克禁不住得意起来。他喜欢布兰威尔的人们在他走过这座城市的街道时讨好他的样子,他喜欢看到他们眼中对他近乎绝望的嫉妒,那是因为在侍奉他们这位新的伟大先知时,他拥有如此尊崇的地位。他们以自己的方式承认着他掌握的力量。

"那些人认为,由于你被谋杀,梦想之路的大门将不会再对他们开启。"卡巴拉克斯说,"然而现在,当迪恩·奥普斯坦让你起死回生之后,他们会相信你比普通人类强大很多。会有更多流言从布兰威尔散播出去,而且当他们在这里看到更多奇迹之后,这些事情将被口口相传。"

邱力克想到了这一点。虽然他不会选择这样做,但他知道恶魔说的都是真的。他的名声,以及迪恩·奥普斯坦的名声,都会因为这次未遂的谋杀而节节高升。那对连体双胞胎的故事,还有他差点儿被暗杀的故事，会随着船只和商队穿过海洋和大陆，一直传播到世界的尽头。就像往常一样，随着人们的添油加醋，这些故事会变得越来越精彩。

"会有更多的人前来朝觐，拜耶德·邱力克，"卡巴拉克斯说，"他们会希望自己被奇迹说服。我们必须为他们做好准备。"

邱力克大步走到窗前，望着窗外的布兰威尔。由于教堂取得的成功，这座城市已经人满为患。港口里挤满了船只，布兰威尔周围的森林里涌现出了很多帐篷营地。

"一大群信徒站在这座教堂的墙外等着进入，"卡巴拉克斯说，"这个教堂太小了，无法装下所有人。"

"以后，"邱力克明白恶魔的意思，"以后这座城市会显得越来越小，完全容不下这么多人。"

"很快，"卡巴拉克斯表示同意，"这愿景就会变成现实。"

邱力克转过身面对恶魔说："你之前并没预测进展会如此迅速。"

卡巴拉克斯凝视着他，答道："我知道。我已经准备好了。现在，你必须开始准备。"

"怎么准备？"

"你必须给我再带来一个人，我可以像改造你一样改造他。"

邱力克感觉自己差点儿被嫉妒冲昏头脑。分享他的权力和威望？怎么可以！

"不会有人和你分享，"卡巴拉克斯说，"相反，通过让这个人屈服于我们的力量，你将获得更大的力量。"

"什么人？"

"达库兰爵士。"

他留意过这个人。达库兰爵士是布兰威尔的统治者，并且与威斯特玛国王关系密切。在与崔斯特姆的纷争中，达库兰爵士一直是国王最信任的顾问之一。

"达库兰爵士对教会的怀疑态度尽人皆知。"他反驳道,"事实上,曾有一段时间,关于是否应该取缔教会的流言甚嚣尘上。若非民众坚决反对,而且他从中得到了一些利益——向运送来自其他地方的人民的商队和船只征税——他肯定会这么做的。"

"达库兰爵士的担忧是可以理解的。他一直担心我们会赢得他的人民的忠诚。"卡巴拉克斯笑了,"我们已经做到了。从今天开始,一切已成定局。"

"你为什么这么肯定?"

"因为达库兰爵士今天在观众席上。"

第十七章

卡巴拉克斯宣称达库兰爵士曾经出现在教堂里时,邱力克禁不住打了个寒战。这人以前从未到过那里。

"达库兰爵士伪装之后进入了教堂,"卡巴拉克斯继续说道,"除了他的保镖和我,没有人知道他在这里。当然,现在你也知道了。"

"那刺客可能是他雇用的。"邱力克说这句话的时候,感觉到自己的怒火在升腾。他低头看了看自己的胸口,看着长袍上的鲜血和被弩箭刺破的洞。现在下面只露出完好无损的肌肤。

"不是。"

"为什么你这么肯定?"

"因为刺杀你的家伙是孤身一人,"卡巴拉克斯说,"如果是达库兰爵士组织的谋杀,他至少会命令三到四个弩手进入教堂。你在跌倒之前就应该一命呜呼了。"

邱力克一时语塞了。他突然有了一个想法,一个他不愿探究的想法。但是他被这个念头吸引住了,就像一只飞蛾被蜡烛的火焰吸引住了一样。"如果他们杀了我,你还能把我复活吗?"

"如果我不得不那样做的话,拜耶德·邱力克,你不会体会到死亡真正的寒意。但你也不可能再次体验到生命中炽热的激情。"

一个不死的亡灵。邱力克明白了。这个想法让他感到一阵恶心。龇牙咧嘴的僵尸，白骨森森的骷髅，诸如此类的画面涌入了他的脑中。作为萨卡兰姆教派的祭司，他曾经应邀去清理墓地和建筑物中的不死生物，那些东西曾经是人类或者其他生灵。他差一点儿就被它们腐化，变成它们中的一员。想到这一点，他的胃就禁不住一阵抽动，酸楚的胆汁几乎要涌到口中来。

"你不会像那些东西一样仅仅只有行动力，"卡巴拉克斯说，"我将赐予你真正的不死之身。你会保留自己所有的思想。"

"那我的欲望呢？"

"这一次你我的欲望是紧密相连的。你不会失去什么。"

邱力克不相信。恶魔的生活与人们截然不同，梦想和激情也大相径庭。尽管如此，他还是忍不住想知道，如果是他的话，他会得到更少还是更多呢？

"也许，"卡巴拉克斯说，"当你准备好了，你将有机会找到答案。目前，你已经学会了坚持自己的生活。"

"那为什么达库兰爵士会在这里？"邱力克问道。

恶魔笑了起来，露出了它的利齿。"达库兰爵士有一个心爱的情妇，昨天被达库兰夫人下了一种作用缓慢的毒药，奄奄一息。"

"为什么？"

"为什么？当然是要杀了她。看来达库兰夫人是个爱吃醋的女人，她三天前发现丈夫在和另一个女人约会。"

"从前经常会有妻子杀了丈夫情妇的事情发生，"邱力克说，"甚至过去的威斯特玛王室也有类似的故事。"

"是的，"卡巴拉克斯回答道，"不过达库兰爵士最近这三个月刚找的情妇就是布兰威尔商会会长的女儿。如果女儿死了，这位商人应该会撕毁与布兰威尔的贸易协定,利用他在威斯特玛王室的影响力,将杀害他女儿的凶手绳之以法。"

"霍奇韦尔是要指控达库兰夫人?"邱力克几乎不敢相信这一点。他知道卡巴拉克斯说的那个商人。艾明·霍奇韦尔是一个心怀怨毒且睚眦必报的人,他从光明先知教会成立之初就一直旗帜鲜明地反对它。

"霍奇韦尔想把达库兰夫人绞死在正义的法庭上。他现在正对她提出指控。"

"达库兰爵士知道吗?"

"知道。"

"他为什么不去找个药剂师帮忙呢?"

"他去找了,"卡巴拉克斯说,"事实上,自从昨天人们发现他的情妇病入膏肓之后,他已经找了好几个药剂师。没有一个药剂师或医师能救得了她。她只剩下一线生机了。"

"梦想之路。"邱力克禁不住深吸了一口气。即将尘埃落定的谋杀案预示着什么,一直在他脑中盘旋,让他将刚才濒临死亡时的所有想法都抛到了脑后。

"对,"卡巴拉克斯说,"你明白。"

邱力克瞥了一眼那个恶魔,几乎不敢抱什么指望。"如果达库兰爵士来找我们帮忙,我们能帮他的情妇解毒,把他的妻子从绞刑架下救出来,同时维持了布兰威尔的和平——"

"我们会以黑暗之路向他提出要求,"恶魔说,"然后达库兰爵士就永远属于我们了。他将是我们进军威斯特玛的跳板,也是我们改变命运的一个节点。"

邱力克摇摇头道:"达库兰爵士可不是年轻人,一个像霍奇韦尔这样的商人的女儿,怎么可能会让他真正动心。"

"他别无选择,"卡巴拉克斯说,"这年轻女人对他的渴望压倒了一切。达库兰爵士对她的欲望也越来越强烈。"

邱力克突然间理解了这一切,他惊讶地盯着恶魔。"是你。你操纵了这一切。"

"当然是我。"

"达库兰夫人用的毒药呢?我不相信达库兰爵士的医师和药剂师都找不到解药。"

"是我把它交给了达库兰夫人。"卡巴拉克斯承认道,"我已经为她丈夫的不忠安慰了她,但她一得到毒药,就立刻把它用上了。"

"霍奇韦尔的女儿还有多久毒发身亡?"邱力克问道。

"最多撑到明天晚上。"

"那达库兰爵士知道这些?"

"他知道。"

"那么今天——"

"我相信他是想在今天的仪式结束后站出来的,"卡巴拉克斯说,"对你的暗杀行为迫使保镖不得不请他离开了教堂。教会的一些守卫——以及爵士的护卫——在那次行动中被杀,这其实间接帮助了真正的刺客逃之夭夭。"

"但达库兰爵士还是会来的。"邱力克说。

"他一定会来的,"卡巴拉克斯对此表示同意,"他别无选择。除非他希望明天傍晚亲历他的情妇死亡,之后不久再见证他妻子被吊在绞刑架上。"

"达库兰爵士可能会带着他的妻子逃跑。"

卡巴拉克斯笑了。"抛弃他所有的财富和权力,就为一个他已经背叛了的女人的爱?为一个再也不可能像以前那样爱他的女人?不。达库兰爵士宁死都不会放弃他在这里的地位。但即使这样也救不了他。如果这一切大白于天下，两个女人都死了——"

"尤其是当人们相信他解决问题的方法与普通民众一样，会为了拯救这两个女人而转向光明先知教会求援时，达库兰爵士将在民众中彻底失去威信。"邱力克接道，他对卡巴拉克斯如此简单却又狡诈的计划震惊不已。

"你已经懂了。"卡巴拉克斯说。

邱力克盯着恶魔问道："你之前为什么不告诉我这个？"

"我已经告诉你了，"卡巴拉克斯解释说，"在你需要知道的时候。"

在萨卡兰姆教派的一部分成长经历在邱力克脑海中低声提醒着他。恶魔可以对人产生影响，但前提是那些人愿意倾听。在任何一个阶段，卡巴拉克斯的多重计划都可能会分崩离析。商人的女儿可能不会爱上爵士。爵士可能不会背叛他的夫人，而且不会断绝夫妻的关系并承认他的轻率行为。这位夫人也许会出于报复为自己也找一个情人，而不是毒死那个抢走她丈夫的女人。

如果计划没有奏效，那邱力克永远都不会知道这件事，而恶魔的骄傲不会受到分毫损伤。

"我会轻松降服他们，"卡巴拉克斯说，"这片土地已在我们的控制之下，而且我们将会拥有一批最有权势的盟友。达库兰爵士会感激我们救了他的情妇，而商人霍奇韦尔同样会感谢我们救了他的女儿。"

邱力克审视了这个计划。它是如此大胆、巧妙和奸诈——这正符合他对一个恶魔的预期。"我们拥有一切。"他回头看着卡巴拉克斯。

"对，"恶魔回答道，"而且我们会拥有更多。"

有人敲了敲房门。

"什么事情?"邱力克有些恼怒地问道。

"萨耶斯大师,"一名祭司在门外叫道,"我只是想知道您是否安好。"

"到他们那儿去,"卡巴拉克斯说,"我们稍晚再谈。"它退到墙边,穿过了那扇秘门。

邱力克大步走到门口拉开大门。祭司、侍僧和雇佣兵们向后退了几步。一名雇佣兵抱着一个小女孩走到他面前,他用一只手捂住了女孩的嘴,而她正挣扎着想要挣脱出来。

"大师,"为首的祭司说道,"请原谅我的冒昧。只是我非常担心,所以才会这样打扰您。"

"我很好。"邱力克回道,他知道祭司会继续为自己的恐惧辩解。

"但是箭射得太深了,"祭司说,"这是我亲眼看到的。"

"迪恩·奥普斯坦赐下了恩典,我现在已经痊愈了。"他拉开长袍,露出血淋淋的衣服下面那块没有任何伤痕的皮肉。"光明先知的力量是伟大的。"

"光明先知的力量是伟大的,"祭司立即重复道,"愿迪恩·奥普斯坦永远庇护着我们。"

邱力克将自己的长袍拉了下来。他看着雇佣兵手中挣扎不休的女孩,问道:"带这孩子来这里做什么?"

"她是迪恩·奥普斯坦今天拯救的那对连体男孩的姐姐,"雇佣兵说,"她也看到了刺客。"

"这孩子看到了,你和你的人却没有看到?"邱力克的声音听起来冷酷无情。

"那刺客向你射箭的时候,她就站在他身边,萨耶斯大师。"雇佣兵回答道,他看起来有些不安。

邱力克走向这个男人。祭司们和其他雇佣兵纷纷向后撤去,仿佛期待着邱力克马上召唤出来一道闪电,好把这雇佣兵头领烧成灰烬。邱力克不得不承认,这个想法很是诱人。他把目光从颤抖的雇佣兵身上移开,看着那女孩。这女孩和连体双胞胎长得惊人地相似。

女孩颤抖着哭了起来,泪水不停地从她眼中涌出。恐惧使她脸色变得苍白异常。

"放开她。"邱力克命令道。

雇佣兵不情愿地把他那只长满老茧的大手从女孩嘴上移开。她流着泪深深地吸了一口气,环顾四周试图寻找逃跑的办法。

"你没事吧,孩子?"邱力克轻声问道。

"我要我的爸爸妈妈,"女孩说,"我什么都没做。"

"你看见那个射箭的男人了吗?"邱力克问。

"是的。"她眼泪汪汪地看着邱力克,"请听我说,萨耶斯大师。我什么都没做。我本来想尖叫的,可是他太快了。我还没来得及反应,他就射出去了。我还以为他不会这样做。我不会伤害你的。你救了我的两个弟弟,米克尔和丹尼斯。你救了他们,我不会伤害你的。"

邱力克把一只手放在女孩的肩上试图安慰她。他感到她的颤抖和不安。"放松,孩子。我只需要知道那个想杀死我的人。我也不会伤害你的。"

她看着他问道:"你发誓?"

女孩的纯真打动了邱力克。年轻人很容易得到许诺;他们需要被相信。

"我发誓。"邱力克说。

女孩环顾了一下四周,仿佛想确保那些表情严厉的雇佣兵也能听到萨耶斯大师的承诺。

"他们不会碰你的，"邱力克说，"描述一下向我射箭的那个人吧。"

她睁大眼睛看着他，惊奇地说道："我以为他杀了你。"

"他做不到，"邱力克说，"我是迪恩·奥普斯坦选中的人。在光明先知的庇佑之下，没有一个凡人可以夺去我的性命。"

女孩又深吸了一口气，差不多平静了下来。"他被烧伤了。他的脸几乎全被烧伤了，他的手和胳膊也都被烧伤了。"

这个描述对邱力克没有任何意义。"你还注意到他其他的地方吗？"

"没有。"女孩犹豫了一下。

"这是什么意思？"邱力克问道。

"我想他是害怕你见到他会认出他来，"女孩说，"他说他对自己能进入这座建筑感到惊讶。"

"我从来没有见过像你说的那样，严重烧伤还活着的人。"

"也许他没有活下去。"女孩说。

"你为什么这么说？"

"我不知道。我只是不明白，一个人被烧得这么厉害，怎么还能活下去。"

难道我是被一个死人袭击的？ 邱力克反复琢磨了一会儿这个想法。

来吧。 卡巴拉克斯在他脑海中说。*我们有事情要做。刺客已经走了。*

邱力克将手伸进他长袍的口袋，掏出几枚银币。这些银币足够布兰威尔的一个普通家庭生活好几个月。也许这笔钱曾经一度对他非常有意义，现在，这只是一个简单的交易工具。他将银币放在女孩的手里，用手指按在它们上面。

"拿好它们，女孩，"邱力克说，"作为我的一点心意。"他抬头看了看最近的雇佣兵。"好好将她送回家。"

雇佣兵点点头带走了小女孩。她头也不回地离开了。

尽管从发现卡巴拉克斯那位于陶鲁克港和兰塞姆地下的大门到现在，已经一年多过去了，但邱力克的思绪还是再次回到了那些迷宫和密室，在那里，他将恶魔释放到了人间。那天晚上，卡巴拉克斯召唤出来大批骷髅和僵尸以期杀掉在场的所有人，但是有一个男人逃掉了，那是一名威斯特玛水手。

邱力克觉得布兰威尔还没有人敢到教堂里来攻击自己。如果这名男子像女孩描述的那样被严重烧伤，那么肯定会有人站出来指认他，并希望从迪恩·奥普斯坦或邱力克这里得到奖励。

所以这是一个局外人。甚至城里面根本没人认识他。但是这个人从前一定认识邱力克。

那个从陶鲁克港逃跑的人到哪里去了？如果这次是他而不是其他人的话，他为什么要等这么久才下手呢？而且他为什么选择现在下手呢？

这真令人不安。尤其当邱力克想到这支弩箭曾经差点儿刺穿自己的心脏时。思绪翻腾的邱力克再次回到自己的密室，准备和他释放出的恶魔一起策划接下来的行动。无论暗杀者从前有过多少机会，今后都不会再有了。邱力克再也不会被打得措手不及。他这么安慰自己。

* * *

达里克进入蓝灯酒馆的时候，感觉自己的后背和肩膀都在火辣辣地疼，因为他整个白天都在出苦力。夜幕缓缓降临，酒馆里也渐渐变得昏暗，只有烟斗里的丝丝烟火时隐时现。酒馆里的人们信口开河地聊着天，互相交换着或新或旧的故事。在西边，靠近威斯特玛湾与冰封之海的交汇处，夕阳落进了水中，看上去就像燃烧着的篝火中散落下的垂死的红色余烬。

一股寒风随着达里克进入了酒馆。在过去的一个小时里，正如船长和大副们所判断的那样，天气发生了变化。沙伊尔告诉达里克，接下来的早晨，港口可能会被冰层覆盖，甚至可能会有一层浮冰覆盖港口。现在还不至于要把船锁起来，但离那个时候也不远了。

达里克走进这座小小的建筑时，人们纷纷抬起头来。有些人认识他，而有些人则是从港外的船上来的。所有人的眼神都很警惕。探索者之岬算不上大村落，但是当船只陆续停泊在港口时，这里会多出许多人。如果一个人想在村里找点麻烦，蓝灯酒馆显然是个好地方。

小酒馆里没有空桌子。有三个认识达里克的人看到了他，便挤了挤自己的朋友为他让出来一点空。达里克向他们表示感谢，但是拒绝了他们的好意，然后继续向里面走去，直到看见沙伊尔早晨提到的那个人。

这是个中年人，蓄着方正的灰色胡须。他肩膀宽阔，有些偏胖，一望便知是个生活积极的壮实男人。他的衣服应该是二手的，虽然破旧但看起来很合体，足以让他在肆虐的北风中保暖。他戴着一副圆镜片眼镜，达里克很少见到这样的装束，甚至可以说是屈指可数。

这位贤者的左手边放着一只盛了面包和肉的盘子。他用右手在一本书上写着字，时不时地停顿下来把羽毛笔塞进放在书旁的墨水瓶里。桌上放了一盏鲸油提灯，为他的工作提供了更多的亮光。

达里克在离桌子不远的地方停了下来，他还没想好该说些什么。

贤者突然抬起头来，透过眼镜向上看去。"达里克？"

达里克吃了一惊,但什么都没说。

"你的朋友沙伊尔提到了你的名字。"这位贤者说道,"他昨晚和我谈话时告诉我,你可能会顺道过来。"

"是的,"达里克说,"虽然我必须承认,我不知道我来这里要做什么。"

"如果就像沙伊尔深信的那样,你看到过那个符号,"贤者说,"它可能标记了你。"他指了指面前的那本书。"圣光知道,这一切引起我的注意,是因为我对关于它的知识一直孜孜以求。据我的导师和同行们的说法,这对我自己非常不利。"

"你见过这个恶魔吗?"达里克问道。

好奇的火苗在贤者那双深绿色的眼睛里闪动。"你见过?"

达里克顿了顿,觉得自己不该承认这么多。

贤者流露出急躁的神色。"该死的,孩子。如果你想说话,就坐下来。我在这里辛苦工作好几天了,在这之前的几周甚至几个月里,我都在其他地方工作。仰着脸向上看是令我非常疲劳的事情。"他用羽毛笔指着对面的一把椅子,然后合上书放在一边。

达里克仍然不太确定,但还是取出椅子坐了下来。出于习惯,他将带鞘的弯刀放在大腿上。

贤者十指交叉,两肘支在桌面上。"你今晚吃过饭了吗?"

"没有。"从船上卸下进口的货物,然后再装上出口的货物,这一天就过去了。达里克中间只靠食品袋里的东西勉强充饥,但袋子已经空了好几个小时了。

"你想吃吗?"

"想。"

贤者向一名女招待招手示意。这年轻的女子立刻按照他的意思去下单了。

"沙伊尔告诉我说,你是个水手。"贤者说道。

"对。"

"告诉我你在哪里见过这个恶魔。"贤者建议道。

达里克尽量克制住了自己。"我从没说我见过这样的事,对吧?"

贤者皱起了眉,他眼角的纹路显得更加深重了。"你总是这么无礼吗?"

"先生,"达里克平静地说,"我甚至还不知道你的名字。"

"塔拉米斯。"贤者回答道,"塔拉米斯·沃尔肯。"

"你是干什么的,塔拉米斯·沃尔肯?"达里克问道。

"我收集各种学识,"这人回答道,"特别是关于恶魔的。"

"为什么?"

"因为我不喜欢它们,通常我学到的东西都可以用来对付它们。"

那女招待端着热葡萄酒,以及一大盘山羊肉、虾和鱼回来了,里面还堆着当天用船运来的新鲜面包和一些甜瓜。

对达里克来说,这诱惑只存在了一瞬间。在过去的一年里,他试图用酒精来麻木自己的生命和痛苦。可是这样没有用,只有老沙伊尔找到了适合他的救赎之道。但正如老人告诉他的那样,拯救自己是日复一日的工作,而且只有真正的男人才能做到这一点。

"我要茶,"达里克说,"好吗?"

女招待点了点头,等她再返回的时候,端来一大杯不加糖的茶。

"所以,"塔拉米斯说,"关于你的恶魔——"

"不是我的恶魔。"达里克说。

贤者的嘴角掠过一丝微笑。"随你的便。你从哪里看到的这个恶魔?"

达里克忽略了这个问题。他用手指蘸了蘸盘子里的肉汁,在桌子上画出几圈椭圆，接着画了一条贯穿椭圆的线。

贤者审视着肉汁画成的符号，问道："你知道这是什么吗？"

"不知道。"

"或者属于谁？"

达里克摇了摇头。

"你从哪里看到的这个？"贤者问。

"我不会说的，"达里克回道，"在我确信能从你那里得到一些东西之前，你不会从我这里得到任何东西。"

贤者把手伸进他旁边椅子上那个破旧的蜥蜴皮旅行包里，若有所思地拿出一根烟斗和一个袋子。他胡乱用烟草塞满烟斗，然后用油灯点燃了烟草。他默默地抽着烟，朦胧的烟圈在头上飘散。他目不转睛地盯着达里克。

那天早上达里克刚刮过脸，除了面对镜子时，他没再见过比这更严厉的眼神，它令威斯特玛那些海军军官都相形见绌。不过他只顾低下头来吃饭，不停地吞下滚烫的食物。按照他在探索者之岬的薪酬标准，这顿饭实在是有点奢侈。他装卸一天货物的薪酬差不多可以让他吃上两周的饭，这样他就不用靠在森林里狩猎为生了。凛冬已然迫在眉睫。

塔拉米斯将手伸进旅行包拿出另一本书。他翻着这部厚厚的书本，在某一页上停了下来，然后将书放在桌上转了半圈，把它推到对面的达里克面前。贤者移动提灯，好让达里克看得更清楚。

"你见到的恶魔，"塔拉米斯说，"看起来像这样吗？"

达里克瞥了一眼那书页。这幅插图是手工绘制的，而且非常精细。

这张图片就是他在陶鲁克港看到的那个恶魔，就是那个召唤了导致马特·胡·林死亡的那些不死生物的恶魔。

这并不完全是它的责任。达里克告诉自己,他感觉自己的食欲在减退。他得承担大部分责任。他一直在机械地吃东西,因为知道自己要过几天或几周才有机会吃得这么好。

"你怎么知道这个符号?"达里克没有回答贤者的问题。

"你真难讲话,对吧,小子?"塔拉米斯问道。

达里克掰了一块面包,并在上面撒上蜂蜜黄油。塔拉米斯等着他开口,而他自顾自开始吃起东西来。

塔拉米斯最后终于放弃了,他回答道:"这是与一个叫作卡巴拉克斯的恶魔相关的久远符号。他被认为是梦想与暗影的扭曲之路的守护者。"

"梦想之路?"达里克问道,他想起那天早上沙伊尔讲的关于布兰威尔的故事。

"很有趣,对不对?"这贤者问道。

"沙伊尔告诉我他已经去过了布兰威尔的教堂。"达里克说,"那里有一个叫作光明先知教会的新教派。他们还提到了那里的梦想之路。"

塔拉米斯点了点头。"他们在那里敬拜一位名叫迪恩·奥普斯坦的先知。"

"不是卡巴拉克斯?"

"如果一个恶魔在故弄玄虚的时候到处宣扬自己的真名,那不是太愚蠢了吗?"塔拉米斯笑了,"我的意思是,如果这样干的话,匿名的意义就被完全浪费了。尽管个别人会选择崇拜恶魔,但大部分人都不会这么做。"

达里克在盘子上方挥了挥手。"我很感激你给我买的这顿美餐,真的。但我必须告诉你,如果到我吃完的时候,你还没有理清这个故事的头绪,我就得离开这里了。"

"耐心这种美德并没出现在你身上吗?"

"没有。"达里克觉得承认这一点并不是什么丢人的事情。

"卡巴拉克斯是一个古老而强大的恶魔,"塔拉米斯说,"自有史料记载以来,它就以这样或那样的形式存在着。它用过的名字至少有几十个,或者甚至一百多个。"

达里克指着桌面上用肉汁画出来的符号问道:"这是它的象征?"

塔拉米斯抽了一口烟。烟斗里的烟叶发出橙黄色的亮光。"我相信这是恶魔的主要象征。你在布兰威尔看到这个了吗?"

"我好几年没去布兰威尔了,"达里克回答道,"它离威斯特玛太近了。"

"那么你是从哪里看到这个恶魔的?"贤者显然对此非常感兴趣。

"我从来没有说我看见过。"达里克提醒道。

"你的朋友告诉我——"

"他告诉你的是,我知道这个符号。"

"你就跟他说这么多?"

达里克抿了一口茶,没有理会这个问题。他把注意力集中在了吃饭上,盘子上的食物在快速消失。

"你知道这个符号的含义吗?"塔拉米斯问道。

"不知道。"

"它应该代表人类的各个层面。一个人的方方面面都有可能被恶魔吞噬。"

"我理解不了。"达里克回答道。

贤者似乎感到很惊讶。"你没有受过祭司的训练吗?"

"没有。"

"可是没有经过训练的话,你怎么可能会知道卡巴拉克斯这个最强有力的象征?"

达里克什么都没说,只是用他的小刀插起来一大块土豆。

塔拉米斯叹了口气。"好吧,你激起了我的兴趣,这是我要继续下去的唯一原因,如果在平时,我绝不会容忍被如此傲慢地对待。"他敲了敲这椭圆的符号,"这些是人类的层面,正如光之放逐者卡巴拉克斯所预言的那样。"

"为什么叫它光之放逐者?"达里克问道。他环视了一下四周,确定没有一个水手或码头工人对他们的谈话感兴趣。在一些地区,谈论恶魔足以让一个男人被吊死,至少也会被丢进水牢或者拿烧红的火钳来考验信仰。

"因为卡巴拉克斯在人类世界的主要目标是超越并取代萨卡兰姆教派。在原罪之战期间,卡巴拉克斯一直在努力阻止大天使亚瑞斯通过他的门徒阿卡拉特创建萨卡兰姆教派。"

"那大天使伊纳瑞斯呢?"达里克问道,他想起了别人给他讲的关于原罪之战的古老故事。"伊纳瑞斯在这个世界上建立了第一座圣光大教堂。"

"伊纳瑞斯变得过于自负,他摧毁了憎恨之王墨菲斯托的神庙后,落到了三大魔神手中,和六翼天使一起被带回地狱饱受折磨。卡巴拉克斯在伊纳瑞斯的倒台中起到了不小的作用,因此赢得了它们的支持。"

"我不知道这事。"达里克说。

"战争主要发生在墨菲斯托和伊纳瑞斯之间。"塔拉米斯说,"只有贤者或受过祭司训练的人才知道卡巴拉克斯参与了原罪之战。光之放逐者是一个狡诈的恶魔。卡巴拉克斯一直在阴影中开疆拓土,不停延伸它们的边界,直到它们遮蔽了圣光。这么多年来,大多数崇拜它的人根本不知道它的真名。"

"可是你相信它在布兰威尔?"达里克问道。

"对,在光明先知的教堂。"贤者点点头,"在那里,它被称为迪恩·奥普斯坦。"

达里克轻敲了一下这个符号问道:"这代表什么?"

"再讲一次,"塔拉米斯说,"那些椭圆代表了卡巴拉克斯所感知到的人的层次。通过这些层次,他能够达到一个人的灵魂,扭曲它,征服它,并最终拥有它。它与迪亚波罗、墨菲斯托和巴尔不同,它本质上不是一个对抗性的恶魔。"

达里克摇了摇头抗拒道:"你不能就这样丢过来一堆恶魔的名字。它们不是真实的,它们不可能真的存在。"

"三大魔神真的存在。"

一股寒意穿透了达里克。即便他看到了那一切——即便他在陶鲁克港遭遇恶魔并失去一切——他仍然难以相信恶魔的世界和烈焰地狱是真实的,而不仅仅存在于故事之中。

"你见过光明先知大教堂吗?"

"没有。"

"它非常宏伟,"塔拉米斯说,"在不到一年的时间里,光明先知大教堂已经成为布兰威尔最重要的建筑之一。"

"布兰威尔不是一个大城市,"达里克说,"住在那儿的主要是渔夫和农夫。威斯特玛在那里几乎没有驻军,这主要是为了表示支持,因为不会有军队通过布兰威尔袭击威斯特玛。道路太崎岖了,而且没几个人认得路。"

"卡巴拉克斯往往通过几代人的努力去建立自己的势力。"塔拉米斯说,"这就是连邪恶的魔神三弟兄也慢慢开始惧怕它的原因。三大魔神发动了战争,率领恶魔与人类的军队作战,而卡巴拉克斯则借此赢得了信徒。"

"通过人的层面。"

"是的。"贤者敲了敲最外层的椭圆。"首先是人类对恶魔的恐惧。害怕卡巴拉克斯的人会承认它的领导能力,但他们一有机会就会逃跑。"他敲了敲下一个椭圆。"然后是贪婪。卡巴拉克斯和它的大祭司萨耶斯大师,那家伙也被称作'引路者',通过光明先知教会向他们的崇拜者赠送了礼物。生意上的好运、金钱、意外的遗产。然后它就可以渐渐逼近人心。"他敲了敲第三个椭圆。"妄羡。你想暗地里得到邻居的妻子吗?或者他的土地?敬拜卡巴拉克斯吧,这些迟早都是你的。"

"一个人只要有这些欲望,就很难不崇拜卡巴拉克斯。"

"不,"塔拉米斯停下来重新点燃烟斗,"卡巴拉克斯会衡量并评判那些为他服务的人。如果在一个团体中,某个人更有权势,能更好地侍奉卡巴拉克斯,那么光之放逐者就会奖励更强大的人。"

"那信徒失去别人想要的东西后会怎样?"

贤者对这个问题有些不屑。"很简单。卡巴拉克斯告诉每个人,那些无论失去土地还是失去妻子或家人的信徒,对它的信仰并不坚定。卡巴拉克斯玩的这一手——或者说,目前是迪恩·奥普斯坦——实在是无比虚伪、罪不可赦。"

酸楚的胆汁在达里克腹中隆隆作响。这位贤者所说的每一句话都带着真理的光环。

塔拉米斯转到下一个椭圆。"从那时起,卡巴拉克斯开始寻找那些怀有更深切的恐惧的人。你家里有病人吗?来教堂接受治疗吧。你父亲老糊涂了?到教堂来让他恢复清醒。"

"卡巴拉克斯能做到这些?"

"对,"塔拉米斯说,"而且不止这些。恶魔有多种多样的力量。

它们以自己的方式救赎那些侍奉他们的人。你应该听说过迪亚波罗、巴尔和墨菲斯托过去送给它们的勇士的礼物,一般是魔法盔甲、神秘武器和唤醒亡灵大军的强大力量。三大魔神通过恐惧和毁灭进行统治,总是以征服为最终目的。"

"卡巴拉克斯对此没有兴趣?"

"它当然有兴趣,"塔拉米斯说,"毕竟它是个恶魔。即便是大天使,也希望那些信徒多少有点害怕他们。否则,为什么他们会选择那么可怕的外形,并且要按照他们的方式行事?"

达里克考虑了一下这个问题,最后认为塔拉米斯的话应该是真的。尽管如此,所有关于恶魔的话题对他来说都是陌生的,他甚至不愿讨论这些话题。但他觉得自己别无选择。

"光明的大天使威胁人类,要让他们的余生一直受到恶魔的折磨,并发誓对崇拜和帮助恶魔的人要进行可怕的报复。"塔拉米斯摇了摇头,"大天使们和恶魔一样,都是战士。"

"但他们对人类应该如何融入这个世界有更宽容的看法。"

"那个,"贤者说,"取决于你的信仰,不是吗?"

达里克静静地坐着。

"有些人相信应该清除所有恶魔和天使,让这个世界没有光明与黑暗之争,人类应该找到自己的生存之道。"

"你相信什么?"达里克问道。

"我相信光明,"塔拉米斯回答,"因此我要追捕恶魔,揭露它们的本质。在过去的二十年里,我已经杀死了八个次级恶魔。并不是所有的恶魔都像三大魔神那么难对付。"

达里克知道这一点,但他只见过一个恶魔,那是一个真正可怕的生物。"你打算怎么对付卡巴拉克斯?"

"如果我能,就杀了它,"智者说,"如果不能的话,我决心让它暴露本来面目,让它的祭司被杀死,让它的教堂夷为平地。"

这人的话吸引了达里克,使他感到一丝安慰。塔拉米斯让这样一件不可思议的事情听起来是可能的。

"你被恶魔夺去了一个朋友。"塔拉米斯低声说。

达里克向后退去。

"不要去否认,"贤者说道,"我能看到你眼中的真相。对于那些经历过同样的事情的人来说,你承受的痛苦就像带着一枚徽章那么显眼。"他顿了一下,目光从达里克的眼睛那里移开。"一个恶魔夺走了我的家人。这是二十三年前的事情。我是个祭司,这样的事不应该发生在我身上。但一个恶魔夺走了我的妻子和三个孩子。"

提灯在桌上不停闪烁着。

"我那时很年轻,作为一名维兹杰雷法师,我一直专注于这个领域的学习。我在家乡一所偏远的学校教书。我和我的家人住在学校后面,那里只住了我们一户人家。一个陌生人来到我家门口,告诉我们,他没有地方睡觉,而且两天没吃东西了。我是多么愚蠢啊,满心以为自己有了一个行善积德的机会,就放他进了家门。晚上,他杀了我的家人。只有我活了下来,尽管大多数人认为我活不下来。"他把衬衫的袖子往后拉,露出了他身上长长的、令人触目惊心的伤疤。"我身体其他部位有更多的伤疤。"他把头向后仰,露出一道厚厚的伤疤,那道伤疤绕着他的半个脖子横过他的喉咙。"救我的祭司们不得不把我重新拼凑起来。后来所有的医师都告诉我,我应该必死无疑。圣光知道我是想一死了之的。"

"但你活了下来。"达里克低声说,他被这恐怖的故事吸引了。

"是的。"塔拉米斯磕了磕烟斗,把掉出的烟灰收了起来。"有一段时间,我极其憎恨自己的生活。然后我意识到杀死我家人的恶魔会继续残害其他家庭,这是一个更需要关注的问题。于是我决心让自己振作起来,无论精神还是身体。我做到了。我花了三年的时间来治愈自己,又花了九年的时间去追踪那个夺去我家人生命的恶魔。那时我已经杀死了另外两个恶魔,又揭露了另外四个。"

"现在你打算猎杀卡巴拉克斯?"

"是的。当光明先知教会第一次出现的时候,我就开始怀疑它。于是我开始研究它,发现那个教派治愈的信徒们有诸多共同点,这些事件指向了卡巴拉克斯。"

"那你为什么要来这里?"达里克问道。

"因为,"贤者说,"卡巴拉克斯曾在这里活动。有一段时间,野蛮人在与南方的人民作战时选择了崇信它。在那段时间里,它被称为无情的冰爪。它成功地团结了一些更强大的蛮族部落,建立了一个庞大的部落,它盘踞在双子海、无尽海洋和冰封之海间。"

达里克思忖着其中的意义。关于野蛮人部落的故事可以追溯到很久以前,人们认为它们只是吓唬孩子的故事。野蛮人被描绘成食人族战士,他们用妇女和儿童的身体来充饥。"直到豪克林带着他那把叫作'风暴狂怒'的重剑来到这里,在一场持续了六天的战斗中杀死了冰爪。"

塔拉米斯咧嘴一笑。"你听过这些故事。"

"对,"达里克回答,"但这并不能解释你为什么来到这里。"

"因为风暴狂怒还在这里。"贤者回答道,"我是为了这把剑而来的,因为它是唯一可以杀死卡巴拉克斯的东西。"

"它第一次并没有死。"达里克指出。

"我读到的经文中说,卡巴拉克斯在风暴狂怒毁灭性的力量面前逃跑了。只有在人类的故事中,才宣称恶魔已经死亡。但我相信这把剑有能力杀死卡巴拉克斯。如果你能用它把恶魔送回烈焰地狱。"

"如果你知道这一切,为什么还要来找我?"

贤者凝视着达里克答道:"因为我是一个人,达里克·朗,而且我不像以前那么年轻了。"

"你知道我的名字?"

"当然。"塔拉米斯朝面前的书挥了挥手,"我是一个有学问的人。一年多前,我在威斯特玛听说了陶鲁克港出现恶魔的故事。我听说一个年轻的海军军官在执行国王侄子给他的任务时失去了他最好的朋友。"

"那你为什么要这么费尽心机呢?"

"这样可以说服你相信我的事业,"塔拉米斯轻声说,"也许还有你的命运。"

"什么命运?"达里克立即感到自己受骗了。

"你和这件事有某种联系。"贤者说,"你曾在卡巴拉克斯面前流过血,或许是这个原因,或者还有别的东西把你和恶魔绑在一起。"

"我不想再和那个恶魔打交道了。"达里克说。但他在说这番话时并不是很确定,一阵强烈的恐惧随之袭来。

"真的吗?那你怎么到这儿来了?那把可以砍杀卡巴拉克斯的武器在哪儿?"

"去年的大部分时间我都喝得醉醺醺的,"达里克说,"我失去了在威斯特玛海军的职位。大多数时候,我喝得烂醉,一贫如洗,只能从一个城镇流浪到另一个城镇,我得找到足够的活儿养活自己,远离威斯特玛。我醒来的时候根本不知道自己在这里,该死的,我那时候差不多快冻死了。直到你刚才告诉我,我才知道那把剑的事。我并没有追随恶魔的踪迹。"

"没有?"塔拉米斯瞥了一眼桌上的肉汁画的椭圆形符号,"那你现在来这里做什么?你不会只是来混这顿免费大餐的吧。"

"我真不知道。"达里克承认道。

"在你和我说话之前，你就已经知道那个符号属于谁了，"塔拉米斯说，"现在你知道恶魔在布兰威尔，知道它就隐藏在光明先知教会的神秘预言之后，你真的能甩手离开这里吗？真的能将这一切都抛在脑后？"

突然，马特从悬崖边摔下去的记忆又在达里克的脑海里慢慢闪过。在过去的一年里，这种痛苦曾经被酒精掩饰和压制，可现在又在他心里翻腾起来，仿佛它是一道全新的伤口。他感觉自己怒火中烧，但不知为何，他设法控制住了自己。

"圣光引导你来到这里，达里克，"贤者用平静的声音说道，"它引导你在这个时候来到这里，引导你我见面，因为这和你有利害关系，也因为你可以做出改变。我的问题是，你是否准备好了迎接这场等待着你的战斗。"

达里克犹豫了一下，他知道他给出的任何一个答案——甚至可能根本不回答——都将引导他走向末路。

"你相信这把剑能杀死卡巴拉克斯吗？"达里克低声问道。

"是的，"塔拉米斯回答道，"但只有在这里的最后一层。"他又敲了敲椭圆符号。"有两层我们还没有提到。最外层是卡巴拉克斯将进入者锻造成超越人类的怪物的地方。在这里，他们必须直面恶魔世界的恐怖，走过梦想与暗影的扭曲之路。也就是黑暗之路。"

"黑暗之路？"达里克问道。

"正如卡巴拉克斯所说的那样。它在与人类世界的战役中为这条路取了好几个名字，但它的真名是梦想与暗影的扭曲之路。一旦直面恶魔的世界，人们别无选择，必须把自己奉献给卡巴拉克斯，精神、身体和灵魂，从现在直到永远。许多人失败了，他们被扔进烈焰地狱，一次又一次地死去，直到永远。"

"这些人被改造成了什么？"

"他们比正常人速度更快,也更加强壮,"贤者回答道,"更难被杀死。他们中的一些人被赋予了对恶魔魔法的理解。"

"按你的说法,干掉卡巴拉克斯是不可能的事情。"

"就算没有风暴狂怒,"塔拉米斯说,"我自己也有魔法能力。"

"如果我选择不去会怎么样?"

"那我就一个人去。"贤者笑了,"但你不能否认这一点,对吧,达里克?这些已经成为你的一部分。也许在一年前,你会转身离开我。但现在不会。你曾试图远离发生在你身上和你朋友身上的那些事情。这几乎毁了你。"他停顿了一下。"现在你必须找到度过这一切的力量。"

达里克看着椭圆形的符号问道:"最后一层是什么?"

塔拉米斯犹豫着摇了摇头道:"我不知道。我读过的关于卡巴拉克斯的经文没有给出答案。据说那是最可怕的一层,但我不知道那里有什么。"

"知道那里有什么可能会非常有用。"

"也许我们可以一起找出答案。"贤者建议道。

达里克和塔拉米斯对视着,希望自己有足够的勇气说不,说他不会去。但他做不到,因为他已经厌倦了这种半死不活的人生,也希望自己可以彻底摆脱内疚。他本该和马特一起死的,也许唯一摆脱内疚的方法就是现在死去。

"好,"达里克低声说,"我和你一起。"

第十八章

拜耶德·邱力克站在蛇头上方的平台中，等待着他的客人到来。他环视着周围空荡荡的长椅，心中充满了期待。那天早晨，他兴致勃勃地发现宏伟的建筑中挤满了人。信徒越来越多，礼拜的规模越来越大。现在所有出席的人都没有位子可坐。即使他们尽可能加快建设进度，建筑工人也跟不上信徒增长的速度。

尽管今晚只有一个人在场，但邱力克的心情却很是兴奋。当达库兰爵士在壮观的中央入口停住时，他依旧一言不发。

在爵士的周围，二十名全副武装的守卫皆是手举提灯，刀剑出鞘。提灯的光芒在鳞甲和锋刃之上闪耀。有人在低声说话，在他们几不可闻的话语中，邱力克感受到了恐惧和敌意。

达库兰爵士是位三十岁左右的年轻人。作为一名战士兼众人的领袖，他气度不凡，体形保持得非常好，平素显然严于律己。他脸庞瘦削，五官坚毅，蓄着上翘的八字胡，嘴角仿佛永远带着不屑的弧度。达库兰头戴一顶有着两根弯弯的犄角的头盔，身穿深绿色衬衫、黑色马裤与配套的短上衣，披着一件深绿色斗篷。虽然从外面看不出来，但邱力克确信爵士短上衣里穿了加持魔法的锁甲。

达库兰爵士不耐烦地向他手下的一个战士挥了挥手。

那人点点头走进大教堂的中心区域，金属靴跟踩在石头地板上，叮当作响。

这建筑的构造极易传播声音。邱力克提高嗓音说道："达库兰大人，这次会面是专门为您安排的。其他人不允许进入教堂的这个位置。"

战士们将他们的提灯对准了邱力克的方向。其中一些灯笼带有聚焦功能，将邱力克这边照得雪亮一片。

邱力克在刺眼的灯光下眯起了眼睛，但没有举起手遮蔽强光。

"这些只是我的私人保镖，"达库兰爵士回答道，"他们不会伤害你的。事实上，在今天的节目之后，我想你会喜欢他们的存在。"

"不，"邱力克说，"你要求这次会面，我同意了。那就按我们之前的约定吧。"

"如果我坚持呢？"达库兰爵士问道。

邱力克诵念了几句充满力量的咒语，然后伸出双手。火焰从他的指尖跃出，点燃了蛇头周围那些充满油的管道。这条蛇再一次活了过来，从石墙上向那卫兵跃过去。

那胆战心惊的卫兵急匆匆地向后退去。他一路奔向其他同伴，靴底在石头地板上刮擦出一溜火花。这些战士聚集在达库兰爵士身旁，试图将爵士拉回安全的地方。那些提灯像一团萤火虫似的在主入口旋转着。

"你愿意让你的情人死去吗？"他骑在摇晃的蛇头上问道，"你愿意让你的夫人被送上绞刑架吗？你愿意让你自己的好名声被拖进这座城市的泥沼之中吗，尤其是当我能改变这一切的时候？"

达库兰爵士咒骂着他的手下，把他们赶离了身边。战士们不情愿地向外走去。他们的头领急切地与爵士交谈着，试图说服对方。

爵士停在入口处，凝视着石蛇头顶上的邱力克。在邱力克下方，火焰紧紧地贴着石蛇的双颌。在完全黑暗的大教堂中间，这幅景象极其恐怖。

"他们说你今天早上被杀了。"达库兰爵士说。

邱力克张开双臂，享受着他所扮演的角色。"达库兰爵士，我看起来像个死人吗？"

"他更像是一具僵尸。"一名卫兵嘀咕道。

"我不是僵尸，"邱力克说，"靠近一点，达库兰爵士，你可以听到我的心跳。也许，你要是还不相信的话，我可以让你放点血。僵尸和任何死灵都不会拥有流血。"

"为什么我的人不能陪着我？"达库兰爵士问道。

"因为如果我要拯救你生命中至关重要的人——就如同我要救你，达库兰爵士——你必须相信我。"邱力克等待着，表现得仿佛对爵士如何选择毫不在意。他不知道卡巴拉克斯是否在暗中偷窥，然后意识到这根本不是问题。正确的问题应该是，这恶魔正在什么地方偷窥着他们呢？

达库兰爵士从某个部下手中拿过一盏提灯，犹豫了一下，然后大步走进教堂。"你怎么对我的家事和国家事务这么了解呢？"他问道。

"我是引路者，"邱力克说，"被迪恩·奥普斯坦亲自选中的人。我怎么可能不知道？"

"我的顾问中有些人认为，你和这个教会很有可能是我遭遇的这些麻烦的幕后推手。"

"你相信吗，达库兰爵士？"邱力克问道。

爵士犹豫了。"我不知道。"

"今天早晨，你目睹我被一个危险的刺客用弩箭射杀。然而现在我就站在这里。我完好无损地活着,随时准备在你需要的时候帮助你,我的爵士。或者我应该回绝你,就像当初我们旅居至此,你一直都在拒绝迪恩·奥普斯坦和这个教会一样。"邱力克顿了顿,"你知道,我可以这么做。我的顾问中有些人认为,今天试图杀我的刺客是你雇来的,你忌惮我在你的地盘上越来越大的影响力。"

"那些都是谎言。"达库兰爵士辩解道,"我从来不是个鬼鬼祟祟的人。"

"如今,达库兰夫人还会觉得这是对你的公允评价吗?"邱力克轻声问道。

达库兰爵士将手按在剑柄上,粗鲁而生硬地说道:"不要赌你的运气,祭司。"

"今天我已直面过死亡,达库兰大人。你的威胁对我起不了多大作用。我知道迪恩·奥普斯坦正与我携手同行。"

"我可以把你从这个教堂中驱逐出去。"达库兰爵士愤怒地说道。

"虽然你手握兵权,但这里的民众和大批来朝圣的旅客都不会容许你指使军队如此胡来。"

"你不知道——"

"不。"邱力克打断了他的话,同时让石蛇抬起头来。"你根本不知道自己面对的是什么。"

石蛇张开双颚向卫兵面前的石板喷出火焰,将他们赶了回去。

"你需要我,"邱力克告诉达库兰爵士,"你需要迪恩·奥普斯坦的救赎。如果你的情人得救了,你的妻子就会得救。如果这两个女人都得救了,你的权威才能被挽救。"

"让你留在这里是一个错误,"达库兰爵士说,"我早就应该把你从城里赶出去。"

"在神迹出现的第一个晚上之后,"邱力克说,"你就再也不可能把我从这里赶走。迪恩·奥普斯坦和梦想之路给民众带来了力量。人们可以求取财富和特权，病弱垂死的人甚至可以祈求健康。"他默默地命令蛇头俯向地面。

达库兰爵士向后退去，但火焰仍在石头地板上翻滚，将他和手下隔离开来。但邱力克也很清楚，爵士的卫兵中有不少人带着弓箭，而且，将刀剑投掷到这里也不是什么难事。

"你唯一能做的就是今晚来到这里。"邱力克说完这句话，沿着蛇颈走下平台。

黑暗的大教堂中，石蛇静静地伏在地面，用那双燃烧着火焰的眼睛注视着眼前的一切，不时伸出舌头嗅探空气。蒸汽和烟雾在它的舌上翻腾，滚滚热浪从它身周扩散。深橙色的余烬在平静的空气中盘旋着，在到达天花板前就变成了黑色的灰烬。

邱力克在石蛇面前停了下来，他知道这可怖的怪物会映照出他的轮廓，令旁人只能看到他阴森的身影。

"达库兰爵士，也许你会觉得今晚来这里，便注定了自己陷入厄运。"邱力克轻声说道。

爵士没有说话。尽管灯笼和石蛇都散发出明亮的光芒，但恐惧还是在他脸上留下了深深的阴影。

"我向你保证，"邱力克说，"事实正好相反：你已经掌握了你的未来。"他朝石蛇做了个手势，当它张开嘴时，一股热风迎面扑来。"跟我走，达库兰爵士。把你的忧虑和恐惧交给迪恩·奥普斯坦，他会解决这一切的。"

达库兰爵士依然站在原地。

"今天你在这里，"邱力克说，"你看到了迪恩·奥普斯坦在黑暗之路上所展现的神迹，两个骨肉纠缠的连体男孩被完整分开了。你以前见过这样的事吗？"

"没有。"爵士用颤抖的声音回答。

"你有没有听说过这样的事情？"

"从没有。"

"只要有迪恩·奥普斯坦的支持，"邱力克承诺道，"一个人可以踏上梦想之路完成任何事情。"他伸出了手。"跟我来，我要让你看到更多的奇迹。"

达库兰爵士的脸上现出犹豫的神情。

"到了明天早上，"邱力克劝诱道，"一切就太迟了。毒药会夺去你情人的生命。出于报复，她父亲会要求杀死你的妻子。"

"跟你走的话，我如何去救她们？"

"在梦想之路上，"邱力克说，"一切皆有可能。来。"

达库兰爵士努力压下恐惧走过去，让邱力克牵住他的胳膊，引导他向前走去。

"勇敢一点，达库兰爵士，"邱力克激励着爵士，"你将看到人类难得一见的奇迹。去走进蛇的口中吧，只要你愿意相信，你的一切恐惧都会烟消云散。"

达库兰爵士紧紧跟在他后面。他们跨过石蛇锋利的牙齿，顺着那条漆黑且仍然冒着烟的丝带似的舌头，进入了它的喉咙。石蛇的舌头在喉管中化为一条黑色的道路，蜿蜒进入了一条长长的走廊。

"我们这是在哪里？"达库兰爵士问道。

"在梦想之路上，"邱力克回答道，"我们会找到你的命运。只有强大的人才能遵从神的教导。你会变得比现在还要强大。"

走廊从窄变宽，又从宽变窄，来来回回改变了许多次，但邱力克脚下的黑暗之路却始终如一。他曾和几个沿着黑暗之路冒险寻求治疗或得到祝福的信徒交谈过，他们对这条路的描述都不一样。一些人说他们会沿着熟悉的走廊走下去，而另一些人则被带到他们从未见过,也希望自己永远不会看到的地方。

一道绿色的阳光在他们面前的走廊里冉冉升起,他们突然发现自己已经不再身处走廊之中。如今,黑暗之路紧邻悬崖。他们脚下的道路是如此之高,下方的景象完全被云层遮蔽。这片险峻的山脉高耸入云,再往上一点,便可以看到山顶闪闪发亮的冰层。

达库兰爵士停了下来。"我想回去。"

"你不能回去,"邱力克回答道,"看。"他转过身,指着他们来时的路。

黑暗之路上升腾起了蜿蜒曲折的火焰,它差不多有三个人那么高。

"对你来说,唯一的出路就是向前走。"邱力克说。

"我犯了一个错误。"达库兰爵士无可奈何地说道。

"这不是第一个。"邱力克回答。

达库兰爵士突然转过身去,将自己的长剑横在邱力克完全没有防护的咽喉上。"你现在就放我出去,否则我就让你身首分离!"

邱力克确信卡巴拉克斯在监视着自己,于是抓住了那把剑。锋利的剑锋划破了他的手。鲜血顺着锋刃滴落在黑暗之路上,在他们的脚下生出拳头大小的火焰。

"不,"邱力克说,"你不会的。"他浑身充满了能量,瞬间将那把剑变得灼热通红。

达库兰爵士痛苦地尖叫着松开了武器,跌跌撞撞地倒在地上。他难以置信地捧着自己的手。

邱力克没有理会自己被灼伤的手发出的咝咝声,也没有理会皮肉的焦臭和袅袅升起的烟雾。在卡巴拉克斯引领他走过这条黑暗之路时,他遇到了更糟糕的事情。他偶尔还能感觉到恶魔的爪子在他的大脑里四处乱抓,甚至剐擦到他的头骨。

邱力克转过身把爵士的佩剑放在悬崖边上，然后伸出自己被灼伤且滴着血的双手检视着。

"你疯了。"达库兰爵士难以置信地说道。

"不，"邱力克冷静地回答道，"我相信迪恩·奥普斯坦和梦想之路的力量。"他举起手来。就在他看向自己的双手时，割伤愈合了，烧伤也消失了。没一会儿，他的手就已经完全康复。"你也可以相信。伸出你的手，接受我告诉你的一切。"

达库兰爵士又怕又痛，颤抖着举起那只手来。

"相信，"邱力克轻声说，"相信，你将获得治愈自己的能力，结束你的痛苦。"

达库兰爵士聚集起了全部精力。汗水从他的额头渗了出来。"我做不到，"他嘶声说道，"求求你，我求求你。让痛苦消失吧。"

"我不能，"邱力克说，"那是你的事。只要追随迪恩·奥普斯坦的意愿，只需要一点信心。相信这一点。"

然后，慢慢地，达库兰爵士的手开始愈合。烧伤处结痂了，过了一两分钟，光滑的皮肉取代了之前烧伤的地方。

"我做到了。"达库兰爵士疑惑地注视着自己已然愈合的手掌。他的手指还在不停颤抖。

"是的，"邱力克说，"但最糟糕的事情还没有到来。"

在没有任何预兆的情况下，岩架突然断裂，将他们抛入云端的深渊之中。

达库兰爵士尖叫起来。

邱力克控制住了自己的恐惧。他现在身处黑暗之路。那些成为他心腹的战士和祭司们都经历过比这更糟糕的事情。所有到达这个地步的人都不得不重温一个可怕的噩梦，那是他们内心最深的秘密。

穿过洁白云层，经历过漫长的跌落后，等待邱力克的并不是在锯齿状的岩石上摔断骨头的命运。相反，在晴朗的夜空下，他如羽毛般轻盈地降落在月光斑驳的沼泽之中。

达库兰爵士一头栽进沼泽里，消失在一片向四面八方溅起黑泥的巨大水花之中。

过了一阵子，邱力克开始担心出了什么问题。这新加入者显然已经死在了黑暗之路上，但一般来说，卡巴拉克斯对于将什么人带入核心圈子是有选择性的。

"他很好，"恶魔说，"再给他一点时间。我发现这个地方和这一事件是连他自己都极少回忆的秘密。你要注意。"

邱力克等待着，同时惊奇地发现自己立于沼泽之上。

随后，达库兰爵士将一只胳膊从沼泽地里伸出来，啪的一声按在一棵很久前倒下、半淹在水里的树干上。污泥沾满了他的头和脸，也剥去了他尊贵的外表，这里只有一个惊恐万状的男人。

达库兰爵士向邱力克伸出了手。"救我！快！"

"他害怕什么？"邱力克问卡巴拉克斯。他们两个都没有向挣扎着的爵士走过去。"沼泽不是很深，淹不死他。"

"他害怕过去，"恶魔说，"应该是吧。"

达库兰爵士惊恐地回头望着沼泽。干秃和枯死的树木从松软的泥土中突出来。灰白色朽烂的灌木卷曲着漂离岸边。一些小动物的骨架半埋在沼泽和岸上，其中一些是最近才死的，身上还粘着一片片的皮毛。死鸟倒挂在光秃秃的树枝上。青蛙的尸体漂浮在沼泽之中。

达库兰爵士尖叫了一声，然后被一个强大而凶猛的东西拖到了泥沼下面。泡沫从泥浆中喷涌而出。

"他会死在这里吗？"邱力克问。

"他会的，"卡巴拉克斯回答道，"如果我不救他的话。他斗不过这个噩梦。这对他来说过于强大了。"

这个男人的胳膊又一次从沼泽里伸出来，这次他抓到了树干，成功从淤泥中爬了出来。当他出现时，一具骷髅紧附在他的后背上。

多年来她一直浸泡在泥沼里，她的皮肤都变成了皱巴的皮革，紧紧地贴在她的头骨上。邱力克知道，从前她也许很漂亮，但现在却已经无从知晓。那件柔软的蓝色连衣裙可能曾经隐藏着女性的曲线，但现在却紧紧裹住了骑在达库兰爵士背上的那恐怖而瘦弱的身躯。那个死去的女人弯下腰贴近爵士，牙齿从腐烂的牙床里露了出来。她伸出一条皮质化的舌头缠住他的耳朵，将它卷到自己破碎的牙齿之间咬了下去。爵士的耳垂像葡萄一样被碾碎了，深红色的鲜血喷溅出来。

达库兰爵士痛苦地尖叫起来，他拼命想把死去的女人从自己身上推下去，一边奋力往树干上爬。

"救救我！"爵士喊道。

"那个女人是谁？"邱力克问。

"曾经，"卡巴拉克斯说，"她是他的情人。这是他结婚之前的事情。她是个平民，名叫阿琪卡，是一个店主的女儿。在达库兰爵士结婚前，她告诉爵士，她怀了他的孩子，而且想要生下来。达库兰爵士不能允许这种事情发生，于是杀了她，把她的尸体留在了布兰威尔城外的这片沼泽地里。"

"这个女孩的尸体没被发现？"邱力克问。

"没有。"

邱力克看着惊恐的爵士挣扎着想要抓住长满苔藓的树干。那死去的女人的体重却令他不断向下沉去。他对卡巴拉克斯的故事并不感到惊讶。作为萨卡兰姆教派的祭司，他对王室所享有的特权并不陌生。在威斯特玛的历史上，有几起谋杀案已经被时间的尘埃湮没，凶手被教会的特别许可豁免了。

"救救我!"达库兰爵士尖叫起来。

卡巴拉克斯大步向前走去。他那双巨足仅仅在沼泽的水面上留下小小的涟漪,甚至一点都没有被沾湿。"达库兰爵士。"恶魔向他喊道。

爵士抬起头来,他这是第一次看见恶魔。一时间,达库兰爵士僵立当场,但那把他耳朵咬得血肉模糊的死去的女人又占据了他全部注意力。他们厮打在一起,他很快便失去了对树干的控制,一头栽进了沼泽之中,瞬间没过脖颈。那个死去的女人的头发漂浮在沼泽的水面上。

"达库兰爵士,"恶魔说,"我是迪恩·奥普斯坦。我是你的救星。"

"你不是救星,"达库兰爵士大声说,"你是个恶魔。"

"你不过是一个溺水的人,"卡巴拉克斯声明道,"要么接受我,要么去死。"

"我不会被你的幻象欺骗——"

死去的女人把手伸到达库兰爵士身后,瘦骨嶙峋的手指在他的头发上拧了个结。她猛地拉了一下,达库兰爵士立刻消失在沼泽的黑色淤泥中。

卡巴拉克斯耐心地等待着。

有那么一会儿,邱力克相信事情已经结束了,爵士应该已经陪着他很久以前谋害的那个女孩的幽灵死在了沼泽里。沼泽的寒气席卷了他的全身,令他不得不紧紧地抱住自己。尽管他曾多次冒险走过黑暗之路,但他从未习惯这种体验。每一次都是独一无二的,每一次的恐惧都大不相同。

达库兰爵士的手探出了水面,卡巴拉克斯一把抓住它。恶魔将爵士从淤泥里拖起来，而那死去的女人仍然骑在他的身上。

"活着或死亡，"卡巴拉克斯冷静地询问道，"由你选择。"

达库兰爵士犹豫了一下。"活着。请原谅我吧，圣光，我想活下去。"

卡巴拉克斯可怖的面上浮出残忍的微笑。"我原谅你了。"恶魔嘲笑道。它继续把浑身泥泞和血污的爵士从沼泽里拖出来。那个死去的女人仍然紧紧地攫着达库兰爵士的后背，咬着他那受伤的耳朵，用另外一只手抓着他的脸。

卡巴拉克斯反手将那个死去的女人从达库兰爵士背上推下去。当它把爵士拖上来的时候，邱力克发现他们又一次站在了蜿蜒穿过高山的黑暗之路那坚实地面上。沼泽不见了。

恐惧已经令达库兰爵士彻底崩溃，他在恶魔的狂怒之下瑟瑟发抖。"不要杀我。"爵士恳求道。

"我不会杀你的。"卡巴拉克斯说着，将爵士推到自己面前跪下，这对爵士来说应该是一种羞辱。"我要把你的生命赐还给你。"

达库兰爵士浑身发抖，跪在恶魔面前。

"你太弱了，"卡巴拉克斯的声音非常低沉，"我会成为你的力量。"恶魔用一只大手握住达库兰爵士的头颅。"你并未经受合适的指导。我会重新对你进行规划。"它的手指开始伸长，一直长到如同尖刺一般。"从你一向的作为和幼稚的肉欲来看，你正在走向毁灭。我要将你打造成一个男人，一个真正的人类领袖。"恶魔猛地一挥手腕，指尖刺穿了达库兰爵士的脑袋。血从他脸上流下来，滑过粘在他脸上的淤泥。"你的思想、身体和灵魂，都是我的！"

闪电从山上的黑暗天空中划过，紧接着是压倒一切的隆隆雷声。黑暗之路在他脚下颤抖着，在那令人胆寒的一刻，他以为整个山脉都要坍塌下来。

然后闪电和雷声消失了,卡巴拉克斯从达库兰爵士的头骨上抽回了它尖利的手指。

"站起来,"恶魔命令道,"开始我赐给你的新生活。"

达库兰爵士站起身来,随着他这个动作,他的疲劳,他身上的泥泞和血迹统统消失了。他笔挺而宁静地站在那里,显得那么高大,目光也变得清澈起来。"我听从命令。"

"只剩下一件事,"卡巴拉克斯说,"你必须刻上我的标记,这样我才能监视你。"

达库兰爵士毫不犹豫地脱下了他的外衣、贴身锁甲和衬衫。"刻在这里,"他要求道,"挨着我的心脏,我可以让你靠近它。"

卡巴拉克斯将它的手掌放在达库兰爵士胸前。当它移开手掌的时候,恶魔的文身已经刺伤了爵士的皮肉。

"此后,你将侍奉于我。"恶魔说。

"至死方休。"达库兰爵士说。

"那就去吧,达库兰爵士,记住,你现在有能力治愈你的情人,有能力阻止你的妻子被绞死。取一点你的血与酒调和,让她喝下就好了。"

达库兰爵士同意了,并再次向恶魔表达他永恒的忠诚,随后顺着黑暗之路从石蛇嘴里走了回去。在黑暗之路的另一端,邱力克又一次看到了宏伟的大教堂内殿。

"所以,现在你已经掌控了他。"邱力克看着达库兰爵士重新与他的卫兵会合,说道。

"我们得到他了。"卡巴拉克斯表示同意。

但令人惊奇的是,这恶魔的口气听起来并不太满意。邱力克望向它,问道:"有什么问题吗?"

"我听说过一个人,"魔鬼说,"塔拉米斯·沃尔肯。他是个猎魔人,现在他找到了我的踪迹。"

"那会怎样?"

"没关系。今晚之后,他就不会再让我担心了。但是今天那个被烧坏的人想要杀了你,我没有预料到,我认为你需要加强教堂周围的安全。"卡巴拉克斯停顿了一下。"达库兰爵士应该非常乐意帮助你。"

"完全没有办法加强教堂的安全,"邱力克对此表示反对,"我们接纳了太多民众,其中的很多人我们无法识别,所以也无法对所有人进行筛查。"

"做好一点!"卡巴拉克斯厉声说道。

"一定。"邱力克说着垂下了头,看着魔鬼从视野中消失。邱力克的思绪纷至沓来,在他的头脑中相互纠缠,乱成一团。卡巴拉克斯害怕的这个猎魔人会是谁呢?在他们这一年多的相处中,他从未见恶魔关心过任何事情。即使在卡巴拉克斯保证此事已得到妥善处理之后,这件事仍然令人费解,而且更加令人不安。

卡巴拉克斯会怎么料理那个追捕它的人呢?

第十九章

虽然达里克在为陆上的贸易商队工作时骑过几次马,但他仍然不大习惯它们蹒跚的步伐。比起骑着这头牲口从林木密布的山坡上迤逦而下,他更愿意身处风暴汹涌的海上,哪怕东倒西歪地站在一艘船的甲板上,也比现在这样子更安心。

幸运的是,这头牲口沿着狭窄的小径一路跟随着塔拉米斯·沃尔肯的坐骑,并不真正需要他指挥。他希望自己能在马鞍上睡着,陪同他们的其他人似乎都能做到这样。

昨晚在蓝灯酒馆时,达里克完全没有料到塔拉米斯会有一支自己的小型部队驻扎在探索者之岬外围。但在目睹他们的专业素质和献身精神之后,他就明白了这些人是如何避开众人注意的。

所有战士正排成一列沿着小路向前行进。有两匹马没有载人,表明正有侦察兵在前方巡行。这些人骑行时几乎没弄出任何声响,他们小心地给装备垫了衬垫,不会发出甲胄撞击的声音。他们的目光是如此坚定和锐利,在凛冽的寒风与阴沉的浅灰色晨曦下,看起来就像正在狩猎的狼群。

达里克坐在马鞍上,试图找到一个让自己舒服一点儿的位置。

昨天晚上离开蓝灯酒馆后，他已经在马上骑行了一整夜。有几次他感觉自己终于克服了对摔下马背的恐惧，开始在马鞍上打瞌睡，但过不了一两分钟他就会突然惊醒，发现自己正从马鞍上往下滑，于是这种恐惧又被唤醒了。

寂静的森林中突然响起了一声鸟鸣。

达里克敏锐地分辨出了这声音，他意识到这不是真的鸟鸣，因为他之前听到过同样的叫声。是前面两名侦察兵中的一个发出了这信号。晚上他们会用猫头鹰的叫声来交流，但今天早上他们模仿了一种小红喉鹩鹛的声音，水手们有时会在帆船上饲养这种鹩鹛。

其中一名侦察兵突然从森林中现出身来，跟着塔拉米斯·沃尔肯的坐骑大步向前行进，其速度完全不输于这四肢修长的动物。侦察兵与贤者简短地交谈了一会儿，然后又消失在了密林之中。

塔拉米斯似乎对刚才的谈话并不在意，因此达里克也试着让自己放松下来。他感觉浑身肌肉既僵硬又酸痛，因为昨天搬了整整一天货物，晚上又这样长途跋涉。最重要的是，他现在就想下马，他希望自己留在探索者之岬。他与这些人根本毫无瓜葛。他们似乎都是久经沙场的战士，达里克无意中听到他们说的几句话语，其中提及了过去与恶魔的战斗，尽管那些恶魔都没有卡巴拉克斯那么强大。

达里克呼出了一口气，看着它在清晨的寒意中凝成白雾，停留片刻后散去。他想不明白，塔拉米斯既然已经有这么多战士了，为什么还要邀请他一起前行。

再向前走不多远，他们循着小路来到一片空旷的地方。一栋茅草屋顶的小房子坐落在一堆横七竖八的树桩中间，房子南面的土地已被开垦出来。目前的作物似乎是洋葱和胡萝卜，但也有一些位置留给了葡萄藤,它们在夏天应该会长得很好。园子的后面有一扇门通往一座小山,达里克觉得那下面应该是一个存储根茎的地窖。一口井占据了花园和小谷仓之间的空地。

一位老人和一个小男孩从谷仓里走了出来。他们长得非常相似,达里克觉得他们应该是一家人,大概是一对爷孙吧。

老人手中拿着干草杈和挤奶桶。他把桶递给男孩,挥手让男孩回到谷仓去。这位老人头顶是秃的,留着长长的花白胡子。他身着鹿皮外衣,露出了一件紫色上衣的领子。

"愿圣光保佑你。"老人双手握着干草杈说道。他的眼里流露出一丝恐惧,但他挥舞干草杈的自信态度告诉达里克,老人已经做好了应对麻烦的准备。

"愿圣光保佑你。"塔拉米斯说着,用一种恭敬的态度遥遥把马勒住。"我叫塔拉米斯·沃尔肯,如果我没弄错的话,你应该是艾略格·巴罗斯。"

"没错。"老人说话的同时保持着刚才的姿势。他明亮的蓝眼睛扫视着这队战士和达里克。"如果你是自己所说的那个人,我听说过你。"

"就是我。"塔拉米斯说着,轻松优雅地从马上跃了下来。"我有文件来证明这一点。"他把手伸进上衣里。"这上面有国王的印记。"

老人举起一只手。一抹淡淡的蓝宝石般的光芒笼罩住塔拉米斯。有那么一会儿,贤者周围又出现了红宝石一般的光芒,遮蔽了他周身的蓝宝石光芒。然后红宝石般的光芒开始消退,最后完全消失了。

"对不起,"塔拉米斯歉然道,"伍顿告诉我你是一个谨慎的人。"

"你不是恶魔。"艾略格·巴罗斯说。

"我不是,"塔拉米斯表示赞同,"愿圣光刺瞎它们的眼睛,将它们捆起来烧成焦炭,永世不得翻身!"随后他狠狠地向地上吐了口唾沫。

"我非常欢迎你到我家来,"艾略格说,"如果你和你的人还没有吃东西,我很快就能出去搞一顿简单的早餐,如果你愿意的话。"

"我们不想给你添麻烦。"塔拉米斯说。

"这不是添麻烦,"老人向他保证道,"你一路走来,应该可以看出,我们这里很少有其他人。"

"我想向你请教一些事情。"塔拉米斯说。

艾略格看着他。"以我对你的了解,我猜你是为那把剑而来的。我们进屋详谈,看看你能不能得到它。"

塔拉米斯挥手示意他的战士们下马,达里克也跟着跳下坐骑。寒风呼啸着穿过了树林。

* * *

邱力克在一个屋顶花园找到了卡巴拉克斯。恶魔面朝北方,双臂交叉抱在宽阔的胸前。它对花园施放的魔法使下面街上的任何人都看不见它。

邱力克停了下来,从屋顶的一侧往外看,看到源源不断的朝拜者正拥入教堂。

"你找我?"邱力克在恶魔身后问道。卡巴拉克斯显然有事召他前来,如果不是这样,邱力克在准备晨祷时就不会听到恶魔的声音了。

"是的,"卡巴拉克斯说,"在处理追踪我那人的事时,我发现了一些有趣的东西。"

"塔拉米斯·沃尔肯?"邱力克问道。他想起了昨晚谈话时提到的那个猎魔人的名字。

"是的。我认出了塔拉米斯·沃尔肯的同伙之一,想让你也看看他。"

"当然可以。"

卡巴拉克斯转身穿过屋顶,来到花园里的一个小池塘边。魔鬼用手拂过池塘,然后退了回去。"看。"

邱力克向前走去,跪在地上凝视着池塘。水面掠过阵阵涟漪,然后又平静下来。有那么一会儿,他只看到了天空反射出的蓝色。

随后水面出现了一幅画面,那是一座被高大的杉树、枫树和橡树环抱的小房子。战士们坐在小房子的外面,他们个个相貌粗犷,而且看起来都是满面尘色。邱力克立刻意识到他们的人太多了,不可能都待在这所房子里。所以呢,这些人应该都是客人,但他没有认出这房子在哪里。

"你看见他了吗?"卡巴拉克斯问道。

"我看到了很多男人。"邱力克回答。

"在这里。"卡巴拉克斯不耐烦地打了个手势。

池塘里的水泛起了波纹,而此时恰好又有云朵飘过,过了一会儿,池水又变得澄净了,画面的焦点集中在一个脸色苍白的年轻人身上,这人将一头淡红色的头发向后梳成了一排。他坐在一棵大橡树下,似乎已经背对着树睡着了,膝盖上还横着一把弯刀。他的一边眉毛上有一道参差不齐的伤疤。

"你认出他了吗?"卡巴拉克斯问道。

"对。"邱力克回答道,他现在认出这个人了。"他那时在陶鲁克港。"

"现在他和塔拉米斯·沃尔肯在一起。"卡巴拉克斯沉思着说道。

"他们互相认识?"

"这个我不了解。据我所知,塔拉米斯·沃尔肯和这个男人,达里克·朗,他们昨晚在探索者之岬相遇。"

"你派了几个探子监视那个猎魔人吗?"邱力克问道。

"当然了,在我没有办法亲自监控他的时候。塔拉米斯·沃尔肯是一个危险的人类,他的任务与我们息息相关。如果他在这个农夫家里得到了他想要的东西,他下一步势必要冲我们而来。"

"他在找什么?"

"风暴狂怒。"卡巴拉克斯回答道。

"那把几百年前导致野蛮人部落倾覆的神秘之剑?"邱力克问道。他心念急转,思忖着卡巴拉克斯对这把剑感兴趣的缘由,以及猎魔人会把注意力转向它的原因。

"对,就是那把剑。"恶魔丑陋的面孔变得越发扭曲。

邱力克以为卡巴拉克斯害怕这把剑,害怕它可能造成的后果,但他也明白自己没有胆量提起这件事。他不顾一切地试图在恶魔察觉之前将这个错误的想法从脑海中清除掉。

"剑可能是一个问题,"卡巴拉克斯说,"但我的仆从们现在正在逼近塔拉米斯·沃尔肯和他的队伍。他们逃不掉,如果那把剑在那里,我的仆从们会把它找回来的。"

他仔细地想了想,努力试图把话说清楚。"这把剑有什么问题?"

"这是一把强大的武器,"卡巴拉克斯说,"一个被圣光之力洗脑的铁匠在几百年前锻造了这把剑,用来对付野蛮人部落和他们崇拜的黑暗力量。"

邱力克渐渐明白了。"他们崇拜你。你是冰爪。"

"是的。最后人类用这把剑把我从这个世界上赶了出去。"

"再次用它来对付你有用吗？"邱力克问。

"我现在比以前更强大了，"卡巴拉克斯说，"但我要永远毁掉这把剑，从今天直到永远。但另外那个人的存在让我感到不安。"

"为什么？"

"我曾占卜过我们针对达库兰爵士实施的计划会产生何种影响，"卡巴拉克斯说，"这个人总是出现在预言之中。"

邱力克考虑到了这一点。他派遣到达库兰爵士城堡里的密探报告说，爵士的情人已经开始好转，即将康复。达库兰勋爵昨晚刚离开教堂就去探望过她。

"离开陶鲁克港之后，你再次见到这个人是什么时候？"邱力克问。

"就在刚才，"卡巴拉克斯说，"当我召唤出莱赞提并让它们去追捕塔拉米斯·沃尔肯和他的战士时。我不得不用水晶球侦测这群人，以便让莱赞提搜寻到他们的踪迹。"

邱力克想到莱赞提，不禁打了个寒战。他一直以为这些生物只存在于神话和传说中。

传闻中，莱赞提是由人类女性的尸体、刚被杀死的狼和蜥蜴创造的一种迅捷而凶猛的奇美拉，它的狡猾远超兽类，身体部分直立，能够承受大量伤害，甚至有断肢重生的能力。

"如果你刚刚才看到这个人，"邱力克说，"你怎么知道他就是你在占卜时看到的那个人呢？"

"拜耶德·邱力克，你不相信我的能力？"恶魔问道。

"不是。"邱力克不愿激怒卡巴拉克斯，迅速答道。"我只是想知道你是怎么把他和塔拉米斯·沃尔肯或者其他战士区分开的。"

"因为我有这个能力，"恶魔回答道，"就像我有能力让你重返青春一样。"

邱力克盯着水池，望着年轻人那放松的脸孔。他想知道，在陶鲁克港事件尘埃落定一年多之后，这个年轻人是如何到达那里的。

"我之所以担心，是因为打开大门时使用的魔法。"卡巴拉克斯说，"当恶魔从烈焰地狱被放出来的时候，潜伏于它们身上的毁灭之种也会随之而来。那是光明与黑暗之间的平衡。但同样地，任何拥有强大力量的圣光拥护者，也都有可以被利用的弱点。这取决于追随者在权衡自己的优势和劣势后，倾向哪种胜利方式，也取决于恶魔是否会站起来对抗将其再次驱逐出这个世界的力量。"

"你认为这个人被赋予了这种力量，就是因为当天晚上你通过那道大门回到我们的世界时，他就在那里？"邱力克问道。

"不是。这个人没有这种能力。他的灵魂对黑暗有一种极强的亲近感。"恶魔笑了。"事实上，如果我们能把他带到这儿来，好好地说服他，我想他就会转而为我服务的。他既有优点也有缺点。我觉得利用这个弱点不会有任何问题。"

"那为什么要担心呢？"

"变数依然很多，"卡巴拉克斯说，"塔拉米斯·沃尔肯发现风暴狂怒已经够糟糕的了，但是在那个快被烧焦的家伙试图刺杀你之后，这个人接着就出现在了这里，我不得不考虑我们的处境到底有多危险。光明与黑暗之间一直保持着平衡，我必须认识到，在外面某处地方存在着一种威胁。"

邱力克凝视着水池中的景色，视野不停变幻。随后，他看到一群油光毛亮的莱赞提出现在那小房子周围的山脊上。它们肩膀宽阔，双腿直立，脚上长着利爪，蜥蜴般的皮肤紧裹着躯体，像变色龙一样迅速变换颜色，让它们能轻松融入周围环境。莱赞提的肩上长了一丛长毛，遮住了它们三角形的小耳朵，向下则覆盖了它们的双翼，一条光秃秃的蜥蜴尾巴扭来动去。它们的下颚长满了尖牙。

教堂的钟声响了起来,这标志着晨祷的开始。

邱力克站在那里,等待离开此地、返回教堂的命令。"情况在你的控制之下,"他说,"莱赞提不会留下一个活口。"

"也许吧。"卡巴拉克斯说道。它指着水池。

水中幻象显示出,莱赞提开始悄悄地逼近战士们,逼近森林里那所小房子。邱力克恍惚地注视着他们下方人群汹涌的大教堂,想起这些恶魔一样的生物曾经以残暴而著称。

* * *

达里克坐在离房子不远处一棵茂盛的橡树下,手里拿着别人给他的那个厚木盘子。他真希望那房子再大一点,或者他们的人能少一点。浓重的黑烟从烟囱里冒出来,他知道里面生火了。他并不是真的冷,但如果能有机会坐在火炉旁驱走笼罩在他身上的寒意,那就太好了。

艾略格·巴罗斯对他们这些不速之客的慷慨真是令人惊讶。老人愿意招待这么一大群人是一回事,但更令人惊讶的是,他居然真的做到了。早餐吃得很简单:鸡蛋、肉排、土豆泥,浓稠的棕色肉汁和厚厚的面包。但这一切都十分暖心,令人感激。

原来,塔拉米斯的两名侦察兵在森林里抓了几头鹿,将它们屠宰停当之后补上了老人储藏室里被他们吃掉的肉。然而,面包无从取代,达里克猜测老人的妻子今后几天会忙着烤制面包来补充他们早上消耗的食品。

达里克用剩下的一片面包就着仅剩的肉汁和鸡蛋结束了早餐,然后拿出水袋喝了点水。他把盘子暂时放在一边,享受着脚踏实地、饱餐一顿的感觉。他从包里抽出一条毯子裹在肩上。

冬天正从严酷的北方奔袭而来。很快，霜冻和刺骨的寒冷将会充斥每个清晨。达里克一个人待在那里，看着其他战士三五成群地边吃边聊。战士们解除了在森林里的警戒，以确保每个人都得到食物和休息。

艾略格·巴罗斯和塔拉米斯·沃尔肯在房前门廊的顶棚下交谈着。两个人似乎都在估量着对方。塔拉米斯身着橘红色长袍，上面绣着银色的图案。在旅行中，达里克曾听过旁人描述维兹杰雷长袍，但之前从未亲眼见过。被施过魔法的长袍可以保护人们免受咒语和恶魔生物的伤害。

达里克知道塔拉米斯在试图说服老人将这把古老传说中的宝剑——风暴狂怒交给他。虽然在陶鲁克港见到恶魔之前，达里克作为威斯特玛的水手已经见识过许许多多稀奇古怪的东西，但他从未见过像这把剑一样具有如此传奇色彩的东西。他心中非常好奇，猜测着它可能是什么样子，它可能拥有什么力量。但是，他的思路被一次次拽了回来，因为他始终想不明白，为何塔拉米斯坚信他会在这次任务中起到重要作用。

"达里克。"塔拉米斯在几分钟之后喊道。

达里克从几近昏睡的状态中醒来，很遗憾自己刚舒舒服服地靠着大树进入梦乡，就不得不再次爬起来。他扫了一眼贤者。

"跟我们走。"塔拉米斯要求道，然后站起身来跟着老人穿过院子。

达里克不情愿地站起身来，他把盘子拿到门廊里，随后这盘子被老人的孙子收走了。达里克跟着塔拉米斯和艾略格·巴罗斯进入了建在山坡上的地窖。

老人从墙上取下一盏提灯，用他从屋里带来的煤块点着，然后顺着土砌的阶梯向下走了一小段路，最后来到地窖里。

达里克在门口犹豫了一下。潮湿的泥土气息，土豆、洋葱和香料的气味扑鼻而来。他不喜欢地窖里的黑暗，也不喜欢货架上的罐装食品或酒瓶带给他的封闭感。艾略格·巴罗斯与家人居住的这座房子位于冰封之海的海岸中部，他们有一个很大的储藏室。

"来吧。"塔拉米斯说完，跟着老人走到地窖的里面。

达里克穿过崎岖不平、满是石砾的泥土地面，地面上布满了小石块。这地窖的天花板太低了，即便是半蹲着前行，他的头还是被刮到好几次。

地窖的另一头被石头堵住了，他们只能看到石头巨大的截面。艾略格·巴罗斯站在石头旁边，他的提灯碰到了石头，发出叮叮当当的响声。

"我当初从祖父手中得到了这把剑，也继承了看护这把剑的责任和力量。"老人转身面对塔拉米斯说，"这把剑是我祖父交给我的，也是他祖父交给他的。我现在将这种责任和力量传给我自己的孙子。几百年来，风暴狂怒一直都由我的家族传承，等待着恶魔复活的那一天，等着有人再次需要它。"

"这把剑早该现世了。"塔拉米斯严肃地说，"但卡巴拉克斯是一个狡猾的恶魔，同一个名字从来不会使用两次。如果不是一年多之前达里克在陶鲁克港遇到它，我们不会知道现在面对的是哪只恶魔。"

"冰爪是一头凶猛邪恶的野兽，"老人说，"古老的故事讲述了它在我们这个世界里欠下的所有血债。"

"卡巴拉克斯在这世界上出现过两次，"塔拉米斯说，"之前这两次，迪亚波罗和它的兄弟们都找到了这恶魔，然后将它送回了烈焰地狱。现在只有这把剑可以给我们对付恶魔的机会。"

"你知道这把剑从未被人从我的家族手中夺走的原因。"艾略格·巴罗斯说。提灯映射的光芒加深了他眼窝的凹陷，使他看起来仿佛一个死了好几天的人。

想到这个，达里克不禁打了个寒战。

"这把剑从未容许自己被拿走。"塔拉米斯说。

"两个试图拿走这把剑的国王都已经死了。"这位老人说。

达里克不知道这些。他瞥了一眼塔拉米斯，借助提灯淡黄的光芒琢磨着这贤者的表情。

"他们死了，"贤者说，"因为他们不明白剑的本质。"

"你是说，"艾略格·巴罗斯回答道，"关于那把剑，有许多我不知道的秘密。在我之前，我祖父不知晓，而他的祖父同样也不清楚。可是你到我家来告诉我，你比他们知道得都多。"

"给我看一下这把剑，"塔拉米斯说，"你也可以自己看看。"

"这么长时间以来，我们一直在看护这把剑。这不是一个轻松的任务。"

"不会轻松。"塔拉米斯表示同意。他面对老人说道："拜托你了。"

老人叹息着转向墙壁。他警告道："你的性命就掌握在自己手中。"他的手指在空中画着神秘的符号。每完成一个，它就发出短暂的亮光，然后消失在墙内。

达里克瞥了一眼塔拉米斯，想问为什么被带到这里来进行此次搜寻的是自己而不是其他战士。就在他准备开口的时候，地窖的墙壁光芒闪烁，变得模糊起来。

艾略格·巴罗斯举起提灯，灯光照进了模糊的石墙对面的房间。在提灯的照耀下，墙内那股闪着微光的可怕能量依稀可见。

墙对面有一具尸体躺在山坡上的一个壁龛里，被这隐蔽的房间里的阴影笼罩着。他雪白的胡须垂到胸前，粗糙的锁甲上还披着兽皮。一个带有面罩的头盔系在他头上,掩住了他一部分萎缩的面容。他的手臂交叉在胸前,枯萎的双手——露出了象牙黄色的指关节——握着一把长剑的剑柄。

第二十章

在艾略格·巴罗斯的地窖里,达里克仔细审视着塔拉米斯·沃尔肯一路兼程赶来准备取走的那把剑,发现它和自己之前设想的完全不同。自打贤者告诉他这件武器之后,他一直都在想象它到底是什么样子的。这把剑看上去朴实无华,似乎出自普通工匠之手,不过是用铁锤将普通钢材一下下敲击而成,完全谈不上有什么艺术家的触感。利剑是步兵的武器,它不会引起恶魔的恐慌。

"你很失望?"艾略格·巴罗斯望着达里克问道。

达里克犹豫了一下,他不想冒犯这里的主人。"我只是觉得,它应该不只是这样子。"

"也许它应该镶满宝石?"老人问道,"让每一个你遇到的强盗都想将之据为己有?你想让每个人都知道这是一件独特而引人注目的武器?你希望每个人都会留意它的过去,都会知道它曾经有什么样的历史?"

"我没有这样想过。"达里克承认。但他也想知道,是不是很久以前有人偷了真正的宝剑,然后更换成了那把做工粗糙的剑。不过他很快便为这个想法感到内疚，因为这意味着老人的一生都在做无用的守护工作。

艾略格·巴罗斯迈步走进那堵模糊的墙。"制造这种武器的铁匠确实想过这些事情。也许风暴狂怒不是一把优雅的武器，但你永远也找不到比它更真实的武器。当然，只有当你能拿起它的时候，你才会知道。"

塔拉米斯跟着老人穿过那堵墙。

片刻之后，达里克也穿过了这堵神秘的墙壁。当他走过去的时候，立刻感觉一片冰冷席卷了全身，他觉得自己仿佛是在穿过最茂密的森林，不得不奋力往前走去。

"这把剑不会被入侵者损坏，"艾略格·巴罗斯说，"如果卡巴拉克斯不在这个世界上，任何人都无法触碰它，更不用说拿走它。"

"如果有人试着做呢？"达里克问道。

"剑是拿不走的。"老人说。

"那些死去的国王都是谁？"

"其中一个是我家族的成员，"艾略格·巴罗斯答道，"在一天之内，他和他所有的战士都死了。圣光不像恶魔那样邪恶，不过它会报复那些违背它意愿的人。另一个国王试图将豪克林的尸体从他安息的地方拖出来，于是他站起来把这些人都杀了。"

站在这座从地窖向旁边挖出来的墓室里时，达里克感到非常害怕。虽然陶鲁克港下面的洞穴更为庞大，那扇巨门看起来更具威胁性，但躺在这里的死者手里紧握着宝剑，似乎也同样致命。如果可以，达里克会很高兴地离开这墓室，并且因再也看不到任何拥有魔法属性的东西满心欣慰。

他瞥了一眼塔拉米斯问道："你为什么要让我来这里？"

"因为你与此息息相关，"贤者说，"自从你目睹卡巴拉克斯进入这个世界后，你就已经是最佳人选。"他看着那死去的人。"我认为你是那个可以手持豪克林的剑来对付恶魔的人。"

"为什么不是你呢？"达里克问道。有那么一会儿，他怀疑这贤者只是在利用自己，只是想要牺牲他的生命去找回那把剑。

塔拉米斯转过身去试图把剑拿起来。他的手在距离武器十来厘米的地方突然停下来，在空中不停颤抖着。当他将手伸向武器时，手臂上的肌肉绷得紧紧的，脸上现出痛苦的神色。最后，他失望而厌恶地把胳膊缩了回来。

"我拿不到它，"贤者说，"我不是那个人。"他转向达里克。"但我相信你是。"

"为什么？"

"因为光与黑暗是平衡的。"塔拉米斯答道，"任何时候，能量通过光明或黑暗进入这个世界，都必须保持平衡。当恶魔来到这个世界上时，一种打败它们的方法同时也被创造出来。如果光明试图通过引入一个对抗黑暗的力量来打破平衡，黑暗的力量会进行自我调整，以便再次达到与光明的平衡。最终，无论光明还是黑暗在我们的世界中占据优势，真正威胁到平衡的都是我们。我们民众。就像三大魔神出现在我们这个世界上的时候，也就是后来被称为'黑暗流放'的时期，大天使泰瑞尔召集东方的法师、战士和学者组成了赫拉迪姆兄弟会。如果恶魔没有被释放到我们的世界中，这些人就不会带着如此的力量走到一起。如果泰瑞尔在恶魔到来之前就这么做，黑暗就会找到另外一种平衡的方法。"

"这并不能解释为什么你认为我能拿起那把剑。"达里克说。他没有尝试去拿一下，也没有其他任何动作。

"当我到达威斯特玛的时候，我听到了关于你的故事。"塔拉米斯说，"那时我就开始寻找你。但是当我到达那里的时候，你已经消失了。我赶上了你的船，但没有人知道你在哪里。我又不能说太多，更不能说我在寻找你，因为这可能会提醒卡巴拉克斯的爪牙，从而危及你的生命。"他停下来，凝视着达里克的眼睛。"至于那把剑，也许我错了。如果我真的错了，它会阻止你拿走它。但你也不会有什么损失。"

达里克瞥了一眼艾略格·巴罗斯。

"在这把剑被藏起来之前的许多年里，"老人说，"许多人试图像塔拉米斯一样拿走它。如果他们心里没有真正的恶念，最多只会被阻止取走这把剑。"

达里克看了看尸体和它握着的那把平平无奇的剑。"豪克林的剑有没有被拿走过？"

"从来没有，"艾略格·巴罗斯说，"一次也没有离开他的手。连我都取不下来。我只是他们的守护者。就如我死后，我孙子会继续守护下去。"

"试试吧，"塔拉米斯催促道，"如果你不能拿起那把剑，那就意味着我进行了一项愚蠢的探索，而且把本应好好保守的秘密公之于众了。"

"是的，"艾略格·巴罗斯说，"在我的有生之年，从未有人来拿过这把剑。我开始觉得世人已经把它遗忘了。或者是恶魔卡巴拉克斯被永远地驱逐出了这个世界。"

塔拉米斯把手放在达里克的肩上。"恶魔又回来了。"贤者说，"我们很清楚这一点，不是吗？恶魔归来，这把剑就要重获自由了。"

"可我是那个人吗？"达里克用沙哑的声音问道。

"一定是你，"塔拉米斯说，"我想不出别的人了。你的朋友死在那里。而你能幸免一定是有原因的。这就是平衡，达里克。光明之力必须始终与黑暗之力保持平衡。"

达里克盯着那把剑。他似乎闻到了父亲肉铺后面那谷仓散发出的臭味。你将永远一事无成！他父亲喊道。你这个傻瓜，你这个蠢猪，你到死都会蠢得没救！这些声音日复一日、年复一年地盘旋在达里克的脑海里。疼痛再次遍及他的全身，让他想起了自己遭受过的鞭打，他都不知道自己是怎么活下来的。在过去的一年里，他父亲的声音经常在他脑海里阴魂不散，他试图将它淹没在酒精之中，淹没在艰苦的工作和凄凉的失望之中。

淹没在对马特·胡·林之死的愧疚中。

难道这样的惩罚还不够吗？达里克盯着死者握着的那把简陋的长剑。

"如果我拿不起来剑呢？"达里克用刺耳的声音问道。

"那我会找出真正的秘密。"塔拉米斯说，"或者我会找到另一种方法来与卡巴拉克斯和它那该死的光明先知教会战斗。"

但贤者相信他，达里克知道这一点。这真是让人难以承受。

达里克的恐惧渐渐消失了，就像在海斯法的那个小谷仓里面对父亲时一样，他的内心变得麻木不堪。他伸出手去拿剑。

离剑柄只有几个指头的距离时，他的手僵住了，他发现自己再也无法向前推进。

"我做不到。"达里克无奈地说道，可他并不甘心就此放弃，还在拼命尝试拿起那把剑好证明自己的价值，哪怕只是对自己有个交代。

"加把劲！"塔拉米斯鼓励道。

达里克看到自己的手在拼命颤抖。他感觉比推一堵石墙还要吃力。他的心中一阵剧痛，但它与这把剑无关。

你很愚蠢，小子，而且还这么懒。你根本不值得我花时间照顾，也不值得我浪费那么多粮食喂养。

达里克奋力与无形的障碍抗争着，希望自己的手能够顺利通过它。现在他把整个身体都贴在了上面，感觉它支撑着自己的大部分重量。

"放手吧。"塔拉米斯劝道。

"不！"达里克回绝道。

"来吧，孩子，"艾略格·巴罗斯说，"命中注定它不属于你。"

达里克拼命去拿那把剑，但如果真的想抓住它的话，至少还得再往前探出三四厘米。他感觉自己的指骨马上要跟皮肉分家了。一阵剧痛涌上他的手臂，他咬紧了牙关。

在你出生的那天，小子，我就应该敲碎你的后脑壳。那样你就不会活得这么丢人了。

达里克露出一副痛不欲生的样子，但还在继续向前伸手。

"放弃吧。"塔拉米斯说。

"不！"达里克大声吼道。

贤者伸手抓住他的肩膀，试图将他拉走。

"你会受伤的，小伙子，"艾略格·巴罗斯说，"你不能硬来。"

疼痛模糊了达里克的听力。马特从悬崖边坠落的画面又一次在他的脑海中盘旋着。达里克心中充满了愧疚，父亲经常重复的那些话语不停地在他脑中回荡，他感觉自己真的没有任何价值。有一阵子，他以为疼痛会毁掉他，会将他在原地直接融化。他现在一心只想获取这把长剑，完全没有想过如果他愿意的话，他是可以后退的。

如果失败了，他将何去何从？他没有答案。

随后，一个平静而沉稳的声音充满了他的脑海，同时还带着一丝嘲弄的笑意。队长，拿起剑来。

"马特?"达里克大声喊道。听到马特的声音令他非常吃惊,他甚至都没有意识到自己已经跌倒在尸体的上面,膝盖也撞到了泥土地面上。他本能地用手攥住了剑柄,扫视了一下墓室的阴暗处,试图找到马特·胡·林。

只有塔拉米斯和艾略格·巴罗斯站在那里。

"圣光在上,"老人低声说,"他拿到了这把剑。"

塔拉米斯得意地笑了。"我告诉过你他会的。"

达里克低头凝视着近在咫尺的死者。尸体让他感到异常寒冷。

"拿剑,达里克。"贤者催促道。

达里克不知道自己是否真的听到了马特的声音,也不知道是什么咒语解除了保护长剑的魔法,还是仅仅出于他自己的幻觉,他缓缓地、几乎不可置信地从死去的战士手中将这把剑抽了出来。尽管它的长度未必合适,铸造风格也不眼熟,但达里克握着这把剑感觉很舒服。他站在那里,将它举在面前。

在伤痕累累的黑色金属里,有什么东西反射着艾略格·巴罗斯的提灯上的光芒,闪烁着黯淡的银光。

塔拉米斯试探着伸手去拿剑,但他的手在距离十厘米左右的地方停了下来。"我还是碰不到那把剑。"

老人也试着去触碰那把武器,但结果是一样的。"我也做不到。我的家族从来没有人能碰到这把剑。每次我们想要移动它,就得同时移动豪克林的身体。"老人的声音里带着悲伤。

达里克第一次意识到,拿走这把剑会让老人和他的孙子失去所要守护的东西。达里克盯着老人。"我很抱歉。"他低声说。

艾略格·巴罗斯点了点头。"我们所有守卫这把剑的人都曾祈祷这一天的到来,这一天我们将从负担中解脱出来,可是看到它真的发生了——"他有些凝噎了。

"塔拉米斯！"达里克听到一名战士在外面高喊着。

就在这位贤者通过那扇靠魔法打开的门户向外面走去的时候，那非人的、可怕的呜咽与咆哮声连绵不断地涌进了地窖。

达里克跟着贤者迅速穿过盛放食品和葡萄酒的架子，艾略格·巴罗斯擎着提灯紧紧跟在后面。微弱的灰色日光透过地窖的门照射进来，这让他们能够快速找到入口的位置。

当达里克冲上泥土砌成的台阶时，各种嘈杂的声音一股脑涌入了他的耳中，包括那些战士的咒骂和吼叫，以及他们与之战斗的怪物的咆哮声和嚎叫声。当塔拉米斯从地窖里冲出来的时候，他紧紧跟在后面。

小房子周围的空地在片刻之前还是一片宁静祥和，现在却充满了血腥的厮杀。塔拉米斯的战士们快速组成了一个战斗队列，对抗着从森林中向他们猛扑过来的嗜血怪物。

"这是莱赞提，"塔拉米斯喘息着说道，"圣光在上，卡巴拉克斯已经找到了我们。"

达里克认出了这些伪装成野兽的恶魔，但这一切只是根据他在船上听到的故事来判断的。数尽他一生的旅程，他也从未遇到过这种生物。

莱赞提站起来应该不到一米五高。它们看上去近似人形，但却有狼的双腿和蜥蜴的厚皮。它的头也是蜥蜴形的，有一个细长的鼻子、满口锯齿状的牙齿和扁平的鼻孔。眼睛被覆在大片类似羊毛的毛发之下，看起来非常接近人类。它们的手和脚都显得非常大，手脚前端都是巨大的爪子。末端带着倒钩的蜥蜴尾巴在它们身后不停摇摆着。

"弓箭手！"塔拉米斯喊完这一句话后，站在那里嘶哑地吟唱着咒语，同时在空中挥舞双手，画出了燃烧着生命的符号。

四名战士拿起长弓，站在手持长剑的队友后面抽出了箭。他们每人射出了两支箭，还没等第一拨莱赞提冲到他们面前，箭支就已经落到了它们身上。接着，这些剑士用盾牌把它们挡了回去，他们被莱赞提的速度、力量和重量彻底震惊了。它们的血肉之躯撞到钢铁盾牌发出的铿锵声在空地上隆隆作响。

"达里克，"塔拉米斯一边喊一边不停地舞动双手，"锁好房门。里面有女人和小孩。快！"

达里克向那所小房子冲了过去，他相信这群战士会保护好自己的后方，就像他为小房子所做的一样。

塔拉米斯施放出一股闪光的能量，它击中了那批莱赞提的中心，喷射着火焰将它们驱散开来。几具冒烟的尸体挂到了树上，或者落在地上，它们骨头碎裂的声音接连响起。其中只有几个家伙在试图站起来。弓箭手们平静地再次搭弓上箭，再次向敌人射击，他们和达里克从前那些船员一样冷静。长箭刺进了敌人的眼睛和喉咙，将它们打倒在地。但战士们并没有什么胜算。包括达里克在内，他们一共只有二十六个人，而莱赞提至少有八十多头。

我们会死的。达里克想，但他从来没有考虑过逃跑。豪克林的神秘长剑虽然长得有些不同寻常，但握在手中仍然令人感到平静和踏实。

一阵吱吱作响的声音惊动了达里克。他及时转过身来，看见屋顶上的莱赞提正伸出爪子向他扑来。

达里克闪开了怪物的攻击，看着它重重地撞在地上。莱赞提一刻也没有迟疑，爬起来咆哮着冲了上来，细长的鼻子朝达里克的头部扫去。他用剑护住了自己的头，然后用靴子踢在勒赞蒂的肚子上，把它踢了个四脚朝天。

达里克一刻都没有停顿，他闪到一旁，用一只手紧握长剑，另外一只手则半握着它用力劈了下去,剑刃插进了怪物的身体。令他吃惊的是,这把剑直接切开了莱赞提,当它落在地上的时候,已经被切成了两半。它这两半身体不停地颤抖着,抽搐着,直到最后一动不动。蓝色能量沿着剑身噼啪作响,上面莱赞提的血液很快干涸剥落,剑刃又一次变得澄净。

人们咒骂着在空地上继续战斗,努力想要阻止这群残忍的怪物。达里克看到有两个人倒下了,其他人也在接连受伤。塔拉米斯施放了另一股神秘的能量,两只莱赞提瞬间覆满了冰霜,被冻结在原地。战士们趁着这个机会用刀锋将它们敲得粉碎。

达里克飞快地冲进房间,打量着摆满雕刻品和几本书的小房间。艾略格·巴罗斯的妻子看上去和他一样有着花白的头发和瘦骨嶙峋的身材,她站在房间中央,双手捂着胸口。

达里克扫视了一下房间前墙上宽大的窗户和一面侧壁。有太多的开放空间;他别指望能在这里保护好老人的家人。

老人的孙子使劲拉扯着地面上的厚重地毯。"帮帮我!"他喊道,"下面有个藏身的地方。"

达里克明白了,他一只手抓住地毯猛地一拉,露出了布料下面的活板门。在野蛮人部落经常越境袭击的边境地区,许多房屋都有藏身的地洞。一家人可以把自己锁在房子下面,靠储存在那里的食物和水生活好几天。

男孩用灵巧的手指找到了隐藏的门闩,活板门弹了出来。

达里克将剑从活板门的边缘滑过去,把它撬了起来,露出了下面的梯子。

男孩从地板上取下一盏提灯,然后将手伸向那位老妇人。"来吧,奶奶。"

"艾略格。"老太太低声说。

"他希望你安全，"达里克告诉她，"不管等会儿发生什么事。"

老妇人不情愿地让孙子把她带到藏身之处。

等到他们俩都进去之后，达里克关上活板门将地毯拖回原处。他身后的玻璃碎了。他刚拿着剑站起来，就有一只莱赞提吼叫着从破碎的窗户冲进来向他扑去。

房子里几乎没有动手的空间。达里克右手倒提长剑，使它沿着手臂一直垂到胳膊肘的外沿。他将左手放在身后，但随时准备让身体顺着剑的线条移动。

莱赞提伸出爪子去抓他。达里克贴身挥舞着长剑，尽量不让它远离自己，之前马尔德林就是这么训练他的，握紧自己的剑。老马尔德林是达里克见过的最擅长肮脏街斗的人。

达里克用剑将这只莱赞提的爪子往旁边一拍，接着猛地向后一跃，然后反手砍在了这怪物的脸上。莱赞提跟跟跄跄地退了回来，一只爪子捂着被毁的眼睛，痛得大叫起来。达里克快步跟上，紧紧握着长剑又向那怪物脸上砍去。它根本没来得及后撤，就被一剑砍掉了脑袋。

就在这被砍掉的脑袋滚过硬木地板的时候，另一只莱赞提撞破门冲了进来，第三只则从窗户里跳了进来，从窗户那里可以俯瞰到水井和谷仓。

达里克喘着粗气，喉咙里发出刺耳的声响，但他感觉自己非常平静，而且精力无比集中，他避开了第一个以娴熟的技巧挥舞着长矛的怪物，用左臂夹住了矛柄，然后用左手抓住了它。达里克抓住长矛，把紧抓长矛不放的莱赞提拽了回来，然后转过身来丢开长剑，又翻手握住落下的长剑，砍断了另一只莱赞提的胳膊。

紧握着长矛的莱赞提向前冲去，试图把达里克推到后面一张铺着垫子的板凳上。达里克把长矛推了出去，矛尖插进了他身后的墙上，莱赞提不得不停下了脚步。他松开长矛走上前去，感觉到只剩一只手的莱赞提又从后面逼了上来。达里克一剑砍中了面前的莱赞提，将它的头和半边肩膀一块儿砍了下来，这把剑的锋利程度让他很是震惊。剑势未老之前，他转过头去一剑刺透了身后那莱赞提的胸口。

能量再次沿着剑刃噼啪作响。达里克还没来得及给这只莱赞提一脚好顺利地拔出长剑，蓝色的火焰就从剑刃刺穿它胸口的地方冒了出来，瞬间便将它完全吞噬。达里克目瞪口呆地看着灰烬飘落到眼前的地面上。

他还没来得及回过神来，另一只莱赞提便从谷仓一侧的破窗户里跳了进来。达里克成功地避开了莱赞提那只满是利爪的拳头，却没有逃过它的猛扑。他整个身子向后飞去，跌跌撞撞地退过门口，但仍然无法保持住平衡，重重地撞在了门廊上。当莱赞提再次向他冲去的时候，他猛地站了起来。这一次，达里克成功地闪身避开，接着用剑锋砍中了怪物的大腿，将它两条腿都砍了下来。

"它们在找那把剑，达里克！"塔拉米斯叫道，"快跑！"

达里克意识到贤者说的都是真的，但他知道自己不能逃走。在陶鲁克港失去马特之后，在过去一年的大部分时间里，他都没有再次逃跑。

"不，"达里克说着站了起来，"我再也不会逃走了。"他紧紧握着长剑，感觉到有一种新的力量流过全身。在这一刻，所有的不确定性都从他身上消失了。

几只莱赞提从牺牲在它们手中的战士的尸体旁冲了过来。塔拉米斯的队伍中有近一半的人躺在地上。达里克确信，他们中大多数人不会再站起来了。

达里克双手高举长剑等待着这些冲锋的怪物。一只挨着一只，已经有七只靠近了他。能量不停在剑刃上闪烁。当敌人接近时，达里克向着它们一顿猛砍，然后穿过被神秘火焰留下的、旋转着的余烬填满的缝隙。三只莱赞提在这次对决中丧生，但另外四只又杀了回来。

达里克重新振奋起来，双手挥舞着长剑，就像他已经用它训练了一辈子似的。他命中了这些怪物，砍下来一个头、两条胳膊和一条腿，然后又刺向另外两只怪物，将它们也变成了旋转的灰烬。他冲到那些被他砍伤的怪物身边，用那把附魔长剑刺穿它们的心脏，看着它们爆裂成碎片，落到地上变成一片焦土。

在达里克向莱赞提展示出强大实力的鼓舞下，战士们开始振作起来，鼓起勇气再次攻击他们的敌人。代价很高，人们站在原地一个接一个倒下，但莱赞提死得更快。塔拉米斯和艾略格·巴罗斯的咒语也给这些恶魔制造的生物造成不少伤害，他们焚烧或冻结这些家伙，把它们扭曲成可憎的怪物。

达里克沉浸于嗜血的狂怒中，继续战斗着。他对自己本身，对自己正在做的事，对自己需要做的事都是如此深信不疑，这种感觉真好。他一剑一剑地砍出去，间或刺出一剑，刺透某只吸引了他的莱赞提。

从眼角的余光里，达里克看到一只莱赞提从侧面冲向艾略格·巴罗斯，而老人却完全没有察觉。他知道自己不可能及时赶到老人身边以阻止怪物的攻击，于是他收回长剑，像扔长矛一样把剑掷了出去。他根本没有考虑自己在做什么，就好像这种事情做了很多次，已经形成条件反射似的。

长剑从远处一闪而过，插在了那只莱赞提的胸口上。剑刃止住了怪物的脚步，当那可怕的深红色能量再次聚集时，剑刃在它的胸膛里颤抖着。随着一道突如其来的火光，莱赞提化成了一堆灰烬。那把长剑向下插落到地面上。

达里克条件反射似的向长剑伸出手。这武器又抖动了一下，然后猛地从地上拔出来飞回他的手中。

"你怎么知道这样做？"塔拉米斯问。

达里克被自己的行为震惊了，他摇了摇头答道："我不知道。一切就这样发生了。"

"圣光在上，"艾略格·巴罗斯说，"你是注定与豪克林的剑有缘的那个人。"

但达里克想起了马特的声音。如果马特没有在那里，达里克确定他永远也拿不起那件武器。他转过身来凝视着战场，不相信自己在这场几乎没有留下痕迹的大屠杀中幸存了下来。

"来吧。"塔拉米斯一边说，一边走过去帮助他的手下。"我们不能待在这里。卡巴拉克斯不知怎的发现了我们。我们必须尽快离开。"

"然后呢？"达里克问道，他把剑别在腰带上，抓住贤者扔过来的药袋。

"然后我们向布兰威尔进发。"塔拉米斯在受伤的战士的呻吟声中回答道，"卡巴拉克斯知道我们现在有风暴狂怒，而我从来都不是一个缩头缩尾的人。况且我们现在有这把剑，恶魔有充分的理由害怕我们。"

尽管达里克知道贤者的话是为了让他安心，尽管这把剑所蕴含的力量激发了他的信心，但他知道这一任务仍然会把他们带到死亡的边缘。今天倒下的战士们再也不会站起来，这是一个残酷的提醒。他打开药袋，试图帮助那些还活着的人。

但他的心里也充满了困惑。如果我与豪克林这把剑有缘，那为什么我没办法马上把它捡起来呢？马特的声音是从哪里来的呢？他觉得这些问题很重要，但却不知答案是什么。他强迫自己立刻投入工作，不去想那些太远的问题。

第二十一章

达里克站在布兰威尔北部的一座高山上，俯瞰着这座城市和它南部的光明先知教堂。他通过望远镜审视着这座雄伟的建筑，即使在过去一年最糟糕的时候，他也没舍得将它丢掉。灯火通明的教堂离他大约有四百米远，随着朝拜者陆续进入这座建筑开始朝圣之旅，教堂里被他们挂满了灯笼和火把。

在离港口更远的地方，有几艘船还亮着灯。大批朝拜者拥入这里，他们希望能够走上梦想之路碰碰运气，与此同时，走私者也发现了向民众提供黑市商品从而获取钱财的机会。船上始终有严阵以待的守卫，但时不时还是会有船只遭到偷袭乃至正面攻击。小贼们则常常扒窃朝拜者的口袋，甚至在小巷子里明火执仗。

布兰威尔正迅速成为威斯特玛湾区最危险的港口城市之一。

达里克放下望远镜揉了揉酸痛的眼睛。他们这群人从北方出发，花了将近三个星期才到达布兰威尔。这一路，冬天似乎一直在他们身后步步进逼，用阵阵寒风彰显着自己的威力。

在艾略格·巴罗斯的家里一共牺牲了七个人，另外有两人在莱赞提的袭击中永远瘫痪，再也无法追随他们继续前进。塔拉米斯·沃尔肯最初的猎魔人队伍还剩下十七个人。

还有十七个。当冷风穿过达里克身旁的森林时,他陷入了沉思。在面前的教堂里,卡巴拉克斯拥有成百上千的信徒。对方的优势是压倒性的,他们几乎没有成功的可能。即便是来一支全副武装的军队,也不见得有什么机会。

然而达里克却无法转身离开。他对此既没有恐惧,也没有期待。在过去的三个星期里,父亲的声音一直在他的脑海里盘旋——在他醒着的时候,在他睡觉的时候——反复告诉他他有多么没用。他所有的梦都是噩梦,都是在肉铺后面那小谷仓里发生的一段又一段的事情。最糟糕的是马特·胡·林给他带来食物和药品的那段记忆,它让达里克知道自己并不孤单——即便是在他被困的这段时间里。直到他最终逃离那里。

灌木丛在达里克身后轻轻晃动起来。他微微一动,手已经搭在大腿边那把剑的剑柄上。当他藏匿在即将到来的夜晚的阴影中时,长剑已经出鞘待发。

此时正是夕阳西下的时候,天边透着一片薄薄的赭石与琥珀色,如同葡萄汁洒在了淡色的麦酒之中。残余的一点天光在港口上投下了一层银光,使得大小船只看起来像是浸在水中的黑白剪影。光线勉强穿过城市,但似乎并未触及光明先知的教堂。

达里克慢慢地呼出了一口气,他呼气的速度是如此之慢,以至于完全不会有人听到他的声音。他尽量将肺里的空气清了出去,这样如果他需要采取行动的话,就可以接着吸进一大口气。在过去的两天里,猎魔人一直在高山上的森林里安营扎寨,未曾受过任何干扰。寒冷已经侵占了他们营寨的更高处,那里有不少可以猎取的野味,它们都是被布兰威尔城外大批的帐篷营地驱赶上来的。

达里克想,也许这只是一只鹿。不过他很快否定了这种可能性。

他所听到的声音有些过于审慎和安静。

"达里克。"拉姆博喊道。

"是我。"达里克低声回答道。

拉姆博循着达里克的声音轻手轻脚地靠了过来。这名战士身材高大,但却可以像丛林里的动物一样悄无声息地穿过整座森林。他脸庞宽阔,蓄着修剪得方方正正的胡须,他的鼻子和左眼下方都有一个伤口,这是莱赞提的爪子造成的,三个星期过去了,它们还没有完全愈合。部分原因是伤口长期暴露在恶劣的天气下,不能充分得到休息,从而减缓了愈合的速度。其他几名战士也都有类似的伤口。

"我是来找你的。"拉姆博说。

"我宁愿待在这里。"达里克说。

大个子犹豫了一下。

尽管在他们所有人之中,只有达里克能够拿起豪克林的魔法长剑,但他没兴趣与其他战士交流,这让他们对他产生了怀疑。如果没有塔拉米斯·沃尔肯的领导,达里克认为这队战士肯定会抛弃他或者强迫他离开。

当然,如果没有塔拉米斯·沃尔肯,大家就会放弃这个闯入光明先知教堂的任务。只有塔拉米斯的个人魅力和他自己不屈不挠的勇气才能让他们继续前进。

"塔拉米斯已经从城里回来了,"拉姆博说,"他希望所有人聚在一起聊聊。他觉得他有办法让我们进入教堂。"

达里克知道那个猎魔人已经回来了。不到一个小时之前,他就看到塔拉米斯爬到了山腰上。

"我们什么时候出发?"达里克问。

"今晚。"

达里克对这个回答并未觉得意外。

"我早就准备好了。"拉姆博说,"从北方穿过这么远的地方,一路上还整天被噩梦困扰,别管用什么办法,我都已经准备好摆脱它了。"

达里克没有回答。在他们的一生中,噩梦永远不会中断。尽管艾略格·巴罗斯和塔拉米斯在这群人周围精心构建了一个防御性的魔法护罩,以防止卡巴拉克斯窥测到他们,但他们都清楚,一旦被对方抓住,他们根本没有活下来的可能。恶魔已经辨认出了他们。在过去的几周里,他们好几次差点儿被对方巡逻的战士发现,也几度险之又险地避过了追捕他们的邪恶生物。

尽管如此,这支小队还是没能逃脱噩梦的困扰。塔拉米斯确信噩梦是由一种他们无法逃脱的阴险咒语激发的。在这支队伍中,没有一个战士能避开它们,三个星期的不眠之夜和几乎为他们量身定制的地狱梦境让他们付出了沉重代价。一些战士甚至认为这些噩梦是一种诅咒,他们永远无法摆脱。

这群人中年纪最大的战士之一帕拉特·谢尔斯,由于无法忍受他所遭遇的一切而试图离开队伍。达里克听到传言说帕拉特曾经是一名海盗,他是所有人都不敢直面的凶残杀手,在塔拉米斯用随身携带的魔法武器将潜藏在他脑海里的次级恶魔驱逐出去的时候,他已经几乎被嗜血的念头逼疯了。虽然帕拉特知道之前是恶魔控制了自己,才使自己做出如此可怕的事情,但是他一直无法真正原谅自己犯下的累累血案。不过,他已经发誓要为塔拉米斯的事业献出自己的生命。

帕拉特离开这群人三天之后才回来。从他憔悴的表情中,大家都看得出他没能逃脱噩梦的纠缠。两天后的黎明时分,帕拉特试图割腕自杀。幸亏有一个无法入睡的战士阻止了帕拉特赴死。塔拉米斯尽其所能治愈了这位老战士，然后他们因为一场狂风暴雨躲了整整四天，这让帕拉特逐步恢复了体力。

"来吧，"拉姆博说，"后面的锅里还有炖肉，而且塔拉米斯端上来一些面包和蜂蜜黄油，甚至还有一袋苹果蛋糕，因为他现在心情很好。"战士咧开嘴笑了，但他依旧一脸疲态。

"哨兵呢？"达里克问道。

"我们已经在这里待了两个晚上了，"拉姆博说，"这么长时间里并没有人靠近我们。没有理由认为接下来的一个小时就会发生意外。"

"我们过一个钟头就要离开？"

拉姆博点点头，眯起眼睛看着渐渐暗淡下来的天空。"月圆之前，一旦真正的夜晚来临，只有白痴或走投无路的家伙才会选择在这么寒冷的夜里出来。"

达里克很不情愿地站了起来，因为这意味着他要回归队伍，看着艰辛的旅程和无眠的夜晚对战士们造成的伤害。两人穿过森林，向更高的山坡走去。厚重的树木阻挡了大部分在山峰间肆虐的北风。

营地位于一个靠近山顶、面向西面的岩穴中。这岩穴就像一个小小的石头盒子般，矗立在矮树丛和被狂风吹得几欲伏向地面的松树上方。

那堆营火几乎只是一个有名无实的象征。没有什么火焰在堆积如山的木柴上升腾，也没有战士聚集在周围取暖。只有一堆燃烧着的橘色煤炭被包裹在白色和灰色的余烬中，勉强可以驱走一丝寒意。炭火上放着一锅炖兔肉，肉汤偶尔会冒几个泡。

战士们围坐在营火旁，但更多是出于岩穴里的空间太小的原因，而非徒劳地指望着煤块御寒。马匹站在峡谷的后面，它们的呼吸吹起大量灰烬，而它们的长毛早就结上了一层霜。这些牲口不停地吃着战士们早些时候给它们收割的长草,它们特有的潮湿味道充斥了整个洞穴。

塔拉米斯盘腿坐在最靠近营火的地方。煤块黯淡的橘色微光抹去了他脸上的阴影,将他的脸映得微红。他的目光与达里克相遇时,点了点头表示问候。

贤者将手放在煤堆上面,向大家说道:"我不能保证我们今晚的突袭会成功,但我要告诉你们,下面的布兰威尔要比这座山上暖和得多。"

这话并不十分幽默,但战士们还是礼貌地笑了起来。

拉姆博在达里克旁边坐了下来,然后从篝火旁的简陋餐具中拿起两个锡杯。大个子战士把两个杯子都浸在炖菜里,这炖菜的材料是他们找到的一些蔬菜和叶子,以及日落时抓到的三只野兔。拉姆博从炖锅里拿出杯子,接着用一根粗大的手指沿着杯子的外壁抹了抹,将其擦拭干净,随后把手指伸进了嘴里。

尽管达里克感到既疲倦又不安,但他还是感激地点了点头,接过了那杯炖肉。炖肉的热气通过锡杯传到了他的手里,他借此暖了暖手,马上吃了起来,免得它很快就凉透了。炖菜里的兔肉块又硬又韧。

"我找到了一条进入教堂的路。"塔拉米斯宣布道。

"那么大的地方,"帕拉特抱怨道,"应该和我的袜子一样满是洞。"他举起一只在篝火旁用棍子晾着的袜子,上面全是洞。

"到处都是漏洞。"塔拉米斯表示同意。"一年前,萨耶斯大师来到布兰威尔,在一辆大篷车后开始了黑暗之路教堂的建造。现在教堂里杂乱无章的建筑是分段建造的,但是建造得很好。教堂里有密密麻麻的通道,萨耶斯大师和他的侍僧以及守卫都会使用这些通道。但教堂守卫森严。"

"下水道怎么样？"拉姆博问道，"我们讨论过要从下水道进入这座教堂的方案。"

"雇佣兵看守着下水道的入口，"塔拉米斯回答，"他们还保护着进入教堂的地下通道。"

"那你说的是哪条路呢？"帕拉特问。

塔拉米斯从余烟袅袅的煤块上取下一根烧焦的小木棍。"他们修建教堂的速度太快，规模也太大，他们根本没有考虑到晚春的洪水。沿岸的所有建筑，包括为教堂内的水池和水库供水的新水井，现在都有问题。"

贤者画了两条不规则的线来代表这条河，然后在它旁边画了一个巨大的矩形。随后，他又增加了一个伸出河面的小广场。

"教堂坐落在河边，"塔拉米斯继续说，"朝拜者可以在宏伟的护墙上等待礼拜仪式，俯瞰整座城市并赞叹那座教堂的规模。然而河水侵蚀了河岸，破坏了广场的支撑物，将它们变得脆弱不堪。"

达里克接过拉姆博递过来的那块涂满蜂蜜黄油的面包，一边听塔拉米斯讲话，一边机械地吃着。他满脑子都是贤者在泥土上勾画出的计划，仔细地琢磨着所有细节。

塔拉米斯继续说道："他们在建造那堵极其浮夸的护墙时，为了铺设护墙桩，越过了一套旧有的下水道系统。尽管教堂的外观看起来很完美，但下面那片泥潭般的土地并未得到什么改善，这是当地民众没有在那里大兴土木的主要原因。"

"那你在想什么？"帕拉特问。

塔拉米斯凝视着他画出的线条，暗橙色的煤火甚至没能照亮它。"我在想，如果运气够好的话，再偷上一艘船，我们不但今晚就能进入教堂，还能转移他们的注意力。"

"今晚？"拉姆博问道。

贤者点点头,抬头迎上面前众人的目光。"今天下午和我在布兰威尔的小酒馆聊天的那些人说,即使夜幕降临之后,教堂的仪式也会持续好几个小时。"

"这事可不常见,"考瑞高说,"通常一个男人在田里或渔船上劳碌一整天后,他会在太阳落山后找个温暖干燥的地方舒舒服服地蜷起来。他不会想去教堂做礼拜。"

"大多数教堂的仪式,"塔拉米斯说,"都不会让人们有机会索求健康,或是能得到爱情、财富或力量的好运。"

"没错。"考瑞高说。

"所以我们今晚就动手,"塔拉米斯说,"除非我们当中有人愿意再等一个晚上。"他说这话时看着达里克。

达里克摇了摇头,其他人也都是同样的回答。大家都厌倦了等待。

"昨晚我们一直在休息,"拉姆博说,"如果再让我休息下去,恐怕我是真坐不住了。"

"很好。"塔拉米斯象征性地笑了笑,完全谈不上欢乐,也许还带着一丝恐惧。尽管这位贤者在家破人亡后致力于猎杀恶魔,但他仍然只是个凡人,他害怕接下来的行动里可能发生的一切。

然后,塔拉米斯用一种冷静而坚定的语调将计划告知众人。

* * *

河上笼罩着一层薄雾,但在仓库和酒馆前的锚地上,河岸边与船上的火把灯笼驱散了附近潮湿灰暗的雾气。人们的交谈声从帆索和松垂的帆布间传出来,甚至盖过了北风的呼啸。其他男人高声讲着下流的笑话,或是唱着猥亵的打油诗。

一座石桥横跨河岸，两岸都挤满了人，人们从一边走到另一边，寻找着食物或饮料。一些人是游客，他们消磨着时间等待教堂开门，好进行礼拜仪式。小偷、商人与守卫等其他人混杂其中。妓女们的声音最大，她们毫不羞涩地向船上的水手和渔民推销着自己。

达里克跟着塔拉米斯沿着岸边向贤者选定的货船走去。蓝色西风号是一艘又矮又丑的货船，装载的鲸油散发着恶臭。达里克知道，没有一个娴熟的水手愿意在这艘船上工作，因为这艘船太臭了。但它可以保证一小批船员在辛勤努力后获得可观的利润。

那艘小货船上还有三个人。船长和其他船员已经进入码头街的小酒馆，但船上的三人也开了一瓶酒，现在正聚集到船尾喝着。

达里克知道，布兰威尔的小偷和走私者不会打蓝色西风号货物的主意。鲸油桶太重了，不容易从港口被偷走，也不容易带着它逃走。

塔拉米斯毫不费力地走到了通往货船的跳板底部，大步走上跳板。达里克跟在他后面，靴子砰的一声撞在倾斜的木板上，吓得他的心怦怦直跳。

三名水手马上聚集到货船的船尾。其中一名男子抓起一张放在桌子上的提灯朝他们照过去。

"来人是谁？"挑着提灯的水手问道。

另外两名水手紧握着剑摆出防御的姿势。

"奥洛夫。"塔拉米斯毫不犹豫地走向那些人。

达里克从贤者身边走开打量着索具，呼吸间便已决定了要利用哪块帆布以及如何将它们释放下来。这位贤者的战士中只有另外四名真正有过船上作战的经验，但很明显都比他逊色很多。

"我不知道谁是奥洛夫，"挑着提灯的水手说，"可能你们上错船了，伙计。"

"我没找错船。"塔拉米斯说着,自信地向他们走过去。"里哈德船长让我顺道带着这个包裹来。"他举起一个皮革包裹的瓶子。"说它能让你们暖和起来,晚上不至于太冷。"

"我不认识里哈德船长,"水手说,"你走错船了。你最好还是走吧。"

但此时,塔拉米斯已经走到了他们中间。他在空中画了一个可怕的符号。这个符号闪耀着绿光,然后消失了。

最后一道颜色消失之前,一道闪亮的能量之墙向三个水手炸开,把他们撞翻在船尾的栏杆上,像狂风扫落叶一样把他们吹散了。原本举着提灯的水手被提灯拉着飞了出去,如同彗星从天而降一样,他在河上划出一道弧线,最后扑通一声消失在水里。

与此同时,塔拉米斯施放的咒语仿佛一个信号般,拉姆博纵火点燃了河南侧一座被油浸透的大型仓库,以转移众人的视线。大火在仓库一侧蔓延开来,引起了附近数十人的警觉。几秒钟后,三名水手被从蓝色西风号的船尾撞落,而"起火了"的喊声响彻了街道和河岸。

当水手们浮出水面时,并未得到什么支援。帕拉特与塔拉米斯在船尾会合,他将一支箭搭在弓弦上作势拉满,尾羽直碰到他的耳朵上。水手们被这一幕吓坏了,纷纷向河岸游去。

"把帆放下来。"达里克命令道。现在他们已经投入战斗,再也没有回头的机会,他感到自己的血液都要沸腾起来了。他挣扎了一年后,终于重新活了过来。他想起了过去他和马特在船上争相准备战斗或应对突袭的情景。

四名有航海经验的战士开始分头行动。一个人走到船尾去掌舵,其余的人爬上了索具。

达里克像猴子一样灵巧地爬上帆索,尽管上次登上帆船已是好几个月前的事，但他的动作毫不生疏。他爬上去时，豪克林的神秘长剑碰到了他的背部。那把弯刀因为足够短，所以他一直将之带在身边，而长剑挂在肩上感觉更自然。

他爬上索具到达卷起的船帆处，用皮带刀将绑得整整齐齐的绳子一刀割断。出于水手的本心，他对毁掉这条绳子十分痛惜，它在海上航行时是一件贵重的物品，但他知道他们不会再用到它了。这个想法让达里克不由自主想起塔拉米斯为这艘货船准备了什么，这让他心里更加难过了。这艘小船并不大，但它适合航行，有它自己的价值和方向。

在桅杆的顶端，达里克看到所有的帆都向下坠去，他低头凝望甲板。剩下的十一个战士——拉姆博马上就会加入他们——正忙着把小桶的鲸油从船舱里拿出来。蓝色西风号在装运大桶鲸油的同时，也用小桶装油，否则的话，他们就需要动用滑车组才能把这些油弄到甲板上。

达里克灵活地从索具上滑下，回到甲板上。"把帆绑好，快点儿。"他扫视着河上的停泊点。

被塔拉米斯撞翻的三名船员已经爬上了河岸，向其他船员和城市守卫呼喊着。不过在很大程度上，他们被忽视了。仓库的火灾现在更为重要，因为如果火势继续蔓延，很可能整座城市都会处于危险之中。

达里克一边系紧船帆，一边看着火焰熊熊燃烧，长长的火舌伸向仓库上方的天空。他知道自己不可能像塔拉米斯那样下令去点燃整座建筑。仓库的主人没有做错什么，把货物存放在仓库里的人也没有做错什么。

贤者告诉他们，这是一场不可避免的灾祸。战士们都没有对这个计划表现出任何疑义。

"达里克!"塔拉米斯在船尾喊道。他脱下了外套,露出了绘着银色神秘符号的橙色维兹杰雷长袍。

"在!"达里克回头答道。

"帆准备好了吗?"

"好了。"达里克回答道,他最后打了个结,然后扫视了一圈收拾帆布的其他战士。他们干得比他慢,但也都完成了。"你们很利索。"他又扫了一眼其他人。"站好了,小伙子们。如果我们能成功的话,很快就会完事的。"

塔拉米斯开口了,他听起来仿佛是在咆哮。人类的喉咙几乎无法挤出这些词语,达里克确信这位贤者的咒语来自最早的魔法,那些魔法是由维兹杰雷中的一些恶魔带到这个世界上来的。一些法师和巫师认为,正统的魔法需要使用当初那些古老的语言。

仓库大火摇曳的倒影在波涛汹涌的河面上蔓延开来。沿岸其他着火的建筑同样为河水增添了几分色彩。在货船和教堂之间的第二座桥下,更多火光排成了一条直线。嘶哑的喊叫声飘来荡去,像往常一样紧贴着水面。仓库附近出现了一支扛着水桶的队伍。

尽管达里克已经做好准备,但当塔拉米斯的咒语从西面招来一阵狂风时,他还是几乎被击倒在地。船帆瞬间张满,帆布在头顶噼啪作响,船只开始逆流前行。

第二十二章

在突如其来的狂风的推动下,蓝色西风号猛地扎进河中。船只突然的动作使三个战士措手不及,失足跌倒在甲板上。油桶不停地滚来滚去,造成了短暂的混乱,直到船的龙骨露出水面后才有所好转。其中一名战士几乎滚过了登船的跳板,差一点儿就从栏杆的空隙掉落,但他还是设法让自己停了下来。

"抓好手里的东西!"达里克在呼啸的风中对其他的战士们喊道。他使劲抓住绳子,让船帆迎向狂风。然而,受过航海训练的人几乎不需要专门做什么工作。塔拉米斯的风正好把货船刮到了对岸。

附近其他停泊的船只也在不停摇晃,原本用来运送货物过河的小帆船被风吹倒了,船帆落在了水中。

"掌舵!"达里克大喊着,看着蓝色西风号以惊人的速度逼近了一艘低矮的驳船。

"收到!"法拉南回头喊道。

"右满舵!该死的,否则我们就只能撞在船中央了。"达里克命令道。

"右满舵。"法拉南应道。

货船很快改变了方向。船身左舷挨着低矮的驳船摩擦着，在河面微微昂起身来，船身的木头发出断裂的声音。达里克希望大部分开裂的木头都属于驳船。

他紧紧抓着绑在帆上的绳子，看着驳船的一角沉到货船下面，船头和另一角露出水面。盒子、板条箱和码头工人都掉进了水里。两盏提灯也掉进了河里，火焰一碰到水，两盏灯都熄灭了。

然后货船驶过驳船，在河中央的航道上自由航行。其他船挤得很近，它们之间根本没有多少空间可以航行。达里克看到几名水手惊讶地从更高的船上俯视着这艘小货船。

"把油放出来。"塔拉米斯命令道。

战士们用手斧砍开油桶，将黑色的液体洒在船首甲板上。稠密的鲸油流得极慢，就像一个人新添了伤口，鲜血缓缓渗出的样子。

货船从标志着最后一个港区边界的桥下驶过时，达里克及时抬起头来，正好看到拉姆博从桥边跳了下来。这战士不顾一切地伸手抓住了晃过身边的索具，猛地撞在绳网中，然后纵身跳进最近的船帆里，滑到甲板上。他仰面朝天重重地摔在地上。

"你没事吧？"达里克伸出一只手问道。这时狂风在他们周围怒吼，甲板也开始倾斜了。

"除了受伤的自尊心，别的都还好。"拉姆博抓住达里克的手爬起身来，脸部的肌肉抽搐了一下。"也许还有我的屁股。"他回头看了看着火的仓库。"好了，这就足够转移注意力了。"

"时间够长了。"达里克凝视着覆满船头的浓稠浆状液体答道。

"足以让我们进入塔拉米斯所说的排桩区域。"拉姆博说。

"我们会到那儿的。"达里克说完这句，突然提高了声音，"左满舵！"

"左满舵！"法拉南在船尾喊道。

达里克感觉到蓝色西风号猛地一摆,转而向北河岸驶去,雄伟的光明先知教堂便伫立在那里。教堂那令人瞩目的护墙就在三百米外的河面上,而且距离越来越近了。两根方正的柱子支撑着护墙,考虑到汛期上涨的水位,它们离河面有六米多高。

在河的两岸,越来越多的火把和灯笼追着蓝色西风号移动,这意味着城市守卫正在赶来。当这艘货船驶进护墙百米范围内时,护墙上已经挤满了教堂守卫。他们中有几个人拿着十字弓,空气中传来了箭支呼啸的声音。

"隐蔽!"帕拉特尖叫着蹲下身躲到船中部的货舱后面。几支箭射在他周围的甲板上。

达里克躲在船只中心的桅杆后面,听着箭羽在他头顶呼啸而过,离他差不多只有十来厘米远。他相信塔拉米斯召唤的神奇之风会把蓝色西风号吹到那些桩子里。头顶上方,更多的箭矢撕裂了帆布。

"掌好舵!"达里克盯着船尾命令道。

法拉南已经蹲下来了,拼命地想找到掩护。他紧紧地握着舵轮,使船向河道中心滑行而去。

达里克从桅杆上跳下来向船尾冲去。当他跑过起伏的甲板时,他的背和肩膀都绷得紧紧的,他怀疑自己随时都可能被钢质的箭头命中。他抓住楼梯间的栏杆,猛地爬上这一段短短的楼梯,匆忙中几乎跌了一跤。

塔拉米斯站在栏杆上。"都从船头回来!"他喊道。

达里克抓住舵轮使劲往左拉,使货船回到了航道上。风力没有丝毫减弱,它不停地拍打着帆索,撕扯着被箭矢射穿的帆布。在河水与神秘风力的共同作用下,舵轮在达里克的手上剧烈地来回挣扎着。

塔拉米斯在空中画出一个发光的七角形符号,然后念出一句咒语。这个符号被魔法激活后绕过了整段甲板，点燃了船头溢出的鲸油。深黑的液体挟着扭曲的黄色和淡紫色火焰嗖嗖地向上飞去。

一道又一道热浪冲击着达里克，让他眯起了眼睛。当旋转的火焰和飞溅的余烬阻挡了他的视线，让他无法看到护栏时，他不由得惊慌起来。火苗跳上帆索，咬住第一张船帆，接着笨拙地爬上前桅，尝试引燃每个新的连接点，然后继续向上冲去。

他抬起头，有那么一会儿，脑中冒出一个疯狂的主意，觉得自己可以借由星星来计算攻击的曲线。

下一刻，他注意到了光明先知大教堂最高处的钟楼。他把船对准钟楼，计算着它与护墙的相对位置。

"控制好你手边的一切。"塔拉米斯说。

达里克冷酷地点点头。箭矢绵延不绝地射在船上，每一支都深入木板之中。其中一支从达里克手中的舵轮反弹下来，命中了他左侧的肋骨，他随即低下头看了看嵌入身体的箭矢。

疼痛令达里克感到胃里一阵抽搐，他怀疑这支箭已经穿透了自己的胃部或者胸口。不过他很快便注意到箭伤的位置比较低，而且仅仅擦过肋骨造成了轻微的外伤，并没有伤到肌肉或者器官。多亏了他的旅行斗篷，这根箭才没有继续向里深入。

达里克打起精神，俯下身来将这根箭矢从自己的身体里扯出来扔到了一边。他的手指被自己的鲜血染红了。

"小心！"帕拉特大喊道。

一瞬间，达里克愣在了那里，他看到了前面支撑着护墙的粗重木桩。我们太高了。他思忖着，意识到这艘货船的结构比他们想象的要高。撞击会将我们抛到远处。

但是，他忘记了呼啸的狂风那势不可当的力量。其他货船也都被狂风推动，没几艘船比这运油船装载得更满或者更重。满载的蓝色西风号携着巨力,在狂风的驱动下直冲而上。

这艘船驶离河床,猛地撞在了木桩上,护墙在骤然冲击下垮塌了,激起一堵冲天的水墙,被卷入旋风之中,复又化为一阵急雨被抛洒下来。蓝色西风号的右舷受到了落石的撞击。整艘船都在不停地抖晃,仿佛正被铁匠用巨大的铁锤敲打。但蓝色西风号犹如铁砧一般毫不动摇——甲板刮擦着裸露的河岸,几乎无力向右舷倾斜,大大小小的石块从甲板上弹了出来。

教堂的守卫们也倒在了碎石瓦砾中。达里克看着他们摔倒在地,一些人掉进了船右舷冒着白沫的激流中,另一些则在甲板上跃动,徒劳地躲避着雪崩般的石头和灰浆。两个卫兵掉进了前桅燃烧的帆布里。他们尖叫着从索具上跳下来,如同两根巨型蜡烛般撞入河中。

船只与疾风和河岸纠缠不休,情势愈发危急了,达里克知道,若是继续稳住舵轮的话,自己大概会以重伤收场,于是他松开舵轮,后退一步牢牢抓住了栏杆。他顺着栏杆爬过去,伸手抓住一根船尾的缆绳,然后努力往左舷走去。

蓝色西风号被一块巨岩拦住了。

达里克听着岩石在船壳上反复剐蹭,仿佛巨人啃噬骨头般发出刺耳的吱嘎声。当他意识到他们对这艘船造成了多大的破坏,以及要让它再次适航需要多长时间的工作时,他的面部禁不住一阵抽搐。他凝视着甲板,想知道在冒了这么大的风险之后,他们是否已经完成了计划。

阴影笼罩着落下的瓦砾和河岸上的黑泥。达里克用目光检视河床,但没有看到塔拉米斯所说的那套老旧的下水道系统。尽管他们的处境如此严峻,但达里克并未感到真正的恐惧。他感受到的是一种焦虑,但同时又充满了希望,去年那种绝望而疯狂的内疚感很快就会成为过去。袭击发生后,卡巴拉克斯的教堂守卫不会放过他们的。

塔拉米斯在栏杆边与达里克会合了。贤者指着手中的火炬念了一句咒语。火焰随之腾起,火光在船舷上闪耀起来。

"火炬会为那些弩手指明我们的位置。"法拉南站在栏杆边说。

"我们不能留在这里。"拉姆博接道。

蓝色西风号继续摩擦着河床裸露的石灰岩。

"这艘船也不会在这里待太久。"达里克说。他第一次注意到风暴过后那一片宁静。"水流很快会把我们从这里推开,然后把我们冲走。"

塔拉米斯举起火把,扫视了一下河岸。更多石头从破碎的护墙上掉了下来。

"河里有一条他们的船。"帕拉特警告道。

达里克从船尾栏杆往外望去,看到一艘警卫船正朝他们疾驰而来。船尾和船头的灯笼照亮了达库兰爵士的旗帜,让所有人都能看清这艘船。

"火把的光太弱了。"塔拉米斯说,"但它一定就在下面。"他挥舞着火把,尽可能地往下伸去,但是没有成功。光亮就是照不到河岸。

把剑拿出来。马特·胡·林在达里克的脑海里说道。

"马特?"达里克低声问道。罪恶感瞬间卷土重来,打乱了他原以为会得到的平静,他显然无处可躲。接受自己的死亡比接受马特的殒命要容易得多。

把剑拿出来。马特·胡·林重复了一遍,这声音听起来非常遥远。

达里克转过身去,不过他知道自己的朋友不可能站在身后,他望向那些在船尾集合的战士,他们正看着塔拉米斯,等着贤者告诉他们下一步如何行动。

剑!你这该死的傻瓜!马特说。拔出那把嗜血的大剑。它会帮助你和他们。

达里克把手伸过右肩去抓豪克林之剑的剑柄,感觉被箭射中的左肋疼痛不已,手中也一阵刺痛。那把剑仿佛主动跃入了他的手中。他将长剑举到面前,这剑几乎是一根巨大锋利的灰色钢条,剑身布满战斗的痕迹。

塔拉米斯和其他战士举着从鲸油运输船上弄来的提灯和火把,试图照亮河堤上的阴影。

"如果有人愿意爬下去,也许能找到。"拉姆博建议道。

"如果船离开的话,下船的人可没有办法再回到船上。"帕拉特说,"如果我们想离开这里,恐怕还是得靠这艘破船。"

"最好到街上去试试运气,"拉姆博说,"即使我们没有被堵在港口里,他们也会追上我们,然后把我们击沉。我们没有经验丰富的船员负责操作这艘船。"

叫出剑的名字。马特命令道。

"马特。"达里克痛苦地低语道,仿佛他刚刚目睹了朋友的死亡,而非一年前。他没有想象马特的声音。这是真的。这是真的,而且刚刚出现在他的脑海里。

叫出剑的名字,你这个大笨蛋。马特命令道。

"你在这里干什么?"达里克问。

和你一样。马特回答道。只是我比你看得更明白。现在,在你们被水流从岩石上冲走,落到守卫手中之前,赶紧召唤这把剑的力量。这样我们今晚还能继续前进。

"我该怎么召唤这把剑呢?"达里克问道。

大喊出它的名字。

"剑的名字是什么?"在一片混乱中,达里克突然想不起来它叫什么了。

风暴狂怒。马特回答道。

"你还活着吗?"达里克问。

我们现在没有时间讲这个。现在的情况很麻烦,而且我们还要对付卡巴拉克斯。

货船再次擦到了岩石,这次的动静比以往任何时候都更剧烈。有那么一会儿,达里克以为船体被生生撕裂了。

"风暴狂怒!"达里克双手握住剑柄念了一遍,他不知道会发生什么。一阵不同寻常的刺痛再次涌过他的双手。

刹那间,剑刃上闪过一道凛冽的蓝光。这道冷光极其明亮艳丽,却不会灼伤眼睛。

剑锋发出的神奇光芒轻松穿过幽暗的河岸。教堂下面两米多深的下水道系统已经破损,河水倒流入这段管道中,反射出幽幽蓝光。这艘船与河岸相撞时撞碎了下水道的管壁,而巨浪冲走了护墙和淤泥。现在,那管道就暴露在众人面前。

"就在这里。"塔拉米斯说。

达里克低语道:"马特。"

没有人回答,他只听到呼啸着穿过索具的风声。

这艘鲸油货船又猛地一沉,向后滑出了一两米远,差点儿从岩石中掉下去。

"船要被冲走了,"塔拉米斯说,"行动!立刻!"他跨过栏杆跳到河岸上,率先冲了出去。

前进!马特在达里克的脑海里悄声说道,这声音听起来比之前更加遥远了。

达里克陷入了困惑,他想知道马特是如何与自己说话的,也许他的朋友真的还活着。随着河水的冲刷,这艘货船再次微微转动,达里克爬上栏杆跨了过去。这是顺流而下的又一个好机会,达里克知道这艘船很快就会挣脱束缚被水冲走。他从船上猛地向前跃出去。

达里克落在了及踝的淤泥之中,他完全失去了控制,脸朝下跌倒在冰冷的泥地里。从他身上席卷而过的河水将他冲得浑身湿透,他感觉自己似乎掉进了冰窟。而同时,他左侧的伤口却灼痛不已,就像被一根烧红的火钳戳了一下。

其他战士跟在他后面跳了下来,大部分都落在了淤泥里,也有几个人掉入河中,幸亏其他人及时将他们救了出来,否则他们就被河水冲走了。他们借着蓝色西风号的掩护聚集了起来——那艘靠近的警卫船向他们射箭时,密集的羽箭纷纷钉在了一侧船舷上。

不到几秒钟的时间里,燃烧着的货船再一次扭动着顺流而下。满载卫兵的警卫船竭尽全力避开了这艘更大的船,但它经过时掀起的浪花和警卫船避让的动作令卫兵们的座驾差点儿倾覆。燃烧的货船继续顺着水流漂下去,漂向那些停靠在河岸边的各种船只。在晨曦又一次降临到布兰威尔之前,它注定要给这里带来无数的灾难。

"该死!"帕拉特诅咒道,"今晚我们本想拯救这座不幸的城市,可却差点儿把它烧得干干净净。"

"要是真的发生了这样的事,"塔拉米斯说,"如果重建工作是由人类而非恶魔完成的话,这里的人们会活得更好些。"

达里克跌跌撞撞地跟着贤者进入了下水道。他只注意到自己的剑已经变暗了,只有塔拉米斯手中那根火把和战士们的照明工具散发着光亮。

塔拉米斯在布兰威尔的小酒馆里制订攻击计划时,就考虑到下水道可能会处在一种半淹没的状态。按照塔拉米斯的计划,这艘货船会撞穿墙壁,但实际的破坏程度超出了达里克的想象。河水从灰浆砖墙的裂缝中倾泻而出——裂缝差不多有一指宽——汇入齐腰高的污水中,水位一直在迅速攀升。下水道的墙上全是苔藓和黏液,臭气熏天的污水下面的石头地板上沾满了污泥。

塔拉米斯在宽阔的下水道中间停下来,向左右看了看。

"走哪个方向?"帕拉特问道,他用一只手抹了把脸,想把污水浊泥甩干净。他的脸上满是污渍。

"左边。"塔拉米斯一边说一边朝那个方向转了过来。

*往右边走。*马特在达里克的耳边说道。*如果你们往左边走,就会被抓住。*

塔拉米斯穿过了上涨的水流。

告诉他们!

达里克犹豫了一下,他不相信是马特在跟自己说话,他知道他可能已经疯了,直到现在他才反应过来。"你走错路了。"达里克说。

塔拉米斯停在了齐胸深的水中。他凝视着达里克。"你怎么知道的?"贤者问道。

达里克没有回答。

告诉他。马特说。告诉他关于我的事。

下水道外的喊叫声开始在隧道内回荡,这声音平缓而有力地穿过水面。火把很快就要熄灭了,达里克知道要不了多久守卫就会追上他们。

"因为马特告诉了我要走哪条路。"达里克回答道。

"马特是谁?"塔拉米斯疑惑地问道,"你在陶鲁克港遇害的朋友?"

"是啊。"达里克回答道。他知道,如果他是那个被告知此事的人,必然不会相信这故事。何况他自己现在也不怎么相信。

"怎么告诉你的?"塔拉米斯问道。

"我不知道,"达里克承认道,"但正是他让我激活了剑的力量,指引我们进入这个下水道。"

战士们聚集在塔拉米斯周围,个个浑身泥泞,满脸狐疑。

"你怎么看?"帕拉特询问着塔拉米斯的意见,并跨前半步,将贤者和达里克隔离开。

达里克意识到大个子战士的警示行为,他保持着沉默,也对此表示理解。要不是他听到了马特的声音,他也会以为自己疯了。

塔拉米斯把他的火把举得更高一些。火焰舔舐着头顶上方的石头,烧焦了长在那里的苔藓和地衣。"每当一个恶魔被释放到人类的世界时,"他引述了一句名言,"必须维持平衡。人们总能找到方法,而只有人类的选择才能让世界再次摆脱恶魔。"他微笑起来,但表情里没有欢乐。"你确定吗,达里克?"

"对。"

拉姆博把提灯指向墙壁。"我们别无选择。那些该死的守卫很快就会追上我们。他们大多数都是诚实的人,只是为了报酬而去维持和平。如果我能控制住局面,我不想和他们战斗。"

塔拉米斯点点头。"那么,我们走右边。"他将火把举在面前,率先走了出去。

下水道在逐渐上升。达里克能感觉到坡度越来越大,因为涌来的水几乎要将他淹没,巨大的浮力使得他们的行程比原来艰难了许多。渐渐地,水位开始逐渐下降,他们面前出现了几百只眼睛,反射着塔拉米斯的火把的光芒。

"老鼠!"拉姆博咒骂道。

老鼠盘踞在下水道两侧,来回蹿腾奔跑,一会儿分散开来,一会儿又聚成一群,无毛的尾巴不断随之扭动。

不断上涨的河水拍打着下水道两侧，把聚集在一起的鼠群从临时的避难所中解救了出来。老鼠随着水面的涨落漂浮不定，紧紧盯着隧道里的战士。

接着，它们发动了攻击。

* * *

拜耶德·邱力克驱动石蛇的脑袋回到墙上，守卫们在人群中来回巡视。低语声在教堂里汇成一片嘈杂嗡鸣，使人根本无法交谈。

有人攻击教堂。

这个想法在邱力克脑海中翻腾着。他不知道谁会如此胆大妄为。在过去的一个月里，他与达库兰爵士的关系越来越密切。为了在威斯特玛建立一座教堂，双方开始建立联系并达成协议。萨卡兰姆教派为抵制光明先知教会进入权力中心而进行了各种政治干预，但邱力克知道，即使他们遇到了抵抗，一切也都只是时间问题。国王通过达库兰爵士和他自己的观察员，已经了解到满怀希望的朝圣者给布兰威尔带来了多少财富。

不过，除了能给威斯特玛带来普通财富之外，教会所展示的奇迹，或者说那个制造奇迹的人无疑也备受欢迎。随着越来越多的人进入教堂，邱力克开始举行更多的仪式——从早到晚，进行六场。他知道，单纯的普通人会因为掌握了如此权力而放弃自己的追求，而他虽然陶醉于此，享受着赐予他人奇迹的快乐，但并不会止步于此。卡巴拉克斯给予邱力克的力量，支撑着他继续前进。

在过去的几个月里，仪式举行得愈发频繁，更多的奇迹接连显现。那些有幸踏上梦想之路的人们欢欣地接受了光明先知教会的馈赠。病人恢复了健康；残疾人拥有了健全的肢体；穷苦的人得到了财富与爱；在战斗中失踪的丈夫和儿子们出现在那条石蛇烟熏火燎的巨口中，无论他们身在何处，最终都被召唤到了黑暗之路的小径上。那些幸存者从蛇口走入大教堂前，都记不得自己是从哪里来的。

甚至有三次，他们使年迈的信徒恢复了青春。

这些故事在港口间流传，威斯特玛湾沿岸的所有城市都在谈论这些事情。商队在港口城市里收集到这些故事，把它们带到东部地区，带到鲁·高因，可能还会越过双子海，到达库拉斯特和更远的地方。

邱力克知道，将青春还给这三个人是最困难的，需要付出巨大的牺牲。卡巴拉克斯自己并没有付出任何代价，它夜里从城里掳走了一些孩子，在黑暗之路上剥夺他们的生命，将夺走的年月赠予选择的信徒，助其重返青春。这三个信徒都是能够帮助光明先知教会发展壮大并赢得国王欢心的人。事实上，他们中的一个曾经是国王的观察员，达库兰爵士甚至声称那人与国王的感情如同父子。

这是一个充满奇迹的时代。布兰威尔的每个人都这样谈论光明先知教会。健康、财富、爱情和返老还童——这是人的一生所能期望的一切。

可现在居然有人敢攻击教堂。

邱力克凝视着人潮涌动的大教堂时，几乎出离愤怒。他手下的一个次级祭司走上前，来到下面灯火通明的地方。

"兄弟姐妹们，"这祭司说道，"现在和我一起为我们伟大的先知——敬爱的迪恩·奥普斯坦祈祷。引路者萨耶斯将代表你们去与我们的先知对话，请求先知在仪式结束之前再赐给我们几个奇迹。"

他的话语被特别搭建的舞台放大了，他的声音在教堂里回荡着，平息了教堂遭袭的消息所引起的窃窃私语。

威胁要夺走他们创造奇迹的机会。邱力克沉思道。你就会引起房间里每个人的注意。

牧师领着教众向迪恩·奥普斯坦祈祷,歌颂先知的伟大、善良和慷慨。

石蛇的脑袋再次缩回墙上一动不动,火焰熄灭了,大教堂的那个位置黯淡了下来。许多信徒呼喊着迪恩·奥普斯坦的名字,乞求先知回来,乞求更多神迹。

邱力克从蛇背上的平台走到三楼的阳台上。一个藏在暗处的卫兵把厚重的窗帘拉开,为他打开了门。两名弩兵一直站在窗帘后面,仪式期间,他们每小时都要换一次岗。

邱力克走进门外的走廊,发现十几个私人护卫都在等着他。除了他,没有人可以使用这条走廊,这条走廊通向教堂中四通八达、蜂窝般的秘密通道。

"发生了什么事?"邱力克在卫兵中间停下,开口问道。

"引路者,教堂被袭击了。"莱利克队长报告道。这位队长是个冷酷的人,善于指挥雇佣兵发动极难取胜的小规模战争以及追踪各种匪徒。

"我知道,"邱力克啐了一口,"谁敢攻击我的教堂?"

莱利克摇摇头道:"我还没有找到,引路者。据我所知,有一艘船撞在教堂南面的院子里,悬在了河边。"

"一次意外?"

"不,引路者。他们故意撞向了护墙。"

"为什么要袭击那里的院子?他们希望得到什么?"

"我不知道,引路者。"

邱力克相信这位佣兵队长。大约一年前,当莱利克被带到教堂时,他颈部以下已然瘫痪,离死只差那么一点点。他在鲁·高因与土匪战斗时被一匹马踩在了身上。他的手下把他绑在担架上,带他走了将近三百公里前来疗伤。

起初,邱力克看不出雇佣兵队长有什么利用价值,但卡巴拉克斯坚持要他们监视他。几个星期以来,莱利克一直在各种仪式上待着,由他的手下喂饭,由他的手下帮忙在河里洗澡,用他那衰弱的嗓音尽其所能地对迪恩·奥普斯坦唱赞美诗。然后有一天,石蛇从人群中选择了他,将他吞了下去。几分钟后,雇佣兵队长精神饱满地从梦想之路上走了回来,发誓要永远为先知迪恩·奥普斯坦和其引路者服务。

"这没有任何意义。"邱力克一边说一边走向走廊。

"没有意义,引路者。"莱利克表示赞同。他举起一只手提着灯笼为他们引路,另一只手则拿着他那把恶毒的弯剑。

"这些人中没一个能确定身份?"

"没有。"

"攻击教会的力量有多大?"邱力克问道。

"不超过几十个战士,"莱利克说,"城市守卫曾经试图扭转他们的航向。"

"这艘船必须逆流而上才能撞上那围墙。"邱力克说完转过身来,沿着右边的过道走去,迈上了一小段台阶。他熟悉教堂里的每一条走廊。他匆匆赶路时,长袍随之沙沙作响。"它不可能开得很快。为什么城市守卫不阻止呢?"

"这艘船是由魔法驱动的,引路者。他们没有机会阻止它。"

"我们甚至不知道这些人是谁?"

"很遗憾,引路者,我们不知道。一旦情况有所变化,我会向你汇报的。"

邱力克前行几步,走到了四楼的一扇暗门前,那扇门通向一条主要的走廊。他打开门锁进入走廊中。

走廊里没有人。大教堂的第一层和第二层不允许游客上楼就座。住在这里的工作人员不会待在房间里，因为他们都在参加仪式。南四楼的侧翼是为在教堂工作了六个月或更长时间的侍僧保留的。令人惊讶的是，那些小房间很快就住满了人。

邱力克向左转向阳台，阳台可以俯瞰下面河边的庭院和护墙。

"引路者。"莱利克不安地说道。

"什么事？"邱力克厉声问道。

"如果让我们保护你，一切会更好些。"

"保护我？"

"随我们到下面的一个房间去，我们可以更好地保护你。"

"你想把我藏起来？"邱力克愤怒地问道，"当我的教堂遭到攻击的时候，你希望我像一个懦夫一样躲起来？"

"我很抱歉，引路者，但这应该是最安全的做法。"

雇佣兵的话沉重地压在他的心头。他在心底呼唤卡巴拉克斯，但并没有找到那个恶魔。这种情况使他又恼又怕。虽然这教堂无比恢宏，但如果他成为刺客的目标，根本无处可逃。

"不，"邱力克说，"迪恩·奥普斯坦的爱守护着我。那就是我的盾牌。"

"是的，引路者。抱歉我如此猜疑你。"

"光明先知的恩典不会过多地赐予多疑的人，队长。我会让你记住的。"

"当然，引路者。"

邱力克大步走上最后一段台阶，来到了阳台上。夜风吹过他的身体。并没有任何莱利克所说的神秘之风的迹象。不过邱力克的目光落在了那艘燃烧着的船上，货船正在河水中随波逐流。

火焰在整条船上翻滚旋转，直指天空。橙红色的余烬从桅杆和索具的顶端升起，争相冲向夜空，却又化作死灰。不一会儿，这艘船撞上了停泊在河港里的一艘船，接着撞上了另一艘船的侧舷。

从船帆飘来的余烬和飞溅的残骸像阵雨一样从两艘锁在一起的船上飞过，一直飞到后面的那一排船只上。移动的火把和灯笼标志着水手们正奔跑着去处理火灾、拯救船只。这些船挤得太近了，如果火势得不到控制，很快就会蔓延开来。

邱力克向上游瞥了一眼，发现守卫们站在河边的底部，庭院悬空的部分已经被拆除了。他困惑地看着守卫们从船上跳下来涉水而过。当他们的灯笼和火把靠近下水道的开口时，他才看出了端倪。

"他们在下水道里面。"邱力克说。

莱利克点点头。"我已经派了一个人带着我的一批手下去拦截他们。我们有下水道系统的地图。"他的嘴抿成了一条可怕的线。"我们会保护你的，引路者。你不用害怕。"

"我不害怕，"邱力克转身对雇佣兵队长说，"我是迪恩·奥普斯坦所选的人。我是梦想之路的引路者，所有的奇迹都发生在那里。闯入我教堂的人必须死，不管他们知不知道。他们若没有死在卫兵的手中，也没有死在我自己的手中，就必死在迪恩·奥普斯坦手中。虽然他对信徒很慷慨，但对那些想攻击他的人却毫不留情。"

卫兵们钻进了被攻破的下水道。他们的灯笼和火把的光使下水道入口发出樱桃红色的光芒，就像一个被剧毒感染渐渐腐烂的伤口。

"队长，请您转告您的部下，"他说，"我要他们留意一个人，一个上个月袭击我的人，他有严重烧伤。"

"遵命，引路者。我只祈求今晚没有信徒带着这样的痛苦来寻求医治。他会发现等待他的只有死亡。"

邱力克凝视着黑色的河流对岸。一串串灯光在两岸游动，更多的灯光分布在连接城市南北两部分的两座桥梁上。

当袭击者被抓住时——邱力克有充分的理由相信他们会被抓住——他们会被处死。他会把他们的头钉在教堂大门墙边的长矛上，他会说迪恩·奥普斯坦下令这样做是为了向光明先知教会的敌人表明，先知也可以是凶狠无情的。它会磨炼那些教众的信仰，这将是一个伟大的故事，会吸引更多的人来参观教堂和他们的教会。

拜耶德·邱力克。

邱力克惊奇地听到了恶魔的声音。"是的，迪恩·奥普斯坦。"

雇佣兵队长向他的士兵们打了个手势，挥手让他们离开邱力克，然后自己走了两步。他用握剑的手背碰了碰他宣誓效忠教会时刻在心口的文身，念出了一段死记硬背的祷文，祈求着一次安全的启迪之旅，能让迪恩·奥普斯坦的智慧和力量传播得更远。

回到仪式上来。卡巴拉克斯说。我不希望仪式被这些事情打乱。我不能显得软弱或是有所欠缺。恶魔的声音听起来很遥远。

"谁攻击了教堂？"邱力克问。

塔拉米斯·沃尔肯和他的一群猎魔人。卡巴拉克斯说。

恐惧像蠕虫般爬过邱力克的心。虽然他没有和卡巴拉克斯谈论过那个猎魔人，但他读过关于那个人的故事。多年来，塔拉米斯·沃尔肯一直是对抗恶魔的中坚力量。听闻了一些关于这个人的故事后，邱力克想起了在萨卡兰姆教派的档案里读到的他的事迹。塔拉米斯·沃尔肯似乎是一个顽固且永不言弃的人。在过去的几周里，这个猎魔人已经证明了这一点。自打重新拿起豪克林的宝剑风暴狂怒之后，这群人就消失了。

他们只是藏了起来。卡巴拉克斯说。现在他们回到了我的掌握之中。

但邱力克忍不住问出了盘旋在他心底的问题——是否其实他们也在塔拉米斯·沃尔肯的掌握之中。他在萨卡兰姆教派接受的所有训练都告诉他,恶魔在不影响光明与黑暗平衡的情况下,是不会进入人类世界的。塔拉米斯·沃尔肯曾多次证明自己是光明之王。

塔拉米斯·沃尔肯将死在那些下水道里。卡巴拉克斯在邱力克的心里咆哮着。拜耶德·邱力克,怀疑我的话,你会付出代价的,即使你是我选择的。

"我没有怀疑你,迪恩·奥普斯坦。"邱力克说。

那就去吧。我会处理塔拉米斯·沃尔肯的。

"如你所愿,我的先知。"邱力克摸了摸自己的头,然后迅速转过身来,长袍随着他的动作微微扬起。

"引路者,"莱利克抬起头说道,"回到大教堂对你来说并不安全。"

"那是最安全的地方,"邱力克说,"当你带着迪恩·奥普斯坦的祝福去那里的时候。"不去那里才是最危险的。不过转念间,他推翻了自己的结论。

最危险的地方是光明先知教堂下面的下水道。

第二十三章

这群老鼠甩动着无毛的尾巴向达里克、塔拉米斯·沃尔肯和猎魔人们冲来,尖锐的牙齿咔咔作响。灯笼和火把的昏黄光芒照在扭动着的老鼠身体上,它们沿着壁架和凹凸不平的墙壁奔跑跳跃,游过下水道的浑浊污水,而河水正从它们身后的隧道裂缝中涌入,与污水混到了一起。

有那么一会儿,当达里克想到自己将被一堆毛茸茸的身体包围然后拖到水下时,他的头皮开始发麻,冷汗爬满了他的后背。其他的战士分散开来,做好了防御的准备,他们一边咒骂一边向圣光高声祈祷着。

高大魁梧的拉姆博站在队伍的最前面。这战士将盾牌后扬,然后向前挥去,砰的一声把十几只跳起来的老鼠从空中打下来。它们身体与盾牌撞击的声音在下水道里不停地回荡着。

"顶住,"塔拉米斯命令他的战士们,"多撑一会儿,别让它们靠近我。"

老鼠纷纷从墙上跳下来,落在战士们的盔甲和肩膀上。它们的爪子在盔甲上抓挠不休,试图得到一点新鲜血肉。

达里克猛地击中其中一只肮脏的生物，用豪克林那锋利的长剑将它从头到尾劈成两半。老鼠的血溅了他一身，遮蔽了他的视野。当他擦去脸上的血污恢复视力时，又有三只老鼠落在他身上，突然加诸他身上的重量压得他摇摇晃晃。老鼠们立刻向他的脸扑去，闪烁的火光在它们的尖牙上跳跃。达里克咒骂着把老鼠从他身上打了下来。它们扑通一声掉进水里，消失了一会儿后又浮回水面。

尽管战士们尽了最大的努力，他们还是在老鼠的攻击下退却了。刀锋与战锤在空中来回挥舞，连续几次都险些击中他们的战友。下水道的黑色污水和冲入隧道的河水激发的白色泡沫混在一起，缕缕鲜血点缀其中。

涌入的河水在下水道污水原本的流向中激起一股暗流，达里克本就在满是淤泥的石头地板上立足不稳，现在随时都可能会被冲走。他猛地挥了一下剑，惊讶地发现这把剑舞动起来是如此轻松流畅。他周身到处都是死老鼠的血肉残骸，但仍有许多老鼠穿过空当爬到了他身上。它们的尖牙咬破了他没有锁甲保护的胳膊和腿。

塔拉米斯迅速在空中写下充满魔力的符文。他的指尖燃起绿色的火焰，完成的符文同样也在闪闪发光。贤者又做了一个手势，符文旋转着向前飞去。

这些符文在一两米高的空中闪耀着白光爆炸开来。光箭刺穿了老鼠的身体，将它们远远地抛到身后，它们的皮肉纷纷从骨头上开裂脱落，只剩下白森森的骨架。

有那么一会儿，达里克觉得危险已经过去了。老鼠造成的咬伤很痛，但没有严重到让他慢下来的程度。然而被老鼠感染是一个令人担忧的问题，不过前提是他们在袭击完教堂之后能活下来。

"塔拉米斯！"帕拉特喊道，他正扶着一名战士，用手捂着对方的脖子。"一只老鼠撕裂了克莱文的脖子，咬断了他的颈静脉。如果无法止血的话，他很快就会死去。"

塔拉米斯艰难地通过不断上涨的水面，仔细观察着这名战士，然后摇了摇头。"我无能为力。"他嘶声说道。他们一路上都找不到治疗药水，也没有足够的黄金进行采购。

帕拉特瞬间面如死灰，他指间的鲜血继续向外渗出。"我不会让他死的，他妈的。"这个头发花白的老战士低吼道，"我大老远赶到这儿来，不是为了看着我的朋友们送死的。"

塔拉米斯摇了摇头说："你什么都做不了。"

达里克感到一阵恐惧。如果克莱文很快死去，那他们将不得不把他的尸体留在那里——留给老鼠；如果这名战士还能熬一阵子，他将不得不孤独地死去，因为他们无法承担与他留在一起的代价。

进入下水道后，达里克的心境已经重新平复，回到了当初他所营造的状态，在那时候，他可以借这一块安全的区域来抵挡父亲的辱骂和殴打。他拒绝让克莱文的死触动自己。

不。马特低声说。达里克，他不需要死。用那把剑。用豪克林的剑。

"怎么做？"达里克问。他的声音穿透了下水道里水花飞溅的回声，水花在他两边的墙上打着转。

用剑柄。马特回答道。剑柄必须压在克莱文的伤口上。

达里克不顾一切地向前走去，他不想看到这个人这样可悲地死去。当他前进的时候，剑刃又发出了强烈的蓝光。

帕拉特走上前去，站在达里克和受伤的战士之间。"不，"帕拉特说，"我不会让你结束他的生命。"

"我不是要杀他，"达里克说，"我要救他。"

即便如此，这位大个子战士还是不肯让开。

这一刻，达里克意识到自己从来都不是他们中的一员，也永远不会成为他们中的一员。他们一同旅行，一同吃饭，一同战斗，可他并不是他们的人。只是因为他有能力拿起豪克林的剑，他们才不得不和他在一起。他心中燃起了熊熊怒火。

达里克。马特说。别为此放弃，你不是独自一人。

但达里克知道这不是真的。他一生都是如此孤苦伶仃。到最后，马特也离开了他。

不对。马特说。你的感觉不是真的，达里克。这是恶魔干的。卡巴拉克斯。它就在我们这里。它知道我们。即使现在，也有卫兵在追击你们这支队伍。但是卡巴拉克斯的意念已经潜入了你的内心。我试着不让它接近你，但它在寻找你的弱点。你不能在恶魔的挑拨下离开这些人。他们需要你。

一阵剧烈的头痛从达里克的太阳穴间袭来，接着是一阵疯狂的悸动，痛得他几乎跪倒在冰冷的污水中。黑斑在他的视野中游走。

使用这把剑，达里克。马特坚持道。它可以拯救你们所有人。

"我能做什么？"达里克问。

去相信它。马特回答道。

达里克拼命寻找让魔法生效的关键所在。如果有一个神奇的咒语或别的什么就更好了。他能记起的只是那把剑在艾略格·巴罗斯家的表现、他对这把剑的感受，以及这把剑是如何照亮河岸，露出这条下水道的入口。达里克知道这不是迷信，但他知道一切都是真实发生的。

长剑颤抖着再次发出了蓝光。下水道里变得平静而温暖，空气中弥漫着嗡嗡的声音，这温暖也渗进了达里克的身体里。他惊愕地看着血不再从帕拉特的手指间滴落。

帕拉特犹豫地将他的手从克莱文的脖子上拿开，露出了这位战士破裂的颈静脉上的锯齿状伤口。在他们的注视下，伤口开始慢慢收缩,最后变得毫无缝隙,只留下了小小的疤痕。

嗡嗡声持续不停,那种暖意也越来越浓,达里克看到令自己疼痛不止的创口愈合了,包括刚才箭矢射穿胸腔的地方。在不到一分钟的时间里,战士们都痊愈了。

"圣光保佑。"拉姆博说道,他宽阔的脸上露出孩子般的笑容。"我们得到了圣光的祝福。"

"如果你就知道站在那里咂巴嘴,"帕拉特吼道,"那就等着被杀吧。"

达里克试图聆听马特的声音,想听听他怎么说。

保持坚强。马特说。最糟糕的还没有到来。这只是暴风雨前的平静。

"该死,"帕拉特咒骂着指向他们来时的路,"守卫快来了。"

达里克的头嗡嗡作响,他觉得仍然头疼难当,但还是转过头沿着下水道回望过去。

闪烁的光芒弥漫在他们身后的黑暗中,表明警卫船已经赶到入口。溅起的水花在达里克周围回荡,这意味着守卫们已经靠近了。

"向前走。"塔拉米斯下令道,他举起灯笼继续往下水道里走去。

这群人继续前行,同时努力对抗着横流的污水和滑腻的石头地板。灯笼火把缓缓向前,前方的黑暗一路退缩。几只老鼠穿过阴影和水面尖叫着向他们逼近,但没有采取任何攻击行动。

有什么东西重重地打在达里克的身上,引起了他的注意。他往下看了看,差点儿没看见那块从水中滑过的象牙色短骨。起初他以为这是一只受了伤、带有硬甲的动物,后来才发现那是塔拉米斯用咒语杀死的一只老鼠的腿骨。

"嘿!"拉姆博伸手从水里抓起一只小老鼠的头骨喊道,"这是老鼠的骨头。"

大个子战士还没来得及说什么,头骨就从他手里跳了出来,啪的一声咬住了他的脸,吓得他立刻往后退去。他用带着护具的拳头向它猛击而去,但头骨闪开了,接着又掉进了水里。

"等一下。"塔拉米斯说着,从附近的一名战士手中接过一盏提灯举了起来。灯光驱散了黑暗,支离破碎的影子映照在起伏不平的水面上。

在灯光的照耀下,数以百计的骨头滑过水面,闪烁着绿白的光芒。

"这是恶魔干的!"帕拉特咆哮道,"恶魔知道我们在这里。"

就在此时,一个令人毛骨悚然的身影从水下升起。离它最近的一队战士禁不住向后退去。

这东西立起来有两米多高,粗看像一具老鼠的骨架,只不过其壮硕程度更接近一头猿猴,森白而蜷曲的双腿即使在浑水中也依旧清晰可见。这白骨怪物拥有足足四条臂膀,每条都比它的腿还长。当它攥紧拳头的时候,便会露出由鼠牙和肋骨组成的尖角,那些晨星一般密集的锐利骨刺几乎是为砍伐与刺击而生,可以轻松满足它所有的杀戮欲望。几片不大的骨头组成了这恶魔的脸孔,其中有些骨头生满了锯齿。

"这是白骨傀儡!"塔拉米斯喊道,"你们的武器干不掉它!"

白骨傀儡的嘴巴由紧密交织的碎裂骨头构成,看上去颇为灵活。它咧嘴一笑,然后发出了一声刺耳的号叫,那声音听上去就像午夜掠过墓地的寒风。"去死吧,你们这些白痴。"

塔拉米斯用空着的那只手画出一道神秘的符文。那符文迅速变成一个南瓜大小的火球,向这令人难以置信的骨质怪物冲去。

火球击中了白骨傀儡的胸部,巨大的冲击力使它向后退了几步。火焰包围了这恶魔的产物,从骨头的缝隙里向上升去,它的内部似乎也在燃烧。蒸汽从白骨傀儡中涌出来，但似乎并没有对它造成更多伤害。

白骨傀儡再次张开嘴号叫起来，躯体内的火焰也被它喷到了空中。那哀号声震耳欲聋，在整个阴沟里不停地回荡。几个战士双手捂住耳朵，张大了嘴巴痛苦地尖叫着。

在这令人毛骨悚然的咆哮之下，达里克并未听到战士们的尖叫。但他听到了马特的声音。

现在由你决定，达里克。马特平静地说。如果得到机会，白骨傀儡会杀了他们。只有豪克林那把魔法长剑才能干掉这个家伙。

"我不是英雄。"达里克看着那怪物低声说。

也许不是。马特说。可你们无路可逃。

达里克回头看了一眼，他看见大队的教堂守卫已经进入他们身后的下水道。想撤退的话，必须要和这些守卫进行战斗，而且港口那里肯定有更多全副武装的士兵等着他们。

战士们退到了达里克身边，很显然他们宁可跟人类敌人作战，也不想面对白骨傀儡。达里克盯着这怪物，努力想让自己克服恐惧。除了穿过白骨傀儡的阻拦，别无他法。

他向前走去，当怪物向他逼近时，他摆出了防御的姿势。一只尖利的拳头向他猛击而来。达里克闪过这记攻击，挺身向上砍去。他用剑刃砍向白骨傀儡的手臂，试图斩断它的肘关节。但这一击差了十来厘米，长剑顺着它的臂骨滑了下去。

不等抬头，达里克便已经感觉到对手的动作，他下意识地向后闪避，脑袋勉强躲开了那直击而来的握紧的左拳。拳头上几片突起的骨刃划破了他胸前的旅行皮甲，皮屑飞溅到齐腰深的水中。

白骨傀儡还没来得及把手臂缩回去，达里克就再次挥起那把魔法长剑。这一次，长剑斩断了它的臂骨，骨头碎片纷纷扬扬地散落在水中。白骨傀儡伸出一只右拳向达里克脸上打去，如果这一拳落到实处，达里克的整张脸都会被削落。

达里克绝望地往后退去。拳头的锋芒又一次擦过他的胸膛，划破了他那件旅行皮甲，但这次也划破了下面的皮肉。恐惧掠过达里克的全身，他几乎放弃了希望，但他手中那把豪克林的长剑却显得坚定而真实。他避开了白骨傀儡接下来的攻击，躲开那只巨大的拳头退了一步，怪物这一拳打到了水里，整个身子也随之弯了下来。达里克转身一剑击中白骨傀儡左臂下方的胸腔。破碎的骨头碎片向四面八方飞去，但这怪物却依然完好无损。

达里克设法在淤泥中保持着平衡，一边后退，一边继续挥舞着豪克林的长剑。鲜血从他身上汩汩流出，那件旅行皮甲的正面已经被染成一片深红。他再次后退的时候，不小心摔倒了。

白骨傀儡立刻向达里克扑过来，一拳向他脸上打去。

千钧一发之际，拉姆博冲上去用盾牌挡住了这雷霆一击。白骨傀儡拳头上生出的尖刺穿透了战士的盾牌，离达里克的脸只有不到三十厘米的距离。达里克站起身来，他看到白骨傀儡的尖刺扎穿拉姆博的盾牌，刺进了拉姆博紧握盾牌的手臂。白骨傀儡将拳头抽回来的时候，鲜血从战士手臂上喷涌而出。

痛苦不堪的拉姆博向后退去，然后摇摇晃晃地跪了下来，捂住手臂的伤口，却暴露出了他的头部。

达里克几乎要被内疚感击垮了，这甚至比胸前的伤口更令他痛苦。这是我的错。他自省道。如果我没拿起豪克林的长剑，他们就不会来到这里，陷入这种境地。

不。马特说。即使没有你和那把剑，他们也会来的，达里克。这是恶魔在干扰你，它灌输给你一些想法，用邪念填满你的心灵，让你变得软弱。你可以改变这一切，这就是我回来的目的。现在，行动吧!

白骨傀儡丝毫没有浪费时间,立刻开始攻击这个新猎物。达里克及时冲上前去,猛力挥舞魔法长剑。剑锋碰到白骨傀儡的手臂,打碎了它的臂骨。

白骨傀儡怒吼着将注意力转回达里克身上,剩下的两条手臂不停在身后乱扑乱撞。达里克挡开一拳,随后避开另一拳纵身一跃,从那条手臂上翻了过去。

塔拉米斯和帕拉特向前冲去,架住拉姆博的双臂将他从白骨傀儡的攻击范围内拖了回来。

达里克站起来,挡住了白骨傀儡的另一记大幅挥臂的猛击。他感觉自己的双臂和手腕几乎被震得失去了知觉,长剑差点儿脱手而出,但他最后还是紧紧地抓住了它。达里克片刻不停地朝左边的墙壁跑去,他知道如果现在停下来的话,白骨傀儡就会将他扑倒。达里克向空中跃起,蹬在墙壁上,靴子里的水在重压之下溅了出来。

你对我来说就是一场灾难。父亲的声音在他脑海里轰鸣着。你令我如此难堪。圣光在上,我讨厌看到你那丑陋的脸。这张脸完全不像我。还有你的红头发,在我的家族里根本找不到。我敢保证,你妈家也不会有。

这些字句在达里克的脑海里翻滚激荡,分散了他的注意力。他向前落去,弯曲的膝盖减缓了撞在墙上的冲击力。

不要听他的。马特说。这只是那个恶魔的诡计。它在寻找你的弱点,它正在这么做。这是你的私事,啊呀,这跟它有什么关系!

但达里克知道这些话并非恶魔的杜撰,恶魔只是在重述那些词句,它们来自他父亲肉铺后面的小马厩,来自他多年间经受的虐待,来自他小时候无法理解的冷漠和仇视。少年达里克依旧无力反抗父亲的严厉言辞。而当达里克开始反击时,他的父亲已经学会了不那么急着动手，但父亲的恶语相向和母亲的视若无睹永远能戳痛他的心。

达里克扑向墙壁，凶猛的势头让他甚至在墙壁上贴了几秒才坠入隧道。他用余光看到白骨傀儡再次举起手来。那记重拳挥到墙壁处时，达里克一手撑墙，一手握剑，利落地跃过袭击者翻回隧道。

白骨傀儡的拳头碾在墙上，被劈开的石块和砂浆颤巍巍地落下。

达里克努力将父亲的话驱离脑海，他稳住颤抖的手，挺直胸膛深深地吸了一口气。达里克双手握紧魔法长剑，看着白骨傀儡向他转过身来，塔拉米斯和他的战士们站在怪物的另一边。在更远的地方，教堂守卫们正在等待机会。弩手们进行了第一轮发射，但是这群战士躲到了盾牌后面，所有箭矢都被挡住了。

快上啊！马特在达里克的脑海里咆哮着。

蓝色的光芒再次在剑身闪耀，这是一种真正的、冰冷的蓝色，仿佛深海的颜色。达里克挥舞长剑，剑锋所指所向披靡，他感觉到这把魔法武器穿过了白骨傀儡的胸腔，刺入了它的脊椎。

白骨傀儡痛苦地号叫着，令人毛骨悚然的笑声间或掺杂其中，狂风随之大作。"现在你要死了，卑贱的虫子！"

"不。"达里克回答道，他感觉到剑里传来一股令人刺痛的能量。"滚回地狱去，恶魔！"

白骨骷髅向达里克逼近的时候，可怕的蓝色火焰顺着剑身跳跃而下，缠在它的脊柱上。这火越烧越旺，最终吞没了白骨傀儡，也驱散了将死老鼠的骨头缚于一处的魔法。燃烧的骨头倒在下水道的水中，发出嘶嘶的声响。

一时间，包括达里克在内的所有人都惊呆了。

快跑！马特大喊。

达里克迅速转身开始奔跑，他抬高膝盖，以便于减小水的阻力。

长剑持续散发着光芒，驱散了下水道里的阴影。塔拉米斯和猎魔人们紧随其后。

行进了不到五十米，隧道前方出现了一个丁字路口。那把剑毫不犹豫地把达里克拉到了右边。他继续往前跑，感觉浑身都已被隧道里的冷凝水和自己的汗水浸透。急促的气息灼烧着他的喉咙，他甚至觉得这个地方的臭气正在渗入自己的身体。

再往前走了一会儿，他们突然便到达了隧道的终点。应该是很久以前的某个时候，下水道在这里坍塌了。长剑明亮的锋刃照亮了堵住通道的碎石堆。数以百计的老鼠躲在阴影和坍塌破损的岩石之间，有的在垃圾堆里徘徊，有的在碎石里蹦蹦跳跳，或者蹑手蹑脚地爬来爬去。

在瓦砾堆上方，可以看到一个由坍塌的泥土构成的圆形穹顶。由于不再有石头支撑，泥土多年来一直在向内陷落，但并没有完全塌陷。根本无法猜测到底有多厚的泥土和岩石将隧道与地表隔离开来。

"死胡同，"帕拉特咆哮道，"那该死的剑这次骗了我们，塔拉米斯。再过一会儿，那些守卫就要追上我们了，我们无处可逃。"

塔拉米斯转向达里克问道："这是什么意思？"

"我不知道。"达里克承认道。

第二十四章

渐渐逼近的守卫穿过下水道时发出的水花声越来越响了。好在在下水道的这个位置，水位比膝盖还低了十来厘米，水流相对较弱，和外面稳定的流水没多大区别。

达里克感到被出卖了。那个他以为是马特的声音只不过是另一个恶魔制造的诡计。他盯着那把剑，觉得它是一个险恶圈套的诱饵。

不。马特说。你们就应该来这里。听我说，保持冷静，事情就必定向你们现出真相。

"什么事情？"达里克问道。

塔拉米斯和其他战士转过身来盯着他，教堂守卫已经越来越近，飞溅的水声也越来越大。

卡巴拉克斯进入我们的世界时，洞里有我们三个人。马特回答。当拜耶德·邱力克打开通往烈焰地狱的大门时，他释放出的魔法标记了我们所有人。达里克，你心底涌起怀疑，是因为卡巴拉克斯在利用你的恐惧。你要坚持到底。

"三个人？"达里克重复道，"我们没有三个人。除非拜耶德·邱力克也被算上。"

还有另外一个人。马特坚持道。那天晚上我们都失去了一些东西，达里克，现在我们必须一起把它找回来。恶魔不播下毁灭自己的种子的话，就永远无法来到这个世界。而只有人类能弄清楚那种子是什么。而我，我迷失了很长时间，直至你找到豪克林的剑，我才记起了你和我自己。

达里克摇了摇头，表示对这一切非常怀疑。

你一文不值，小子。他听到了父亲的声音。不值得浪费时间杀死你。也许我应该等你再大一点，那样可以从你的骨头上多剔出来一点肉。然后我会把你收拾停当，告诉所有人你已经跑掉了。

昔日的恐惧在达里克的心头颤动。他几乎能在阴影中看见父亲的脸。

"达里克！"塔拉米斯喊道。

尽管达里克清楚地听到了这个人的声音，却发现自己无法回答。他已经完全被旧日的记忆和恐惧包围。肉铺后面马厩里的臭味扑鼻而来，使他感觉眼前的男人和周围下水道的景象都仿佛是在梦中。

清醒过来，达里克！马特喊道。集中注意力，该死的！这是卡巴拉克斯控制你的办法。我，哎呀，那个可恶的恶魔把我困在了幽灵之路上，如果你没有找到豪克林的剑，也许我还会在那里。

达里克感到长剑仍然在自己掌握之中，但他怨恨这东西把他们带进了死胡同。也许马特仍然相信这把剑是一个充满能量的护身符，是一件可以对抗恶魔的东西，但达里克不这样认为。在他眼里，它是一件被诅咒的东西，和其他武器一样。帕拉特就拥有一件被诅咒的武器，这位猎魔人对豪克林的长剑不甚友好显然事出有因。

这是恶魔的阴谋，达里克。马特说。坚强起来。

"我不能。"达里克低声说道。他看着正在逼近的守卫们，他们的火炬已在隧道的另一端聚起。

"你不能做什么?"塔拉米斯问他。

"我不能相信。"达里克说。他一生都在训练自己不去相信。他不相信他的父亲曾经恨过他。他不相信他被打是父亲的错。他训练自己相信,生活便是在肉铺里日复一日的隐忍,而只要没有被打残废,这一天就是美好的。

但你逃脱了。马特说。

"我逃出了肉铺,"达里克低声说,"但我无法逃脱注定的命运。"

你已经逃脱了。

"没有。"达里克凝视着守卫。

"他们在等后援,"帕拉特说,"他们认为我们的人太多了,不死几个人他们根本不可能拿下我们。他们在拖延时间好让更多的弓箭手进来,然后把我们一举歼灭。"

塔拉米斯走向达里克问道:"你没事儿吧?"

达里克没有回答。他心中充满了无助,他挣扎着想摆脱这一切。无助感压迫着他的胸膛和肩膀,使他几乎难以呼吸。在过去的一年里,他把自己的生命丢弃在酒瓶里,丢弃在酒杯中,丢进了他路过的每一家低级酒馆内的廉价葡萄酒里。然后他犯了一个错误,居然试图使自己清醒过来,居然试图相信自己的生命不仅仅是徒劳。

这比他一生中所遭受的厄运和被遗弃的感觉更可怕。

没用的废物!他父亲啐了一口。

他为什么要试图自救呢?就为了像老鼠一样死在坍塌的下水道尽头?达里克想笑,但他也想哭。

达里克!马特叫道。

"不,马特,"达里克说,"我已经走得够远了。该结束了。"

塔拉米斯走近达里克,把灯笼举到他脸上,盯着他的眼睛。"达里克。"

"我们是来送死的。"达里克告诉马特，同时也告诉塔拉米斯。

"我们不是来这里送死的，"塔拉米斯说，"我们来这里是为了揭露这个恶魔的真实面目。在这里敬拜它的人若知道它是谁，便会离开它重获自由。"

达里克内心的不安是如此强烈，以至于贤者的话几乎没有对他造成什么影响。

这是恶魔的阴谋。马特说。

"你在跟你的朋友说话吗？"塔拉米斯问。

"马特死了，"达里克沉声说道，"我看见他死了。是我害死了他。"

"他和我们在一起吗？"塔拉米斯问道。

达里克摇了摇头，但他觉得自己仿佛魂游天外，看着另一个人的身体做了这个动作。"没有。他死了。"

"但他在跟你说话。"贤者说。

"这是一个谎言。"达里克回答。

这不是谎言，你这该死的大傻瓜！马特爆发了。该死的，你这个笨蛋。你总是很难相信你自己看不见摸不着的东西。但如果你现在不听我的，达里克·朗，我将永远被放逐在幽灵之路上。我会永生永世不得安息，永远得不到安宁。你希望我这样吗？

"不。"达里克说。

"他在说什么？"塔拉米斯问，"我们来对地方了吗？"

"这是一个骗局，"达里克说，"马特说，恶魔就在我的脑海里，它试图削弱我。而他告诉我他不是恶魔。"

"你相信他吗？"塔拉米斯问。

"我相信恶魔在我的脑海里。"达里克说，"我可能在无意间背叛了你们所有人，塔拉米斯。很抱歉。"

"不,"塔拉米斯说,"这把剑是真的。它选择了你。"

"这只是恶魔的诡计。"

贤者摇摇头道:"没有任何恶魔能掌握豪克林的剑,即便是卡巴拉克斯也做不到。"

但达里克记得那把剑是如何抵抗他的,起初在那座隐藏的坟墓里,他根本无法拔出它。

这把剑一开始是无法拔出来的。马特说。它不能,它必须等着我。你知道,得我们俩一起才能把它拔出来。这就是我游荡在幽灵之路上,无法真正死去,也无法活过来的原因。这是我的一部分。还有第三个人,哎呀,他就是你的出路,没错的。

"第三个人是出路。"达里克没精打采地重复了一遍。

塔拉米斯将灯笼提到达里克面前,审视着他。

晃眼的亮光令达里克感到恼怒,但他发现自己依旧动弹不得。

你不是我的儿子。父亲在他的脑海中咆哮着。人们一直对你指指点点,如果我杀了你妈,他们不会怪我的。但她迷住了我,我无法伤害她。

达里克的脸颊一阵剧痛,但那是记忆中的疼痛,并非现实。那个男孩被摔在一堆牛粪覆盖的稻草上。他的父亲向他一步步逼近,然后痛打了他一顿,他的胳膊被打断了,发着烧在马厩里躺了好几天。

"那我为什么没有死呢?"达里克问道。那样一切都会变得简单得多,简单得多。

马特应该就会还活着,还和他的家人一起住在海斯法。

是我自己选择离开那里。马特说。我选择和我的朋友一起走。就算没有你的事,我也会自己离开海斯法。对你我这样的人来说,海斯法并不是个大地方。我爸爸知道这一点,就像他知道我会为了你离开那里一样。

"我害死了你。"达里克说。

在我们到达陶鲁克港之前,我有多少次险死还生?如果不是因为你,我现在已经死了多少次了?

马特撞向悬崖的情景又一次在达里克脑海中重演,那具骷髅像水蛭一样挂在马特身上。

和我们一起航行的船长们告诉过我们多少次,威斯特玛海军水手的一生是最不值得的?工作时间长,收入少,寿命更短。很大程度上就是这样。唯一让你觉得值得的是你的船友们,还有那几个酒馆里的小妞,她们会对你翻白眼,就好像你是个该死的大英雄似的。

达里克记得那些话语和那些时光。马特一直过得很好,总是有最漂亮的姑娘和最多的朋友。

如果我能完成我们约定的最后一件事情的话,或许来世我还能有这样的好运气。马特说。拿起剑,达里克,你要准备好。第三个人来了。

达里克的不安稍稍消退。直到那时,他才意识到塔拉米斯的双手正紧紧抓住他的衬衫前襟,用力摇晃着他。

"达里克!"贤者喊道,"达里克!"

"我听到你的话了。"同时,达里克也听到了箭矢射在金属盾牌上的声音。显然,教堂的守卫们勇敢了起来,决定设法干掉一些人,削弱这边的力量。此时,塔拉米斯的战士们将盾牌重叠交叉形成屏障,挡住了流矢。

"第三个人?"塔拉米斯问道。

"我不知道。"

"有从这里出去的路吗?"

"我不知道。"

绝望使贤者的脸庞微微扭曲。"那就使用这把剑吧。"

"我不知道怎么用。"

你在等待。马特说。

"我们在等待。"达里克沉闷地重复道。他很是沮丧,甚至觉得一切都不再重要。他父亲的声音减弱了很多,就像转到了幕后的某个地方。也许马特找到了方法屏蔽那些让他心烦意乱的声音,若是达里克愿意相信这些的话,马特就不可能是那个恶魔,可达里克非常肯定,他脑海里那个恶魔就是马特。

"其他守卫杀过来了。"帕拉特提醒道。

突然之间,那些石头开始纷纷移动。

塔拉米斯瞥了一眼达里克的身后,说道:"看,也许你的朋友是对的。"

达里克麻木地转过身来,发现碎石堆上方的下水道天花板上现出一个长方形的洞口。他仔细一看,发现那并非敞开的门,而是一大块被掀起来的岩石。灯光照在瓦砾和下面的水面上。

一个男人将头伸进了洞口。"达里克·朗!"他喊道。

塔拉米斯晃动提灯,将这个人引入了大家的视野中。

达里克盯着那人烧焦的脸,根本不相信救援已经到来。

"达里克·朗!"那个被烧伤的男人又叫了一声。

"他认识你,"塔拉米斯站在达里克身边说道,"他是谁?"

在不断移动的光线和阴影中,达里克无法看清那被烧伤的人的容貌,他摇了摇头说:"我不知道。"

你认识他。马特说。那是艾瑞巴·瑞森。来自陶鲁克港的海盗。你曾经在海盗船上与他作战。

达里克很惊讶,他知道马特说的是实话,因为他认出了那个人。"但他已经死了。"

"他看起来的确已经死了,"塔拉米斯平静地表示同意,"但他为我们提供了一条摆脱死亡的道路。他肯定已经掌握了逃出生天的办法。"

"这边走,"瑞森说,"如果你们想活下去,就抓紧点儿。那该死的恶魔派了更多的人跟着你们进了下水道,现在他们看到我打开了这里,很可能会检查地图,好弄清楚我是怎么到这儿来的。"

"来吧。"塔拉米斯说着拉起达里克的胳膊。

"这是一个骗局。"达里克坚持道。

不。马特说。我们会合了,我们三个。一起努力吧。

"继续留在这里的话,我们会成为瓮中之鳖。"他推着不情愿的达里克向前走去。

当他们走近瓦砾堆时,老鼠开始四散奔逃,弩箭纷纷射在石头上,偶尔也会射中一两只老鼠,但幸运的是战士们都平安穿了过去。

瑞森将手伸向达里克。"把剑给我,"海盗船长说,"我会帮你的。"

达里克还没来得及移动长剑,瑞森的手就伸了过来。这家伙的手指刚一碰到长剑,就发出嘶嘶的声响。

瑞森尖叫着猛地把手缩了回去。当他退回到下水道上方的隧道时,蒸汽猛然从他烧伤的手指中冒了出来。他诅咒着又砸开了两块石头,洞口比之前更大了,猎魔人能更轻松地爬进来。

塔拉米斯首先穿过洞口,爬进了他们上方的小隧道。达里克呆呆地跟在后面,小心翼翼地看着那把魔法长剑。

塔拉米斯自我介绍了一番后向海盗船长伸出了手,但对方却站在他手臂不及之处,并未理会他的善意。瑞森凝视着达里克问道:"你死去的朋友和你联系过吗?"

达里克看着他,不愿回答。其实他现在更愿意用豪克林的长剑刺穿海盗船长的心脏。

瑞森唇边挂着冷笑。他那被烧焦的唇肉裂开了缝，一直渗出鲜血。"你不必回答，"海盗船长说，"要不是你那爱管闲事的朋友，你是不会在这里的。"

好管闲事的朋友，是吗？马特气愤地说道。嘿，要是我的两只手能抓到你，或者能拿着一把像样的武器去战斗，我就把你的头砍下来，你这肮脏的畜生。

"他仍然和我们在一起，我知道。"瑞森说。

达里克惊讶地问道："你能听到他说话？"

"只要他在附近，没错。他总是唠唠叨叨的。感谢圣光，最近几个星期我才听到他说话。"瑞森的目光落在达里克手中的剑上。"他告诉我你会带着豪克林那把强大的武器来到这里。是它吗？"

"就是它。"达里克回答道。

其他战士爬进了小隧道，纷乱地站在他们附近。塔拉米斯低声发出命令，让他的手下守在新隧道底部的开口两侧。

"这东西能杀死卡巴拉克斯？"瑞森问道。

"我是被这么告知的，"达里克回答，"或者至少能把这只恶魔从这个世界赶回烈焰地狱。"

瑞森啐了一口，吐出口中的鲜血，然后狠狠地说道："我倒希望我们能把它的内脏掏出来扔给鲨鱼，然后看着鲨鱼一口一口把它叼走。"

"教堂守卫正在追上来，"帕拉特说，"我们最好赶紧上路。"

"让他们跟在我们后面穿过这条隧道？"瑞森问道。他做了个鬼脸，嘴里的血沫让他看起来有些丧心病狂。

他疯了。马特说。卡巴拉克斯对他做的一切已经让他失去了理智。

"你在这里干什么?"达里克问瑞森。

海盗队长笑了起来,更多的血沫溅到了他的嘴唇上。"我想应该和你一样。我是为了彻底摆脱恶魔。不过在听说你朋友的死讯后,再想一想我自己的遭遇,我不得不说,你似乎比我们任何人的待遇都强。"

达里克没有接口。

他们下面的下水道里响起了奔跑时带起的水花声。

"你俩叙旧的时候,那些教堂守卫可正在逼近。"帕拉特说。

瑞森后退一步从洞口旁边的墙上取下一只桶。他用力拖动那只沉重的木桶,手上的皮肤再次开裂出血。当达里克和帕拉特帮忙把木桶推向地面上的洞口时,木桶已被染成了深红色。海盗船长猛一拉桶盖,桶里盛满浓稠的黑油。

"倒下去。"瑞森命令道。

他们一起把桶里的油倾进下水道和下面的岩石上。老鼠从黑暗的液体中蹿了出来,守卫们小心翼翼地占据了有利的位置。

两支劲弩从下面的洞口飞了上来。其中一支射裂了木桶的一侧,另一支从瑞森的右小腿上擦了过去。瑞森痛得一边咒骂一边退回到墙边,然后从墙上的烛台拽出一支火把。他将火把抛出洞口,落在下面的瓦砾堆上。

达里克小心地从洞口往下看去,黑油已经被点燃了。火焰蔓延到瓦砾堆上,老鼠从藏身之处逃了出来,拥向守卫们,又纷纷跳入水中。浮在水面上的油也燃烧了起来,火焰顺着水流向卫兵们漂去,迫使他们不得不向后退去。

"这会给我们争取一些时间。"瑞森说。他转向左边,沿着隧道匆匆走去。

"你要带我们去哪里?"塔拉米斯问道。

"去找恶魔，"瑞森回答道，"这正是我们的目的。"他沿着隧道跑了下去，片刻之后又从远处的一个烛台上拿下一支火把。

这条通道比下面的下水道还要狭窄，只容得下三个战士并排慢跑。心底的紧迫感驱使达里克冲在了猎魔人的前面，塔拉米斯和帕拉特很快也加入了进来。

"那个男人是谁？"塔拉米斯盯着前面那带领他们逃跑的身影问道。

"瑞森，"达里克回答道，"他是——"

曾经是。马特更正道。

"他曾经是——"达里克从善如流地改口，"威斯特玛湾的一名海盗船长。一年前，瑞森曾经与拜耶德·邱力克合作。"

"打开了卡巴拉克斯之门的萨卡兰姆祭司？"

"对。"

"他怎么搞成了这样子？"

"他在陶鲁克港被那个恶魔杀死了。"达里克说道，他知道这听起来多么奇怪，因为他们正看着这个被烧伤的疯子在眼前狂奔。

"就我看来，他死得还不够彻底。"帕拉特说。

在瑞森被杀的同时，马特插口道，卡巴拉克斯还施放了一个咒语，让那些僵尸和骷髅来追杀我们。那时，魔法作用于瑞森的尸体，使他重新站了起来。你们将那把剑取出来之后，我就被吸引到这里来了。我发现我可以像跟你说话一样跟他说话。我们三个是有联系的，达里克，我们三人合力，能够在这里为卡巴拉克斯的统治画上句号。

"他已经死了。"达里克解释道，并重述了马特所提供的细节。

"豪克林的预言。"塔拉米斯说。

"什么预言？"达里克问道。他们跟着海盗船长瑞森绕过了隧道的一处弯道。

"据说除非把某三个人联合起来,否则永远无法从豪克林的坟墓中拔出他的剑。"贤者说道。

"什么三个人?"达里克问。

第二十五章

"一个人在死亡中迷失,一个人在生存中迷失,还有一个人彻底迷失了自我。"塔拉米斯说,"一个人被困在过去,一个人被困在现在,一个人被困在未来。"

一股因恐惧而产生的寒意充斥了达里克的全身。

"你的朋友马特一定是那个陷入死亡的人,他一直没有从过去的死亡中解脱出来。瑞森则是一个被生命困住的人,他无法死亡,注定只能以现在的样子继续下去。"他盯着达里克。"剩下那一个是你。"

"你为什么不早一点说呢?"达里克问。

"因为不是所有的预言都是真的,"贤者回答道,"所有的武器和器物都有关于它们的故事,但并不是所有的故事都是真实的。当你从豪克林身上拔出剑时,我一度以为预言是假的。"

塔拉米斯的话打击了达里克。

是啊。马特在他心里说道。你是那个迷失了自我的人。但那些悲伤的日子已经过去了,就像海斯法和你父亲肉铺后面的马厩一样。只要记住这一点,一切都会好起来。我不会抛弃你。

"预言还在继续，"塔拉米斯说，"一个人举起剑，一个人指引道路，还有一个人去面对恶魔。"智者盯着达里克。"一开始你无法拿起来那把剑，是因为你的朋友当时不在你身边。直至听到马特的声音，你才能举起剑来。"

达里克知道这是真的，从某种意义上讲，那以后发生的所有事情都证明了塔拉米斯的话。

"他给我们指路，"塔拉米斯指着仍然在他们前面奔跑的瑞森说，"那就剩下你去面对恶魔了。"

"与贤者并肩面对。"帕拉特轻蔑地哼了一声。

达里克尴尬得脸都红了，因为他知道即使他能使用豪克林的魔法长剑，这战士也不相信他有足够的力量和勇气去对抗恶魔。说实话，他也觉得自己不够坚强和勇敢。

没用的废物！ 他听到了父亲的声音。

达里克打心底里想逃离他面前的战场。他不是英雄。原本，他充其量能成为一名体面的威斯特玛海军军官；也许——但仅仅是也许——他可能成为一名体面的船长。

但成为一名英雄？

不。达里克接受不了。但是如果他离开了，如果他为了拯救自己而离开这场抗争，他还会剩下什么呢？突然意识到这一点之后，他的脚步几乎动摇了。如果在即将到来的战斗中临阵脱逃，他知道父亲曾经指责他的一切都会变成现实。

如果他这样做的话，他会像马特或瑞森一样被困在生死之间。

这对我们大家都有好处。 马特说。

即使我为此殉难？ 达里克对此很好奇。

"我们身后有人！"克莱文在队尾喊道。

"是守卫。"瑞森说，"我说过他们会找到我们的。这条隧道刚建成没多久。他们通过这隧道为教堂运送物资。这些建筑物中的秘密通道和隧道四通八达,在过去的几周里,我摸清了大部分通道。"

"你要把我们带到哪里?"塔拉米斯问道。

"到中央大教堂去,"瑞森回答,"如果你想面对卡巴拉克斯,你会在那里找到它和邱力克。"

又走了一两米,海盗船长在一段倾斜的天花板下停了下来。那扇门和天花板的倾斜度一样,正好插在里面。

"卫兵有时会在这里待命。"瑞森说,"但他们现在不在这里。这帮家伙都去下水道里追击你们了,我知道隧道和下水道是怎么连通的,但他们不知道。"他凑过去通过一条缝向里面看去。

达里克也跟着过去看了看,他手里紧紧握着那把出鞘的长剑。塔拉米斯站在他的另一边。

达里克透过缝隙往里看去,他看见拜耶德·邱力克站在一条巨大的石蛇头顶的平台上,那条蛇的面部燃烧着火焰。正如达里克所看到的,这条蛇在充满期待的观众上方不停地扭动。这些观众向石蛇哀求与呼喊的样子,以及站在它上面的那个人都让达里克感到恶心。他知道一些信徒可能清楚他们正在跪拜邪恶,但大多数人并不知情。他们是无辜的,祈祷着奇迹的发生,却不知道自己正被来自地狱的恶魔玩弄于股掌之间。

"外面有成百上千的人。"帕拉特惊奇地说道,他也挤到缝隙前向里观望着。"如果贸然现身,我们会寡不敌众。"

"人群有利于我们逃脱,"塔拉米斯说,"教堂守卫无法封锁所有出口,也无法控制住所有信徒。一旦我们杀死拜耶德·邱力克,混乱的人群就能掩护我们撤退。在那之后,我们会把卡巴拉克斯的真相传遍全城。"

"你杀不死拜耶德·邱力克。"瑞森说。

达里克看着海盗船长。靴子的撞击声在隧道里回荡,他知道他们没有多少时间了。

"你这话是什么意思?"塔拉米斯问。

"我曾经试图杀了那个浑蛋,"瑞森说,"几个星期前。我从他的守卫身边溜过去,混在观众里面,用手持弩射中了他的心脏。我知道我成功了。但几个小时后,拜耶德·邱力克居然已经开始主持下一场仪式。尝试刺杀他只会让他的名声更加响亮。"

这是卡巴拉克斯搞的鬼。马特说。恶魔救了他。但这个恶魔无法将他从豪克林的剑下救出来。

"我们不能留在这里,"帕拉特说,"而且我们也无路可退。"

达里克扫视着那些猎魔人,又一次被这支勇敢地走进教堂、坦然面对艰险的小队所震撼。如果他没被一把魔法之剑选中,没有死去朋友的灵魂陪伴,他不知道自己是否会与这些人一起做这种危险的事情。他别无选择,但他们不是。

你有选择。马特说。你本可以走开。

父亲肉铺后面马厩里干草的酸腐味道纠缠着达里克。他几乎可以感受到那天的滚滚热浪,还有堆放干草的椽子间那些小爬虫的困扰。他正躺在那里等死,或者等着下一次被父亲直接打死。

不。达里克告诉自己。别无选择。

没用的废物!他父亲吼道。

达里克咬紧牙关,深吸了一口气,做好了战斗的准备。他努力无视那个声音。

"我们上面都有什么?"达里克问道。

步步进逼的守卫的靴子发出隆隆的声响,而且越来越近,越来越响。

"台阶,"瑞森说,"但台阶的构造很巧妙。一旦我解开锁,台阶就会上升。"

达里克看着塔拉米斯,后者扫了一眼自己的手下。

"如果我们留在这里,"帕拉特说,"那就是等死。但出去的话,即使那条石头蛇到处乱窜,我们还是有机会的。"

塔拉米斯点了点头道:"我同意。"

所有战士都做好了准备。

"我们会尝试攻击邱力克,"塔拉米斯说,"如果成功的话,我们就可以离开这里。我们希望恶魔会暴露它自己。如果没有,我们再重新计划。"他瞥了达里克一眼。"让卡巴拉克斯从藏匿之处现身的最好办法,是使用豪克林的长剑。"

"对。"达里克说着,双手紧紧握住剑柄。他再次透过缝隙凝视着大教堂,发现石蛇下面的圆形区域仿佛一个竞技场。石蛇口鼻周围的火焰熊熊燃烧着。拜耶德·邱力克骑在蛇的脖子上,沉着自信地登上了平台。

"动手!"塔拉米斯命令瑞森。

海盗船长将手探到长袍下面拿出一把手弩。他那双焦黑的手上厚厚的结痂裂开了,鲜血渗了出来。当他伸手去拉头顶上的一根小杠杆时,鲜血淋漓的嘴唇扭曲出一个疯狂的笑容。他盯着达里克道:"别让我失望,水手。我以前在海狼号上和你交过手。你得表现得和过去一样好。按照你那死去的小朋友安排的去做吧。"

达里克还没来得及回答,瑞森就拉动了杠杆。隐藏在台阶里的门像羽毛一样轻盈地向上抬起。大教堂的光线照射进了这小小的隧道。

塔拉米斯率先冲了进去,他的橙色长袍随着他的动作旋转摆动着。

达里克跟着贤者冲出了藏身之处,接着几乎被充满大教堂的嘈杂的声音淹没了。成千上万高亢的声音正在赞美光明先知迪恩·奥普斯坦。

教堂守卫占据着右侧的一处制高点，他们在第一时间发现了那扇秘门的开启。一个弓箭手迅速张弓搭箭，但还没等他瞄准目标，瑞森就已经伸出手弩按动了机关。小小的弩箭嗖地射了出去，直接刺穿了守卫的喉结，弩尖从他的后颈穿了出来。这名守卫从高地倒向人群，引发了一场小规模的骚乱，惊得人们嘶声大叫。

守卫们从岗哨冲出来，猎魔人则大步迎向他们。武器撞击的声音不绝于耳，达里克冲在了最前面。

拜耶德·邱力克站在石蛇头顶的平台上，命令石蛇停了下来，这时那张火红的大嘴张开了，一个小男孩被甩到他父亲的怀里。

准备好。马特在达里克的脑海里说道。你将要面对更艰险的情况了。

"我们守不住这里！"帕拉特喊道。他的脸上满是斑斑血迹，但并非所有鲜血都是他自己的。"我们得撤退了！"

逃跑解决不了问题。马特说。你有能力，达里克。我们有这个能力。我和瑞森，我们为你做了这么多，剩下的全靠你自己了。

"迪恩·奥普斯坦的信徒们！"拜耶德·邱力克的声音在教堂里隆隆作响，"看看你们眼前这些异教徒，你们会眼睁睁看着这座伟大的教堂被拆毁，被剥夺容纳光明先知和梦想之路的尊荣吗？"

大教堂里充满了恐惧和愤怒的吼声。

达里克现在完全是为了生存而战。尽管他们的人数已经居于劣势，但他知道情况只会变得更糟。他不停地躲闪和还击，用剑格挡开一名雇佣兵的武器，随即一剑刺中对方的心脏，然后大步赶上去一脚踢在死者的胸口。这死者撞上了三个正向他冲过来的守卫。

塔拉米斯的双手优雅而快速地移动，在空中画出神秘的符文。他轻喝一声，这些符文飞向大教堂的尖顶。

当达里克挡住另一把剑时，高高的天花板附近聚起一片黑云。达里克控住对方的武器，迈步向前用肘部和拳背猛击一名教堂守卫，及时将手臂重伤的拉姆博从这家伙手中救了出来。这卫兵在拉姆博面前倒下了。

"谢谢。"战士喘息着，他的脸色看起来极其惨白。

达里克解决了一个对手，但同时又有好几个人顶了上来。刚才被达里克压制的守卫终于把武器抽了回来。头顶的乌云开始不停翻滚，夹杂着电闪雷鸣。这守卫举起武器砍向达里克的脸孔，而达里克再次控住这人的长剑，一记旋踢命中了那人的脑袋，将对方踢得腾空而起，重重地落到了一群信徒之中。

达里克喘着粗气绝望地扫了一眼大教堂，他感觉空气中充满了寒意。尽管战斗已经是一边倒的局面，一些信徒仍旧从腰间解下随身的小刀准备加入战斗。

他们是无辜的。马特在达里克的脑海里说。不是所有的人都是邪恶的。他们只是被魅惑了。

"恶魔在哪里？"达里克问。

在石蛇腹中。马特说。就在黑暗之路那儿。卡巴拉克斯重新回到了它自己的地盘。它知道你有豪克林的剑，它很清楚这一点。

达里克不停地格挡，闪避，还击，再次将剑尖刺入了一个对手的喉咙。这守卫跌跌撞撞地向后退去，咽喉的鲜血如喷泉一般涌出。他丢掉佩剑双手紧紧扼住喉咙，试图阻止鲜血流出。

塔拉米斯招来的乌云突然爆发出极寒的哀号。冰冷的暴风呼啸而过，撕扯着整个教堂，将缠绕着这条石蛇口鼻的火焰扭曲成闪烁的狂潮。冰霜凝结在这巨大的石头生物上，但很快就融化了，因为石蛇重新吐出了火焰。蒸汽在它周围反射着闪亮的光芒。

石蛇歪着头，将注意力集中在这群猎魔人身上。恶毒的火焰在蛇眼中不停舞动。

拜耶德·邱力克是第一个。马特说。他必须死，达里克，卡巴拉克斯通过他与这个世界建立了密切的联系。

突然，一场暴风雪席卷了整个大教堂，厚厚的雪花在教堂中心和信徒上空飞舞着。聚集的雪花犹如高速旋转的白色毯子，令人无法看清眼前一切。雪花落到裸露的皮肤上，便如同强酸般腐蚀皮肉。

那条石蛇浑身闪着火光向前直冲而来，狰狞的牙齿周围缠绕着熊熊火焰。

"小心！"帕拉特大喊一声，将拉姆博从石蛇的进攻路线上撞开。

猎魔人已经清空了这片区域，但并不是所有的守卫都平安逃脱。三名守卫被撞得血肉模糊。尽管大教堂地板上的石头碎裂了，长椅上的大块石头也被撞破了，但石蛇并没有受到任何伤害。

达里克鼓起勇气，克服了心中的重重疑虑向那条蛇跑去。石蛇将身子蜷缩成了一团，尖牙上仍然挂着三个守卫血淋淋的碎肉，它接着一弹而起，向达里克追去。达里克意识到这头不属于自然世界的怪物马上就要逼近自己，于是向右顺势一滚，滑到了石蛇的身体下面。

达里克抬起空着的手抓住了巨蛇石雕的鳞片。蛇头猛击教堂的地板，石头地板被砸得粉碎，飞出的碎屑击伤了旁边的人们。达里克爬起来紧紧抓住石蛇腹部的鳞片，借此站起身顺势一纵落在巨蛇的鼻子上。石蛇张开嘴发出咝咝的声音，一条烈焰升腾的舌头爆鸣着向他刺去。

达里克落到石蛇的鼻子时，火焰烧焦了他的头发。在那头怪物张开的嘴巴的帮助下，达里克向拜耶德·邱力克站立着的平台扑去。

突然间，邱力克意识到了达里克的绝望之举所指为何，他立即举起双手施展魔法。但为时已晚。咒语尚未完成，达里克就已经抓住了他的长袍。现在对邱力克唯一有利的是，达里克没办法立刻登上平台。

达里克知道自己这次绝望的冲刺错过了平台，便用空着的一只手抓住了邱力克长袍的下摆。他下坠时，邱力克也被一把从平台上拉了下来，重重地撞在栏杆上，再无机会全神贯注地施法。达里克一只手抓着长袍剧烈地摇晃着，他看到那条蛇摆出蓄势待发的狩猎姿态，想把他从平台侧面撞下去，这样再猎取他就轻而易举了。于是达里克拼命弯曲手臂，想把自己拉到邱力克身边。

强劲的暴风雪在他们周围盘旋，令人头晕目眩。塔拉米斯用魔法掀起的狂风将达里克吹得瑟瑟发抖，他感觉自己的脸和裸露在外的皮肤都被冻伤了。达里克抽出长剑，像投掷长矛一样甩手将其扔了出去。

豪克林的魔法长剑在如此可怕的狂风中一样畅行无阻。它刺穿了拜耶德·邱力克的心脏，老祭司踉跄着向后倒去，却又被达里克紧紧抓住的长袍绊住。

"不！"邱力克低吼了一声，紧紧握住那把刺痛他的长剑。蓝色的火焰在他的手上迸射而出，但他似乎无力放手，就像他无力拔出胸口的长剑一样。

趁着邱力克无力还击之际，达里克用另一只手抓住平台的边缘，爬了上去。邱力克从达里克的手中解脱出来，跌倒在平台的一边。

那把剑！马特在达里克的脑海中大喊。卡巴拉克斯还在你面前呢！

达里克身子紧紧贴着平台，石蛇的脑袋就在他身后不停晃动，他警惕地用余光观察着周围的动静，左手紧紧抓住平台，右手向长剑伸去。他想让它回到自己身边，就像那天在艾略格·巴罗斯家里一样。

就在邱力克的尸体倒在下面开裂的石头地面上时，达里克感到有一种力量将他和长剑联系在了一起。他看着那把魔法长剑从尸体上跳了起来。豪克林的剑飞到空中，向达里克疾行而去，就在此时，那条蛇突然抬起头来将他抛向空中，同时将长剑远远地击飞出去。

达里克飞得极高，身子旋转着差点儿撞到天花板，他四肢乱摆，试图控制住自己的身体。达里克惊恐地看着石蛇低下头，张开血盆大口。火焰在它的喉咙里翻腾，这意味着如果它抓住达里克，他一定会被烧死。

去拿剑！马特喊道。如果没有剑，一切就都完了！

达里克努力将意识聚焦于魔法剑上，但当他开始坠落时，却无法忽视下面这条大蛇。即使石蛇有可能失手，他也确信自己摔到地上后肯定一命呜呼。

去拿剑！马特喊道。拿到它，它会保护你的。我可以帮你使用这把剑的魔法。

达里克终于放下了寻死的念头。如果他死了，只会结束他过去一年，以及之前那些年所承受的痛苦。

他把注意力集中在豪克林的剑上，加强了武器和自己之间的联系。邱力克的尸体直挺挺地落在石头地板上，旁边是那条张着大口的石蛇。但魔法长剑终于挣脱了尸体，飞向达里克。

抓住剑。马特说。抓住剑我就可以帮你。

达里克无法在空中改变方向,他直直掉了下去,就像一块石头似的掉进了等待已久的蛇嘴里。火焰包围了他,有那么一瞬间,他以为自己要被烧死了。难以置信的热量包围了他,令他丧失了所有的感官。

站稳!马特警告道。尽管达里克确信他的声音是从自己脑海中传来的,但那声音听起来却是如此遥远。这是最糟糕的情况,达里克,没有别的办法了。

达里克不敢相信自己还活着。一个人跌到石蛇的嘴巴里应该是必死无疑的,而熊熊燃烧的火焰显然磨灭了一切幸存的可能。

但是——

他还活着。他能从自己的感觉,急促而痛苦的气息和充斥全身的剧痛中,确认这一点。

你不能躺在那里。马特说。他的声音听起来微弱而遥远。这是黑暗之路。是梦想与暗影的扭曲之路。卡巴拉克斯在这里是至高无上的主宰。至少,它相信自己有这个力量。如果你躺在那儿,它会杀了你的。站起来——

"起来。"一个刺耳的声音怒吼道,"起来,你这没用的浑蛋。"

达里克认出那是他父亲的声音。他猛地睁开眼睛,看见了父亲肉铺后面那个熟悉的马厩。他发现自己躺在铺在干草棚里的那些酸臭的草堆上。

"你没想过我会抓到你在这里睡觉吧?"父亲问道。

达里克本能地蜷缩成一团来保护自己。他记得前一天挨了一顿打,受伤不轻——也许是同一天早些时候。有时在挨打之后,达里克会忘记时间。他昏厥了不知多久,因此对这段时间的流逝毫无印象。

"起来吧,你这该死的兔崽子。"他的父亲踢了他一脚,他的肺部一阵剧痛，也许又断了一根肋骨。

达里克战战兢兢地在父亲面前站了起来。他手里吊着什么东西，但当他看过去的时候，却什么也看不见。也许他又断了一只胳膊，但和上次被打断胳膊时感觉不一样。

他以为自己听到了马特·胡·林的声音，但他知道，在他父亲大发雷霆的时候，马特永远不会露面。就连马特的父亲也不愿意在那段时间过来。

"我说了，起来！"他父亲吼道。父亲身材魁梧，大腹便便，肩膀宽阔，留着一头棕色卷发，卷曲的胡子垂到了胸前。长时间的艰苦工作和无数次在酒馆里打架斗殴让他的大手结了无数厚茧。

"我不可能在这里。"达里克茫然地说道，"我是一名水手，现在应该在一个教堂里。"

"蠢货！没用的杂种！"他父亲吼道，然后一把抓住他的胳膊摇晃着他。"谁能把你这种人培养成水手？"父亲嘲笑道，"你躲在这里，又在做你那可笑的梦。"

达里克羞愧得满脸通红，他低下头来看着自己。他是个男孩，最多不过八九岁，对他父亲没有任何威胁。然而他的父亲却把他当作最凶猛的敌人来对待。

他的父亲给了他一记耳光，让他的头痛得要命。

"小子，我说话的时候，别把目光从我身上移开。"父亲命令道，"也许我没教过你什么别的东西，但你该知道尊重比你优秀的人。"

眼泪顺着达里克的脸颊流下来。他感受到了它们的热意，当它们流到他颤抖的双唇时，他尝到了苦涩的咸味。

"你看你，你这哭鼻子的懦夫，"他的父亲吼着又举起了手，"你要有一点脑子，就不会哭得这么稀里哗啦的。"

达里克的后脑勺挨了一拳,他感觉整个世界都开始围着自己旋转。他想起来了,就在上周,他还看见父亲在瘸腿鹅酒馆外泥泞的街道上,与三个商队护卫干了一架。作为一名屠夫,他的父亲还说得过去,但作为一名战士,很少有人能与他相比。

"小子,你听我的安排喂牲口了吗?"他的父亲问道。

达里克从干草棚的边缘往外看,他父亲显然已经知道了答案,他看到所有的饲料箱和水槽都是空的。"没有。"他回答道。

"这就对了,"他的父亲嗤道,"你没有。我对你的要求很少,因为我知道不能对你这种白痴期待更多。但喂牲畜你总能做得到吧?"

达里克蜷成一团。他知道当他父亲陷入某种情绪中时,他是不会赢的。如果他喂过牲畜,他的父亲就会挑毛病,坚持说喂得太多或者太少。达里克的胃里一阵翻涌,仿佛有一阵风暴正在他的胃部肆虐。

但是他怎么知道那是什么感觉呢?除了有时在他父亲晚上经常光顾的小酒馆外面可以偷听到一个故事。他的父亲总想把达里克留在家里,但他的母亲晚上很少在家,达里克不敢一个人待在家里。

于是,达里克偷偷地跟着他父亲从一家酒馆走到另一家酒馆,因为他父亲时常烂醉如泥,所以他很容易避开父亲的视线。尽管父亲可能很残忍,但他也是达里克一生中最重要的人物,因为他的母亲从未在他身边。

……不在那里……

达里克轻轻吸了一口气,他确定自己听到了马特·胡·林的声音。但这不可能,不是吗?马特已经死了。他死了……死了……

死在哪里?

达里克不记得了。事实上，他根本不想记起。马特死在远离家人的地方，这是达里克的错。

你在黑暗之路上。马特说。这些都是恶魔的诡计。不要放弃……

马特的声音又消失了。

有重物挂在了达里克的手臂上。

"这是什么玩意儿，小子？"他父亲拽了一下达里克，展示着绳子和绳子末端打结的套索。"这是你玩的东西吗？"

达里克没有说话。他不能讲。就在几天前，马特从水手叔叔那里学来这些技巧，然后教给了达里克。农夫经常会带着牲畜到他父亲店里屠宰，达里克则用他们留下的绳子残段做出了这些。

好几天的时间里，达里克一直想着上吊自杀来结束这一切。

"你做不到，对吧小子？"父亲问道。他把绳子卷起来，将套索抖了出来。

达里克哭着摇了摇头。他的鼻子塞住了，他知道自己的声音听起来很可怕。如果他试着说话，只会换来父亲的嘲笑和一巴掌，然后让他说得更好一点，最后直到达里克失去知觉或者接近昏迷，父亲才会停下来。他知道，接下来的几天他都会从裂开的嘴唇和双颊内侧的裂痕中尝到血的味道。

只是这一次，他的父亲有了不同的想法。父亲把绳子扔到草棚另一边的橡架上，然后在绳套掉下来时抓住它。

"我想知道你要多久才会有勇气尝试这东西。"他的父亲说。他从草棚的一边往外看了看，把套索放低了一点。"你是想上吊自杀呢，小子，还是想在跌倒时扭断自己的脖子？"

达里克没有回答。

事情并非如此。马特说。是我找到的绳子。不是你爸。那天是我把绳子从你身边拿走的,是我让你发誓,你永远不做那样的事情。

达里克觉得自己差一点儿就想起来了,可记忆还是从他身上溜走了。

父亲把绞索套在他的脖子上咧嘴一笑。他的呼吸带着酸葡萄酒的臭味。"我认为掐断你的脖子是懦夫的行为。我不会让我的杂种儿子害怕死亡。你会像个男人一样面对它。"

这是恶魔!马特大喊道,但他的声音听起来有些嘶哑,就好像是在风中大声呼喊似的。小心,达里克!你可能在那里失去生命,如果你在黑暗之路上失去生命,它将会永远属于这恶魔!

达里克知道他应该害怕,但他没有。死亡很容易。活着是艰难的,需要在所有的恐惧、错误和痛苦中踯躅前行。无论是如何死去——快还是慢——都是值得欣慰的解脱。

他的父亲在他脖颈上打了个刽子手常用的死结。"该上路了。"父亲咆哮道,"至少当这个故事传遍全城时,他们会说我儿子是带着他父亲的勇气死去的。"

达里克站在干草棚的边缘。他的父亲将大手放在他的胸口,他却找不到任何办法防止自己跌倒。

父亲手臂用力,推了一把。

他的手臂挥舞着——抓住那把剑,他思想的一部分在尖叫——他摔倒了。但是当他碰到绳子的末端时,他的脖子并没有折断。他父亲并没有将绳子拉到底。

达里克吊在绳子的末端,麻绳勒进了他的脖子,他感觉自己已经窒息了。他的右臂留在身边,而他用左手抓住了绳子,试图保持呼吸。

"放手吧,"父亲嘲笑道,"你很容易就会死掉。只差几分钟了。"

他在撒谎!马特说。该死的,达里克,看看真相!这从未发生过!如果发生了这种事,我们就不可能出海了!

达里克抬头盯着他的父亲。那个男人跪在干草棚边,咧嘴大笑着,眼睛里充满了期待。

看看他!马特大喊道。看看他身后墙上的影子!

达里克的目光透过周围逐渐变黑的垂死的幻象,看到了墙上的影子。但那并不是他父亲的影子。无论是什么东西将影子投在了这墙上,首先它不是人类。然后,达里克想起了布兰威尔的大教堂,那条伸着火舌的石蛇。

没有任何征兆,达里克突然意识到自己已经长大了,他正被吊在房梁上那打了死结的绳子上晃来晃去。

"你太迟了。"恶魔说。它的形体发生了变化,从达里克父亲的样子变回它的真身。"你会死在这里,而我将拥有你的灵魂。也许你已经杀死了拜耶德·邱力克,但我会通过你,继续与这个世界建立联系。"

达里克胸中充满了怒意。他拼命激起这股怒火,试图从中汲取足够的力量。他将长剑向上一扫,割断了吊着他的绳子,落到了下面稻草覆盖的地上。

只是它不再是肉铺后面马厩里铺着稻草的地面了。现在,它是一条悬在虚无之中的纤细黑色丝带。

卡巴拉克斯落到了达里克面前的黑暗之路上。恶魔一句话也没说,就向达里克冲了过来,它张开利爪,露出了尖牙。

虽然达里克脖子上还套着绞索,让他呼吸困难,眼前甚至出现了斑点,但这并不妨碍他反抗。他手中的长剑似乎有了灵性般疾速舞动,但也只够阻止恶魔杀死他。

卡巴拉克斯用尾巴扫向达里克,达里克挥动长剑迎了上去,径直将它砍下来一截。恶魔愤怒地咆哮着,挥舞双臂,手爪交叉斩了下来。"没用的人类，你不可能击败我！"达里克弯身躲避，接着向前一扑，就着恶魔断尾处流下的鲜血，从它的两腿之间滑了过去，随后迅速站起来冲向背对他的恶魔。达里克将所有关于失败的念头抛在一边，也不去想如果坠入黑暗之路两边的无尽深渊会是怎样的下场，然后纵身一跃。

卡巴拉克斯本来试图抓住达里克的后背，但当达里克用一只手抱住恶魔的头，将豪克林的长剑从恶魔的脖子上滑过，抵住它的喉咙时，它僵住了。

"等等，"卡巴拉克斯说，"如果你杀了我，你会付出代价的。你不像豪克林那样纯净。你内心深处的恐惧会永远污染你。你会永远被我带给你的东西困扰。这就是代价。"

达里克只愣了那么一下。"我愿意……付出……这代价……"他嘶哑地低声说道。然后，他用魔法长剑划过恶魔的喉咙，金属切开骨头发出刺耳的声音，闪电照亮了周围的黑暗。

一阵疯狂的闪光充满了达里克的视野，他暂时失去了视觉。

当他再次睁开眼睛时，他正站在大教堂的中央。积雪覆盖了他周围的地板。他拿着卡巴拉克斯的脑袋，其中的一只角紧紧握在他手中。

那条石蛇看上去仍然活跃，它盘踞在拜耶德·邱力克的尸体之上。

塔拉米斯和其他猎魔人抵挡着教堂守卫的猛烈攻击，已经有四名战士先后倒下——或是死亡或是重伤。

石蛇身子微蜷，然后向达里克猛扑过去。

"不！"达里克叫道，他感觉到自己身上有种非自然的力量。他将豪克林的剑斩在白雪覆盖的石头地板上。

冰冷的蓝色闪电穿透教堂的屋顶，击中了那条石蛇，把它撕成了一堆扭曲的蛇形砖块和灰泥。它口中和眼睛里的火焰闪烁着渐渐熄灭了。

达里克转过身去,大教堂里的每个人都僵住了。

达里克举起恶魔的头颅,高声喊道:"结束了!恶魔死了!你们的假先知已经死了!"

教堂守卫纷纷放下武器向后退去。塔拉米斯和他的战士们浑身是血,但并没有放松,警惕地转过身来看着达里克。

"回家吧,"达里克告诉信徒们,"一切都结束了。"

他虽然这么告诉他们,但他知道并非如此。他仍然是要付出代价的,他现在才开始明白代价是什么。

尾　声

冰冷的朝阳遥遥划破了东方的天空，强烈的红紫色光芒穿透了白色的云层，看上去就像一颗刚刚破壳的鸟蛋，蛋黄里还渗着点鲜血。山风呼啸，将寒冷的空气送到山下，但太阳的光芒还是把夜晚的阴影从布兰威尔驱入海中。

达里克·朗站在被花园覆盖的光明先知大教堂的屋顶上。他已经站了整整一夜。他披着一件厚实的披风，但凛冽的寒风早就吹透了衣服，他几乎被冻僵了。尽管如此，他还是不肯离开。父亲的声音在他脑海里回响了好几个小时，直到不久前才开始变得微弱。达里克根本没有听到马特的声音，也不知道马特是继续游荡在幽灵之路上，还是在最后的对决中又一次死亡。无从知晓让他万分煎熬。

拜耶德·邱力克的一些雇佣兵曾威胁要进行战斗，但由于他们的雇主已经横死，他们中没几个人有勇气这么做。帕拉特吐出口中的鲜血，然后告诉他们，他们都疯了，因为他们只是失去了轻松的工作，如果他们还想失去更多，不妨上来试试。雇佣兵没有一个依言出头。一片混乱中，瑞森不见了。

塔拉米斯一直将队员聚集在一起，担心受惊的人群会进行报复。

起初，观众们似乎想攻击那些猎魔人，尽管达里克拎着卡巴拉克斯的头颅，让他看到了他们曾经被灌输的一切都是谎言。他们在那里见证神迹，领受神迹，却又眼睁睁地看着一切被夺去。他们中的一些人已经在长椅上坐了几个小时，仍旧没死心，仍旧怀着微弱的希望，希望光明先知和引路者会回到真正的信徒身边来。

屋顶上响起了脚步声。

达里克转过身来，豪克林那把神秘的长剑还握在他的手中。虽然他和塔拉米斯以及其他猎魔人并肩干掉了拜耶德·邱力克和卡巴拉克斯，但达里克知道他们仍然不信任他。他的道路与他们不同；他不会骑着马进入新的黎明，也不会在港口搜寻一艘船去和另一个恶魔作战。

另一个恶魔。达里克嘴角露出一丝苦笑，但很快压下了心底翻涌的情绪。他还没有摆脱最后一个恶魔，他还没有战胜父亲灌输给他的恶魔。

塔拉米斯·沃尔肯穿过了花园。这位贤者身上还带着战斗的痕迹——血迹，有些是他的，有些是别人的，橘红色长袍也沾染了不少污渍。尽管天色已明，他的脸上仍有些阴郁，在干净的光线下，不知为什么他显得老了许多。

"我就是想着你是不是一直待在这里。"贤者说。

"你已经知道了，"达里克说，"你让拉姆博从屋顶上监视着过道。"

塔拉米斯犹豫了一下。"当然，你是对的。

达里克什么也没说。

贤者走到屋顶的边缘，低头向下看了看。微风吹起了他的橙色长袍。"许多信徒没有离开。"

达里克不情愿地走到屋顶边，和老人一起往下看去。教堂前的街道上挤满了人，尽管城市守卫尽力想把他们赶走。滚滚浓烟从六座燃烧的建筑物中升起。

"他们还没有停止盲信。"塔拉米斯说。

"因为邱力克和卡巴拉克斯给了他们想要的东西。"达里克说。

"只是一部分，"塔拉米斯纠正道，"而且代价很高。但这足以让其他人留在这里，希望自己能成为下一个被命运眷顾的人。"他抬头看着达里克。"恶魔做了一件可怕的事。"

达里克保持沉默。贤者的话带来的寒意比北风更甚。

"城市守卫正与城里四处游荡的礼拜者战斗。他们中有许多人在抗议昨晚的活动。他们声称达库兰爵士出于嫉妒杀害了邱力克和先知迪恩·奥普斯坦，这里根本就没有恶魔。"

"恶魔已经不在了，"达里克说，"否认卡巴拉克斯恶魔的身份也无法让它回到这个世界。"

"对，但他们想报复这座城市，因为他们不仅感到内疚和困惑，还有愤怒。如果布兰威尔幸运的话，在守卫控制住局势之前，它会只损失几栋建筑和几条人命。"

达里克回想起自己内心的愤怒——他父亲对他的所作所为留下的愤怒。他现在知道了症结所在，但他也知道这种印记是不可磨灭的，会永远和他在一起。

"他们说，"塔拉米斯说道，"当一个人面对恶魔时，他会以前所未有的方式认识自己。达里克，你和卡巴拉克斯的接触，比我认识的任何人都要密切。"

"你也与恶魔对抗过，也猎杀过恶魔。"达里克反驳道。

塔拉米斯斜靠在屋顶的窗台上，双臂抱胸说道："我从来没有像你那样跟着它们进入烈焰地狱。"

"你会去吗？"

"如果必须要我做的话，会的。"贤者的声音中没有一丝犹豫，"但我必须问自己，为什么要这样做。"

"我没有选择这么做，"达里克指出，"是蛇吞了我。"

"那条蛇把你吞下去，因为卡巴拉克斯认为它能在黑暗之路上击败你。它认为它能击败风暴狂怒。我的问题是，魔鬼为什么会这样想呢？"

很长一段时间，达里克保持着沉默，但最后他意识到贤者没打算离开。"因为我的内疚。"他最后说。

"对你的朋友马特？"

"还有很多事情。"达里克承认道。然后，他没有控制住自己，把他父亲的作为和他在海斯法的肉铺饱受虐待的事情告诉了贤者。"我花了很长时间才明白，我的母亲对我父亲不忠，我不知道我真正的父亲是谁。我到现在都不知道。"

"你曾经想知道吗？"

"有时候会，"达里克承认，"但圣光知道如果我弄清楚会带来什么样的麻烦。我的麻烦已经够多了。"

"卡巴拉克斯认为它可以通过让你直面你父亲的愤怒来削弱你。"

"要不是马特，"达里克说，"它早就这么做了。每次挨打之后，马特总是站在我身边。在黑暗之路上，他又站在了我身边。"

"帮你挫败卡巴拉克斯的诡计。"

"是的，"达里克凝视着贤者，"但是胜利不全是我的，你明白。"

塔拉米斯看着他。

"我在烈焰地狱里打败了卡巴拉克斯，"达里克说，"但我将它的一部分带了回来。"他将风暴狂怒插进了旁边花园的一张床上。这样放置普通武器有些太过分，因为湿气会使它很快生锈。但他知道这把神秘的剑不会受到任何伤害。他把剑留在那里，颤抖着伸出手来。

"那个该死的恶魔以某种方式玷污了我。"

达里克的一只手掌闪着光芒，然后开始改变，很快失去了人类的特性，扭曲成恶魔一样的附肢。

"圣光在上。"塔拉米斯低声说道。

"我摧毁了拜耶德·邱力克和卡巴拉克斯进入我们世界的道路，"达里克说，"但我却变成了这样。"他的手指变成了长长的鹰爪，手掌的皮肤也变成黑绿色，覆满了毛发。

"这是什么时候发生的？"

"我在黑暗之路上的时候，"达里克说，"我还要告诉你一件事。卡巴拉克斯并没有真正死亡。我不知道它是否还在借助另一具躯体存活在我们的世界里，但它仍然活在烈焰地狱里。我不时会听到它低声嘲笑我。它在等着，你瞧，等着我放弃，等着我死去，等着我喝醉酒，等着我失控，等着我不在乎自己是死是活。"他伸手去拿豪克林的剑，将它紧紧握在手中，看着那只手恢复成正常的模样。

"豪克林的剑在保护你。"塔拉米斯说。

"是的，"达里克说，"它让我维持了人形。"

"你被卡巴拉克斯诅咒了。"

达里克把剑放入了身边的剑鞘。"卡巴拉克斯离开烈焰地狱的大门不再位于戴尔河边那城市的废墟下面了。现在我就是它的大门。"

"如果你被别人杀死了呢？"

达里克摇了摇头。"我不知道。如果我的身体被完全摧毁，也许卡巴拉克斯就没有办法再次进入这个世界。"他笑了，但笑容冰冷，毫无幽默感，看上去充满了苦涩。"告诉你这件事，我觉得好像把自己的生命置于了危险之中。"

塔拉米斯一时间没有开口。"有些人宁愿杀死你，也不会冒着让恶魔回来的风险。"

"那你呢?"

"我若做出这样的事,和我追猎的那些恶魔又有什么区别呢,"智者回答道,"不,你没有什么可怕的。但如果卡巴拉克斯在你内心占了上风,我还是会追捕你,杀死你。"

"很公平。"达里克表示同意。他知道他依然可以期待一下。

"你需要随身携带豪克林的剑,"塔拉米斯说,"我会向艾略格·巴罗斯解释一下这件事。不过很有可能他和他的家人会很乐意把这件事撇在一边。"

达里克点了点头。

"你接下来想做什么?"塔拉米斯问道,"你想去哪里?"

"我不知道。"

"你可以跟我们一起前行。"

"我们都知道我不适合你的小队,"达里克回答,"尽管这样可以更方便你监控我。"

塔拉米斯苦笑了一声。"的确。"

"我从恶魔的死亡中得到了很多东西。"达里克说着大步走向贤者。"你受伤了,让我看一下。"

塔拉米斯犹豫地拉开长袍,露出他身上深深的伤口。有人笨拙地包扎过它,但血液仍然在不断渗出来。

达里克用手拍了拍贤者的身体,后者情不自禁地瑟缩了一下。达里克浑身充满了力量,当他开始工作的时候,他听到卡巴拉克斯的低语在他的脑海中越来越响亮。最后他把手拿开了。"检查一下你的伤口。"

塔米拉斯拉开绷带检查了自己的身体,难以置信地说道:"它已经愈合了。"

"是的,"达里克说,"我昨晚所受的伤也是如此。但这样的治疗是有代价的。当我这样做的时候，卡巴拉克斯会有更多的机会接触到我。只有豪克林的长剑才能让我保持理智和人性。"

"你治愈我的速度比我用过的任何医师和药剂都要快，效果也更好，"塔拉米斯说，"你可能会成为一笔巨大的财富。"

"但这是对谁来说呢？"达里克问，"要付出什么代价？也许卡巴拉克斯给了我这种力量，是为了让我在继续使用它的同时越来越接近它。"

"那你接下来想做什么呢？"

"我不知道，"达里克回答道，"我只知道我需要离开这里。我需要到大海里生活一段时间，塔拉米斯。我需要清理一下自己的头脑。我需要再找一份体面和诚实的工作，过过海员的生活，这样我就没有那么多时间去胡思乱想了。"

"相信圣光，"塔拉米斯说，"即使在最黑暗的岁月里，圣光也会为你指明道路。"

* * *

几个小时后，太阳沉到了海洋的尽头，而这一艘船的旅程也已经确定，达里克站在布兰威尔码头上。塔拉米斯和其他猎魔人也加入了他的行列，他们一致同意至少要共同完成接下来的这段旅程。

码头上非常拥挤，人们像牛群一样在货船上你推我搡。海浪把船只顶到码头的木桩上，沉重的隆隆声在船坞上空不停回荡。

突然间，一个女人尖锐的叫声打破了这些喧嚣。

达里克正踏上跳板走向他预订的船只，此时禁不住回头看了看。

男人们把一个小女孩从水里拖了出来，她穿着长裙，身体几乎被撕成碎片。

当水手们在码头上把小女孩展开时,一个年长的女人跪在她旁边,这可能是她的母亲。"求求你们,"女人乞求道,"谁能帮帮我的小女儿?这里有医师吗?"

"医师对她不会有任何帮助,"达里克身边一名水手粗暴地说道,"那个小女孩真倒霉,上船的时候掉到了船和木桩中间。把她挤成了肉酱。谁也帮不了她什么。她已经死了,只是还在等死神的召唤。"

达里克看着这个虚弱而痛苦不堪的女孩,她湿透了的身体被挤得粉碎。

"达里克。"塔拉米斯低声喊道。

达里克愣在了跳板上一动不动。如果小女孩的事故不是意外呢?如果这是卡巴拉克斯在引诱他再次使用治疗的力量呢?如果人群中有正在旅行的维兹杰雷法师或者其他教派的法师,万一他们识别出达里克的力量并非来自圣光,而是来自烈焰地狱呢?

然后达里克转过身去,从跳板上纵身跳回了岸边。他一路前进,把挡在面前的人们推开,他感到旧日的愤怒和放纵在心中涌动。片刻后,他走到了小女孩身边。

她的母亲抬头看着他,脸上满是惊恐和无助的泪水。"你能救救她吗?拜托了,你能救救她吗?"

小女孩不过六七岁,甚至比达里克最后一次见过的马特的一个妹妹还要小。

"不行的,"旁边一个男人小声说道,"我以前见过有人被像这样压扁。那个小女孩和死了没什么区别。"

达里克一言不发,把手放在女孩身上,感觉到她体内断裂的骨头在随之移动。求你了。他想道。他无视卡巴拉克斯刺耳的低语玷污了自己灵魂的最深处。他不让恶魔的话涌现在脑海中,也不让自己去理解它们。不让自己理解。

力量流过达里克的双手,涌入小女孩的身体。良久,她的身体突然弓起来,然后停止了呼吸。在这一瞬间,达里克确信卡巴拉克斯不知出于何故背叛了自己,不知道为什么选择让小女孩死在他的手中,而不是拯救她。

但就在此时,女孩睁开了眼睛,那是达里克有生以来见过的最清澈的蓝眼睛。她呼喊着妈妈,然后向她母亲伸过手去。那妇人抱起她的孩子,狠狠地把她搂在胸前。

"一位医师。"有人低语道。

"这可不仅仅是治疗,"另一个人也说道,"他把她从死神手里往回拉,而且还成功了。那个小女孩跟尸体已经没什么区别,他把她抱了回来,就像她什么事儿都没有发生一样。"

达里克站了起来,却突然被充满好奇和怀疑的人们围了起来。他把手放在剑柄上,几乎抑制不住拔出剑来扫清道路的冲动。在他的内心深处,他听到了恶魔的狂笑。

塔拉米斯突然出现在达里克身边,同时还有拉姆博和帕拉特。"来吧。"智者催促道。

"这是光明先知,"有人说,"他回来了。"

"不,"另一个家伙说道,"这些人杀死了引路者,摧毁了梦想之路。必须要吊死他们!"

"我们必须走了。"塔拉米斯说。

这是卡巴拉克斯想要的吗?达里克非常疑惑。如果他死于愤怒的民众之手,会让恶魔重返人类的世界吗?达里克不知道。

那位母亲将女孩抱在怀里,站起身来为他辩护。"你们这些人怎么敢碰他?他把我的小珍娜带回到了我身边。我说,如果他是杀死引路者的人,那么他一定是为了正义的理由才这么做的。这是个创造奇迹的人,是圣光的选民。"

"那个引路者把你们引向了恶魔。"塔拉米斯说,"如果他没有杀死那个假冒光明先知的家伙的仆从,你们所有人都将注定被烧死在烈焰地狱里。"

达里克感到一阵恶心。他不是英雄,也不是圣人。他正在强迫自己不要把风暴狂怒握得那么紧。

那些愤怒的民众不情愿地做出了让步,他们屈服于另外一批人,这些人在寻找某种东西来解释他们在光明先知教会所经历的一切。

达里克惊讶地看着人们带着受伤的朋友和家人走上前来,恳求他治愈他们。他转向塔拉米斯。"我该怎么办?"

贤者凝视着他。"选择权在你。你可以登上那艘船,尽可能去追寻你想要的生活,或者你也可以留在这里,去满足其他人的需求。"

达里克望着那庞大的人群。"可他们也太多了。"

码头上已经堆了二十多具担架,上面全都躺着奄奄一息的男人和女人。人们向他呼喊,请求他帮助他们死去的家人和挚友。

"可我拥有的力量,"达里克说,"不是来自圣光。"

"对,"塔拉米斯表示同意,"不过听我说,你怎么知道在这个时刻,圣光并没有安排你处于现在的位置呢?"

"我被恶魔玷污了。"

"你同时拥有一个恶魔的强大力量,如果你愿意的话,你可以用它做很多事情。"

"如果我在使用这种力量的时候也迷失了自己呢?"达里克问道。

"生命是平衡的,"塔拉米斯说,"光明和黑暗之间保持着平衡。如果我没有被暴露在黑暗中,等待着烈焰地狱吞噬我们,就不能如此强烈地、如此心甘情愿地捍卫光明的意志。钢铁需要锤炼,达里克,人也是需要磨炼的。你已经走了很长一段路。你现在正处于过去和可能有的梦想的平衡点。你现在站在光明和黑暗之间,就像身处卡巴拉克斯的那道大门前,无论保持开放或关闭,都是你的选择。你可以选择隐藏力量或是使用它。你可以害怕它,也可以拥抱它。不管怎样,它已经永远地改变了你的生命。"

达里克静静地看着那群期待已久的人,思绪在他的脑海里翻腾,恶魔则在更远的某处低语。然后,他深深地吸了一口气,昂首阔步地走向前方,他不再是任何人不喜欢的私生子,而是一个充满同情心和坚定信念的男人。他走到那些伤病者和垂死的人们身旁,一边开始医治他们,一边听任恶魔在他内心深处尖叫。

© 2019 Blizzard Entertainment, Inc. The Black Road. All rights reserved. Diablo and Blizzard Entertainment are trademarks or registered trademarks of Blizzard Entertainment Inc. in the U.S. and/or other countries. No portion of this book maybe reproduced or transmitted in any form or by any meanswithout written permission from the copyright holders.Original English language edition published by Pocket Books, Inc. (2002)
Simplified Chinese translation by Beijing Hongyue Scientific and Technical Co.,Ltd.

图书在版编目（CIP）数据

黑暗之路 /（美）梅尔·奥登著；苏恺译 . —— 北京：新星出版社，2019.8
ISBN 978-7-5133-3630-7

Ⅰ.①黑… Ⅱ.①梅… ②苏… Ⅲ.①长篇小说-美国-现代 Ⅳ.① I712.45

中国版本图书馆 CIP 数据核字（2019）第 148381 号

黑暗之路

[美]梅尔·奥登 著 苏恺 译

责任编辑：汪 欣	出版统筹：贾 骥 宋 凯
责任印制：李珊珊	出版监制：张泰亚
	特约编辑：陈雅君
	美术编辑：李秀珠

出版发行：新星出版社
出 版 人：马汝军
社　　址：北京市西城区车公庄大街丙3号楼　　100044
网　　址：www.newstarpress.com
电　　话：010-88310888
传　　真：010-65270499
法律顾问：北京市岳成律师事务所

读者服务：010-88310811　　service@newstarpress.com
邮购地址：北京市西城区车公庄大街丙3号楼　　100044

印　　刷：三河市文通印刷包装有限公司
开　　本：910mm×1230mm　　1/32
印　　张：12
字　　数：282千
版　　次：2019年8月第一版　2019年8月第一次印刷
书　　号：ISBN 978-7-5133-3630-7
定　　价：52.00元

版权专有，侵权必究；如有质量问题，请与印刷厂联系调换。